NARRATORI MODERNI

Dello stesso autore in edizione Garzanti:
Liberami amore

ALBERTO GENTILI

COME DOVEVA FINIRE

Garzanti

Prima edizione: maggio 2011

Per essere informato sulle novità del Gruppo editoriale Mauri Spagnol visita:
www.illibraio.it
www.infinitestorie.it

ISBN 978-88-11-67042-1

Printed in Italy

www.garzantilibri.it

COME DOVEVA FINIRE

Ai miei figli Sara e Andrea
impegnati nell'affascinante sfida
di diventare grandi

È davvero un buon padre quello che conosce suo figlio.
William Shakespeare

1.
27 DICEMBRE 2010

Sembra un pupazzo

Sembra un pupazzo, accartocciato com'è tra le scale e la parete. Uno di quegli orsi di peluche gettati via dai bimbi troppo viziati o troppo distratti. La testa sollevata, il collo piegato ad angolo retto contro il muro, il corpaccione dinoccolato che segue la pendenza dei gradini. Le gambe aperte, con i piedi in una posizione innaturale a sfiorare appena il pianerottolo dell'appartamento. Uno sciatto seminterrato ai margini del quartiere Trieste, dove le case d'epoca lasciano il posto ai palazzoni anni Sessanta. Cemento nudo e duro. Muri scrostati. Macchine, motorini, merde di cane sui marciapiedi.

Tommaso Cappa non riesce a trattenere un sorriso. Di cadaveri nella sua carriera di poliziotto ne ha visti tanti, ma questo a testa in giù è il più strano di tutti. Ha qualcosa di grottesco, qualcosa di buffo. Forse per la pancia enorme che sfida la forza di gravità e resta in su. Forse per i piedi che appaiono leggeri, come se danzasse. Più probabilmente per un graffito ormai sbiadito, ma ancora ben visibile, sul muro a pochi centimetri dalla testa del morto: un cazzo disegnato con vernice spray. Lì, proprio lì, quasi a voler indicare il cranio calvo con una larga ferita sulla nuca. Come a dire: eccola, se non l'hai vista bene, ecco la testa fracassata.

Il peluche si chiamava Luca Mancini, trentun anni. Professione, buttafuori della discoteca Peter Pan. Soprannome: Chat.

Il commissario Cappa si volta verso il suo vice che tiene in mano un taccuino ed elenca con una leggera ansia prestazionale le informazioni raccolte.

«Chat?!»

«Sì, pare avesse una gran passione per le chiacchierate in Rete. Una vera mania», è la spiegazione di Paolo Berti, il vicecommissario con cui Cappa lavora da sempre.

In questura li chiamano «i gemelli». Ma solo perché sono coetanei e fanno coppia fissa. Per il resto sono diversi in tutto. Cappa è nato e cresciuto a Roma, Berti è di Barletta. Il commissario è di media statura, fisico asciutto, basette sale e pepe. Il vice è tarchiato e tosto, un torello dalla capigliatura scura. I due mai una volta si sono ritrovati a cena insieme. Non ce la fanno a condividere anche le serate libere.

Il portiere dello stabile, un ometto piccolo e stropicciato con barba bianca di almeno tre giorni, la giacca d'ordinanza troppo grande e smaccatamente gualcita, è poco distante. Ha gli occhi fissi sul cadavere e trema, stringendo nella mano destra la chiave di riserva dell'appartamento. È impaziente, ha voglia di volare via, di tornare nel loculo tranquillo della portineria.

«Volete entrare?» chiede preoccupato.

«Entriamo», ordina Cappa.

Sono le dieci del mattino di lunedì 27 dicembre, in giro si vede poca gente. Quasi nessuno.

L'avaro sole invernale già illumina la strada e investe con i raggi bassi la facciata del palazzo. Nel seminterrato di Chat non filtra però una sola particella di luce. Le imposte dell'unica finestra, in alto sulla destra della parete più ampia del monolocale, sono inutilmente aperte.

«Accenda la luce, per favore», dice Cappa, mite e calmo, al portiere sempre più agitato.

Lo spettacolo che si offre ai piedi della lampadina nuda appesa al soffitto è desolante. Il divano letto rosso, probabilmente acquistato di seconda mano o rastrellato in qualche discarica, ha lo schienale pieno di macchie. Il letto è aperto, con le lenzuola e il piumone in disordine. Il linoleum grigio è pezzato di sporco e di umidità. Il tavolo di plastica bianca, di quelli che trovi in estate nei bar degli stabilimenti balneari di terz'ordine, gode della compagnia di due sedie spaiate. Anch'esse di plastica. Sopra al tavolo un cartoccio vuoto di una pizzeria al taglio, con gli avanzi dell'ultimo pasto. Più un alberello di Natale formato mignon, con tanto di lucette intermittenti.

Solo sugli apparati elettronici il ciccione non aveva risparmiato. Il commissario si trova davanti, nell'ordine, un computer portatile nuovo di pacca, un impianto hi-fi professionale con ampli mastodontico, lettore CD-DVD, casse acustiche da discoteca. Per finire, un bel televisore al plasma con tanto di PlayStation ultima generazione.

In quel santuario dedicato al dio dello squallore e alla dea dell'elettronica, tutto è in disordine ma a prima vista non manca nulla. Quella manciata di metri quadrati non sembra essere stata violata dall'irruzione di un ladro. In una cesta, vicino al divano, c'è una macchina fotografica digitale. C'è un iPod. Ci sono persino un paio di banconote da cinquanta euro sulla mensola. Chi ha sprangato la testa di Bla-bla-bla-web è rimasto fuori. Non ha messo piede nella sua tana. Oppure, se è entrato, sapeva dove e come cercare.

Cappa si guarda attorno. Adora l'inizio delle indagini, lo entusiasma il pathos della caccia. Ma comincia a essere un po' stufo di far visita, senza invito, agli appartamenti dei morti. Sa però che proprio da lì uscirà, se uscirà, qualche indizio.

Nel monolocale c'è qualcosa di strano. Manca la cucina. Non c'è un solo armadio. I maglioni, le T-shirt, i pantaloni del buttafuori sono ammonticchiati sulle mensole. Un giaccone di pelle riposa a terra, sul lato destro del divano.

«Doveva venirci soltanto per dormire. Se faceva vita di società, non la faceva certo qui dentro», osserva il vicecommissario Berti con un sorriso stanco, cercando conferma negli occhi del commissario.

Cappa annuisce più per gentilezza che per convinzione.

Questa mattina, forse anche a causa dei postumi del Natale cui è a stento sopravvissuto, fatica a entrare nel ruolo dell'investigatore arguto.

È distratto. La testa altrove.

Da una manciata di giorni la vita gli è precipitata addosso. Polverizzata.

«Ho trovato la spranga con cui hanno mazzolato il buttafuori», sente dire alle sue spalle.

Il commissario si scuote. Si volta. Osserva Berti mostrare soddisfatto un tubo di metallo lungo non più di mezzo metro.

Cappa indossa i guanti. Tende la mano e impugna, osservandola con attenzione, quella che si annuncia come l'arma del delitto.

Non è pesante. Su un lato c'è una leggera traccia di sangue.

«Deve essere uno di quei tubi che usano gli idraulici come raccordo per le tubature dell'acqua. L'ho trovato dietro al vaso accanto alla porta d'ingresso. Chi ha ammazzato il buttafuori doveva avere fretta e nessuna voglia di girare con l'arma del delitto», aggiunge il vicecommissario.

Cappa gli restituisce il tubo. «Quest'arnese mi sembra

troppo leggero per aver causato tutti quei danni. Non credo che il buttafuori sia morto a causa della botta in testa. Certo, la ferita è brutta, profonda. Ma ci deve essere qualcos'altro... In ogni caso, sigilla il tubo in una busta. Tra poco arrivano quelli della Scientifica. Speriamo che l'assassino sia stato talmente distratto da aver lasciato qualche impronta», dice senza convinzione.

Il commissario si stringe nel giaccone. Sente più freddo del solito, l'umidità aggredisce le scarpe, sale dai piedi, arriva dritta alla testa, tracciando una scia di brividi lungo la schiena. Avrebbe voglia di volare a casa e di nascondersi nel letto sotto il piumone, come faceva da piccolo. Quel morto, però, è lì che reclama attenzioni.

Allora si piega, fruga nelle tasche del giubbotto che avvolge il cadavere. Un pacchetto di Camel blu, un mazzo di chiavi, un accendino di plastica, un paio di Ray-Ban a specchio. Il portafogli. Dentro, una carta d'identità. Luogo e data di nascita: Palermo, 12 marzo 1979. Stato civile: celibe. Altezza: 182. Occhi: neri.

La foto è vecchia. Racconta di un Luca Mancini almeno dieci anni più giovane. Nell'istantanea il buttafuori ha ancora i capelli. Lisci e neri. Un sorriso da spaccone stampato sulla faccia magra. Lì, dinoccolato e insieme rigido sui gradini che l'hanno sentito sussultare per l'ultima volta, il cranio calvo, la grossa pancia, sembra un'altra persona.

Chat, appunto.

Ora c'è da capire perché è stato ammazzato. Forse la vendetta di un marito geloso. Più probabilmente un regolamento di conti dopo uno sgarro nel giro della malavita. Droga? Prostituzione? Oppure, gli hanno voluto tappare la bocca perché Luca Mancini ha visto o sentito cose che non doveva vedere o ascoltare.

«Il nostro uomo ha precedenti penali?»

«È pulito come una verginella.»

Cappa entra di nuovo in casa. Prende un giornale, una vecchia copia del «Corriere dello Sport». Torna fuori e sistema il quotidiano sull'ultimo gradino, proprio vicino alla testa del morto e al cazzo stilizzato sul muro con la bomboletta di vernice.

Il commissario si siede sui fogli di carta stropicciata. Negli anni ha imparato che restare in ascolto accanto al cadavere lo aiuta a farsi venire qualche idea. Anzi, le idee sembrano arrivare direttamente dal morto. Come se le cellule ormai spente fossero in grado di trasmettere un ultimo messaggio.

Berti si tiene a distanza. Muto. Sa che quello è il momento in cui il capo vuole essere lasciato in pace.

Il portiere è ancora lì, scalpitante.

«Lei può andare», dice Cappa infastidito da quella presenza nervosa.

«Grazie, se avete ancora bisogno di me sono in portineria.»

Il portiere ha mosso un solo passo, quando il commissario torna a osservarlo. Con la mano accenna un gesto.

«Mi scusi. Un istante ancora...»

L'ometto si ferma. Si volta con un'espressione preoccupata e infastidita. Fa dietrofront. Attende in silenzio.

Cappa ha la testa rivolta di nuovo verso il cadavere. Sempre seduto, osserva il buttafuori centimetro dopo centimetro. Un po' come le macchine per la risonanza magnetica analizzano, millimetro dopo millimetro, l'interno dei corpi dei pazienti.

«Che cosa sa del signor Mancini? Che orari faceva? Vedeva gente? Aveva amici? Donne? Ha mai creato qualche problema? Che ne so, una lite? Un viavai sospetto? Qualche discussione con i vicini? Pagava regolarmente il condominio?» chiede il commissario, finalmente con una traccia di vivacità nella voce.

Il portiere riflette qualche istante. Smette di fremere.

Gonfia impercettibilmente il petto, come se si sentisse rassicurato. Le domande del poliziotto gli riconoscono titolo e onore. Sapere e parlare dei condomini è il suo lavoro.

«Guardi», dice con voce impostata. «Questo signore», e accenna con la testa al cadavere, «è arrivato qua poco più di un anno fa. E forse anche perché il suo appartamento ha un ingresso indipendente, sul lato più lontano del cortile, io e mia moglie lo vedevamo poco o niente. La notte credo andasse a dormire molto tardi. Sa, per il suo lavoro... E la mattina non l'ho mai visto uscire prima di mezzogiorno. Non diceva neanche buongiorno quando passava davanti alla guardiola. E mai una volta l'ho visto in compagnia di qualcuno. Mia moglie lo chiamava "il fantasma". E questo dice tutto.»

«Alterchi, liti, schiamazzi? Qualcuno che andava a trovarlo...» insiste Cappa.

«Nulla di nulla, Mancini era un vero fantasma. Non riceveva nessuno, ne sono sicuro. E pensi che l'assegno con le quote condominiali me lo faceva trovare nella buca delle lettere. Mai una parola. Una chiacchierata. Ma non dava problemi. Almeno, non fino a questa mattina...»

«Il corpo è stato trovato da una vicina, mi ha detto il collega.»

«Sì, dalla signora Pasquali, quella che abita al piano di sopra dell'appartamento di Mancini. Quando alle sette ha aperto le imposte e si è affacciata per stendere il bucato sul filo sotto il davanzale, la Pasquali ha visto il corpo. Mi ha chiamato subito al telefono. Urlava come una pazza, la poveretta. Sa, una decina di anni fa le hanno ammazzato un figlio con un colpo di pistola. Proprio qui davanti. In strada. E vedere un altro morto ammazzato...»

«Un altro omicidio?! Qui?!» interviene sorpreso Berti.

«Esatto. Questo non è un palazzo, è una città. Ci vivono novantanove famiglie, circa trecentocinquanta persone. E non tutti fanno gli impiegati, gli operai o le maestre d'asilo. Non siamo esattamente nella Roma bene, qui...» risponde il portiere con la voce ormai cantilenante, annoiata. Come se fosse costretto a fare lezione a due agenti di primo pelo. «In periferia queste cose, direi, sono normali», riprende l'ometto, passandosi una mano sul mento coperto dalla barba incolta.

Cappa, sempre seduto, gli restituisce uno sguardo grondante irritazione. È troppo infreddolito per sopportare una lezione di sociologia. Soprattutto dopo più di vent'anni trascorsi a far visita a quasi tutti i morti ammazzati di Roma.

Il portiere s'interrompe. «Vi servo ancora?»

«No, vada», taglia corto Cappa.

Il commissario torna ad analizzare il cadavere. Si alza. Fruga nei pantaloni.

«Ah, ecco cosa mancava. Il cellulare. Neppure i fantasmi riescono a vivere senza il telefonino», esclama soddisfatto, impugnando e scrutando amorevolmente un Nokia di ultima generazione.

«Santo cellulare», sospira Cappa coccolando con lo sguardo il telefonino e cullandolo con entrambe le mani.

L'apparecchio è ancora acceso. Non ci sono chiamate perse. Sono quasi le undici e nessuno ha cercato il buttafuori. Nessuno ha voluto ascoltarne la voce o fargli gli auguri di Natale in ritardo, o quelli di buon anno in anticipo.

"Povero Chat. Tante ore trascorse in Rete e nessuno a piangere la tua morte", si trova a pensare il commissario. "Lì, sul web, l'amicizia e l'affetto non sono di casa. I legami devono avere la leggerezza e la fragilità di un chip. Scorrono via, effimeri, con il soffio di un clic. Oppure, se ci sono, hanno altre sembianze. La loro consistenza deve essere molto diversa da quella di un rapporto nato davanti a un bicchiere di vino, durante una partita di calcetto, lungo la via crucis di un corteggiamento a scuola o in ufficio." Cappa si scuote. Proprio non è in vena oggi. "Adesso, neanche fossi il portiere, mi metto a fare lo studioso di Scienza delle relazioni tra i naviganti della Rete."

Torna a sedersi sul gradino, sopra il giornale piegato. Posa di nuovo lo sguardo sul cadavere, il cellulare sempre in mano.

«Tieni, Berti, fallo analizzare. Voglio l'elenco di tutti quelli che hanno parlato o messaggiato con lui nell'ultima settimana. Ma c'è qualcosa che non mi torna. Quando sono arrivato, mi hai detto che si chiamava Chat. Come hai fatto a sapere che questo signore aveva un soprannome? Sulla carta d'identità non c'è mica scritto.»

«A volte anche i poveri poliziotti, pure quelli più sfigati costretti a lavorare con un commissario lunatico e rompipalle come te, hanno culo», risponde Berti petulante.

«Allora?!»

«Mentre aspettavo vicino al cadavere che tu ti riprendessi dai bagordi di Natale, ti facessi bello e arrivassi tranquillo e sereno, ho incontrato un ragazzo che conosceva il morto. Ha poco più di quindici anni, abita qui e stava uscendo per andare non so dove. Quando ci ha visto, si è avvicinato e ha chiesto cos'era successo. Si chiama...» aggiunge Berti sfogliando il taccuino, «...si chiama Paolo Alfonsi. Mi sono fatto dare il numero del telefonino.»

«E che faccia aveva il ragazzino? Insomma, come ha reagito alla vista del morto?»

«Era pallido e decisamente sorpreso. Ma non sembrava terrorizzato o particolarmente sotto shock. Questi ragazzi, a furia di stare davanti alla TV o al computer, anche quando s'imbattono nella più brutta realtà credono di assistere a una fiction. È una forma di difesa, di muro di gomma. Credo.»

«Senti, ti prego. Non metterti a fare lo psicologo pure tu», sbotta Cappa. «Dunque è stato questo ragazzino a dirti che il morto si chiamava Chat?»

«Sì, mi ha raccontato che il sabato pomeriggio, quando andava alla discoteca Peter Pan, lo trovava sempre fuori e che gli altri chiamavano il buttafuori "Chat". Un giorno ha domandato a un amico il motivo e quello gli ha detto che Luca Mancini passava ore e ore, di giorno e di notte, davanti al computer. A chattare, appunto. Tutti lo sapevano perché con tutti cercava di chattare.»

Il commissario si alza. Scende i pochi gradini. Apre la porta del monolocale rimasta accostata. Si avvicina al tavolo. Il computer è spento.

«Prendilo, non voglio aspettare la Scientifica. Andiamo in ufficio e vediamo cosa c'è dentro. Tra poco arrivano anche quelli della Mortuaria. A portarsi via Chat ci penseranno loro.»

2.
ALESSIA

Tutto è cominciato

Tutto è cominciato la primavera scorsa. Ricordo ogni dettaglio, proprio come se fosse adesso. Era una domenica di aprile. Avevo messo la sveglia alle otto perché la sera prima avevo visto le previsioni meteo.

«Cielo sereno e venti da nord nella bassa Toscana», aveva garantito la tele.

E io, da brava mammina, avevo programmato di portare Anna al mare. All'Argentario. Due ore di macchina per andare e due per tornare, ma ne valeva la pena.

A noi piaceva un mondo passeggiare lungo la spiaggia deserta, lasciare il ristorante Mamma Licia alle spalle. Arrivare al centro della Feniglia, la lunga lingua di terra che collega il promontorio dell'Argentario ad Ansedonia. E lì, completamente sole, accucciate sulla sabbia umida con lo sguardo incollato al mare graffiato dal maestrale, ci sentivamo due regine. Le regine del mare.

Andai in sala convinta di trovare la mia piccola già sveglia, in attesa come al solito davanti alla TV. Gli occhi persi nel grande schermo al plasma, l'ultimo regalo del mio ex marito. Il dito in bocca.

A tredici anni, Anna succhiava ancora il pollice. Lo psicologo mi aveva suggerito di non drammatizzare. Il dentista invece lottava da tempo immemorabile, a colpi di apparecchi odontoiatrici, contro quel dito che spingeva gli incisivi in avanti.

Ma Anna era ugualmente bella. Bella come un'alba perfetta, come un tramonto con il sole che cala sulla spiaggia giusta, dal lato giusto, con il giusto punto di rosso.

A volte mi scoprivo a osservarla con preoccupazione. Non ho mai pensato che essere tanto belle sia una fortuna. Avere addosso gli occhi dei ragazzi e anche degli uomini è faticoso. Fastidioso. Un esame continuo. E le donne, anche le amiche, non ti perdonano nulla.

Anna aveva un fascino innato. La camminata elegante, flessuosa. Sensuale. Un modo sbarazzino di sciogliere i lunghi capelli biondo-cenere e di farli aprire sulle spalle come la coda di un pavone. Lo sguardo distratto e sognante. Gli occhi di un azzurro profondo dove erano raccolti tutti i colori del cielo e del mare.

Eppure, era insicura. Fragile.

Anna era ancora bambina.

L'adolescenza non l'aveva deformata. Anzi. I chili di troppo che l'avevano accompagnata durante l'infanzia erano svaniti quando sul petto si era affacciato titubante il seno. E forse proprio perché così bella, così desiderata, Anna non aveva mai avuto un ragazzo. Un fidanzato.

Il televisore in sala era spento. Mia figlia non c'era. Andai preoccupata verso la sua stanza da letto.

Anna non ha mai amato dormire. Fin da piccola, quando mi costringeva a vedere sorgere il sole con lei sorridente e ciarliera in braccio, si è sempre svegliata presto. Quella mattina di aprile invece la trovai a letto. La stanza immersa nell'oscurità. Mi avvicinai in punta di piedi, a tentoni le sfiorai la fronte. Non era calda.

Anna rimase immobile. Ma era sveglia, lo sentivo.

«Cosa c'è bambina mia? Stai male?» le chiesi in un sussurro.

«No, tutto OK. Ho solo sonno, ho dormito male», rispose Anna con la lingua che inciampava contro l'apparecchio per la notte. E si girò dall'altra parte.

Non mi arresi. Mi sedetti sul bordo del letto. Restai in silenzio ascoltando il respiro di mia figlia.

«Che c'è, mamma?! Lasciami dormire. Non hai niente altro da fare che stare qui al buio?» sibilò Anna irritata.

Rimasi sorpresa. Mia figlia non aveva mai reagito così alle mie attenzioni. Fino a quella mattina non mi aveva mai respinta.

Avevo creduto che quel miracolo fosse frutto del modo in cui l'avevo cresciuta. Non sono mai stata una madre apprensiva. Non sono mai stata addosso ad Anna come un gendarme. Non ho mai sbirciato nel suo diario e neppure frugato nei suoi cassetti. Le ho sempre fatto capire che l'avevo messa al mondo perché fosse felice e che il mondo attendeva lei. Che io non le avrei impedito di prendere il mare aperto. Anzi, sarei stata contenta della sua libertà, del suo futuro senza di me. Con me al suo fianco solo se, e quando, l'avesse voluto.

Una mamma da manuale. Stucchevole. Mielosa quasi da vomitare.

Ma forse proprio per questo, fino a quel mattino, eravamo state legate da dosi di fiducia massicce e impastate di complicità.

Così, almeno, avevo creduto.

Mi alzai. Scostai la tenda. Nella piccola stanza la luce entrò come se mille flash fossero esplosi nello stesso istante. Il meteo della tele non aveva mentito. Era davvero una radiosa giornata di primavera. Una di quelle in cui il cielo di Roma è blu cobalto e il sole fa scintillare, vanitose, le facciate chiare dei palazzi.

Anna, ringhiando qualche parola che non compresi, nascose la testa sotto il cuscino.

«Ora devi dirmi cosa succede», feci severa, tornando a sedermi sul bordo del letto.

«Cazzo, te l'ho detto! Ho sonno», rispose rabbiosa mia figlia da sotto il cuscino.

Allontanai il guanciale. La presi per le spalle, la girai.

«Cavolo, ora diciamo le parolacce. Sai però che mi danno fastidio e che non è dicendo "cazzo" che risolverai il problema. Io volevo andare all'Argentario. Vorrà dire che la gita la faremo un'altra volta, ma ora, per favore, dimmi cos'hai. Ti conosco troppo bene per credere alla storia della notte in bianco.»

Anna mi guardò. Mi guardò come mai mi aveva guardato. Nei suoi occhi c'era un velo di sfida sommerso da una coltre di disperazione.

Restò in silenzio, fissandomi, per un tempo che a me sembrò senza termine. Attesi terrorizzata. Intuivo che in palio, in quegli istanti, non c'era solo la risposta alla mia domanda. Io e Anna ci stavamo giocando il nostro patrimonio di sincerità e di lealtà. Nel manuale della madre perfetta c'erano anche queste voci. Ben evidenziate.

Intuii che mia figlia non sapeva cosa fare. Se confidarsi, come credevo avesse sempre fatto, oppure inaugurare un silenzio ostile. Alzare un muro. Costruire uno steccato, fatto di segreti e bugie, che non avrei mai potuto scavalcare.

Anna abbassò gli occhi. Incerta mi prese la mano. La strinse forte. Con l'altra prese il lembo del lenzuolo e si scoprì il corpo. Il viso era teso, i gesti lenti e gravi. Sulla camicia da notte con il disegno di Topolino, all'altezza dell'inguine, c'era una macchia di sangue scuro. Anche il lenzuolo era sporco.

Mi guardò. La guardai. Erano rimaste soltanto paura e disperazione nei suoi occhi. Il lampo di sfida era svanito.

Il silenzio resisteva.

Non capivo. Il ciclo era ormai per lei una cosa normale. Era da oltre un anno che Anna era stata sorpresa, ma non turbata, dall'arrivo delle mestruazioni.

Avevo il cuore sottosopra.

Dissi e chiesi la cosa più idiota: «Hai male alla pancia?».

Anna annuì. Protese le braccia verso di me, mettendosi seduta sul letto. Mi avvicinai. Mi strinse come mai mi aveva stretta. Scoppiò a piangere. Singhiozzava così forte da scuotere anche me con i suoi singhiozzi.

«Che cosa è successo? Anna, ti prego, dimmi cosa è successo!» invocai, dolcemente, con le labbra che le sfioravano l'orecchio.

«Mamma, aspettavo un bambino. Ieri ho abortito.»

La mia anima si è spenta

Sono morta. La mia anima si è spenta nell'istante in cui dalla bocca di mia figlia, rotolando sull'apparecchio dei denti, è uscito coniugato al passato il verbo «abortire». Cazzo. La mia bambina incinta. La mia bambina che fa sesso. La mia bambina che, senza dirmi una sola parola, va in qualche ospedale o ambulatorio clandestino ad abortire. A tredici anni.

E io lì. Cogliona.

Mi staccai lentamente da lei. Tenendole le mani la osservai singhiozzare. Non sapevo cosa dire. Soprattutto non sapevo chi avevo di fronte. Un velo di ostilità e di diffidenza era calato, come un sipario, tra me e mia figlia. La sentivo e la guardavo con un'emozione nuova: la distanza.

Anna aveva scelto la verità. Si era confidata. Non aveva alzato un muro e scavato un fossato che ci avrebbero separato per sempre.

Chi avevo davanti? Quale Anna conoscevo? Quanto era vasta la terra di nessuno cui mi era stato negato l'accesso? Com'era stato possibile che mia figlia avesse affrontato un aborto senza chiedermi aiuto?

Mi sentii inutile. Sopra il mio cuore, dentro la mia mente, attaccai il cartello "Fallimento".

Ma non era il momento di compiangermi. Dio, quanto era piccola Anna, lì con la camicia da notte sporca di sangue, i capelli lunghi attaccati al viso segnato dalle lacrime. Le braccia protese, le mani serrate alle mie mani.

Non dissi nulla. Le sciolsi dolcemente le mani. Mi stesi accanto a lei. Le feci mettere la testa sul mio petto, come quando era davvero bambina e si addormentava ascoltando il mio cuore.

Anna si addormentò.

Quando il respiro di mia figlia si fece tranquillo, ritmico, lentamente mi alzai. Lentamente, barcollando, andai nello studio: il regno di Anna, da quando Alessandro ci aveva lasciate cinque anni prima.

Ero stordita. Sentivo dolore in tutto il corpo.

Ma in quell'istante cominciai la mia guerra. Avviai la mia indagine.

Spazio per quella che fino a quel momento avevo chiamato «la privacy della mia bambina» non ce n'era più. Proprio più. Era un ostacolo da cancellare con un'alzata di spalle.

Cominciai a frugare nello zainetto di Anna. Cercavo il suo diario, il cellulare.

Mi accorsi che mi tremavano le mani. Avevo il fiato corto.

3.
NERO

A me Chat piaceva

A me Chat piaceva. Ma sono stato felice quando è morto, la notte di Santo Stefano.

Chat era l'unico grande con cui riuscissi a scambiare più di un ciao o di un 'fanculo. L'avevo conosciuto nove mesi prima, a marzo, quando mi ero presentato per la prima volta all'ingresso del Peter Pan.

Ci ero andato trascinato dalla necessità disperata di vincere la solitudine e di provare a sembrare normale.

Quell'idiota di mia madre era stata contenta della decisione. Felice come il giorno della mia prima comunione. Era corsa a comprarmi il giubbotto, i jeans e le scarpe giuste per rendere credibile la finzione. Ma la gente fiuta la disperazione, capisce al volo se sei uno sfigato. Non c'è travestimento che tenga.

E io sono uno sfigato. Un mega-iper-sfigato.

Ero lì, strizzato insieme agli altri ragazzi e a decine di pischelle vicino alla porta della disco, quando quattro truzzi mi puntarono.

I truzzi sono i bulli, quelli in tiro, che se la credono matta, con una gran voglia di fare a botte senza un perché. Tipi prepotenti con addosso una sicurezza che io neppure mi sogno. E manco a farlo apposta, quel sabato pomeriggio hanno cominciato da me. Forse perché ero ubriaco. E si vedeva. Si sentiva la puzza dell'alcol.

Quando è più dura del solito, quando proprio non ne posso più, vado al supermercato e prendo tutte le lattine di birra che posso comprare con i soldi della paghetta. E mi faccio. Sì, mi riempio la pancia di birra fino a scoppiare, fino a far calare tra me e le cose che mi girano attorno una nuvola di anestetico. Una nebbiolina sottile che impalla la testa e mi fa sentire meglio. Ma poi sbando, barcollo. E quei quattro truzzi se ne accorsero al volo. Mi circondarono. Come dargli torto: quel pomeriggio, nella mischia di fronte al Peter Pan, ero il bersaglio perfetto.

«Guarda chi c'è! Quello scarafaggio del Nero.»

E giù spintoni. Un paio di schiaffi. Uno dei quattro, il più grosso, mi prese alle spalle. Con uno strattone mi tolse il giubbotto nero nuovo di zecca. Cominciò a sventolarlo in aria come un trofeo.

Mi feci ancora più piccolo. Non provai neppure a protestare. Battevo i denti per il freddo, mi coprivo la testa e il volto con braccia e mani. Dallo stomaco mi saliva la birra. Trattenni un conato di vomito.

Volevo soltanto scomparire. Desideravo essere in camera, difeso dalla mia musica sparata nelle cuffie dell'iPod.

Mi chiamano Nero perché ho gli occhi scuri scuri e i capelli color pece. Sono quello sfigato, indifeso, gracile, da pestare o derubare quando la noia si fa più feroce.

Ma quel pomeriggio di marzo non era soltanto noia. Quei truzzi volevano fare uno show prima di entrare in disco. Picchiare me per fare arrapare le pischelle. Così si misero d'impegno. Dopo il giubbotto, passarono all'attacco delle mie Converse nuove. Sì, volevano togliermi anche le scarpe. Io stavo in terra in mezzo a loro. Calci, sputi.

In quel momento apparve Chat. Il buttafuori prese il più grosso per il collo, gli strappò di mano il mio giubbotto. Diede un paio di spintoni agli altri due. Con un calcio fece rotolare sull'asfalto il quarto, intento a strapparmi le Converse.

«Via. Ora basta. Se toccate ancora questo ragazzino vi spacco la faccia», minacciò.

Guardai Chat come avrei guardato la Madonna. Io alla Madonna ci credo. La prego perfino, qualche volta, anche se i miei genitori non ci credono.

Il buttafuori-Madonna era alto, grosso, con un pancione immenso e il testone calvo. Mi sorrise. Mi tese la mano e mi aiutò ad alzarmi.

«Se vuoi, puoi entrare», disse.

Restai immobile. Incantato. Era la prima volta, dai tempi dell'asilo, che qualcuno che non fosse mio padre o mia madre mi veniva in soccorso.

Mi sembrò tutto così strano, irreale. Alzai gli occhi e guardai intorno per vedere se anche gli altri avessero visto e capito il miracolo. Conteggiato i punti della mia rivincita. Invece mi rimbalzarono addosso soltanto sguardi di compassione e di disprezzo.

Nero, lo sfigato, resta nero e sfigato.

«Allora, entri?» fece Chat aiutandomi a indossare il giubbotto che aveva riconquistato.

«No, è meglio di no. Vado a casa.»

«Invece tu ora resti qui. Non devi dargliela vinta a quegli stronzi. Tieni dieci euro. Vai al bar. Prendi un caffè per me e quello che ti pare per te.»

Chat mi mise in mano la banconota. Restai immobile. Come folgorato.

«Come ti chiami?» chiese piegandosi un po' per guardarmi meglio negli occhi.

«Mattia.»

«Io Luca, ma tutti qui mi chiamano Chat.»

«A me Nero. Ma tu sei Chat come le chat?»

«Esatto. Ho tanti amici nel web e ci passo molto tempo. Ora vai, ho voglia di questo caffè.»

Mi voltai. Andai al bar camminando con la testa china. Sulle costole sentivo le punture dei calci che avevo preso.

Tornai con il caffè ormai freddo. Il bicchierino tenuto in alto per non farlo rovesciare. Mi ritrovai a sorridere ricordando il prete quando alza, cerimonioso, il calice dell'eucarestia.

«Perché ridi?» chiese Chat prendendo il bicchierino del caffè.

«Niente.»

«Non sei un tipo che parla molto. Ma anch'io sono come te. Io chiacchiero solo quando navigo.»

«Con me parli.»

«Tu mi fai pena.»

«Ah.»

«Mi fai pena in senso buono. Ti parlo perché voglio far capire a quei truzzi che sei sotto la mia protezione. Se no, appena mi distraggo, ti fanno di nuovo il culo.»

Girai, allarmato, lo sguardo per vedere se i bulli mi stessero ancora puntando. Nulla. I miei aggressori sembravano evaporati. Forse erano riusciti a entrare. Forse se l'erano svignata.

Proprio in quel momento sentii delle urla poco più in là, sul lato destro della strada.

«Sporco negro, sgomma», «Vattene o te pestamo».

Il gruppo di truzzi aveva inquadrato un altro bersaglio. Un ragazzino di colore del Giulio Cesare. Uno adottato. Scuro di pelle ma con un accento romano più forte del mio. Non ricordavo il nome, ma ci avevo parlato un paio di volte durante la ricreazione.

Il poveraccio era a bordo della sua macchinetta. I bulli l'avevano circondato. Battevano colpi sul tettuccio e sul cofano della microcar. Il più grosso dei truzzi, giubbotto di pelle e cappello tirato fin sopra gli occhi, aprì lo sportello, abbrancò il ragazzino per un braccio, lo fece rotolare lontano. Appena toccò terra, quello scattò in piedi e si mise a correre come inseguito da un fantasma.

Dal branco di imbecilli si levarono risate, grida. Nuovi insulti.

Mi voltai verso Chat. Il buttafuori era rimasto impassibile, facendo scattare su e giù l'inseparabile Zippo.

«Perché non lo aiuti?» chiesi con un filo di delusione nella voce.

«Perché non sono cazzi miei, non sono mica una crocerossina. Figurarsi che me ne frega di un negro puzzolente...»

Chat tornò a vigilare sugli ingressi.

La porta del Peter Pan improvvisamente cambiò colore. Assunse un tono di rosso. Mi girai di scatto. La microcar era avvolta dalle fiamme. I truzzi avevano aperto il tappo della benzina e, dopo averla capovolta per far uscire il combustibile, avevano appiccato il fuoco.

Arrivò una macchina della polizia. Poi i vigili del fuoco.

I bulli erano scomparsi. La microcar carbonizzata.

Giunsero altri agenti. Non beccarono nessuno. E nessuno disse di conoscere i teppisti.

Al Peter Pan quella sera non entrai. Rimasi fino alle otto accanto a Chat a godermi lo spettacolo. Zitto lui. Zitto io.

«Ora devo andare, mia madre mi aspetta.»

«OK, incrociamoci sul web. Mi trovi su MSN come Luca79.»

A me non piaceva andare su Internet. Non mi piaceva perché non sapevo cosa dire. Ero timido pure lì. Lì dove potevo fingermi un altro, tentare di non essere Nero.

Però Chat lo andai a cercare. M'iscrissi a MSN, scelsi come nickname proprio «Nero» e già domenica pomeriggio gli mandai un messaggio.

Mi rispose al volo.

Dai, vieni a giocare a PlayStation da me.

Adoro la PlayStation. Mi ipnotizza qualsiasi gioco. Perfino il calcio, io che odio giocare a calcio. Ma l'idea di andare da Chat non mi suonava proprio giusta.

Rimasi qualche minuto davanti al PC con il messaggio di Chat sullo schermo. Andai in cucina, mi sparai una merendina. Tornai al computer.

OK, vengo. Dammi l'indirizzo, digitai.

Cosa cavolo mi poteva fare Chat?

Non so cosa voglio

Uscire di casa non è difficile. Anzi.

Katia, mia madre, è sempre fuori. Shopping, chiacchiere e tè con le amiche. Parrucchiere. Manicure. Palestra. Chirurgo estetico.

Ormai ho dimenticato la sua vera faccia. A furia di siringarsi labbra, zigomi e ogni parte del viso e del corpo, mi ha fatto perdere l'orientamento.

Mia madre sembra di gomma. Però qualche parola con lei ce la scambio. Com'è andata a scuola. Fa freddo, fa caldo.

In fondo mi fa tenerezza. Capisco che è duro invecchiare.

Forse è più duro che vivere.

Con mio padre no. Con lui proprio non riesco a parlare neppure delle previsioni meteo. Rodolfo Cortese non mi sopporta. Ai suoi occhi sono un fallimento, e ogni volta che m'incrocia per i lunghi corridoi di casa mi dà un'occhiataccia carica di delusione con una sfumatura di disprezzo.

Tipo: "Guarda che sgorbio che mi è venuto come figlio".

Mio padre ha perfino smesso di provare a passare del tempo con me. Da un paio d'anni non mi propone più neanche l'insopportabile gita del weekend e l'estate la passiamo nella villa del Circeo facendo il possibile per evitarci.

Credo che Rodolfo Cortese cerchi disperatamente di rimuovermi dalla sua testa. Penso faccia finta che io non esista.

Gli sto decisamente sul cazzo. È convinto che sono come sono per fargli dispetto.

Lui giocava nella nazionale di rugby e gioca ancora a calcetto, a cinquant'anni suonati. Io odio lo sport e, se lo faccio, mi sfracello o sono la più pippa. Lui è alto e attraente, credo. Io sono piccolo e brutto.

Lui andava bene a scuola, io galleggio nella mediocrità.

Lui è uno di successo. Nel suo studio di avvocato civilista transitano i contenziosi più grossi della città. Io neppure so cosa siano il successo e l'ambizione.

La verità è che non so cosa voglio.

Però quella domenica di marzo finalmente mi andava qualcosa. Mi andava di uscire.

«Esco, vado a fare i compiti da Marco», dissi alla filippina, affacciandomi in cucina.

Mimì neppure si voltò. Annuì con la testa china sui fagiolini che stava lavando. Il nome Marco valeva come un salvacondotto. Era il compagno di scuola che ogni tanto si materializzava in casa. Un secchione con due occhiali spessi così, noioso e so-tutto-io, che mi capitava di invitare per disperazione. Quando la solitudine si faceva insopportabile. Ma era uno strano e ora lo non vedo più.

Per strano intendo che voleva fare cose strane. Dopo aver finito i compiti, mai prima, cominciava a stuzzicarmi. Voleva fare la lotta. Ma non era una lotta vera. Mentre ci rotolavamo per terra o sul letto, mi toccava. All'inizio rimasi sorpreso. Lo allontanavo. Ma lui continuò a insistere e alla fine lo lasciai fare. In fondo a me non me ne fregava nulla se Marco mi prendeva il pisello in mano.

Me ne restavo lì, passivo. Confuso. Chiedendomi se mi piacesse.

A lui piaceva.

Per arrivare da Chat presi l'autobus. La fermata era proprio sotto casa, in corso Trieste. Di domenica mi piace salire sull'autobus. Ci incontri solo neri e asiatici. Qualche anziano. Gente innocua.

Durante la settimana, il bus per la scuola è un incubo. Trovi il bullo che ti spintona. Perfino quello più stronzo che ti minaccia con il coltellino se non gli dai i soldi che hai in tasca. Incontri gruppi di ragazze che con la loro indifferenza, neanche uno fosse trasparente, ti sbriciolano.

È meglio non esistere, che esistere ma risultare inesistente.

Il mio quartiere è strano: passa di colpo dai bei palazzi d'epoca a quelli tirati su in fretta e furia negli anni Sessanta. Alti, affollati, tristi.

Chat abitava in un brutto condominio vicino a piazza Vescovio.

Quando varcai il cancello che immetteva nel cortile, il portiere mi guardò senza interesse. Avrei voluto chiedere indicazioni per scoprire dove abitasse Chat, ma non sapevo il cognome. Così girai per una decina di minuti nel cortile dove si affacciavano quattro edifici.

Stavo per andarmene, sconfitto, quando il testone calvo di Chat spuntò dalla scala che immetteva in un seminterrato.

«Temevo non venissi più», disse sorridendo.

Non risposi. Avevo fatto la figura dell'idiota, come al solito.

Dentro lo scantinato mi sentii a disagio. Tutto era squallido e sporco. Mi vergognai pensando alla mia casa di lusso e ai miei giochi costosi.

Chat – vestito con la maglia e la giacca scuri che erano la divisa da buttafuori – mi offrì Coca-Cola e patatine.

Mezze frasi. Lunghi silenzi.

Accese la PlayStation. Questa sì che era nuova, più nuova della mia.

Tirai un sospiro di sollievo.

Cominciammo a giocare senza parlare. L'unica eccezione: «Quale squadra vuoi?».

«La Roma.»

«Pure io.»

«OK, io prendo l'Inter.»

Chat era bravo. Ma io ero più bravo di lui. Però non mi andava di batterlo. Sbagliai alcuni passaggi apposta. Mi feci battere cinque volte di fila prima di decidere di vincere una partita.

«Forse devi andare a casa. Sono le otto», disse a un certo punto Chat.

Scattai in piedi.

«Grazie, hai ragione.»

«Se vuoi ci vediamo sabato prossimo al Peter Pan. Tranquillo, nessuno ti farà nulla.»

«Magari. Chiedo alla mamma.»

«Ci vediamo sul web.»

Chat mi accompagnò alla porta. Quando stavo per uscire mi tese la mano.

«A presto.»

Gli offrii la mia mano sudaticcia e molliccia con imbarazzo. Poi salii i gradini che davano sul cortile con passetti rapidi. Quando fui in cima mi voltai. Il buttafuori era ancora lì, con la luce che veniva dal piccolo appartamento che lo illuminava di spalle.

Alzò una mano. Mi lanciò un bacetto.

Sì, proprio un bacetto.

4.
27 DICEMBRE 2010

Nessuno ha fretta

Il cellulare di Chat ha fatto il suo dovere. Ha vomitato decine di numeri di telefono e di SMS. Cappa inforca gli occhiali. Da qualche tempo non può farne a meno per leggere senza difficoltà.

"I primi segni della vecchiaia."

Si alza dalla poltroncina sistemata dietro la brutta scrivania in formica color crema. Apre la finestra, accende una sigaretta. Non ce la fa proprio a smettere. E neanche ci prova. Aggira il divieto di fumo chiudendo la porta e morendo di freddo con l'aria gelida che lo attacca alle spalle.

Berti ha fatto un buon lavoro. Sui fogli, accanto a ogni numero di telefono registrato dal cellulare del buttafuori, il vicecommissario ha messo nome e cognome, date e numero di chiamate. Nel caso degli SMS, ha trascritto anche il testo.

Cappa legge con attenzione.

Nomi sconosciuti. Messaggi banali. La maggioranza è della settimana prima e riguarda il lavoro di Chat.

Vieni alle otto.

Questa sera puoi stare in casa, alla vigilia di Natale il locale resterà chiuso.

Abbiamo bisogno di te fino a tardi, preparati.

Ce ne sono anche un paio che suonano come l'abbozzo di un corteggiamento.

Sei proprio tu la fata che ha stregato il mio cuore.

Se non ti strappo un aperitivo, mi strappo il cuore.

Mica sono il diavolo, giuro che non rischi l'inferno se esci con me.

Banalità. Tutti inviati a numeri diversi. Tipo corteggiamento random. Caccia di amore e sesso con la tecnica dello strascico. Come i pescherecci in mare.

Il povero Chat non doveva avere un gran successo. Una buca dietro l'altra. Oppure il morto aveva cancellato i messaggi ricevuti? Improbabile.

Cappa decide di cominciare dal numero di telefono con più contatti. È di un certo Andrea Macchia, diciotto anni. In base agli appunti di Berti, il ragazzo è un romano dei Parioli: il quartiere bene a poco più di un chilometro dalla discoteca Peter Pan e a tre-quattro dalla casa del buttafuori.

Sta per chiamare il vicecommissario. Sta per dire: "Andiamo, vai a prendere la macchina". Invece si ferma. Le parole gli sfioriscono sulle labbra indurite dal freddo del mattino.

Il commissario guarda fuori dalla finestra. Si volta di nuovo verso la scrivania, china impercettibilmente la testa. Si affloscia, scarico.

No, oggi proprio non ce la fa. Chat e il suo assassino possono aspettare.

La casa dei treni

L'ascensore è rotto. Paralizzato al piano terra esattamente come una settimana prima, quando Cappa era venuto a visitare l'appartamento scortato dall'agente immobiliare. La bella Tore, una donna slovacca sulla trentina con un curioso accento metallico, tailleur attillato e tacchi vertiginosi tipo Empire State Building, gli aveva assicurato che era «una questione momentanea»: «Non si preoccupi, hanno già chiamato i tecnici per riparare l'ascensore, tutto si risolverà in poche ore», aveva garantito con piglio da poliziotto tedesco.

Balle. Ma era stata quella bugia a spingere Cappa a firmare l'assegno con la prima mensilità e la provvigione per l'agenzia. Farsi cinque piani a piedi non è mai stata la passione del commissario. Gli viene il fiatone. L'appartamento non aveva alcuna attrattiva. Una stanza con un letto, un armadio e un solo comodino su cui troneggiava una lampada nuda, un salottino con un divano malconcio. Una cucina con un tavolo in formica, due sedie e i pensili sopra il lavandino con le ante che non si chiudono, quasi a voler mostrare con fierezza i segni dell'età. Nient'altro. Né un quadro né una poltrona. Nulla che potesse rendere accogliente quel... «Prenestino-settanta-metri-quadri-signorile-arredato-solo-referenziati-700-euro-mensili», selezionato con gran fatica tra gli annunci immobiliari.

Imprecando, Cappa comincia ad arrancare sui gradini. Da un paio d'anni ha rinunciato al tennis e alle partite di calcetto e ha aumentato il numero delle sigarette.

Raggiunto il pianerottolo, ansimando, infila la mano nella tasca del giaccone. Estrae un mazzo di chiavi. Sono quelle di casa. Della *sua* casa. Sua fino a poche ore prima. Ora è la casa di Francesca e dei suoi figli. La casa della famiglia. Cappa, quelle chiavi, ormai non avrebbe neppure il diritto di tenerle in tasca.

Cappa ora è fuori.

"Ora sono solo."

La parola «solo» gli rimbalza nella mente rimestandogli lo stomaco. La solitudine è una belva che non ha mai affrontato e ora, durante le feste, appare ancora più feroce.

Il commissario è cresciuto, è diventato adulto, è invecchiato accanto a Francesca. La bella Francesca. E ora che si sono lasciati si sente come un disperso sotto le macerie di una casa abbattuta da un terremoto. Protende le mani verso l'unico varco. Annusa l'aria e la luce. Resta incastrato. Sente evaporare la speranza.

È stato Cappa a provocare la scossa più forte. Per anni ha tradito sua moglie. La compagna d'università conosciuta nel cortile della Sapienza. Studente di legge lui, d'architettura lei. Sposati a venticinque anni e ora, a quarantaquattro e con due figli, lei ha presentato il conto.

Un amante: «Ma giuro, ci sono andata a letto solo una volta». Balle.

Una sentenza: «Ora non ce la faccio ad amarti. Ora non ti desidero».

Una pena accessoria: «Ma ti prego, resta a casa. Vedrai che tutto si risolverà. Resta per i bambini».

Cappa non sa se ama ancora Francesca.

Quella Francesca.

Da tempo cova il sospetto di essere innamorato di una donna che non esiste più. Negli anni lei è cambiata. Lui è cambiato. Sono persone diverse e, proprio perché diverse, hanno cercato altre storie. Ma testardamente, morbosamente, hanno continuato a replicare e a incarnare la fiction della coppia e della famiglia felici.

A tenerli insieme, oltre all'affetto e all'abitudine, era il frutto marcio della paura. Il terrore di affrontare, da soli, il mare aperto.

Morbosità e debolezza.

Per anni Cappa non ha avuto le palle per fare i conti con la solitudine, rinunciare alla presenza rassicurante di Francesca, mollare i bambini: Matteo, sette anni, Sofia, dieci. Se sta lontano da loro per più di ventiquattr'ore, precipita in crisi d'astinenza.

Crisi brutte. Dolorose.

Così Cappa è rimasto incastrato.
Fino a oggi.

Con un sospiro il commissario fa scivolare nella tasca le chiavi «sbagliate». Impugna quelle giuste, apre la porta della sua nuova casa. Viene aggredito da un'ondata di luce: sono le tre del pomeriggio e i raggi filtrano bassi dalle finestre.

"Tanta luce. Il bello del quinto piano."

Il sorriso amaro evapora all'istante.

Con passo lento raggiunge il salotto, lascia cadere il giubbotto sul divano. Non ha fame, anche se l'ultima cosa che ha mangiato è stata la solita brioche delle sette del mattino.

Cappa ha soltanto voglia di dormire.

L'ultima notte, come tante delle precedenti, l'ha trascorsa entrando e uscendo dal letto.

Francesca dormiva placidamente. Cappa ha visto scorrere le ore sull'orologio del comodino, mentre il suo sguardo accarezzava una volta di più il corpo e il viso della moglie. È stata una veglia d'addio. Francesca aveva smesso di provare emozioni, di palpitare e di soffrire per lui chissà da quanto tempo. Il suo respiro era lento. Sereno.

Cappa l'ha invidiata.

La decisione di lasciarsi l'avevano presa una settimana prima. Ma avevano rinviato la separazione di sette giorni. Motivo: «Non roviniamo il Natale ai bambini».

Parole di Francesca.

Era domenica mattina, Matteo e Sofia si gustavano i cartoon davanti alla televisione. Grande cosa la TV satellitare: una baby-sitter perfetta che non chiede aumenti e non se ne va all'improvviso.

Cappa si era svegliato e aveva sentito il getto della doccia aperto. Francesca era in bagno. Il commissario aveva aspettato a letto. Poi, quando la doccia era stata chiusa, l'aveva chiamata.

«Ciao tesoro», aveva detto la moglie affacciandosi nella stanza.

«Ciao. Ti va di venire qua?» le aveva chiesto con il timore di subire un rifiuto.

Francesca, senza togliersi il pesante accappatoio di spugna umida, si era infilata sotto il piumone. Si era accoccolata accanto a lui. Un braccio sul petto, il viso sulla spalla.

«Io non ce la faccio più. Non posso più restare a casa. Sto morendo», le aveva detto a bruciapelo.

Silenzio.

Cappa aveva aspettato qualche minuto. L'aveva stretta a sé. Lei era restata immobile. Vicinissima. Lontanissima.

Cappa aveva ripreso: «Ormai non facciamo all'amore da anni. Tu da anni non mi desideri e io da anni ho smesso di cercarti. Ora però comincio a covare rancore. Non riesco, non posso rinunciare all'amore e alla passione. Non è né sano né giusto, non lo è neppure per i nostri bambini, tirare avanti così nell'ambiguità e nella tensione solo perché abbiamo paura di stare l'uno senza l'altra. Io sto male, troppo male. Ho imparato a conoscere la depressione. Ho paura».

Francesca aveva fatto passare un lungo minuto. Poi aveva sussurrato: «Hai ragione. Sto male anch'io».

Nient'altro. Né una parola in più né una spiegazione. Del resto non c'era nulla da spiegare. Francesca rinunciava anche a prendere la Decisione. Come al solito la sentenza spettava a lui.

«OK, allora è deciso. Me ne vado via di casa. Ci separiamo dopo Natale. Poi vediamo cosa succede.»

Francesca l'aveva stretto forte. «Ti voglio bene, un bene da impazzire. Ti starò accanto. Se hai bisogno, ti aiuto a cercare la casa.»

«Lascia stare. È meglio che impari a cavarmela da solo», aveva ringhiato.

Ed era scoppiato a piangere.

Adesso Cappa è lì, in piedi, davanti al letto nudo senza lenzuola e senza piumone del suo appartamento da separato. Stancamente, con un vuoto nel petto e lo stomaco grande quanto un pugno, prende le lenzuola che ha contrabbandato dall'armadio di casa. Cerca di scacciare, senza riuscirci, la sensazione di essere un ladro.

Lentamente comincia a fare il letto. Impresa non facile, da solo è un vero imbranato. Lentamente si spoglia e infila una T-shirt. Lentamente si distende sulle lenzuola che profumano di casa. Della casa che non è più sua.

Rimane immobile, cerca di controllare il respiro. Non ha neppure il suo cuscino, ancora non ce l'ha fatta a portarlo via dal letto di Francesca. Quel gesto lo terrorizza, gli suona come la certificazione del distacco.

Cappa ha gli occhi incollati al soffitto.

Si alza di scatto. Si avvicina al borsone con le camicie e i pantaloni. Non ha alcuna voglia di riempire il piccolo armadio che svetta, solitario, in un angolo della camera. Cerca quei pochi grammi di fumo che ha fatto scivolare nella tasca esterna del beauty-case.

Già, Cappa è un poliziotto che si fa le canne. Non sempre. Solo quando è più nervoso del solito, quando non riesce proprio a prendere sonno. Lo fa sin da ragazzo, fin dai tempi dell'università. Come una cura antistress.

Prende le cartine, squaglia un po' di hashish. Arrotola con abilità la cartina e il tabacco. Comincia a fumare seduto sulla sedia, in cucina. Lo sguardo oltre il vetro polveroso, macchiato da gocce secche di pioggia.

Il fischio prolungato di un treno lo scuote. È forte. Penetrante. Si alza, apre la finestra e si affaccia. Proprio sotto, cinque piani più in basso, corre un fascio di binari. La stazione Termini è poco distante, lo scalo di San Lorenzo è a una manciata di metri.

Ora capisce perché l'affitto è ragionevole. Quell'appartamento, quei palazzoni affacciati sui binari, sono come l'abitazione di un casellante. Treni in arrivo. Treni in partenza. Ognuno con il suo fischio. Ognuno con il suo stanco sferragliare. *Tutum, tutum, tutum.*

La scoperta non lo preoccupa. Anzi. Gli piace l'idea di avere almeno la compagnia dei treni.

Il fumo l'ha stordito. Barcollando, gli occhi semichiusi, Cappa raggiunge il letto.

Il sonno non arriva. L'hashish invece di fermare i pensieri li fa rimbalzare in testa come la pallina di un flipper. Stava male a casa, accanto a Francesca. Sta male adesso, senza Francesca. Senza i bambini.

Ha fatto le valigie appena qualche ora prima, è sbarcato nel nuovo appartamento proprio il giorno dopo Santo Stefano e già si chiede, sconcertato e sorpreso, come sarebbe tornare indietro. Cosa proverebbe rituffandosi nel copione quieto della famiglia felice.

La risposta gli affiora sulle labbra, incontrollata: «Starei di merda».

Ormai Cappa l'ha imparato. Francesca gli nega amore, sesso e passione e lui senza amore, sesso e passione non sa vivere. È andato fuori a cercarli. Ha avuto qualche amante. Di tutte si è un po' innamorato. Tutte si sono innamorate di lui e si sono perse nell'amore impossibile. Sono state umiliate e ferite dalla clandestinità. Hanno scalciato. Pianto. Gridato. Sono state annientate, schiacciate. Soprattutto Silvia, una giovane e bella giornalista che ha finito per impazzire lottando con l'indecisione del commissario.

Cappa è stufo di dispensare dolore. È stanco di vivere di bugie. Non potrebbe più tornare a casa la sera, infilarsi nel letto di Francesca dopo essere uscito poco prima dal letto dell'amante di turno.

Cappa ora punta in alto. Vuole un amore pieno. Vuole una felicità senza ombre. Cerca un futuro. Quello che non ha saputo dare a Silvia.

«Futuro», sospira con il cuore che gli batte impazzito. La canna non si accontenta di frullare i pensieri, gli dà anche tachicardia.

«Futuro» è una parola grande. Significa progettare una nuova vita, lasciare definitivamente alle spalle tutto ciò che ha costruito fino a quella mattina. Vuol dire avere l'energia, la voglia, la capacità di amare un'altra donna. Ce le avrà?

Il soffitto non dà risposte. Non ci sono soluzioni in quel piccolo punto bianco accanto al lampadario di Ikea, che i suoi occhi appannati continuano a fissare.

5.
ALESSIA

La scoperta di Anna

Il diario di Anna non era nello zainetto. E neppure tra i libri e i quaderni di scuola. Era lì, in bella mostra, sopra uno scaffale della libreria. La mia piccola non aveva pensato fosse necessario nasconderlo. Il nostro patto di fiducia e di lealtà almeno in questo aveva funzionato. Anna non aveva temuto una mia irruzione nel suo mondo segreto.

Aprii il diario con la copertina di Sims, il gioco di vita virtuale cui Anna e le sue amiche dedicavano interi pomeriggi al PC.

Le mani mi tremavano.

Cominciai dalla prima pagina. Da settembre 2009.

Dovevo scoprire cosa era successo negli ultimi sette mesi. Dovevo assolutamente sapere com'era stato possibile che, a fine estate, Anna fosse entrata in terza media ingenua, limpida e abbronzata e ora me la ritrovassi lì, sanguinante, pallida, lo sguardo opaco, un aborto clandestino appena consumato.

Le prime pagine raccontarono la bambina che conoscevo. Il suo legame con l'amica del cuore, insieme fin dai tempi dell'asilo.

Patti sei grande. TVTTTTTTTTB!!!

Patti & Anna, le mejo del mondo.

I primi turbamenti, gli innamoramenti, le scoperte.

Lele è un vero fico. Oggi quando mi ha guardata mi sono sentita sciogliere. Ma deve essere stato un caso. Lele pensa a Marta, a me neanche mi sniffa.

Marco è proprio uno stronzo. Tutte le volte che gli passo vicino mi prende per il culo. E io gli ho fatto perfino il regalo per il compleanno. Domani mi metto il reggiseno con il push-up e voglio vedere che faccia fa.

Ormai l'ho capito. Babbo Natale non esiste. Mi chiedo perché la mamma non me lo dice. Mi ha fatto fare la figura della cogliona con le mie amiche.

Scoppiai in singhiozzi.

Ma che schifo di mondo è un mondo in cui una bambina s'interroga ancora su Babbo Natale e quattro mesi dopo abortisce?

Pensai al dolore di Anna. Al terrore che l'aveva scossa quando aveva saputo di essere incinta e quando si era distesa sul lettino. Le gambe dalla pelle di alabastro aperte, i ferri che la esploravano rabbiosi. In fondo, sempre più in fondo. Fino a graffiarle e addentarle l'anima.

Pensai all'enormità dell'angoscia che era diventata padrona del cuore della mia piccola.

Pensai al bimbo che non sarebbe nato. E che non doveva, non poteva esistere. E neppure doveva essere immaginato.

Chiusi gli occhi, come a cancellare anche l'idea del feto nella pancia di Anna.

Piangevo e stringevo il diario al petto. Quasi quelle pagine fossero un tesoro, l'ultima traccia superstite della sua infanzia. Ma ormai sbiadita, informe, come un'orma sulla sabbia aggredita dalla risacca.

Voltai un paio di fogli. Alla data del 19 dicembre trovai un'annotazione che mi sorprese.

Oggi sono andata in discoteca. Era la prima volta. Era un panna-party. C'erano le cubiste che ballavano in reggiseno e mu-

tandine sul cubo e si facevano togliere la panna dalla pelle da bande di ragazzini arrapati. Mi sono sentita una merda. A me non mi ha cacato nessuno. Tutti volevano solo quelle. Mi sa che non ci vado più.

Lasciai il diario sulla scrivania. Provai a ricordare quei giorni: il 19 dicembre era un sabato. E di solito Anna, il sabato pomeriggio, andava al cinema o a fare shopping con le sue amiche. Qualche volta, insieme a mezza classe, andava al parco Nemorense, quello vicino alla scuola. Ma solo una volta la mia piccola mi aveva parlato di discoteche.

Era stato ancora di sabato. Questa volta in settembre. Anna era tornata a casa con un foglietto. Me l'aveva mostrato con un gesto di disappunto.

«Guarda che schifezza. Ce l'hanno distribuito davanti a scuola. È un invito a una festa in una discoteca. Si chiama Peter Pan, è qui vicino. E lì, poi, c'è qualcuna che si spoglia per farsi guardare e toccare», mi aveva detto, didascalica, con un'espressione disgustata e un tantino bacchettona.

Avevo tirato un respiro di sollievo. Mi avevano colpito il suo disgusto e il suo distacco. La sua morale.

Chiusi il diario e lo feci scivolare nello scaffale. Tornai in punta di piedi verso la stanza di Anna. Non volevo essere sorpresa mentre violavo i suoi segreti.

Mi chiesi perché. Una guerra era cominciata e io dovevo combatterla. Senza vergogna e senza pudori. Invece faticavo a uscire dal copione della mammina-amica.

La mia bambina ancora dormiva. Il dito in bocca. Rannicchiata. Una smorfia di tensione sul viso.

La guardai qualche istante. Poi, sempre in punta di piedi, accostai con cautela la porta per non far rumore. Tornai nello studio.

Mi sedetti. Tirai un respiro profondo. Ricominciai a leggere le pagine gualcite.

Ero terrorizzata. Dovevo e volevo sapere, ma ero spaventata a morte. Lessi il resto delle pagine come avrei guardato un film horror. Tutto d'un fiato. Tremando.

Il mio sguardo saltellò su date, pagine scarabocchiate, disegni, cuori, sticker dei negozi preferiti di abbigliamento. Compiti per casa. Confessioni. Turbamenti.

Mi bastarono dieci minuti per svelare quei mesi di clandestinità di mia figlia. Per capire fino in fondo la sua metamorfosi.

Anna in quel centinaio di pagine, tra fine dicembre e la metà di aprile, era stata dettagliata, precisa, sincera.

Amaramente scoprii che aveva un rapporto migliore con il suo diario di quanto l'avesse con me. Che tra il diario e sua madre, Anna aveva scelto il primo per aprire il cuore.

Nel buco nero

Nel buco nero, Anna, era precipitata per amore. Chiamiamolo così.

Tutto era cominciato quando si era presa una cotta per un ragazzino della sua classe. Valerio era il più fico, il più ribelle, il più aggressivo, il più bullo.

Tutte le ragazzine della scuola gli sbavavano dietro. E Anna si era gettata nella mischia, decisa a conquistarlo. Gomitate e spintoni: maglie corte a mostrare il ventre piatto, push-up a disegnare un seno virtuale. Mascara, smalto e rossetto.

Le pagine del diario raccontavano le palpitazioni della mia bambina. Le sue delusioni e frustrazioni. I suoi primi successi.

Uno sguardo. Uno scambio di frasi in corridoio. L'invito ad andare con lui in discoteca.

Anna non si era fatta pregare.

Ma Valerio non era un tipo qualsiasi. Il diario di Anna raccontava che l'«amore» di mia figlia faceva il pierre del Peter Pan. Uno di quelli che dentro e davanti alle scuole reclutavano i paganti.

Valerio distribuiva inviti per la festa del sabato in discoteca. Prometteva sballo e divertimento senza regole. Passava di soppiatto «caccole» di hashish e pillole. Soprattutto faceva balenare la possibilità, e con questo aveva agganciato Anna, di trescare qualche minuto con lui.

Trescare? Ci misi qualche minuto e la lettura di una decina di pagine per capirne il senso. Trescare, nel linguaggio di mia figlia, significava scambiarsi carezze, baci. Fare sesso.

Anche sesso vero.

Valerio era già uno «importante». Erano tanti i ragazzini e le ragazzine, i «paganti», insomma, che lui trascinava al Peter Pan. Tanti i soldi che ogni sabato si metteva in tasca. Quaranta, sessanta euro. Due euro per ogni pagante da dieci euro. E con la sua calligrafia infantile, Anna raccontava entusiasta del suo dio in jeans, tattoo e T-shirt aderente, bicipiti palestrati, pierre in carriera. Lanciatissimo.

Presto avrebbe fatto il vicegestore. Questione di un anno, giusto il tempo di arrivare al liceo. E poi chissà, un giorno Valerio avrebbe fatto perfino il gestore. Sarebbe stato The King, il re della discoteca. Quello che selezionava le ragazzine più carine e se le scopava nei camerini. E se erano fortunate, ma proprio fortunate, le elevava a regine del Peter Pan.

Lì sul cubo, aggrappate al palo della lap dance. Girando e dimenandosi fino a farsi girare e a far girare la testa.

Seminude, acerbe, bellissime. Fate del desiderio che poi svolazzano sul web con le foto e i filmati scaricati dai cellulari.

Anna era gelosa. Anna soffriva. Valerio trescava anche con altre ragazzine. Valerio la «schizzava» per giorni.

È come se improvvisamente diventassi invisibile. Ci incrociamo nel corridoio di scuola e neppure mi vede, aveva scritto.

Leggevo quelle parole e soffrivo con Anna. Ma dentro mi montava rabbia, non solidarietà.

Mia figlia, in quelle pagine, raccontava le sue gioie e le sue sofferenze. Soprattutto descriveva come si era gettata via. Come un pezzo di carne.

Anna in quei quattro mesi era diventata una cubista. Per tutta la settimana studiava svogliata, trascorreva i pomeriggi a chattare.

E poi il sabato mi diceva che andava al cinema, o a fare shopping con le amiche. Invece si tuffava nella discoteca.

Lì, come Batman, come Superman, nel camerino compiva la sua metamorfosi. Diventava un'altra cosa.

Si toglieva i jeans o la gonna. Si truccava pesantemente. Si copriva il corpo di creme affinché la sua pelle brillasse sotto le luci stroboscopiche. Poi, in reggiseno e perizoma, era la fata del cubo. Avvinghiata al palo della lap dance. In trance, ipnotizzata dal battito della musica elettronica.

Provai a immaginarla così, mezza nuda, con le mani di decine di ragazzini che la toccavano, la graffiavano.

Strizzai gli occhi. Scacciai l'immagine. Mi era impossibile accettarla.

La mia bambina che dormiva di là, rannicchiata con il dito in bocca, non poteva essere la cubista che mi raccontava il diario.

Stavo impazzendo.

E più leggevo più perdevo l'orientamento, più mi smarrivo nella *second life* di Anna. Distante milioni di milioni di chilometri dai riti e i ritmi della nostra vita quotidiana. Dall'alzarsi alle sette, andare a scuola senza un filo di trucco, studiare poco e malvolentieri, infilarsi a letto alle nove e mezzo dopo mezz'ora trascorsa insieme davanti alla TV.

Eppure, quella seconda vita era terribilmente vera. Era la calligrafia di Anna, quella sul diario di Sims.

Anna, in quel centinaio di fogli scritti fitti fitti, scanditi da disegni e da scarabocchi, svelava di sentirsi una fica. Si descriveva come la regina della scuola e della disco. Spregiudicata e calcolatrice.

In una pagina trovai uno strano riferimento.

Nero mi sta sempre incollato. È la mia ombra, cazzo. Ma io a quello sfigato non lo cago. Nemmeno se mi riempie di soldi gli faccio un pompino. Di fianco alla frase, Anna aveva disegnato un teschio con le tibie incrociate.

Chi era Nero? Perché la seguiva? Perché mia figlia lo associava alla morte?

Annotai il nome su un foglio di carta.

Quando Valerio la snobbava, quando si sbatteva qualche altra cubista nel camerino, Anna trescava con qualche altro pierre. Ragazzini di diciassette, diciotto anni. Ragazzini che collezionavano paganti e scopavano bambine. E le bambine si concedevano per fingersi donne.

Per sentirsi importanti.

Per fare carriera nell'invisibile, ma rigidissima, scala gerarchica del Peter Pan.

Per avere soldi facili con cui comprare ciò che era loro negato, e conquistare ragazzi che non avrebbero mai avuto se fossero state delle semplici, belle, sane, normali, brave ragazzine di terza media.

Quando arrivai a una delle ultime pagine di febbraio, quasi mi mancò il respiro.

Anna raccontava che si era fatta dare venti euro «per un pompino». E scriveva che le era piaciuto.

Si era divertita a sentire quello sconosciuto dipendere

in tutto e per tutto da lei. Dalla sua bocca. E poi sussultare e godere. Sbavare e andarsene impacciato.

La mia piccola si vendeva. Dava via il suo corpo come una puttanella.

Ma era orgogliosa. Sceglieva lei quando, e se, concedersi. Fissava lei la tariffa. Cinquanta euro per una scopata in bagno o in macchina con quello carino. Cento con quello sfigato pieno di brufoli.

Finalmente capii perché negli ultimi mesi aveva rarefatto la richiesta di soldi per la ricarica del cellulare. Perché si era fatta meno insistente a chiedere l'aumento della paghetta. E soprattutto da dove erano usciti tutte quelle gonne, quei jeans, quelle magliette griffate. Da dove erano saltati fuori i soldi per l'ultima borsetta. Le scarpe alla moda. L'iPod. Il telefonino nuovo.

«Me l'hanno regalato. Me l'hanno prestato, tra una settimana devo restituirlo. L'ho trovato su un muretto», erano state le sue risposte alle mie domande. E io le avevo bevute. Imperdonabilmente pigra.

Eppure, la mia colpa più grave era stata un'altra.

Certo, avrei potuto e dovuto indagare di più sul suo guardaroba affollato e su quegli oggetti costosi che erano entrati in casa. Ma il mio vero misfatto era stato non aver messo a fuoco il cambiamento nello sguardo di Anna.

Non mi ero accorta che la sua anima e i suoi occhi, lentamente, erano diventati opachi. In quel momento realizzai che da qualche mese mia figlia evitava di incrociare il mio sguardo. E quando il suo dribbling falliva, non vedevo la luce brillante di sempre negli occhi color del mare.

Ma io, idiota, superficiale, sciatta, non avevo fiutato l'inferno in cui era precipitata.

Nelle pagine scritte da Anna non c'era alcun riferimento alla gravidanza e tantomeno all'aborto. Non una sola traccia.

Lessi e rilessi. Guardai sui foglietti che spuntavano dalle pagine. Esplorai i Post-it, la controcopertina. Niente di niente.

Era come se Anna quel terribile segreto non avesse avuto la forza di rivelarlo neppure al diario. Come se avesse voluto negarlo. Meglio, cancellarlo. Come se non la riguardasse o se fosse accaduto a un'altra.

Ma poi pensai che Anna non poteva essere così. Che la sua ferita doveva essere profonda. Che omettere quel dramma anche nel suo diario era stato il segno di un disagio immenso.

A mia figlia era riuscito impossibile mettere nero su bianco le parole: «Ho fatto il test, aspetto un bambino», «Ho abortito». Con quel silenzio, con quegli omissis, Anna aveva voluto difendersi. Guardare oltre. Ci aveva provato, almeno.

Volevo capire come era potuto accadere. C'era qualcosa che non mi tornava. Valerio, il suo ruolo, la sua influenza negativa, non erano sufficienti. Ero sicura che ci fosse qualcos'altro. Certamente c'era un colpevole.

Volevo un colpevole.

Volevo vederlo in galera.

Cercavo vendetta.

Decisi di affrontare l'esplorazione del cellulare. Anna lo teneva sempre acceso, anche quando dormiva. Non c'erano problemi di PIN o di password.

Ed era come al solito lì, sul comodino.

Lo arraffai trattenendo il respiro. Me ne andai dalla stanza dove lei continuava a dormire come ero entrata, in punta di piedi.

Ma anche qui niente. Anche nella memoria di quello che doveva essere un piccolo scrigno di segreti racchiusi nei chip, non c'era nulla. Gli SMS erano stati cancellati.

Mi chiesi il motivo di tanta prudenza, non trovai risposta. Forse mia figlia non voleva che in classe sapessero di lei. Forse temeva che durante la ricreazione qualcuno o qualcuna avrebbe potuto sbirciare nella sua seconda vita.

Ma non era così.

Anna era fiera di fare la cubista, l'aveva detto al suo diario. Probabilmente, semplicemente, aveva cancellato gli SMS perché avrebbero rivelato qualcosa che non voleva far sapere a Valerio.

Impazzivo.

Stavo per tornare nella stanza di mia figlia e restituire il cellulare al comodino, quando mi venne in mente di guardare nelle cartelle denominate Immagini e Videoclip.

Sul piccolo schermo a colori del telefonino m'imbattei in una immagine di Patti. L'amica del cuore di mia figlia era nuda, in una posa da lolita. Sorrisetto malizioso, un dito che sfiorava il labbro inferiore. Invitante. Ammiccante.

Andai all'immagine successiva. Era di un ragazzo bello e sano, lo sguardo dolce, ripreso a torso nudo. Poteva essere Valerio.

Nient'altro.

Passai ai videoclip.

Un lieve clic con il dito sulla tastiera del cellulare e precipitai nel mondo della lap. Del cubo. In un clip Anna ballava. Era impacciata ma si dava un gran da fare. Mi tornarono alla mente i ricordi di quando, piccolina, faceva i saggi di ginnastica artistica. Impegnatissima, serissima. Imbranatissima.

Eppure, nei movimenti del corpo acerbo di mia figlia c'era qualcosa di sensuale. Trasmettevano un richiamo forte. Animale.

I ragazzini ripresi di spalle urlavano, si dimenavano. Allungavano le mani fino a sfiorarle il corpo seminudo. Lei rispondeva con sorrisi algidi. Era altera. Impercettibilmente schifata. Distante, desiderata. Bella e fiera come una regina.

Allontanai gli occhi da quell'immagine. Lanciai il telefonino sul divano.

Non sapevo cosa fare. Se piangere. Se correre da mia figlia e riempirla di schiaffi. Oppure tornare a infilarmi nel letto accanto a lei e consolarla. Consolarmi.

Non feci nulla. Rimasi immobile seduta sulla sedia. Svuotata.

Mi ritrovai a piangere con le mani schiacciate sul viso, i capelli bagnati annodati fra le dita.

Sentii il telefono squillare.

Mi alzai barcollando. Impugnai il cordless. Non ce la facevo neppure a dire pronto. Schiacciai il tasto di risposta, rimasi in silenzio.

«Sono Alessandro. Chi è? Cosa c'è?!» La voce del mio ex marito mi arrivò dritta al cervello. Chiusi gli occhi. Tirai un respiro.

«Alessandro...» E scoppiai in singhiozzi.

Io e Alessandro non ci amavamo più. Da anni ormai. Ma solo da cinque eravamo riusciti a vincere la paura e l'ipocrisia e avevamo deciso di separarci.

Poi, mese dopo mese, il rancore aveva cominciato ad allentare la sua presa, lasciando filtrare un po' della complicità di un tempo.

Ci univa Anna. Ci legava un grande affetto tessuto in oltre venti anni di vita insieme.

Come al solito Alessandro era in viaggio. Faceva il giornalista in un settimanale e girava il mondo raccontando belle storie, scopandosi hostess d'aereo e tampinando giovani colleghe.

«Alessia, cosa succede? Anna?! Ci sono problemi?» Le parole concitate saltellavano fuori dal telefono.

Tirai un respiro profondo. Smisi di piangere. Non volevo far soffrire Alessandro. E non potevo neppure dirgli dell'aborto. Temevo la sua reazione. Avevo paura per Anna.

«Scusami. No, non è successo nulla di grave. Anna sta bene. È che...»

Non sapevo cosa dire, come spiegare il mio pianto senza raccontare per intero la verità. Scelsi una terra di mezzo. Ad Alessandro dissi che mi ero imbattuta nel diario di nostra figlia e che l'avevo letto. Gli riferii della discoteca. Della passione di Anna per la lap dance.

Nessuna parola, però, sul sesso.

Non avevo bisogno della carica di un elefante, di un ex marito che si materializzasse in casa per fare il culo ad Anna.

Amica & cappuccino

Con Angela eravamo come sorelle. Da dieci anni ci vedevamo tutte le mattine o quasi. E da dieci anni, dal primo anno di scuola materna di Anna e di sua figlia Patti, sapevamo tutto l'una dell'altra.

Ci vedemmo il lunedì mattina per il solito cappuccino, prima che io cominciassi il consueto giro degli appartamenti di cui curavo la ristrutturazione per conto dei miei facoltosi e bizzosi clienti.

Fino a un paio d'anni prima, prendevamo il cappuccino nel bar vicino alla scuola delle nostre bambine. Accompagnavamo Anna e Patti e poi ci concedevamo una ventina di minuti di chiacchiere e di confidenze. Le altre mamme ci chiamavano «le sorelle», appunto. Perché stavamo sempre insieme. Perché ci assomigliavamo. Alte uguali. Castane uguali. Occhi scuri uguali. Peccato però che, a differenza di me, Angela si vestisse firmata da capo a piedi.

Il nostro nuovo posto di ritrovo era la pasticceria che si trovava esattamente a metà strada tra la casa di Angela e la mia. Faceva i cornetti più buoni del quartiere. Forse dell'intera città. Piccoli, ma pieni di burro. Costosissimi.

Angela mi attendeva seduta a un tavolino poco distante dal bancone del bar. Il giaccone ancora indosso sopra l'immancabile tailleur firmato, un giornale aperto davanti agli occhi. Appena mi vide scattò in piedi. Mi corse incontro.

«Che cosa è successo?!»

Dovevo avere una faccia terribile, un disastro riconoscibile a distanza. Un po' come il naufragio del Titanic in pieno oceano.

In meno di un giorno dovevo avere collezionato più rughe di quante ne avessi sommate negli ultimi vent'anni.

Presi le mani di Angela, tenendo gli occhi bassi. Evitando il suo sguardo. Non volevo piangere, avevo bisogno di essere consolata. Mi feci abbracciare. Mi sentivo incapace di affrontare ciò che mi era precipitato addosso. Solo Angela poteva capire. Soltanto Angela poteva aiutarmi. Il nostro destino, almeno in parte, era comune.

«È meglio se non restiamo qua. Andiamo in macchina, ti devo parlare», le dissi continuando a evitare il suo sguardo e dribblando le lacrime.

Angela era sposata con un ricco commercialista. Così, mentre io giravo in motorino o in Smart, lei scorrazzava per Roma con l'ultimo fuoristrada extralusso.

Non la invidiavo. Al contrario di me, era costretta a dormire accanto a un uomo che non amava, concedendosi con ripugnanza. A sottostare alle sue regole. E nulla sapeva, Angela, della libertà che può avere chi riesce a seguire il proprio istinto e a vincere la paura.

Mi afflosciai sul sedile di pelle del brutto macchinone. Aprii il finestrino. Avevo bisogno di aria.

Era una giornata di aprile senza carattere. Né sole né pioggia. Ma non faceva freddo. Anzi.

Angela si accese una sigaretta, nervosa. Restò in silenzio in attesa che fossi io a parlare.

Chiesi una sigaretta. Angela impallidì. Non mi aveva mai visto fumare.

Mi porse il pacchetto, riluttante. Era sempre più allarmata, si muoveva nervosamente sul sedile.

Aspirai il primo tiro e mi venne da tossire. Ne feci un altro e cominciò a girarmi la testa. Mi liberai della sigaretta limitandomi ad aprire indice e medio oltre il finestrino. Non avevo la forza neppure per lanciare lontano un mozzicone.

Mi voltai lentamente verso Angela. La fissai. Mi fissò, vibrando d'impazienza e timore. Tirai un lungo respiro fino a riempirmi i polmoni.

«Anna ha abortito», le dissi in apnea.

Angela spalancò gli occhi.

«Co-cosa?!» replicò balbettando.

«Sì, ha abortito due giorni fa. Così almeno mi ha detto. Ho bisogno del tuo aiuto, voglio trovare quel bastardo che l'ha messa incinta. Voglio fargliela pagare.»

6.
NERO

Rividi Chat

Rividi Chat un paio di settimane dopo la nostra partita a PlayStation.

Fui io a cercare Luca79 su MSN.

Le cose giravano male. Spararmi in testa le note dei My Chemical Romance, degli Hüsker Du o dei Naked Raygun non bastava più.

A scuola i fasci o i bulli, chiamateli come vi pare, mi avevano preso di mira. Non perché fossi di sinistra. Neanche so cosa voglia dire «di sinistra». Semplicemente stavo sul cazzo a quelli più grandi e più grossi di me. Improvvisamente non ero più... trasparente.

I cacciatori fiutano le prede. Sono arrapati e attratti dal puzzo della paura e della fragilità.

Avevano cominciato aspettandomi alla fermata dell'autobus. Erano in quattro. Ragazzi del quarto o del quinto anno.

Non conoscevo il nome di nessuno di loro. Li avevo solo incrociati qualche volta in cortile. Arroganti, rumorosi, volgari. Prepotenti. Idioti. Ho imparato che più uno è violento, più è decisamente stupido.

«Dacci la merenda», mi aggredì il più grosso, appena sceso dal bus con in spalla lo zaino carico di libri.

Rimasi sorpreso. Cosa ci facevano con la mia brioche?

Con un gesto della mano scostai i capelli dagli occhi per mettere a fuoco i miei assalitori. Mi tremavano le gambe. Con un certo sforzo tirai giù dalle spalle lo zaino reso pesante dal vocabolario di latino. Quel giorno c'era il compito in classe.

Sotto gli sguardi dei quattro, cominciai a frugare alla ricerca della mia Fiesta. Adoravo le merendine al cioccolato.

«Sbrigati, brutta zecca», ringhiò un biondino. Poco più grande di me ma decisamente più forte e più cattivo.

Titubante presi la brioche e la tesi al centro del gruppo. Il più lesto ad arraffarla fu il biondino. Poi, disciplinatamente, la passò a quello grosso.

«Tieni, Obelix.»

Mi ritrovai a sorridere, involontariamente. Obelix a quel mostro cadeva a pennello. Sembrava davvero il personaggio dei fumetti. Con la differenza che non era né simpatico né tantomeno buono.

«Che cazzo hai da ridere?!»

L'ultima parola fu accompagnata da uno schiaffone. Caddi in terra. Avevo la testa sottosopra e la guancia bruciava un casino. Portai la mano istintivamente al volto. Non frenai un lacrimone che avrei voluto fermare con tutto me stesso.

«La zecca piange. Calimero se la fa addosso», mi canzonò il biondino.

Quando sollevai la testa e guardai verso l'alto, terrorizzato, pronto a prendere un'altra dose di schiaffi, misi a fuoco solo il volto grinzoso di una vecchia. I quattro se n'erano andati con il loro trofeo. Era tardi. Da scuola giungeva il suono della campanella della prima ora.

«Ti hanno fatto male, ragazzo?» disse la donna con una vocina fine e tremante che sembrava strappata a un film della Disney.

Scossi la testa. Abbozzai un sorriso. Mi alzai.

«Grazie signora, sto bene.»

Qualche ritardatario correva verso la scuola. Vidi un compagno di classe. Rallentò, mi lanciò un'occhiata di commiserazione e di disprezzo. Filò via.

«Sei sicuro che non ti serva niente? Hai la guancia tutta rossa», insistette la vecchia avvolta in una terribile puzza di naftalina.

«Ora passa», risposi rimettendo i libri in ordine.

Sollevai a fatica lo zaino. Lo misi in spalla. Ma invece di salire le scale e infilare il portone della scuola, cominciai a percorrere corso Trieste a passo lento, trascinando i piedi, in direzione opposta a quella di casa.

Non ce la facevo a entrare in classe e non potevo tornare a casa. Cosa avrei detto a mia madre? Quella sarebbe corsa dalla preside a starnazzare, invocando indagini interne e provvedimenti disciplinari. Così, la volta dopo, quei quattro non si sarebbero limitati a uno schiaffo e allo scippo della Fiesta. Avevo visto altri sfigati che si erano ribellati o lamentati con i genitori. Erano finiti gonfi di botte. Sgretolati, tormentati, torturati giorno dopo giorno.

Io quella fine non volevo farla.

A me andava abbastanza bene il mio mondo. In quello, almeno, riuscivo a sopravvivere.

Ogni mattina però era una battaglia. Mia madre, dal bagno, con un urlaccio, spediva Mimì a svegliarmi. La povera filippina impiegava almeno mezz'ora per tirarmi giù dal letto.

Poi, senza fiatare, con la frangia fin sopra gli occhi, mi trascinavo in cucina. Lì, mi aspettava una ciotola con i cereali. Non mi piacevano più, mi avevano stufato e li buttavo nel lavandino appena Mimì si voltava. Ma avevo detto a mia madre che li volevo perché, almeno una volta alla settimana, potevo trovare in una nuova scatola un nuovo pupazzetto. Facevo la collezione.

Terminata la recita della colazione, m'infilavo in bagno. Lasciavo la porta accostata per far sentire l'acqua che scorreva. Ma invece di lavarmi leggevo un fumetto. Poi mi passavo il gel sui capelli neri. Unti e sporchi. Belli, secondo me. Proprio belli.

Un po' simili a quelli dei personaggi dei cartoon giapponesi, lunghi fin sopra gli occhi e con tante punte come fossero aculei di duro acciaio. La mia corazza.

Non c'era una mattina che non uscissi in ritardo. E non mi affrettavo. Andavo lentamente alla fermata e non correvo se vedevo passare l'autobus. Non so se fosse per pigrizia. Credo che, in verità, non me ne fregasse un tubo di arrivare a scuola puntuale. E non c'era giorno che non giungessi in classe dopo il suono della campanella.

Professori e professoresse all'inizio avevano chiesto ragione del ritardo. Ma visto che le mie risposte erano sempre e soltanto brandelli di frasi incomprensibili sussurrati con la testa china, avevano rinunciato.

Prima segnavano i ritardi sul registro. Poi, siccome non andavo male e soprattutto non creavo problemi, silenzioso e solitario in uno degli ultimi banchi, non li annotarono neppure più.

I professori sono una categoria strana. Mi hanno fatto sempre un po' pena. Lavorano tanto, guadagnano poco e spesso hanno a che fare con ragazzi che meriterebbero la fucilazione alla schiena.

Io non contribuivo ai loro tormenti. Anzi, per evitarmi problemi e per non finire anche io nel mirino, cercavo di navigare un po' oltre il filo della sufficienza. E gli insegnanti me ne erano grati.

Le cose le capivo al volo. Mi bastava ascoltare in classe, non avevo neppure bisogno di studiare a casa. I pomeriggi li passavo con le cuffie dell'iPod nelle orecchie e la console portatile in mano. Calcio, corse di auto e giochi di guerra. Quelli dove vinci se stendi più soldati nemici.

Nei compiti in classe me la cavavo bene. I problemi

saltavano fuori quando venivo interrogato. Gli sguardi dei compagni mi paralizzavano. Ma, al di là della paura, in realtà non avevo voglia di rispondere. Il risultato era un silenzio rumoroso. Pietoso.

I professori impazzivano. Al primo anno, certificata la grande disparità fra scritti e orali, avevano pensato che copiassi. Poi, scoprendo quanto fosse rigido il mio isolamento, realizzarono che nessuno si sarebbe mai sognato di passare i compiti a Nero. Così archiviarono i miei lunghi silenzi durante le interrogazioni come un «problema comportamentale e d'inserimento». Parole della preside a mia madre. «Ma Mattia è un bravo ragazzo, fossero tutti come lui...»

Conclusione: fluttuavo sul pelo dell'acqua, come un brutto ratto. Ma scampavo al rischio della bocciatura.

L'aggressione alla fermata del bus però cambiava le cose. Nero era entrato definitivamente nel mirino. I miei silenzi, la mia navigazione a luci spente, sottotraccia, non bastavano più.

Con questi pensieri in testa camminavo piegato sotto il peso dei libri e del vocabolario. Ero preoccupato. La guancia mi bruciava ancora.

Dentro avevo rabbia, frustrazione. Paura.

Arrivato a un passo da via Nomentana m'imbattei, all'angolo di una stradina laterale che incrocia corso Trieste, in un Internet café. Un buchetto con da un lato due cabine per telefonate intercontinentali dedicate agli immigrati e due PC dall'altro.

Fermo sull'ingresso, frugai nelle tasche dei jeans per vedere se avevo qualche soldo. Niente. Guardai nello zaino. Saltarono fuori dieci euro.

Una volta davanti al PC entrai in MSN. Nessuno dei miei contatti era in linea. Erano tutti a scuola. Mi ricordai di Chat. Del suo nickname, Luca79.

Ciao Chat. Oggi sega. Ke fai?

Meno di un minuto dopo arrivò il *bip* della risposta.

Ciao Nero. Sn a casa. Passa. PlayStation?

Rimasi qualche istante davanti allo schermo, leggendo e rileggendo l'invito di Luca79. Ma la decisione l'avevo già presa. Per nessuna ragione avrei rinunciato ad andare da Chat. Con lui potevo parlare. E io, per una volta, avevo un assoluto bisogno di parlare.

Chat mi aspettava giocherellando con il suo Zippo, seduto sulle scale dello scantinato con addosso una tuta da ginnastica blu e un paio di ciabatte. Vestito così, senza la maglia e la giacca nere da buttafuori, mi deluse un po'. Si appannò l'immagine di eroe generoso e senza paura che avevo ritagliato per lui dopo il salvataggio davanti al Peter Pan.

«Com'è che non sei a scuola?» chiese alzandosi e porgendomi la mano.

«Problemi», risposi. E m'infilai nell'appartamento.

Dentro c'era puzza di fumo e di hashish. Chat si faceva le canne anche di mattina.

«Ne vuoi un po'?» chiese porgendomi un troncone di spinello che aveva parcheggiato sul posacenere.

Annuii. Non mi andava di passare per una verginella.

Portai la canna alle labbra, Chat l'accese.

Aspirai. Tossii. Feci un nuovo tiro. Era la mia prima volta.

Mi sedetti sul divano chiedendomi cosa sarebbe successo.

Feci un altro tiro e un altro ancora. Tutto restò uguale. Mi raschiava solo un po' la gola e avevo un terribile sapore di bruciato in bocca. Tornai a tossire.

Chat si sistemò dalla parte opposta del divano. Il suo corpaccione fece scricchiolare le molle e io mi ritrovai più in alto. Avete presente i fumetti? Ecco. Proprio così. Lui grande e grosso seduto da un lato quasi a toccare terra, io piccolo e leggero, sollevato dall'altro lato, in alto a causa del peso di Chat.

Scoppiai a ridere. Il buttafuori capì e rise pure lui.

La canna, forse, cominciava a fare effetto.

«Mi hai detto che hai problemi», disse Chat, ansimando leggermente, quando terminammo di ridere.

Lo guardai. Mi transitarono in testa i fotogrammi dell'aggressione. Sentii di nuovo, forte, il dolore dello schiaffone. Il bruciore acuto dell'umiliazione. L'angoscia della paura. Sgranai gli occhi.

«Che c'è, Mattia?»

«Niente.»

Le lacrime mi salirono dal petto senza che le avessi chiamate. Fu come un'eruzione improvvisa. Sussulti. Singhiozzi.

Di più. Mi alzai di scatto e mi precipitai tra le braccia di Chat. Il buttafuori mi guardò perplesso. Non lessi pietà nei suoi occhi. Solo sorpresa.

Con lentezza mi posò un braccio sulla schiena e mi lasciò singhiozzare sul suo pancione. Immobile.

Un po' alla volta il pianto si arrestò.

«Deve essere il fumo», dissi in un sussurro. Rosso di lacrime e di vergogna.

«Forse. Ma tira fuori il resto... Non sono Biancaneve.»

«OK. Oggi davanti a scuola quattro stronzi mi hanno circondato, dato una sberla e rubato la merenda.»

«E piangi pe' sta cazzata?»

Annuii.

Chat mi scostò. Si alzò. Cominciò a girare nervosamente nella piccola stanza. Non credo fosse preoccupato per me, credo che fosse infastidito dal fatto di trovarsi in casa un ragazzino piagnucoloso che tirava su col naso. Lui voleva giocare a PlayStation, non consolare uno sfigato molestato a scuola da un manipolo di bulli.

Mi cominciava a girare la testa.

«Ti va di vedere un porno?»

«Un che?!» risposi sorpreso.

«Un film porno. Suppongo che ne avrai già visti, non sembri un coglione fatto e finito. Ne ho scaricato uno proprio questa notte. Credo che non sia niente male.»

Non sapevo cosa rispondere. Ero disorientato. Gli avevo raccontato dell'aggressione, avevo appena finito di singhiozzare e lui mi proponeva di vedere un porno. Restai immobile, paralizzato, sul divano.

Chat prese un dischetto dal computer, lo infilò nel lettore di DVD collegato alla tele, si sedette accanto a me. Sullo schermo cominciarono a danzare le immagini di una donna che faceva sesso con due uomini. Tenevo la testa bassa e ogni tanto, imbarazzato e impaurito, sbirciavo verso la TV. Presto il coso mi diventò duro. Chat guardò la patta dei miei pantaloni. Sorrise.

«Vedo che ti piace.»

Diventai rosso di nuovo.

«Non ti devi vergognare, piace anche a me. Senti.»

Prese delicatamente la mia mano e se la portò sul sesso. Era grande. Il cuore mi si fermò. Istintivamente ritrassi la mano e feci per alzarmi.

«Non avere paura. Guarda come si fa.»

Mi aprì con un gesto rapido i pantaloni, impugnò il mio coso. Cominciò a toccarmi. Su e giù.

La testa era ormai un frullatore. Non si fermava più. Mi veniva da dare di stomaco. Quando riuscii a mettere di nuovo a fuoco le immagini, mi accorsi che Chat aveva preso con l'altra mano il suo cellulare e che mi stava filmando.

«Che-che fai?» balbettai, incapace di fermarlo.

«Faccio un video, così ti posso guardare quando non ci sei.»

Gli venni in mano dopo qualche istante. Lui si alzò, si asciugò con uno scottex. Poggiò il cellulare sul tavolo.

«Scommetto che era la prima volta», disse con una venatura di orgoglio nella voce.

Annuii.

«Ti è piaciuto?»

Annuii di nuovo. Ed era vero. In fondo mi era piaciuto. Non avevo mai fatto sesso, a parte i palpeggiamenti con il secchione Marco, e quel primo contatto vero mi aveva dato piacere.

«Anche tra uomini non è male. Ma, certo, è meglio farlo con le femmine», sentenziò Chat. «Su questo non c'è alcun dubbio.»

Lo fissai perplesso, sempre immobile sul divano. Non sapevo di cosa stesse parlando. Una femmina, io, non l'avevo mai toccata. E neppure desiderata. Ma, in fondo, non avevo mai desiderato neppure un maschio. Nella testa avevo sempre avuto soltanto tanta confusione.

Caos allo stato puro.

Però una ragazzina che mi piaceva c'era. Bionda e con gli occhi color del cielo. Il mio contrario.

Si chiamava Anna. Sapevo solo il nome. L'avevo vista un sabato pomeriggio alla fermata dell'autobus e, ascoltando le chiacchiere che faceva con le sue amiche, avevo scoperto che andava alle medie dell'Esopo, poco lontano dal mio liceo.

Così, quando finivo le lezioni alle 13.30, avevo cominciato ad aspettarla all'uscita della scuola. La guardavo da lontano. Le gambe molli, il cuore che batteva forte, il cervello in pappa e una gran voglia di dirle almeno un ciao.

L'avevo perfino seguita fino a casa, tenendomi a distanza perché lei non si accorgesse di me.

Ed era stato proprio per Anna che avevo deciso di andare al Peter Pan. Perché speravo di incontrarla. Perché sognavo mi potesse notare. Chissà se mi aveva visto mentre mi pestavano e Chat mi salvava?

Speravo proprio di no. Anna era troppo fica per interessarsi a uno scarafaggio. A Nero.

«Che fai? Dormi?!»
Chat mi fece sobbalzare. Mi ero addormentato sul divano.
«Deve essere il fumo. Ma allora è la prima volta anche che fumi! Potevi dirmelo», incalzò il buttafuori.
«Che ore sono?» chiesi debolmente.
«L'una e quaranta.»
«Cazzo.»
Mi alzai di scatto. Barcollai. Precipitai sul divano. Chat si mise davanti a me. Mi prese le mani e mi tirò in alto lentamente. Poi mi tenne per le spalle.
«Va meglio?»
«Sì.»
«Dopo una canna, se ti gira la testa, ti devi alzare piano, se ti tiri su di botto finisci lungo.»
Sorrisi debolmente.
«Sei pallido. Però niente male, come inizio. E vedrai le prossime volte quanto ci divertiremo.»
A fatica misi a fuoco la sua faccia. Aveva l'espressione di un bambinone soddisfatto del suo gioco, desideroso di cominciare quello successivo.
Un'ondata di ansia mi salì dallo stomaco insieme a un conato di vomito. Con due passi raggiunsi il lavandino e rigettai tutto ciò che avevo dentro.
Chat si era seduto sul divano. Mi guardava con una punta di disgusto.
«Scusa», sussurrai.
«Niente. Ma se sei così deboluccio è meglio che non ti faccia più fumare.»
Non risposi. Presi lo zaino e trascinando i piedi raggiunsi la porta. L'aprii. Fui accecato dalla luce del giorno.
Nello scantinato sembrava di stare al crepuscolo. Fuori, di essere sotto il sole d'agosto.
Respirai profondamente. Mi sentii meglio.
«Ciao, Chat», dissi voltandomi verso il buttafuori.
«Ciao.»

Chat era in piedi con la sua tuta e il suo pancione strizzato dalla lampo. Da dentro mi salì una nuova ondata. Questa volta di schifo.

A me i maschi non piacevano. Anzi, per la verità non lo sapevo.

Proprio non lo sapevo.

7.
28 DICEMBRE 2010

Il fischio di un treno

Cappa apre gli occhi pigramente. Il fischio di un treno galleggia nella stanza. Lentamente guarda l'orologio, avvicinando il polso e cercando di mettere a fuoco le lancette. Ma la serranda non fa filtrare neppure un velo di luce.

Il commissario rimane immobile qualche minuto. I pensieri arrancano, come fossero impastati nella sabbia.

Dopo la canna del pomeriggio, se n'è fatta un'altra e un'altra ancora, fino a rimanere stordito. Non ricorda di avere mangiato. Non ricorda a che ora è crollato sul letto.

Un altro treno. *Tutum tutum tutum.* Un altro fischio. Stranamente gli piace quella compagnia. Non lo infastidisce.

Resta qualche altro minuto immobile.

Non sa dove trovare la forza e la voglia per alzarsi. Lavarsi. Vestirsi. Affrontare la giornata. Avviare l'inchiesta sull'omicidio di Chat, il buttafuori.

Stancamente si mette a sedere sul letto. Cerca a tentoni le ciabatte. Le infila. Barcollando raggiunge la porta.

Impugna la maniglia con cautela e con cautela apre la porta. Un'ondata di luce lo investe costringendolo a serrare le palpebre. Si aggrappa alla maniglia. La testa gira, gira. Gli sembra di stare su una giostra, una di quelle su cui andava da ragazzo, con i seggiolini lanciati a velocità pazzesca nel vuoto.

Socchiude dolorosamente le palpebre. Raggiunge il giaccone, tira fuori gli occhiali da sole.

Adesso Cappa sorride. Impugna lo spazzolino davanti allo specchio del bagno ritrovandosi a lavarsi i denti con i Ray-Ban sul naso.

Si scuote.

Ha fame.

In cucina non c'è nulla. Né il caffè né un biscotto.

"Dovrò fare la spesa."

Decide che la prima tappa della giornata sarà la doccia. Si toglie la T-shirt, i boxer e gli occhiali. Rintraccia un flaconcino di shampoo nel beauty-case. Scavalca il bordo della vasca da bagno. Apre l'acqua della doccia e quando è ancora fredda mette la testa sotto il getto, versando un po' di shampoo sui capelli.

Poi aspetta. Attende che arrivi l'acqua calda.

Niente. Guarda il boiler. La luce è spenta. La sera prima non l'ha acceso.

Imprecando rimette la testa sotto il getto di acqua ghiacciata. Tremando sciacqua via il sapone. Saltellando per il freddo si lava il resto del corpo.

Ma proprio quando crede che la tortura sia finita, Cappa si accorge di aver commesso un altro errore. Non ha portato in bagno l'asciugamano. Gocciolando torna nella camera da letto ancora immersa nell'oscurità. Accende la luce. Si precipita tremando verso il borsone. Gli basta un attimo per capire di aver commesso uno sbaglio ulteriore. La ricerca è inutile: ha dimenticato di prendere gli asciugamani.

"Qualcuno dovrebbe scrivere un manuale per i mariti che si separano, con una check-list di tutte le cose indispensabili", si ritrova a pensare Cappa, piantato tremante sulla pozza d'acqua che si è formata ai suoi piedi vicino al borsone.

Non si scoraggia.

Si avvicina al letto. Prende il lenzuolo di sopra, si asciuga con quello. Poi lo lascia appeso allo schienale di una sedia. La speranza è di trovarlo asciutto per la notte successiva.

Finalmente guarda l'orologio. Sono le 7.30.

Tira un respiro di sollievo. In quel disastro una cosa buona c'è. Non è in ritardo.

Ha perfino il tempo per farsi la barba. Con un filo di apprensione si avvicina al beauty-case. Sorpresa: rasoio e schiuma da barba ci sono. Con l'acqua fredda non sarà una passeggiata, ma non può andare a lavorare con la barba lunga di due giorni.

Lo specchio del bagno gli restituisce l'immagine di un uomo ancora in forma. Niente pancia. Niente rughe profonde sul viso. Soltanto un po' di capelli bianchi qua e là.

"Una donna da amare la troverò. Forse."

Camicia azzurra con i bottoncini, cravatta blu, abito grigio, scarpe nere. Vuole essere elegante, Cappa, nella sua prima giornata da single. Mette gli indumenti sul letto. Sta per indossarli. Desiste. Vestirsi bene richiede almeno un briciolo di buonumore.

"Oggi non riesco ad andare oltre un maglione."

Cappa prende il cellulare, lo accende per vedere se ha ricevuto qualche chiamata. Se l'ha cercato Francesca.

Niente. Sta per mettere il telefono nella tasca, invece si ferma. Lo osserva sospettoso e ostile. Preme d'istinto il tasto OFF. Ancora per un po' vuole restare disconnesso dal mondo. Spento.

Si chiude la porta alle spalle, ma prima di cominciare a scendere i gradini osserva guardingo il pulsante dell'ascensore. Non è rosso come il giorno prima. Lo schiaccia diffidente. I cavi cominciano a muoversi, in pochi istanti la cabina è lì davanti ad attenderlo. Ammiccante.

Il commissario fa per aprire la porta, ha già la mano sulla maniglia. Sta per girarla. Invece si volta. Comincia a scendere le scale. Con quell'ascensore non vuole avere rapporti. È infido. Non intende rischiare altre delusioni. Non da quel coso, almeno.

Il portone del palazzo si affaccia su una strada a fondo cieco. Un nastro di asfalto, soffocato da centinaia di auto parcheggiate con ingegno e disperazione, che muore contro un alto muro giallo. Al di là, il fascio di binari.

A passo lento, esplorando suoni, odori e colori, Cappa s'incammina verso via Prenestina. Fa freddo. C'è il sole. Ancora più pallido e algido del giorno prima.

Il marciapiedi è impraticabile. Una gimcana fra auto e merde di cane.

Incontra un negozio di frutta e verdura gestito da un arabo. Supera le finestre di una piccola agenzia di assicurazioni. Ovunque brillano le lucine natalizie. Cappa avrebbe voglia di strapparle e di saltarci sopra riducendole in poltiglia colorata.

Proprio in fondo alla strada, poco sotto la rampa della tangenziale che sfregia via Prenestina, approda a un vecchio bar. Timidamente sbircia all'interno. Al bancone c'è una signora anziana, grassa, con i capelli cotonati di color violetto, impegnata a passare lo straccio sul lavandino. Alla cassa troneggia un uomo più o meno della stessa età e della stessa corporatura. Sfoglia una copia del «Messaggero» e, quando il commissario azzarda un buongiorno, neppure alza gli occhi.

«'Ngiorno», borbotta.

«Desidera?» fa conciliante la signora, quasi a rimediare alla scortesia di quello che dovrebbe essere il marito.

«Un caffè macchiato e un cornetto», dice gentile Cappa.

Il caffè è terribile. Lungo e dal sapore pungente del

caffè troppo tostato. Il cornetto è gommoso, deve essere del giorno prima.

Il commissario non trattiene una smorfia. Sta per protestare, ma proprio in quel momento la signora si sporge verso di lui.

«Ha ragione, sono vecchi. Ma questa mattina non è ancora passato il fornitore. Ha un problema con il furgone. Se vuole, le posso dare una scatola di biscotti», bisbiglia come se stesse facendo una confidenza.

No, i biscotti no. Oggi Cappa vuole qualcosa di meglio.

«Non si preoccupi. Sa consigliarmi un altro posto dove fare colazione?»

«Superi la via Prenestina, al di là della strada c'è il Pigneto. Là ci sono almeno un paio di bar da ricchi. Sa, noi siamo due vecchietti, ormai...» suggerisce e ammette, civettuola, dando un'occhiata al marito.

Il commissario si avvicina alla cassa.

L'uomo ha ancora gli occhi sul giornale. «Vada pure e ci scusi. Oggi non si paga», dice alzando la testa e regalando un mezzo sorriso.

Quella coppia gli piace. A Roma è una rarità trovare un barista gentile. Due, è roba da record.

«Arrivederci, a domani allora. Sperando nella buona salute del furgone...»

Al Pigneto, Cappa non ci mette piede da un decennio. L'ultima volta che aveva girato tra quei vicoli stretti, circondati da villini bassi e vecchie case abusive, era stato per l'omicidio di uno spacciatore. Un marocchino freddato nel suo monolocale con ancora una manciata di dosi di eroina serrata nel pugno.

«Pigneto» stava per delinquenti, giovani dei centri sociali, immigrati clandestini e povera gente.

Adesso è tutto diverso. Gli intonaci delle case sono rifatti da poco. Qua e là si affacciano alcune boutique e un paio di ristoranti con pretese di nouvelle cuisine. Il vecchio mercato non esiste praticamente più. Solo un breve rosario di banchi puliti e tirati a lucido. Niente grida. Pochi anziani. Molte giovani coppie. Qualche gay dalla camminata ondeggiante.

A completare la metamorfosi, in un angolo della strada principale, spunta l'insegna di una libreria.

Di più e meglio: una libreria con tanto di caffetteria.

Cappa non esita un istante. Si infila a passo svelto dentro il locale, con il freddo del mattino che lo insegue e comincia a mordergli la faccia. Ha portato schiuma e rasoio, ma non la crema dopobarba. E la pelle del viso tira, tesa.

Il Caffè-libreria, come recita l'insegna, è caldo e invitante. Scaffali pieni di libri alle pareti. Giornali sui tre tavolini sistemati davanti al bancone. Una ragazza bionda lo accoglie con un sorriso e un buongiorno.

Sta per sedersi quando la donna, con un accento straniero, lo ferma.

«Non c'è servizio ai tavoli.»

Cappa accoglie l'annuncio con piacere. Vorrà dire che risparmierà qualcosa. Arrivava già con difficoltà a fine mese con il suo stipendio da poliziotto; ora che deve pagare anche l'affitto della casa dei treni, evitare i debiti sarà un'impresa quasi disperata.

Si avvicina al bancone. Su un vassoio ci sono alcune brioche, qualche fetta di crostata di visciole e mezzo panettone. Punta sulla crostata. Ordina un cappuccino d'orzo. Il primo caffè gli ha bucato lo stomaco.

La ragazza non ha più di trent'anni. Ha i jeans aderenti che incorniciano un sedere da concorso e un golfino così stretto da accompagnare ogni respiro. Capelli biondi e lisci fino alle spalle, occhi azzurri dal taglio slavo.

Cappa la osserva con distacco. È bella, è sexy, ma oggi lui non riuscirebbe a desiderare neppure una modella uscita dalla copertina di «Playboy».

Prende tazza e crostata e con cautela raggiunge uno dei tavolini.

Il locale è deserto, è troppo presto per la colazione degli intellettuali della zona. I giornali sono tutti per lui.

L'omicidio del buttafuori è annunciato con titoloni nelle pagine della cronaca cittadina. Non c'è scritto molto. Il nome e la professione del morto, il luogo, la dinamica e l'arma del delitto. Poco. Ma è quel poco che conosce anche Cappa. Giulio De Paoli, il magistrato incaricato del caso, non si è lasciato trasportare dalla fantasia nei suoi contatti con i giornalisti.

"È uno che si fa i fatti suoi e non rompe. Pregi della pigrizia."

Sono le otto e mezzo, il commissario decide di accendere il cellulare. Digita il numero di casa, vuole notizie dei bambini. Al quarto squillo risponde Francesca.

«Ciao.»

«Ciao tesoro. Come stai?» gli fa la moglie, la voce affettuosa e squillante.

Silenzio.

«Cosa c'è? Perché non parli, amore?»

«Perché la devi smettere di chiamarmi tesoro e amore. Ci siamo separati o no? Così mi fai solo stare più male. Se è finita, è finita.»

Ora è Francesca a tacere.

«Tutto bene con i bambini?»

«Sì, li ho appena accompagnati da mia sorella. Hanno portato i regali ricevuti da Babbo Natale per giocarci con i cuginetti. Tra un quarto d'ora vado in ufficio.»

La voce della moglie è diventata fredda, distaccata.

Cappa sente una lama penetrargli nel cuore. Quanto è difficile. Quanto è dura scavare un fossato tra lui e Francesca.

Senza neanche accorgersene si ritrova con le guance

bagnate di lacrime. Precipitosamente inforca gli occhiali da sole che aveva tolto entrando nel locale.

Francesca capisce. Francesca torna quella di sempre.

«Cucciolo, mi dispiace...»

«Ti prego, non chiamarmi cucciolo», implora e ringhia Cappa, trattenendo il pianto.

«OK, Tommaso. Come è andata la tua prima notte da solo? Com'è l'appartamento?»

«Tutto bene, tutto bene. È una casa piena di luce, si affaccia sui binari. La compagnia dei treni mi piace», fa lui cercando di mostrarsi più calmo e sereno.

«I treni?!»

«Lascia stare. Un giorno ti racconto. Comunque tranquilla, va davvero tutto bene...»

«Sono contenta. Allora buona giornata. Ti voglio bene. Un bene da impazzire, non dimenticarlo mai. Se questa sera, quando finisci di lavorare, passi a casa, farai felici i bambini.»

«Ci provo. A dopo.»

Cappa chiude la telefonata. In fondo Francesca gli fa tenerezza. Sente che ha paura, sa che la separazione terrorizza anche lei. Sente che soffre per lui. Ma sa altrettanto bene che prima o poi starà meglio.

Poi pensa al piccolo Matteo, alla bella Sofia. Per i suoi figli sarà più dura. Ma almeno verrà loro risparmiata la guerriglia quotidiana tra lui e Francesca.

Si asciuga gli occhi, furtivamente, con il tovagliolo che sul tavolino traballante fa compagnia alla fetta di crostata. Il commissario non ha più fame. Si alza. Saluta. Guadagna l'uscita.

La ragazza straniera lo insegue con un arrivederci. Quel saluto suona come una pacca sulle spalle, un moto di compassione.

«...derci», borbotta Cappa, imbarazzato, senza voltarsi.

Il sole ora è più alto. Fa brillare le facciate dei villini. Sono stati costruiti senza un piano urbanistico, senza una regia. Ma il risultato è strepitoso. Nell'insieme sembrano frutto della follia creativa di qualche artista pazzo. Alti e bassi, snelli e deformi. Buffi e austeri. Pallidi e colorati.

Il commissario si scuote. Non ha tempo per fare il turista. A passo svelto, con la sua camminata a schiena dritta e testa alta, si incammina verso la casa dei treni. Ha lasciato lì, accanto al portone, il suo scooter. Ed è soltanto in moto che lui sa affrontare la città. Guidare l'auto lo rende nervoso. Troppo traffico. E poi non si sa mai dove metterla, la macchina.

Mentre cammina a passo svelto sente il giaccone vibrare.

Impugna il telefonino. Sul display c'è scritto «Berti».

«Ciao Paolo. Tutto bene?»

«Sì, sono in ufficio. Sulla tua scrivania hai già il rapporto dell'autopsia di Chat. Me l'hanno appena dato», dice il «gemello». Berti è come Cappa, quando Cappa è in formato standard: le nuove inchieste lo elettrizzano.

«E cosa c'è scritto?»

«Che le cose non sono così semplici come avevamo creduto. È vero, senza dubbio un corpo contundente, la spranga che abbiamo trovato, ha aperto una ferita sulla nuca della vittima. Ma il medico legale è quasi certo che il danno più grave, quello mortale, sia stato prodotto dalla caduta per le scale.»

«Vale a dire?!»

«Be', secondo l'autopsia la ferita sul cranio è scomposta. I tagli sono in sequenza e sono due. Uno, di minore entità, corrisponde alla larghezza del tubo metallico. Ma sarebbe stato l'altro, quello probabilmente causato dalla caduta, ad aver provocato più danni. Non solo, il medico ha evidenziato la frattura della sesta vertebra cervicale.

Anche questa sarebbe stata causata dalla caduta e avrebbe concorso alla morte del nostro buttafuori.»

«Ciò significherebbe che qualcuno ha dato a Chat un bel colpo sulla testa, ma che il "lavoro vero" se l'è fatto da solo cadendo a testa in giù per le scale, spaccandosi cranio e collo?»

«Più o meno.»

«Be', questo cambia non poche cose. Sarebbe omicidio preterintenzionale e non volontario. L'ora presunta del decesso?»

«Tra mezzanotte e le due del mattino.» Pausa. «Nessun dubbio però, come ti dicevo, sull'arma usata dall'aggressore. È il pezzo di tubo di metallo che abbiamo trovato accanto al cadavere. Mi sembra che il caso si possa ritenere chiuso. No?!»

Cappa sente Berti ghignare. Adora il suo collaboratore. Di mattina è sempre di buonumore. L'aiuta a tirarsi su.

«Sì, chiuso come il tuo cervello», ribatte.

«OK, non fare così. Del resto si tratta soltanto di trovare un assassino tra quasi tre milioni di persone. Ma l'esperto sei tu.»

Oggi è davvero in forma, Berti.

Cappa non è però nello stato d'animo per stare al gioco.

«Hai notizie del computer? I tecnici ti hanno fatto il rapporto su ciò che contiene?»

«Niente, niente di niente. Il PC è vuoto come se fosse stato appena comprato. Quel buttafuori ci sapeva fare con i computer. Ha cancellato tutto, immagini, file, videoclip. E anche gli ultimi accessi a Internet, il registro delle conversazioni fatte con MSN e con gli altri social network. La cosa ha sorpreso perfino i nostri tecnici. Alfonsi mi ha detto che sembra il portatile di Biancaneve.»

«Intende la bonona dei Sette Nani?»

«Sì. Il PC sembra puro, immacolato.»

Cappa sbuffa. Sperava nell'aiuto del computer. Invece. "Quel Chat aveva molte cose da tenere segrete."

«E cosa mi dici del rapporto della Scientifica?»

«Non hanno scoperto niente, a parte...»

«A parte?»

«Be', nell'appartamento solo le impronte della vittima si possono considerare recenti. I tecnici ne hanno individuate anche altre, ma sono "antiche", coperte da uno strato di polvere. La cosa più interessante rinvenuta dalla Scientifica sul divano sono dei capelli lunghi. E non sarebbero di una donna, ma di un uomo.»

«Un uomo con i capelli lunghi?»

«Sembra proprio così. Ma è l'unica traccia, sotto le unghie di Chat non hanno trovato niente. Dunque c'è da presumere che il buttafuori non abbia ingaggiato una lotta furibonda per tentare di salvarsi le penne.»

Cappa resta qualche istante in silenzio. La storia dei capelli è una traccia. Si può partire da lì. Ma prima ci sono i contatti del cellulare da esplorare.

«Hai chiamato quelli della discoteca? Hai fissato un appuntamento con i gestori?»

«Sì, ci ho parlato ieri sera. Ho provato a chiamarti per dirtelo, ma eri spento.»

«Hai ragione, scusa. Ma ieri ero proprio uno straccio e ho staccato il cellulare. A che ora andiamo al Peter Pan?»

Berti sa tutto. Tutto di lui e Francesca. Da un paio di settimane, silenziosamente, senza fare alcun accenno, ha cominciato a sbrigare anche il lavoro di Cappa, quando Cappa evapora trascinato lontano dai pensieri.

«L'appuntamento è fissato per le due di pomeriggio. Sai, quella è gente che non si sveglia presto. E ho pensato che anche tu non avessi voglia di fare le corse...»

Cappa vorrebbe abbracciarlo. Ha ancora un po' di tempo. Non deve correre in questura.

«Perfetto, allora vengo in ufficio all'una. Mangiamo un panino insieme e andiamo.»

«OK, tranquillo. Ti aspetto. Intanto continuo a spulciare l'elenco dei contatti di Chat.»

In un istante svanisce il senso di euforia. Il tempo libero improvvisamente lo terrorizza.

Se fosse ancora a casa, nella sua casa, saprebbe cosa fare. Potrebbe mettere i documenti a posto, fare un po' d'ordine tra le sue cose. Potrebbe accendere l'hi-fi e spararsi a tutto volume un vecchio album di Vasco, di Gianna Nannini o spingersi fino agli U2 o addirittura ai Genesis. Potrebbe semplicemente rimettersi a letto, leggere qualche pagina dell'ultimo romanzo di Maigret che ha lasciato – dolosamente, quasi a marcare il territorio – sul comò di Francesca. Cappa adora Georges Simenon e il suo commissario. In fondo, la sua massima aspirazione è avere l'acutezza e il passo lento, flemmatico e compassato di Maigret. Ha letto praticamente tutte le sue storie.

Ma questa passione è un segreto che condivide solo con Francesca e gli amici più intimi. Berti incluso. "Se gli altri sapessero che il commissario Cappa legge le storie di Maigret... non la smetterebbero di prendermi per il culo."

Di tornare alla casa dei treni non se ne parla. Quelle stanze vuote, estranee, lo farebbero sentire peggio.

È ancora una volta un fischio, lo sferragliare sordo di un convoglio al di là del muro giallo che chiude la strada a scuotere Cappa.

Ora il commissario sa cosa fare. Impugna le chiavi dello scooter. Libera la sua Honda dalla catena e dal bloccadisco, infila il casco.

In cinque minuti è a Termini. Gli uffici dei colleghi della polizia ferroviaria sono sul lato di via Marsala, proprio accanto al primo binario. Nella sala d'attesa ci sono un paio di turisti stranieri con l'espressione spaventata. Un'altra coppia ha dipinta in faccia una smorfia di disgusto. I due parlottano fitto fitto in tedesco e si guardano intorno come se volessero sputare per terra in modo da mettere agli atti il loro disprezzo.

È sempre così. Tra scippi e imbrogli, Termini non è per i turisti la porta dell'Eden.

«Ciao Cappa, auguri. Come hai passato le feste? Cosa ti porta qui? Vuoi fare un viaggetto per Capodanno?»

Una voce sottile lo sorprende alle spalle. Non ricorda il nome. Non ricorda quando l'ha conosciuta, ma essere una faccia nota gli rende le cose più facili. Non deve presentarsi e mostrare il distintivo.

«Ciao. Auguri anche a te. Sono venuto perché avrei bisogno di un favore», dice alla giovane agente della Polfer. Trent'anni, non di più. Bassa e tarchiata. Capelli corti e neri. Calabrese senza ombra di dubbio.

I due si stringono la mano. Lei gli stampa in faccia un sorriso che vale un invito a cena. Uno di quei sorrisi che gli uomini non capiscono mai. O non vogliono capire.

«Forse non ti ricordi di me. Sono Paola De Florio. Anni fa abbiamo seguito insieme il caso del barbone buttato sotto il treno...»

«Ah, certo. Mi ricordo, eccome», mente Cappa, e domanda per cambiare discorso: «Tutto tranquillo oggi?».

«Sì, i soliti problemi con qualche grattacapo in più, visto che quest'anno sembra che tutti abbiano deciso di passare le vacanze natalizie a Roma. Cosa posso fare per te?»

Cappa sorride imbarazzato. «Be', è una storia un po' complicata. Ma avrei bisogno di avere il tabellone con l'orario dei treni. Quello completo.»

«No problem», risponde Paola, cercando di fare la sciolta. «Vieni, andiamo da quelli delle Ferrovie e gliene chiediamo una copia. Ne hanno talmente tanti che potrebbero volantinarli.»

Stretta di mano. Bacetto sulla guancia. L'impegno a tenersi in contatto. Soprattutto, chiusi in un bustone, due manifesti piegati. Titoli: TRENI IN PARTENZA, TRENI IN ARRIVO.

Perfetto. Proprio ciò che cercava.

Il commissario ha una gran voglia di correre alla casa dei treni per appendere i due poster. Decide che prima, invece, deve passare al supermercato. Il frigo è vuoto.

I corridoi della GS gli sembrano ostili. Lo mettono a disagio. A Cappa è sempre piaciuto fare la spesa. È bravo, non dimentica mai nulla, anche senza aver compilato prima la lista. Ma ora è assalito dall'angoscia. Non può comprare i biscotti che piacciono a Matteo, né le merendine amate da Sofia. Ed è inutile fermarsi al banco della macelleria. Il roast-beef che lui cucina così bene non lo mangerebbe nessuno, finirebbe per marcire in frigorifero.

Il commissario dribbla anche il pane. Si seccherebbe. Non sa se, e quando, mangerà da solo.

Nuovo dribbling sulla frutta. Ammuffirebbe.

Dopo il primo giro tra i corridoi, il carrello è ancora vuoto. Ricomincia. Questa volta senza la mente appannata da angoscia e fantasmi. Inizia con la cosa più facile: una scatola di puntine con cui affiggere i due manifesti con gli orari dei treni. Poi, i biscotti per la colazione. Il caffè e il tè. Una bottiglia di vino rosso, un Sangiovese di una cantina che conosce. Prezzo basso, qualità discreta.

Dentro qualche confezione di formaggio stagionato. Sottovuoto. Un paio di scatole di cracker che dovranno svolgere il ruolo del pane. Olio, sale, aglio, pepe, peperoncino, un paio di lattine di pomodori e due confezioni di spaghetti e di rigatoni.

Poi decide di rischiare. Un Philadelphia da spalmare. Stracchino.

"E al diavolo se scadranno e poi dovrò buttarli."

Una busta di insalata iceberg prelavata. Un cestino di pomodorini.

“Questi ci mettono un po’ ad appassire.”

Una cosa Cappa, alla sua prima giornata da separato, l’ha imparata. Il single felice e sereno è quello con il carrello e il frigo pieni. E più sono pieni di alimenti freschi e a rischio scadenza, più è «risolto», come direbbe Franco, il suo amico psicoterapeuta.

Cappa non intravede neppure il traguardo.

Vicino alle casse si imbatte nel piccolo reparto dedicato all’elettronica. Cellulari, MP3, piccoli impianti hi-fi. Il commissario si avvicina. Un Sony con lettore di CD, radio, registratore si offre a 99 euro. Il commissario tentenna un istante, poi tuffa il micro hi-fi nel carrello.

Caricare lo scooter del bustone con la spesa e del piccolo hi-fi non è un’impresa facile. L’Honda parte barcollando. Cappa tiene il suo bottino di acquisti sul pianale, aiutandosi con i piedi e le gambe. A meno di un chilometro da casa vede l’insegna di un negozio di CD e videogiochi. Rallenta. Sale con lo scooter sul marciapiedi chiedendo scusa a un paio di passanti infastiditi. Nessuna risposta. Solo grugniti.

Ferma l’Honda davanti alla porta del negozio. La tira a fatica sul cavalletto. Apre la porta e si affaccia.

«Avete qualche compilation con i successi di Vasco, Jovanotti e della Nannini?» chiede rimanendo sulla soglia d’ingresso.

Un ragazzo con i capelli da rasta, e la faccia di chi si è appena fatto la terza canna del mattino, gli risponde con uno sguardo decisamente ostile: «Sì, ma perché non entra?».

«Ho il motorino carico, se lo lascio incustodito non ritrovo nulla. Può farmi la cortesia di prenderli lei dagli scaffali?»

Senza rispondere il rasta musicale punta verso il settore della musica italiana. Poi, trascinando i piedi, torna dal commissario.

«Ecco. Abbiamo queste collezioni.»

Cappa legge velocemente i titoli dei brani. Di Vasco c'è *Gabri, Ogni volta, Senza parole, Una canzone per te.* Perfetto. Di Gianna c'è *Meravigliosa creatura, Suicidio d'amore, Profumo, Notti senza cuore, Pazienza.* Grande. Di Jovanotti ci sono *A te* e *Chissà se stai dormendo.* Quelle che cercava.

«Li prendo tutti. Quant'è?» chiede Cappa tirando fuori dalla tasca il portafogli.

Il rasta finalmente sorride.

«È a rota di cose romantiche? Roba da spaccarsi il cuore?» ghigna.

«Fai l'analista o il venditore di CD?» ringhia bonariamente il commissario.

L'ascensore è lì, in bella mostra al piano terra. Apparentemente funzionante.

Il commissario l'accarezza grato con lo sguardo. Apre delicatamente la porta, faticosamente carica la cabina. Delicatamente e con una leggera ansia schiaccia il pulsante del quinto piano. Titubante l'ascensore parte.

Svuotata la busta della spesa, frigo e stipetti della dispensa mostrano ancora bocche semivuote e affamate.

Cappa li osserva. Per ora di più non può fare.

Toglie il piccolo hi-fi dall'imballo. Lo mette per terra, vicino al letto. Inserisce la presa e quello stranamente... s'accende. Apre la lingua del lettore di CD e ci mette dentro la Nannini e Jovanotti. Alza il volume a palla.

Gianna con *Notti senza cuore* comincia a mordere l'aria. *Non è così che passa in fretta questa dolce malattia. Mi butterei da quella stella, spenta di malinconia...*

Cappa torna in cucina, il cuore strizzato e non più grande di una noce.

Sul tavolo, ancora piegati, ci sono i due poster con gli orari dei treni e la scatola di puntine. Gialle.

In un attimo, sulla parete spoglia accanto alla finestra, i manifesti sono affissi esattamente come fossero nella bacheca di una stazione. Con il dito va a caccia del treno che l'ha svegliato. È quello che va a Firenze. Parte alle sette in punto.

Il fischio di un altro convoglio lo scuote. Sono le 13.10. Sul tabellone non ce n'è nessuno in partenza a quell'ora. Né cinque o dieci minuti prima. Ma alle 13.15 l'orario indica che a Termini è previsto l'arrivo del treno da Reggio Calabria.

"Deve essere questo. Da qui alla stazione i treni impiegano cinque minuti."

Prova a immaginare la gente sul treno. È martedì 28 dicembre. A bordo ci devono stare solo turisti. Pochi, invece, i calabresi o i campani di ritorno da casa. È ancora presto, rientreranno con l'Epifania.

Tenta di ricordare Reggio Calabria. C'è stato tanto tempo fa. Nella testa gli affiora solo l'immagine di un lungomare spoglio e trasandato. Cappa ricorda di aver letto che però lì le cose sono cambiate negli ultimi tempi. Che la città è meno sciatta, ha ripreso vita.

Sorride. L'operazione funziona. A ogni fischio, a ogni sferragliare sui binari distesi sotto la finestra, i pensieri corrono via.

8.
NERO

Mi spingeva sul divano

Chat non era affatto l'amico ideale. E troppo tardi ho capito che non poteva e non voleva esserlo. Per lui ero più o meno un gioco. Anzi, un giocattolo.

Per me, invece, Chat rappresentava qualcuno con cui parlare. Qualcuno che mi proteggesse. Soprattutto era un antidoto alla solitudine.

Ma il prezzo era alto.

Erano sempre più frequenti le volte che mi chiedeva di andare a casa sua. La scusa era sempre la stessa: una partita alla PlayStation.

Ma poi, una volta nello scantinato, il buttafuori neppure accendeva la console. Mi spingeva sul divano. Mi chiedeva di toccarlo. Mi toccava.

Eseguivo e subivo. Passivo.

Sempre più disorientato.

Infastidito.

La cosa che mi metteva più a disagio era essere filmato.

Due volte, prima che cominciassimo quelli che Chat chiamava i «nostri giochini», il buttafuori aveva tirato fuori un treppiedi. E con calma, con la massima calma, mentre mi lanciava brevi sorrisi, ci aveva messo sopra una telecamera. Una di quelle piccole. Digitali.

Seduto sul divano avevo visto che vicino all'obiettivo si accendeva il led rosso. La registrazione era partita.

Chat si era avvicinato. E con più passione del solito, quasi stesse recitando, aveva cominciato a masturbarmi, ben attento a dare le spalle alla telecamera. Non voleva farsi vedere. Di me non gliene fregava un cazzo.

Quando lasciavo il seminterrato e cominciavo ad arrampicarmi sulle scale, stordito dal sesso, dalla luce e dall'hashish, giuravo che non sarei tornato.

Evaporata la suggestione della novità, quei contatti mi lasciavano appiccicato un melmoso senso di vuoto. Di sporco disagio.

Mi facevo schifo.

Eppure, quando dopo qualche giorno lui tornava a cercarmi, rispondevo al suo richiamo.

Una domenica pomeriggio, mi mandò il solito messaggio su MSN.

Ke fai? Partitina?

Irritato, mi resi conto che stavo davanti al PC attendendo proprio quel richiamo.

Mi tolsi le cuffie, mi vestii rapidamente. Quasi con impazienza. Mi affacciai in sala dove mio padre sul divano si stava sciroppando una partita della Roma. Poco più in là, asserragliata su una poltrona, mia madre divorava una rivista di moda.

«Io esco.»

«Dove vai, tesoro?» chiese lei facendo inciampare quel «tesoro» sui labbroni gonfi di silicone.

«A fare un giro.»

Non ricevetti risposta. La Roma e le pagine patinate erano due rivali con cui non potevo neppure tentare di combattere.

Quando arrivai nello scantinato, trovai Chat con gli occhi poco più grandi di due fessure. Effetto dell'hashish.

«Ci sei andato giù pesante», osservai preoccupato.

«No, solo due o tre canne. Più un paio di birre. Tutto normale», rispose con una voce roca e impastata.

Invece Chat non era normale per niente. Sul tavolo c'era una striscia di polvere bianca.

«Cos'è?»

«Ah, dimenticavo. Mi sono fatto pure una tirata. Vuoi?»

Scossi la testa facendo un passo indietro. «Forse è meglio che vada», bisbigliai incerto.

«Invece resta, m'è venuta un'idea. Voglio fare una prova.»

«Quale prova?»

Chat non rispose. Fece un passo verso di me. Puzzava di birra e di fumo. Barcollava.

Tirò fuori dalla tasca cinquanta euro. Me li sventolò davanti al naso.

«Questi sono per te. Ho deciso di farti un regalo in cambio di un giochetto.»

Senza aggiungere altro, mi slacciò i pantaloni. Mi fece girare e inginocchiare sul divano con la testa rivolta verso il muro.

Quando mi penetrò sentii un dolore terribile. Cercai di divincolarmi, ma Chat era troppo forte. Mi teneva per i fianchi. Continuò.

Urlavo e piangevo. Mi dibattevo come un pesce strappato al mare.

L'orrore durò poco.

Un sussulto, poi un altro. Un urlo soffocato.

Chat si accasciò sul divano. Accanto a me. Gli occhi chiusi, il respiro breve. Una smorfia orribile sul faccione grasso.

Continuai a piangere. L'odiavo. L'avevo creduto mio amico e quello mi aveva fatto un male boia e mi aveva umiliato.

«Scusa, scusa. Tieni i cinquanta euro, sono tuoi», disse

Chat, riprendendosi dallo stato di semincoscienza e voltandosi di scatto verso di me.

Cercò di abbracciarmi con in mano la banconota, che doveva aver tenuto in pugno per tutto il tempo.

«Via, vai via. Basta», gridai.

«No, ti prego. Perdonami. Credevo fossimo d'accordo», disse allentando la presa.

Non risposi.

Mi alzai sentendo un dolore terribile. Tirai su i pantaloni tremando. Impiegai non so quanto tempo a chiudere i bottoni e ad allacciare la cintura. Le mani non volevano saperne di stare ferme.

Chat ora sembrava davvero svenuto. Gli occhi chiusi.

«Sei un bastardo», soffiai.

In quel momento mi accorsi che il petto di Chat sussultava. Stava piangendo. Cazzo, quel pervertito piangeva.

Raggiunsi la porta a passi incerti, le gambe molli e tremanti, il culo che mi bruciava da pazzi.

«Hai una faccia strana tesoro, cos'è successo?» disse mia madre venendo ad aprirmi la porta di casa.

«Niente, mamma.»

«Non puoi dire niente... Sei pallido. Ti hanno dato fastidio per strada?»

«No, sono soltanto caduto qui, davanti al portone. Sono inciampato e ho dato una gran culata sull'asfalto.»

«Ah, vabbè. Passerà. Cosa vuoi per cena? È tornata Mimì, ti può cucinare quello che vuoi.»

«Non ho fame, mamma. Ho mangiato della pizza poco fa.»

Non dissi niente a Katia e Rodolfo Cortese. Il segreto era troppo grande e mi vergognavo troppo. Però una cosa la misi a fuoco mentre, ancora vestito, mi lasciavo cadere sul letto ricominciando a piangere.

Non ero frocio.

Nulla di ciò che era accaduto a casa di Chat mi aveva dato piacere.

E questa inaspettata certezza non era notizia da poco per uno che, a quindici anni, ancora galleggiava. Sballottato in una sessualità incerta.

Con la faccia contro il cuscino mi tornò in mente il volto di Anna. I suoi capelli biondi e gli occhi color del mare. Per quale cavolo di motivo l'immagine di quella ragazza non mi abbandonava? Soprattutto, perché tornava a galla proprio in quel momento?

Con lei non avevo scambiato una sola parola.

Ma non era certo Anna il problema della serata. Mi alzai a fatica. Andai in bagno. Mi lavai. Nell'acqua vidi delle tracce di sangue.

Quel bastardo.

Il solo pensiero mi fece male. Ma non covavo semplicemente odio e voglia di vendetta. Dentro di me c'erano vagonate di delusione e di tristezza.

Avevo perso un amico. Il mio unico amico.

Che poveraccio, Nero.

Lì dove mi sentivo bene

Mi rifugiai nel web. Mi iscrissi a Facebook perché era quello che tirava di più a scuola. E non soltanto lì. Su quel social network gironzolava perfino mia madre. Lei andava alla penosa ricerca dei compagni delle elementari, delle medie e del liceo nella speranza di rivivere vecchie emozioni ormai evaporate. O allacciare nuovi legami con vecchie conoscenze. La solitudine è una brutta rogna anche per i grandi.

Cazzo. Figurarsi per me.

Mia madre s'era iscritta con il suo nome e il suo cognome. Lei non si vergognava della propria identità. Io scelsi un nome che avevo trovato su una rivista: Thomas Bellucci. Mi piaceva perché suonava esotico: potevo passare per il figlio di una coppia italo-inglese. Uno fico che ha girato il mondo e se la gode.

Non misi la mia foto sul profilo, ma un'immagine di Batman. Mi è sempre piaciuto Batman.

Cominciai a scrivere post assurdi, tipo:

Ho preso la microcar e sono andato in giro ad arrotare vecchiette.

Oppure:

Partita di rugby, spalla lussata ma fatte due mete.

Ieri sono stato a Londra, adoro fare shopping di cazzate attorno a Regent Street.

Parto per le Maldive, chi viene?

Troppe piskelle. Qualcuno ne vuole un po'?

Cercavo di essere ciò che non ero. Ma che in fondo ero.

Su FB, Thomas esisteva. Esisteva solo lì, ma esisteva eccome.

Qualche imbecille commentava i miei post. C'era chi cliccava «mi piace». Chi mi incoraggiava: *Vai, Thomas.*

Cominciai a riceve richieste di amicizia. Le accettavo tutte. In una settimana avevo raccolto già 232 «amici». Una ragazza, Paola Fiori, mi mandò un messaggio: *Ke ne dici di un gelato? Abito in Prati.*

Mi sentii un dio.

Rimasi mezz'ora a riflettere. Mi intrigava l'idea d'incontrare una ragazza. Ma quella aveva visto l'immagine di Batman, credeva che giocassi a rugby, girassi il mondo, fossi pieno di femmine e fossi un duro. Se mi avesse incontrato e visto per quello che realmente ero, piccolo, nero e sfigato, mi avrebbe preso a schiaffi.

Non le risposi.

Non risposi a nessun messaggio nel quale mi venisse chiesto un incontro reale. Nero, quello vero, non doveva esistere. Non potevo rovinare tutto facendo saltare fuori lo sgorbio con cui dovevo fare i conti e che mi perseguitava da sempre.

Thomas Bellucci piaceva. Tirava. Faceva eccitare le ragazze. I messaggi divennero sempre più numerosi.

Grazie a Thomas cominciai a sentirmi meno solo. Finalmente avevo qualcosa da fare.

Per la prima volta nella mia vita mi sentii fico. Stare da solo faceva meno male.

Appena finivo scuola correvo a casa, mangiavo in fretta quello che aveva preparato Mimì. Mi tuffavo in camera. Porta chiusa, PC acceso. Restavo lì fino a notte fonda, parentesi deprimente della cena con i miei a parte.

La notte mi capitava di sognare gli amici virtuali. Di fare cose con loro e di vivere avventure insieme. In fondo, pensandoci bene, era lo stesso di quando stavo su FB: nei sogni, come sul web, vivevo un'esistenza immaginaria.

Era inebriante. I miei «amici» erano sempre lì ad aspettarmi. Non li avevo mai visti, non ci avevo scambiato una sola parola, ma c'erano. Bastava accendere il PC, digitare la password, ed eccoli. Pronti. Premurosi. Simpatici. Tanti.

Non mi davano delusioni. Non mi toccavano. Non mi aggredivano.

Ed erano intimi. Molto intimi. Eppure estranei. Dunque non pericolosi.

Chiesi l'amicizia a compagni di scuola cui non avrei mai avuto il coraggio di chiedere neppure l'ora. Thomas non aveva paura. Thomas poteva curiosare nelle vite degli altri senza subire invasioni di alcun tipo.

Divenni prigioniero della mia nuova identità. Prigioniero di FB. Allacciato al computer. Assunsi quella che, ho letto su un giornale, viene definita una «personalità virtuale». Vivevo, ero felice, mi divertivo, avevo amici, ragazze, esclusivamente quando ero connesso. Offline ero praticamente morto. Non esistevo.

Affogavo, lontano dal PC.

Non mi piaceva ciò che ero, mi piaceva ciò che non ero, ma ero. Sembra uno scioglilingua, ma era proprio così. Thomas non era, ma in fondo era. La gente scambiava emozioni con lui-me. La gente lo cercava. E in fondo cercava me.

Dio che casino.

Divenne più importante curare il mio profilo che me stesso. Cominciai a lavarmi ancora di meno e a vestirmi ancora più trasandato. Uscire per andare in palestra? Meglio iscriversi al gruppo «Mi piace il fitness». Puntare una gelateria? Più facile e consolatorio cliccare sul gruppo «Pazzi del gelato alla crema».

Spesso mi davo malato. Dicevo a mia madre che stavo di merda e passavo la mattina al computer coccolato dagli amici. Presenti eppure assenti.

Era bello dipendere da FB, senza incontri reali, senza rotture di palle, zeppo di ragazze e ragazzi sedotti da Thomas.

Connettermi era la mia droga.

Se ero offline per più di un'ora stavo male. Venivo assalito dall'ansia di non poter rispondere ai messaggi o commentare i post. Sostituii il desiderio di contatti reali con i contatti virtuali.

Nei messaggi che scambiavo con un tipo che si chiamava Carlo Pasini, almeno così c'era scritto sul suo profilo, cominciai a raccontare di Anna, la ragazzina delle medie. Di come la volevo, io che ero un duro. Di come non l'avessi mai incontrata davvero. Ricevetti consigli e pacche virtuali sulle spalle. Ricambiai accudendo Carlo nelle sue pene d'amore per una compagna di classe.

Scopati un'altra piskella, così te la togli dalla testa, consigliai. Io che non sapevo neppure cosa esattamente volesse dire scopare.

Provai a cercare Anna. Ma non conoscevo il cognome e di ragazze con quel nome ce n'erano così tante che, dopo due giorni di inutili ricerche spizzando centinaia di foto di adolescenti chiamate Anna, mi arresi.

E poi, in fondo, a cosa sarebbe servito agganciarla su FB? Lei la volevo davvero. Non mi sarebbe bastato un contatto fasullo, per di più con una identità diversa. Almeno questo mi era ben chiaro.

Pensai anche di chiedere l'amicizia di Chat. Volevo prenderlo per il culo. Fissare un appuntamento con la mia nuova identità e poi osservarlo mentre aspettava Thomas invano. Oppure volevo minacciarlo. O fargli male fingendomi una pischella del Peter Pan pazza di lui.

Scartai subito l'idea. Con quel porco non volevo contatti. E neppure Thomas ne voleva.

9.
28 dicembre 2010

C'è la solita fila

In questura c'è la solita fila davanti all'ufficio passaporti. Gente che sbuffa per l'attesa. Giovani che osservano ostili i poliziotti in divisa. Anziane signore che guardano gli agenti ammirate e grate. Immigrati accalcati davanti allo sportello per le informazioni.

Cappa imbocca il corridoio e, dopo un rosario di porte chiuse e stanze deserte, raggiunge l'ufficio di Berti. Si affaccia.

«Ciao Paolo, eccomi. Andiamo? Si comincia la caccia allo spaccateste misterioso...» esordisce, senza troppa convinzione, cercando di mostrarsi entusiasta e battagliero.

«Stavo per diramare un fonogramma per denunciare la tua scomparsa», sorride il collega. «Alla discoteca ci aspettano tra venti minuti, ti va prima di prendere un caffè e un tramezzino?»

Berti è vestito come sempre. Jeans, camicia, cravatta allentata, giacca di lana blu informe. Il calcio della Beretta che spunta sul fianco sinistro.

Cappa la pistola non la porta, la tiene chiusa nel piccolo cassetto blindato della scrivania. Le armi non gli piacciono. Lui in polizia è entrato per due ragioni. Lo intrigavano rebus, indovinelli ed enigmi. Non gli piacevano i «cattivi» e, più in generale, i bulli e i prepotenti. Ma a riempire di piombo qualcuno non ci ha mai pensato.

Senza scambiare una parola, Cappa e Berti escono dalla questura e raggiungono la macchina. Il commissario a passo svelto, il vice trotterellando per riuscire a stargli dietro.

Cappa si siede davanti, sul lato del passeggero. Salire sull'auto di servizio gli provoca sempre un sussulto di depressione. I politici in TV blaterano di «sicurezza», di «impegno per la tutela dei cittadini e della legalità» e poi lasciano andare in giro i poliziotti con macchine di vent'anni. Alcune non riescono neppure a uscire dal garage. Mancano i pezzi di ricambio. A volte non c'è la benzina per fare il rifornimento.

La vecchia Alfa Romeo si accende con un rombo roco. Profondo.

«La marmitta sta per esalare l'ultimo respiro», osserva Berti, indifferente.

C'è poco traffico. Le scuole sono chiuse e la gente, con questo freddo insolito, se ne sta a casa o in vacanza. Ci mettono meno di dieci minuti per arrivare alla discoteca, in una traversa di via Po. Di giorno non mostra alcuna attrattiva. Una serranda abbassata, alcuni faretti spenti proprio sopra l'entrata. Sul lato destro una piccola insegna in plastica con il nome del locale.

Peter Pan, appunto.

Proprio sotto, c'è un campanello con scritto SUONARE.

Ma non è ancora il momento.

Il programma prevede prima un caffè con tramezzino.

Un pugno di metri più in là c'è un bar. Berti lo indica con la testa. Cappa annuisce.

I due non si concedono mai troppe parole. Dopo tanti anni, quando sono in azione condividono il piacere del silenzio, del linguaggio fatto di sguardi e di segni. E ne sono orgogliosi, sono convinti che funzioni così tra i poliziotti bravi. Bravi come quelli dei film e dei telefilm americani.

Il bar è di quelli che piacciono a loro. Una copia del «Messaggero» e una del «Corriere dello Sport», a uso e consumo dei clienti, adagiate sul frigo basso e rettangolare dei gelati. Un paio di tavolini con una manciata di sedie traballanti. Il bancone in acciaio rigato e opaco. La macchina del caffè di almeno trent'anni. Una vetrinetta con dentro paste, tramezzini e pizzette.

Berti si volta verso il commissario.

«Facciamo due pizzette con mozzarella e prosciutto, Coca-Cola e caffè? Cosa ne dici?»

«Perfetto. Oggi tocca a me», e si avvicina alla cassa.

Il proprietario del bar è paffuto e rotondetto, i capelli radi pettinati con il gel per congelare il riporto sul cranio quasi calvo. Tra il bancone e la cassa si muove con grazia, come se ogni gesto fosse un passo di danza sotto il grembiulone bianco.

Cappa lo osserva interessato.

"Deve essere gay. E i gay spesso sono dei gran chiacchieroni."

«Come vanno le cose qui? Problemi con la discoteca?»

L'ometto alza gli occhi, sorpreso. Sospira. Poi, quando sta per pronunciare la prima parola, si ferma. «Voi chi siete?»

«Poliziotti. C'è gente che ha fatto reclamo e siamo venuti a capire come stanno le cose», risponde Cappa, evasivo.

«Ah, bene. Era ora che qualcuno si svegliasse. Ma non mi faccia parlare...»

E invece il barista parla. Eccome. Racconta dei «pomeriggi infernali» del sabato. Dell'esercito di ragazzi con berretti da baseball e canotte attillate. Degli sciami di ragazzine in minigonna cariche di mascara, smalto, fondotinta. Coperte, nonostante il freddo, solo da T-shirt scollate, «come fossero nude».

«Vengono qui, non avranno più di sedici, diciassette anni. Invadono il locale, appena mi volto rubano merendine e pacchetti di caramelle e di gomme. Rischio di perdere più di quanto guadagno. E non sa... È una lotta, con gli alcolici. Chiedono birre, gin, rum. Qualunque cosa che possa farli sballare.» Pausa. «Ma io quella roba lì mica gliela vendo, non sono un delinquente, io», cinguetta. «Quelli però non si arrendono. Qui attorno ci sono altri bar e non tutti rispettano la legge.»

Il barista pronuncia la parola «legge» con enfasi, passandosi compiaciuto le mani sul pancione. Attende un segno di approvazione, come un cagnolino che ha riportato il bastone lanciato dal padrone.

Berti l'accontenta: «Bravo. Si vede subito che lei è uno a posto. E poi cos'altro succede?».

«Sono a centinaia lì fuori dal Peter Pan. Più o meno dalle tre di pomeriggio, attendono ore per entrare. Si spingono. Urlano. Qualche volta esplode una rissa. E allora i buttafuori intervengono. Sembra di assistere alle cariche della polizia. Per fortuna finora non è successo mai niente di grave, solo qualche livido e qualche graffio.»

«Conosce un buttafuori che si chiama Luca Mancini?» si inserisce Berti.

Il barista riflette un momento. Non vuole deludere i due poliziotti. Tentenna.

Si arrende: «No, non lo conosco».

«È uno grande e grosso, pelato, sui trent'anni. Lo chiamano Chat. Forse se lo ricorda, ha una grande pancia», incalza il vicecommissario.

«Ah, sì. Certo che lo ricordo, quello non manca mai. È sempre vestito di nero, qualche volta viene a prendersi una birra o un caffè. Va pazzo per le patatine fritte e ogni tipo di snack salato. Ma non ci ho mai parlato. A quello non tiri fuori una parola neppure con le pinze.»

«È questo?» fa Berti mostrandogli la foto ingrandita della carta d'identità di Luca Mancini. Quella di dieci anni e di migliaia di capelli prima.

«Be', sì. È lui. Ma ora, come diceva lei, è calvo. Cosa gli è successo?»

«Niente. Ha notato qualcos'altro?» taglia corto il commissario.

«Che le devo dire? Poi ci sono i genitori...»

«I genitori?»

«Sì, il sabato sono loro i miei migliori clienti. Si mettono qui, si prendono un caffè, qualcosa da bere. Per ingannare il tempo si rimpinzano nervosamente di tramezzini. E intanto guardano, guardano. Si affacciano furtivi sulla strada e sperano di vedere la figlia o il figlio. Vogliono scoprire cosa fanno e con chi stanno. Trasudano angoscia e amore.»

"Questo gay è un poeta." «Anch'io ho due figli, capisco», gli va incontro Cappa.

«Si vede da lontano che sono preoccupati per le loro bambine e i loro bambini. Con quello che succede oggigiorno... Io non gli chiedo mai nulla e non mi infastidiscono. È curioso, si comportano come detective privati. Appena entra una folata di ragazzini si mettono in un angolo. Si mimetizzano. Cercano di diventare trasparenti. Oppure guadagnano rapidamente l'uscita e si appostano fuori, dietro una macchina in sosta. E continuano la ricerca. Mi fanno una gran pena. Meno male che non ho figli», conclude civettuolo.

La serranda del Peter Pan ora è alzata e metà. Berti suona il campanello e senza aspettare si infila dentro. Cappa lo segue.

L'aria, un paio di metri dentro il locale, è densa. Sa di muffa e di sudore. Le luci sono basse.

“Qui non si vede una mazza.”

«C’è nessuno?» fa ad alta voce il vicecommissario.

«Entrate. Vi stavo aspettando.»

La voce giunge da oltre una porta pochi metri dopo l’atrio. Un istante dopo, sulla soglia illuminata, appare la sagoma di un ragazzo.

Cappa e Berti entrano in quello che sembra un ufficio. Scrivania, armadio, due poltroncine e un divanetto di colore verde. Il velluto è macchiato e liso.

Una vera schifezza.

«Ho letto della morte del nostro collaboratore. È davvero terribile. Non capisco chi abbia potuto voler morto Luca», esordisce il ragazzo.

“Si vede lontano un miglio che a questo, di Chat, non frega un bel niente. Ma un po’ turbato lo è. Innegabile.”

«Potrei avere un documento?» replica freddo il commissario.

Il ragazzo non si scompone. È un duro. E si vede. È alto, muscoloso. Ha i pettorali che spingono dentro la T-shirt scura che indossa sotto la giacca di lana nera. Sembra cachemire.

Senza fiatare prende il portafogli da una tasca del cappotto, sfila la carta d’identità. La porge al commissario.

Cappa prende il documento, l’osserva. Andrea Macchia, diciotto anni e sei mesi, 186 centimetri d’altezza. Occhi e capelli chiari. Alla voce professione c’è scritto «studente».

È davvero poco più di un adolescente, come fa un ragazzino a gestire un locale del genere?

«Senti ragazzo, vorrei cominciare cercando di fare un po’ di chiarezza. Di stabilire per bene i ruoli. Chi è il vero gestore? Perché gli fai da prestanome?» parte diretto il commissario.

Quello non si scompone. Resta immobile. Neppure un velo di timore gli scorre sul bel faccino che sembra tirato fuori da una rivista per teenager arrapate. Anzi, un istante dopo abbozza un sorrisetto per ostentare sicurezza.

«Vi dispiace se ci sediamo? Volete qualcosa da bere? Ma solo coca o aranciata, qui non serviamo superalcolici», fa con assoluta calma Andrea Macchia.

Con passo sicuro, senza attendere la risposta, il ragazzo si infila dietro la scrivania e si siede sulla poltrona. Si sporge in avanti. I gomiti appoggiati sul mobile.

«Prima di rispondere vorrei sapere con chi sto parlando. Non ho chiamato il mio avvocato perché non ho nulla da temere. Ma mi piacerebbe avere almeno la certezza di avere a che fare con degli agenti di polizia.»

"Il mio avvocato?! Questo figlio di papà è da prendere a ceffoni."

Berti sta per scattare. Cappa lo ferma con un'occhiataccia.

«Io sono il commissario Tommaso Cappa e il mio vice si chiama Paolo Berti», risponde allungando il distintivo sulla scrivania.

"Questo stronzetto fa il duro. Vediamo fino a che punto lo è."

Il ragazzo prende il documento con lo stemma della polizia. L'osserva. Lo fa scivolare di nuovo sulla scrivania.

«Perché pensa che sia un prestanome?» domanda sereno, voce e atteggiamento da venditore tivù, appoggiandosi allo schienale della poltrona.

«Perché hai appena diciott'anni e questo è un locale importante. E un locale importante non si dà in mano a uno sbarbatello che deve ancora finire il liceo, anche se ha un padre pieno di soldi e abita ai Parioli.»

Andrea Macchia resta qualche istante in silenzio. Sorride di nuovo. «Lei, commissario, ha una strana idea di questo mondo. Mio padre non so se è ricco, ma so che è un avvocato e che non ci fa mancare niente. Riguardo al locale e al mio lavoro, è proprio gente come me che riempie il Peter Pan, che fa diventare questo posto un locale cult per ragazzine e ragazzini. Se la gestione fosse affidata a uno più grande, il Peter Pan perderebbe charme.»

Pausa. Altro sorriso. Altra lezione.

«Non so se mi spiego, qui i ragazzi si sentono a casa. Ragazzi tra ragazzi. Ragazzi che portano qui altri ragazzi e che insieme ballano e si divertono il sabato pomeriggio. Nessun adulto. Nessun pedofilo. È questa la nostra forza, il segreto del nostro successo. E poi mica bisogna avere cinquant'anni per gestire un giocattolo del genere.»

Berti lo guarda ringhioso. Cappa invece osserva Andrea Macchia affascinato. Più sente quel ragazzino parlare, più gli sembra di avere di fronte il clone perfetto di uno di quei divetti spacciati dalla TV commerciale. Quella tette e culi. Quella senz'anima, popolata da furbetti, tronisti e veline. Parlantina sciolta, anima assente.

"Il tempio del vuoto."

«Comunque capisco la vostra sorpresa», fa il ragazzo, più conciliante. «Ma questo posto me lo sono sudato, me l'ha affidato il signor Mirko Paloccia, il proprietario, un anno fa quando ha deciso di trasferirsi a Caracas dopo aver perso la testa per una venezuelana. E poi non è che qui faccia tutto io. Mi limito a scegliere i pierre e a controllare l'ingresso dei paganti. La gestione economica è affidata a un commercialista. Io non so fare neppure due più due, figurarsi tenere tutti i conti e pagare le tasse...» continua come se stesse tentando di vendere l'ultima batteria di pentole.

Il discorso del minigestore fila. Cappa decide di prenderlo per buono.

«Questo Paloccia si può contattare?»

«Per la verità è un'impresa un tantino difficile. Ogni mese si becca il bonifico che gli invio su un conto corrente a Caracas, ma si guarda bene dal rispondere alle mie telefonate e alle mail. Però potete provarci. Vi darò tutti i riferimenti necessari per rintracciarlo.»

Cappa annuisce. Berti prende appunti su un taccuino.

«Cosa sono i "pierre" e i "paganti"?» riprende il commissario.

Andrea Macchia tira un sospiro, della serie devo-spiegare-proprio-tutto-a-questi-due-coglioni-di-poliziotti. «I pierre sono i ragazzi di cui mi fido, tre-quattro per ogni scuola media e liceo della zona. Sono loro a distribuire gli inviti per le feste ai compagni. Poi chi si presenta qui sborsando i dieci euro per l'ingresso e la consumazione è considerato un pagante. Due euro vanno al pierre che ha dato l'invito e li ha convinti a venire. Tutto molto semplice, lineare, legale, pulito. Nulla che possa preoccupare la polizia.»

La lezione è terminata. Andrea Macchia attende. Non nasconde una sottile insofferenza.

«Cosa mi sai dire di Luca Mancini?» domanda Cappa.

«Era bravo, mai nessun problema. Uno che parlava poco e rideva ancora meno, ma se la cavava bene. Qui lo chiamavano tutti Chat. Credo perché aveva una vera passione per il computer e per le chiacchiere in Rete. Quando ho cominciato a frequentare il locale, circa tre anni fa, già era operativo.»

«Operativo?»

«Sì, insomma, già lavorava qui.»

«C'è qualcuno che pensi potesse volerlo morto? Qualcuno con cui ha litigato negli ultimi tempi?»

Andrea resta in silenzio un po'. Non ha più il sorriso stampato sul viso da fighetto. Sembra davvero impegnato a collaborare. «No. Tutto tranquillo. Nessuna rissa. Nessun litigio. E le assicuro che se fosse successo qualcosa sarei stato il primo a saperlo.»

«Ne sei proprio sicuro? Neppure un piccolo screzio, uno spintone?» incalza Berti.

Il bulletto tentenna un attimo. Resta in silenzio qualche istante, come se si spremesse le meningi per riattivare i circuiti polverosi della memoria. «Forse qualcosa c'è. Ma nulla di importante.»

«Fai decidere a noi cosa è importante e cosa non lo è», sbotta il vicecommissario.

«Be', il sabato prima di Natale c'è stata una piccola discussione qui fuori. Ho saputo che Chat ha dato una sberla a un ragazzino. Uno strano. Lo chiamano Nero.»

«Nero?!»

«Sì, forse perché è piccolo e moro. Io non ho assistito alla scena e non lo conosco, ma me l'hanno descritto minuto, con i capelli scuri e vestito di nero. Stile emo. Sa, quel tipo di tribù di sfigati un tantino troppo... emotivi. Troppo sensibili.»

Segue smorfia di disgusto.

«Hai il nome di questo sensibilone?» fa ironico Berti.

«No, come le ho detto non lo conosco. Non è un pagante abituale. So solo il soprannome. Nient'altro. Ma se vuole provo a informarmi.»

«Te ne sarei grato. Cosa è successo con esattezza sabato scorso? E questo Nero ha i capelli lunghi?» chiede Cappa, le antenne alzate.

Finalmente una traccia.

«Chat ha mollato una sberla a quel ragazzino. E chi mi ha raccontato l'accaduto era sorpreso. Qualche mese fa Chat aveva difeso Nero dall'assalto di un gruppo di bulli. Invece, quel sabato...»

«Invece quel sabato?!»

«Be', le cose sono andate in modo opposto. Sembra che quel ragazzino volesse entrare senza rispettare la precedenza e Chat l'ha dovuto mettere in riga. Ma la cosa è finita lì. A volte accade che i nostri buttafuori debbano intervenire. Se no, a che cosa servono...? Ma, le ripeto, nulla di importante. Chat non aveva nemici. È per questo che quando ho letto il giornale con la notizia mi è preso un colpo. Quel ragazzo era un tipo a posto, sembrava quasi trasparente. Era... Ecco, direi che era... distante da tutto ciò che gli girava intorno. Non faceva comunella con i paganti, ma neppure gli era ostile. Faceva il suo lavoro e basta. Come deve essere un vero buttafuori. Chi dà troppa confidenza, poi è poco efficiente. Non riesce a mettere in riga i ragazzi.»

«Non ci hai detto se Nero ha i capelli lunghi.»

«Non saprei, mi hanno riferito solo che aveva la frangia fin sopra gli occhi. Gli emo di solito non portano i capelli lunghi.»

«A quello stronzetto avrei spaccato volentieri la faccia. Le sue lezioncine sull'efficienza e sul locale cult, lo charme, mi davano il voltastomaco.» Berti cammina borbottando verso la macchina. Passo svelto, testa china. Pugni serrati.

Cappa neppure lo sente. "Andrea Macchia non mi interessa. Non è Andrea Macchia la chiave dell'assassinio."

«Andiamo in ufficio. Continuiamo con la lista delle telefonate ricevute e partite dal telefono del buttafuori. Meglio passare a interrogare i contatti più recenti di Chat.»

«OK. Il primo nome è di una donna. Si chiama Alessia Ferrero. Poi c'è un ragazzino, un certo Mattia Cortese, sedici anni, un liceale del Giulio Cesare.»

«E il computer? Ancora nulla di nuovo dal portatile del buttafuori?»

«Nulla. In memoria non c'è alcun documento o immagine. Di più, i tecnici hanno confermato che manca anche la lista dei siti web in cui è entrato. Dopo ogni accesso doveva cancellare gli indirizzi e anche le tracce degli indirizzi.»

«Stai dicendo che non possiamo sapere se si guardava clip porno, se adescava chattando qualche ragazzina o se faceva strani traffici sul web?»

«Esatto. Anche il tecnico era molto sorpreso. Mi ha

detto che è la prima volta che si trova un computer "spianato" in quel modo.»

«Chat aveva qualcosa da nascondere: solo chi ha la coscienza sporca occulta i suoi passaggi su Internet. E soltanto chi ce l'ha sporca da anni sviluppa una tale abilità nel non lasciare tracce. Vai, accendi questa carretta. Andiamo in questura. Questa storia comincia a piacermi. Sembrava banale, invece è più intricata di quanto credessi.»

"Maigret sarebbe fiero di me, agì così in *Una testa in gioco...*"

Berti gira la chiave dell'Alfa Romeo. Niente. Nessun rumore. Solo un ticchettio lontano, un suono leggero che viene dal cofano.

Berti prova. Riprova.

Ancora soltanto il ticchettio.

«La batteria è andata. Deve essere per via di questo freddo del piffero. Il motorino di avviamento non ce la fa», impreca Berti.

Cappa è già fuori.

«Vieni, prendiamo un taxi. In questura ce lo facciamo rimborsare.»

La leggerezza di un angelo

Alessia Ferrero appare sulla soglia della stanza.

Cappa resta immobile qualche istante, come paralizzato.

Questa donna ha la leggerezza e la bellezza di un angelo.

Il commissario si scuote, si alza dalla poltrona, muove un passo oltre la scrivania. Si accorge di avere ancora la sigaretta accesa nella mano destra e di essere inseguito dal freddo pungente che arriva dalla finestra, spalancata per occultare le volute di fumo.

Cappa guarda istintivamente l'orologio per prendersi il tempo di riordinare le idee.

Da quando è in crisi con Francesca è la prima volta che vede un essere di sesso femminile capace di turbarlo fino al punto di farlo secco. Fulminato all'istante.

Berti è alle spalle della donna, leggermente più basso di lei. Ghigna in silenzio, gustandosi l'espressione del capo.

«Questa è la signora Ferrero», la presenta il vicecommissario.

«Prego, si accomodi. Grazie di essere venuta subito.»

Alessia Ferrero non fiata, non sorride. Resta immobile sulla soglia.

«Ah, scusi. Forse le dà fastidio il fumo. Sa, non riesco a smettere.» Il commissario va alla finestra, getta quel che resta della sigaretta nel posacenere parcheggiato in sosta vietata sul davanzale. «Se ha freddo, chiudo.»

La donna risponde con un'espressione indecifrabile. Avanza di un paio di passi, togliendosi i guanti di pelle.

"Se ha un problema, il problema non è certo il freddo."

Cappa chiude la finestra.

«Credo che lei abbia già conosciuto il mio collaboratore. Io sono il commissario Tommaso Cappa, della squadra Omicidi.»

Alessia porge la mano. «Piacere, il mio nome lo conosce già.»

La stretta della donna è solida e ferma. La piccola mano però sembra di ghiaccio. Fredda e fragile.

«Prego, si accomodi», le fa indicando la poltroncina davanti alla scrivania e pentendosi all'istante dell'eccesso di galanteria. Cappa attende che Alessia Ferrero si tolga il cappotto e si sieda. Si accomoda a sua volta nella poltrona. Lei si tiene il cappotto addosso, come se le servisse da corazza.

Berti si mette accanto a un tavolino. Un po' in disparte, quasi a non voler dare peso alla sua presenza.

«L'abbiamo chiamata in quanto potrebbe sapere qualcosa della morte di Luca Mancini. Le dispiace se registro la nostra conversazione?» dice Cappa premendo il tasto di accensione del vecchio Sony da tavolo.

«Prego.»

«Le dicevo, indaghiamo sull'omicidio di Luca Mancini. L'uomo è stato trovato morto ieri mattina davanti al suo appartamento, la testa fracassata con una spranga di metallo la notte dopo Santo Stefano. Lo conosceva?»

Silenzio. Nessuna espressione si affaccia sul volto della donna. Neppure un battito di ciglia interrompe lo sguardo incollato agli occhi del commissario.

Cappa attende la risposta. Alessia sembra in apnea, in attesa di un'altra domanda.

«Signora, conosceva la vittima?»

«Sì, e la conosceva anche mia figlia Anna», risponde finalmente Alessia. Il tono della voce è neutro, piatto. La voce però suona stanca, la parole leggermente trascinate, come se faticassero a uscire dalle splendide labbra.

«Sua figlia conosceva Mancini?» chiede sorpreso Cappa.

«Sì, quel tipo faceva il buttafuori nella discoteca dove lei andava il sabato pomeriggio con le sue compagne di classe. Ora non ci va più.»

Nell'ultima frase, in quell'«ora non ci va più», Cappa coglie una vibrazione.

Decide di cominciare da lì.

«Perché ora non ci va più? Quanti anni ha sua figlia?»

«Ha quattordici anni e quell'ambiente non è adatto a lei. In quel locale le ragazzine più carine finiscono per fare le cubiste.»

«Le cubiste?!»

«Sì, insomma, alcune di loro si dimenano mezze nude su dei cubi al ritmo della musica, facendosi toccare dai ragazzi. Quando l'ho saputo ho vietato ad Anna di andarci.»

Berti prende appunti. Cappa ascolta, ipnotizzato. Osserva le espressioni della donna, pesa e analizza le parole.

Avrebbe voluto che fosse presente anche il pubblico ministero incaricato dell'inchiesta. Poteva essere d'aiuto il suo parere. Ma Giulio De Paoli, a quarant'anni, già si comporta come un magistrato sull'orlo della pensione. Disinteressato, assente. A Cappa però è sempre andato bene così. La partita, quando lavora con quel PM, la gioca per intero da solo. O quasi. Poi, soltanto alla fine, tira le somme insieme a De Paoli.

«Torniamo alla vittima. Le abbiamo chiesto di venire qui perché, in base ai tabulati telefonici del cellulare di Mancini, lei il giorno di Santo Stefano è stata l'ultima persona ad avere parlato con lui. Si ricorda quando?»

«Sì, ci ho parlato due volte il pomeriggio e la sera di domenica, a Santo Stefano appunto.»

«E perché conosceva ed è entrata in contatto con il buttafuori di una discoteca? Per di più di una discoteca che sua figlia non frequenta più? E lo ha fatto proprio in un giorno dedicato alle tombolate e alle feste in famiglia?»

Alessia gli restituisce uno sguardo distante. Assente. Il volto ora sembra più indurito, teso. «Ero preoccupata.»

«Preoccupata?»

«Sì, Anna mi aveva detto la mattina che non ne voleva sapere di vedere i parenti per una delle solite riunioni natalizie e che sarebbe andata a Villa Ada con delle amiche. Una passeggiata e poi con i compagni di scuola sul prato a scherzare e a suonare la chitarra. Le avevo detto di tornare entro le quattro per non prendere troppo freddo e per poi fare i compiti insieme. Sa, la domenica e i giorni festivi sono l'unico momento in cui posso aiutarla nello studio. Gli altri giorni lavoro.»

«Qual è la sua professione?»

«Architetto. Faccio progetti per ristrutturazioni e arredi di appartamenti, il sabato è il giorno più impegnato. Lo spendo cercando di mediare tra mogli e mariti che bisticciano sulla stoffa con cui foderare il divano o sul punto in cui tirare su il tramezzo per dividere la zona giorno dalla cucina o viceversa.»

«Ripartiamo da sua figlia. Dunque, alle quattro non era a casa. E...»

«L'ho chiamata sul cellulare, ma era spento. Ho provato e riprovato. Niente. Sono andata a Villa Ada verso le cinque. Ormai era buio. Non c'era più nessuno. Mi sono fatta prendere dal panico. E ho cominciato a telefonare a tutte le persone che potevano sapere qualcosa.»

«Come mai aveva il numero del buttafuori?»

«L'ho avuto qualche mese fa quando ho svolto la mia indagine sulla seconda vita di mia figlia.»

Cappa sgrana gli occhi. Berti continua a scrivere. Non si fida mai del registratore che il commissario ha sulla scrivania.

«In che senso Anna aveva una seconda vita?»

«Nel senso che proprio nell'aprile scorso ho scoperto che mia figlia faceva la cubista, che faceva sesso in quel locale, il Peter Pan. E che a volte addirittura si vendeva.»

Alessia pronuncia le ultime parole tutte d'un fiato. Le escono veloci, feroci, rapide, dalla bocca. Come se bruciassero.

Soffre. Si vede. L'angelo leggero e bello ora è una donna che trema sulla poltroncina davanti al commissario.

Ma è solo un attimo.

Alessia Ferrero si scuote. Tira un lungo respiro, inarca la schiena per stare ben dritta. Torna altera e distante. Come se l'animo avesse smesso di palpitare. Come se il cuore e la mente rifiutassero le emozioni.

Cappa vorrebbe alzarsi. Vorrebbe abbracciarla e stringerla forte. Consolarla. Consolarsi.

"Piangi, Alessia, piangi. Tira fuori tutto il brutto che hai dentro."

Silenzio. Solo i rumori fuori dalla porta, nel corridoio, testimoniano l'esistenza di vita nelle stanzone della questura.

«Posso chiederle una sigaretta?»

La voce di Alessia Ferrero è tornata opaca e piatta. Il viso e lo sguardo di nuovo induriti.

«Certo, prego. Ma dovrò aprire la finestra, se no qui in ufficio protestano.»

«Non ho freddo. Anzi, le dispiace se mi tolgo il cappotto?»

«Prego.»

Berti si alza, prende il soprabito e lo appende accanto al giubbotto del commissario.

La donna porta la sigaretta offerta dal commissario alle labbra. La mano trema leggermente.

Cappa si fa avanti con l'accendino. Alessia tira una lunga boccata e lentamente espira il fumo.

Il tailleur grigio che le si stringe in vita, la camicetta bianca aperta di un solo bottone, la gonna che si ferma appena sopra il ginocchio, le scarpe sobrie con un tacco non aggressivo.

È bella con i capelli castani, lisci, che le arrivano a sfiorare le spalle, incorniciando un volto senza imperfezioni. Gli occhi grandi, scuri. Appena un filo di mascara sulle ciglia lunghe. Niente fondotinta, niente rossetto.

Cappa è concentrato più su di lei che sull'interrogatorio. Si chiede all'improvviso quanti anni avrà Alessia. All'improvviso si ricorda di non averla identificata, né preso le generalità. Lo farà più tardi.

Una sigaretta anche per lui. Un colpo di tosse per riportare un po' di vita nella stanza, per sconfiggere la coltre di silenzio.

«Sua figlia si vendeva?»

«Sì, credo di sì. Lei non ha voluto dirmelo, ma l'ho letto nel suo diario. Prendeva soldi per fare sesso nel retro del locale o nell'ufficio del gestore. Con quelli più grandi di lei, con quelli che vengono chiamati pierre.»

«E perché non ha denunciato la cosa?» interviene con meno garbo Berti.

«Perché mi vergognavo, perché non volevo e non voglio che la cosa si sappia in giro. Perché volevo e voglio tutelare mia figlia. Perché non so e non credo che il sesso tra coetanei sia un reato, anche se avviene in cambio di denaro. E poi a nessuna madre fa piacere dire in giro che sua figlia è una puttanella», risponde Alessia voltandosi verso Berti. La voce tagliente, lo sguardo duro.

«OK, di questo ci occuperemo più tardi, se sarà utile ai fini dell'inchiesta. Ora stiamo indagando su un omicidio. Ripartiamo da Luca Mancini», interviene Cappa. Il commissario vuole aiutarla, non gettarle addosso una nuova valanga di amarezza.

Un po' di cenere cade sulla gonna della donna. Lei non se ne accorge. Cappa si alza, va alla finestra, torna con il posacenere. Alessia resta immobile, come non si fosse accorta di nulla.

«Prego, se vuole spegnere la sigaretta...»

«Ah, grazie.»

La mano le trema ancora. Vistosamente, questa volta.

«Dunque ci diceva del numero del cellulare del buttafuori. Come l'ha avuto?» continua il commissario dandole le spalle, chiudendo la finestra.

«L'ho trovato, insieme a una decina di altri numeri, nella rubrica del telefonino di Anna. Forse già lo sapete, ma quell'uomo si faceva chiamare Chat. E mia figlia, come altre sue compagne, chattava con lui dal computer di casa. Mancini era una sorta di tramite, di punto di riferimento. Lo chiamavano per sapere gli orari e il tema delle feste. Lo cercavano per conoscere i nomi di chi sarebbe andato e di chi non si sarebbe fatto vedere, per avere contatti.»

«Mi ha detto che l'ha conosciuto. Quando e quante volte l'ha incontrato?»

«Una sola volta, in luglio. Andai a trovarlo alla discoteca dove lavora d'estate, il Blumare. Volevo chiedergli aiuto. Pregarlo di non fare entrare più mia figlia in discoteca. Gli promisi del denaro. Lui rifiutò, ma mi assicurò che per Anna da quel momento il Peter Pan sarebbe stato vietato. La stessa promessa, dopo avere minacciato di avvertire la polizia, l'ho avuta da Andrea Macchia, un ragazzino arrogante e strafottente che sembra essere il gestore della discoteca.»

«Lo conosciamo», fa il commissario. «Dunque lei, due giorni fa, mentre tutta Roma si ingolfa di pandoro e panettone, chiama Mancini. La telefonata risulta essere avvenuta poco dopo le sei.»

«Sì, credo di sì. Non ricordo bene. Ero agitata. Temevo che Anna fosse tornata nel giro del Peter Pan.»

«E cosa le ha detto il buttafuori?»

«Che non l'aveva vista e che non la vedeva dalla primavera scorsa.»

«In base ai tabulati la telefonata è durata tre minuti e mezzo. Vi sarete detti pur qualcos'altro...» si intromette Berti.

Cappa vorrebbe schiaffeggiarlo. Gli lancia un'occhiataccia per farlo tacere.

«No. Ma io ho insistito. Ho pianto. Ho implorato. Ho cercato di capire se stesse mentendo.»

«Poi l'ha richiamato alle otto di sera. Perché? Sua figlia non era ancora rientrata a casa?»

«Esatto. Disperata, ho rifatto il giro di tutti i possibili contatti. Ho pensato che potesse essere andata in discoteca più tardi.»

«I tabulati parlano di una telefonata di più di cinque minuti», fa didascalico il vicecommissario.

«Non so quanto sia durata. Ma gli ho chiesto più o meno le stesse cose. Forse ci ho parlato di più perché ero più allarmata, vista l'ora. Se sparisse sua figlia si metterebbe a prendere appunti del contenuto delle sue telefonate per rintracciarla?!»

Alessia Ferrero ora è dritta come un palo sulla poltroncina. La voce è diventata ancora più dura. Il volto ancora più teso. Il corpo e le parole vibrano di rabbia.

«E cosa le ha risposto questa volta il buttafuori?»

«Più o meno quello che aveva risposto prima. Non aveva visto Anna e non sapeva dove potesse essere.»

«E poi cosa è accaduto?»

«Grazie a Dio, alle nove mia figlia è tornata a casa. Era tranquilla e serena. Mi ha detto che era andata al cinema. Mi ha detto di averlo scritto su un biglietto lasciato sul tavolo di cucina. Ed era vero. Il messaggio di Anna era sotto la madia. La finestra era aperta, deve averlo fatto volare via un colpo di vento.»

Alessia appare esausta.

"È ancora più incantevole di quando si è materializzata sulla porta."

Cappa si alza, le si avvicina. Le offre una mano per aiutarla ad alzarsi.

«OK, credo che per ora abbiamo finito. Se avremo ancora bisogno di lei la contatteremo. Prego, l'accompagno all'uscita.»

«Commissario, non abbiamo identificato la signora», interviene Berti.

«Ah, certo. Potrei avere un suo documento?»

Alessia apre la borsetta che ha sulle ginocchia. È di pelle nera, elegante. Una di quelle alla moda. Dal portafogli della stessa tinta tira fuori la patente. Con un sorriso spento la offre al commissario.

Cappa, senza sedersi, si volta verso la scrivania e su un

foglio segna il numero del documento, l'indirizzo e la data di nascita.

"Ha quarant'anni, ne dimostra dieci di meno."

«Fatto. Ora possiamo davvero andare.»

La donna si alza, prende la borsetta, indossa il cappotto che le porge Berti. Si volta verso la porta. Sembra in trance. Appare distratta, la testa altrove.

«Prego, l'uscita è di là», la scuote il commissario.

Alessia si incammina, quando è già oltre la porta della stanza si volta nella direzione di Berti.

«Arrivederci.»

«Arrivederci, signora Ferrero.»

Poi attende che Cappa la preceda. Infine lo segue e ogni passo è un movimento perfetto. Naturale. Nulla di voluto o ricercato. Alessia è distante e altera. Indifferente a ciò che la circonda, agli sguardi che l'accompagnano lungo tutto il corridoio fino al portone di uscita.

Il commissario le cammina accanto. L'osserva con la coda dell'occhio. Muto.

Tace temendo di rovinare il momento con qualche frase banale.

Quando sono investiti dalla luce che arriva dalla piazza, Cappa si ferma. I clacson e il rumore del traffico giungono da fuori come un'aggressione.

«Dove ha la macchina? Vuole che l'accompagni?»

«La ringrazio, ma sono venuta in motorino. Arrivederci.»

E di nuovo quella mano piccola e fredda nella mano grande del commissario. Di nuovo la voglia di stringerla tra le braccia per cercare il suo calore attraverso la camicetta sottile. Per dare e prendere consolazione.

"Sono un dilettante, Maigret un pensiero del genere su una possibile sospetta non ce l'avrebbe mai avuto."

Alessia Ferrero non cerca abbracci, tantomeno da un poliziotto. Ha fretta di andare via. Quel sole freddo e quei rumori sembrano darle vigore. Senza voltarsi, prende i guanti dalla borsetta, li indossa. Si allontana a passo svelto sul marciapiedi.

«Carina, vero? Quasi quasi la trattenevi con una scusa qualsiasi...»

Cappa si volta. Alle spalle si è materializzato Berti. Li ha seguiti, con la sua camminata caracollante, e si è goduto tutta la scena. Il commissario sorride. Gli piace il suo sarcasmo.

«Sì, è davvero bella. Ma è ferita e indurita. La storiaccia in cui è finita sua figlia l'ha sconvolta. E la capisco. Se capitasse un giorno alla mia Sofia, prenderei la pistola e farei una strage.»

Berti smette di sorridere. Lo fissa serio, sguardo nello sguardo.

«No, non penso che possa essere lei l'assassina. Ce la vedi una così impugnare una spranga e spaccare la testa a un colosso di buttafuori? E poi quale sarebbe il movente? Dobbiamo cercare l'omicida nel giro dei balordi che orbitano intorno alla discoteca. Spaccio di droga o mercato del sesso delle adolescenti. La Ferrero ci ha dato una traccia importante.»

Silenzioso

Cappa si siede, in testa gli danza ancora l'immagine di Alessia che si allontana dalla questura. Rapida. Il commissario accende una sigaretta. Apre la finestra, questa volta a malincuore: nell'aria resiste il profumo della donna. È quasi un sacrilegio disperderlo.

E più forte la voglia di fumare.

«Mi farai venire l'influenza», sospira Berti.

«Non piagnucolare. Stai diventando come la mia ex suocera. Ora chi abbiamo?»

«Sta per arrivare un ragazzino. È l'unico, insieme ad Alessia Ferrero, ad avere parlato con Chat il giorno dell'omicidio. Il 26 dicembre ci sono due telefonate partite dal suo cellulare.»

«Come si chiama?»

«Mattia Cortese, ha sedici anni e va al liceo Giulio Cesare. L'utenza è intestata al padre, Rodolfo Cortese. Ma quando ho chiamato il numero, mi ha risposto il ragazzino e mi ha detto che il telefono lo usa lui. Sarà qui a momenti, accompagnato dai genitori.»

Mattia è piccolo, gracile, pallido e scuro. Scuro dalla testa ai piedi. Segue il padre, un signore elegante con abito ben tagliato e cravatta blu a pois. Avanza con la testa china. Riluttante. A Cappa ricorda l'immagine di uno schiavo trascinato alla catena, tanto è evidente il disgusto del ragazzo all'idea di muovere il passo successivo.

«Buongiorno commissario, cos'ha fatto mio figlio? Non capita tutti i giorni di dover fare un salto in questura...»

Rodolfo Cortese sorride come un venditore di aspirapolvere asserragliato sul pianerottolo mentre teme di ricevere l'inevitabile porta in faccia. Tende la mano. Poi ripete lo stesso rito con Berti. La voce è squillante, un tantino troppo alta. Deve essere il suo modo per dissimulare la tensione.

«Prego, si accomodi. Siediti anche tu. Posso avere i vostri documenti?» fa il vicecommissario rivolto a Mattia e al padre, indicando le poltroncine di fronte alla scrivania di Cappa.

«L'abbiamo chiamata perché suo figlio è entrato in contatto con Luca Mancini, buttafuori della discoteca Peter Pan, trovato assassinato la notte di Santo Stefano», prosegue Berti.

Cortese perde in un baleno il sorriso da venditore ambulante. Si volta verso il figlio. È visibilmente sorpreso.

Mattia resta impassibile, lo sguardo perso in un punto non ben precisato del muro dietro la testa di Cappa.

Il commissario l'osserva. E più guarda Mattia, più gli

rimbalzano nella mente le parole di una vecchia canzone di De Gregori che cantava al liceo con la chitarra: "*Il ragazzo... amici nel quartiere non ne ha. Ha una luce strana, dentro agli occhi, e qualcuno l'ha chiamata cattiveria... Ha una voglia strana in fondo al cuore che nemmeno lui lo sa, se sia paura o libertà... Chissà la gente che ne sa. Dei suoi pensieri sul cuscino, che ne sa. Della sua luna in fondo al pozzo, che ne sa. Dei suoi segreti e del suo mondo, che ne sa...*".

Cappa si scuote. Da lontano sente arrivare la voce del padre del ragazzo impostata sul tono «severità»: «Cosa hai da dire, Mattia? Perché frequenti un buttafuori?».

Berti, come al solito a corto di garbo, non gli fa finire la frase: «Se permette, qui le domande le facciamo noi. La sua presenza è richiesta solo in quanto responsabile del minore».

Il commissario gli lancia un'occhiataccia. Non vuole spaventare il ragazzino. Berti annuisce impercettibilmente.

«OK, cominciamo da capo», fa conciliante Cappa. «Mattia, conoscevi Luca Mancini?»

Il ragazzo sembra quasi perdersi nella poltroncina. Ha la frangia nera irregolare, come scolpita da uno scultore pazzo, che gli copre quasi del tutto gli occhi scuri.

"Deve essere la corazza di Mattia. Il sipario che lo difende e lo separa da ciò che gli sta intorno."

Il ragazzino tende e serra le labbra, impercettibilmente. Si tormenta le mani delicate e pallide.

Muto.

«Proprio non ti va di parlare?» chiede cortese il commissario.

A Cappa quel ragazzo piace. E non solo perché gli ha riportato in testa una canzone che amava. Fin dal liceo è affascinato dalle essenze silenziose e fragili. Il contrario di lui, che era chiassoso e Caterpillar.

Mattia alza la testa, con la mano scosta lentamente una

ciocca di capelli. Sposta lo sguardo sul commissario. La gentilezza evidentemente lo attrae.

Ora che finalmente sono scoperti, gli occhi appaiono brillanti. L'iride scurissima, la cornea bianchissima. Bianca come la pelle del viso.

«Sì, conoscevo quel buttafuori. Era una merda.»

La voce di Mattia arriva leggera, né da uomo, né da ragazzino. Il padre vibra leggermente sulla sedia quando sente il figlio pronunciare la parola «merda».

«Come l'hai conosciuto e perché hai questa opinione di lui?» chiede gentile e impassibile Cappa.

«L'ho conosciuto alla discoteca. Era una merda perché correva dietro alle ragazzine e si inventava di tutto pur di andarci a letto.»

«E tu cosa ne sai?» si intromette Berti.

«Ascolto. Ho sentito alcune ragazze dire che offriva denaro. Altre che si lamentavano perché le corteggiava con insistenza.»

«Ma perché avevi il suo numero e soprattutto perché l'hai chiamato due volte il 26 dicembre?»

Lo sguardo di Mattia si spegne di nuovo. Il ragazzino scuote leggermente la testa: la frangia torna a essere corazza.

«Dai, ti prego, rispondi al commissario», interviene il padre, allarmato.

«Lei che lavoro fa, signor Cortese?» domanda Berti.

«Io? Io sono avvocato. Avvocato civilista.»

«Bene e noi siamo poliziotti. Come le ho detto all'inizio, il piacere di fare le domande è nostro.»

«Lei è un maleducato. Commissario, il suo collaboratore dovrebbe essere più rispettoso», vibra d'orgoglio ferito Rodolfo Cortese, chiedendo soccorso a Cappa.

«Il mio collaboratore non ha un buon carattere e me ne scuso, ma ha ragione. Sarebbe meglio se lei non intervenisse.»

Pausa.

«OK, Mattia, ripartiamo. Perché hai telefonato a Chat?»

Il ragazzo abbassa la testa, ormai il mento gli sfiora il petto. Ha le mani giunte e in quella posizione sembra in preghiera.

Cappa sospira. Si alza. Si avvicina al ragazzo, si piega sulle ginocchia per guardarlo in faccia a meno di un metro di distanza.

«Mattia, ho bisogno del tuo aiuto. Devo trovare un assassino e tu puoi fornirmi qualche indizio. Ti dispiace rispondere, per favore?»

Il ragazzo scosta di nuovo la frangia. Di nuovo osserva il commissario. Di nuovo quello sguardo lontano da tutto.

«Ho chiamato il buttafuori perché avevo bisogno di un po' di fumo.»

«Fumo?!» scatta il padre.

«Signor Cortese, la prego. Non intervenga. Cosa intendi per fumo? Hashish?»

Mattia annuisce.

«Tu fumi l'hashish?»

«Qualche volta. Raramente. Quando proprio non ce la faccio più.»

«E perché quel giorno non ce la facevi più?»

«Odio le feste di Natale. Le tombolate e il panettone.»

A Cappa scappa un sorriso. Anche lui il giorno di Santo Stefano si è massacrato di canne. Anche lui odia le tombolate e il panettone.

«E Chat ti ha venduto il fumo?»

«No, mi ha detto che non l'aveva. Che l'aveva finito.»

«Perché l'hai chiamato due volte, la prima verso mezzogiorno e la seconda di sera?» incalza Cappa osservando i tabulati con il traffico telefonico.

«La mattina mi ha detto che non l'aveva ma che provava a rimediarlo, e di richiamarlo la sera. Ma anche la sera mi ha dato buca.»

«Chat era conosciuto nel giro della discoteca come uno spacciatore?»

«No, non credo. Però qualche volta aveva del fumo.»

«E se non era uno spacciatore, come facevi a sapere che vendeva hashish?»

«Una volta l'aveva preso da lui un mio compagno di scuola. Ma erano più le volte che non l'aveva, che quelle in cui era carico.»

«Carico?»

«Sì, fornito.»

«Con Chat avevi rapporti solo per il fumo?»

«Sì. Gliel'ho detto, era una merda.»

«Però ti rivolgevi a lui per avere la droga», sbotta Berti.

Cappa si gira di scatto. Ferma il suo vice con un'occhiata severa.

Mattia neppure si volta. Sembra non aver sentito. Il suo sguardo è ancora incollato allo sguardo del commissario.

«Perché bussavi da Chat se lo consideravi una merda?»

«Mica ci vai a bere o a farti le canne con chi ti vende il fumo. Mi era utile e lo usavo. In ogni caso ho comprato da lui l'hashish solo due volte. L'ultima, in settembre.»

Cappa si alza. Gira intorno alla scrivania e chiude la finestra. L'aria si è fatta gelida. Mattia trema impercettibilmente.

«Hai freddo?»

«Sì.»

«Cosa hai fatto la sera di Santo Stefano?»

«Sono stato a casa.»

«Signor Cortese?»

«Confermo. Con noi c'era anche mia moglie.»

«Il ragazzo non è mai uscito? Non si è assentato neppure per qualche minuto?»

«Come ha detto Mattia, quel giorno abbiamo giocato a tombola e ad altri giochi natalizi. Poi verso mezzanotte siamo andati a letto.»

«Suo figlio potrebbe essere uscito dopo che voi vi siete addormentati?»

«Lo escludo. Mattia è andato a letto prima di me. Io ho il sonno leggero e la mia camera non è distante dalla porta d'ingresso. L'avrei sentito.»

«OK, per il momento può bastare. Riguardo al fumo, le chiedo di vigilare su suo figlio. Per ora, salvo sviluppi, l'uso di sostanze stupefacenti resta una cosa tra noi.»

«La ringrazio, commissario.»

Rodolfo Cortese si alza. Senza accorgersene tira un lungo sospiro.

Mattia resta incollato alla poltroncina.

Cappa si avvicina, gli sfiora la spalla destra con la mano. «Hai sentito? Puoi andare.»

10.
ALESSIA

Ginecologia

Angela girò la chiave e il motore si accese senza fiatare. Soltanto una lieve vibrazione scosse il fuoristrada. Poi la BMW si staccò dal parcheggio come un'astronave dalla stazione orbitante.

Alla prima curva avevo già la nausea. Al terzo incrocio stavo per vomitare. Non mi sono mai piaciute le auto troppo silenziose e troppo molleggiate e in più avevo lo stomaco preso d'assedio dalla tensione.

«Aborto» era l'ultima parola che era stata pronunciata in quell'abitacolo iperlussuoso. Né io né Angela avevamo avuto la forza di aggiungere altro.

Non sapevo dove la mia amica mi stesse portando. Non avevo la forza né la voglia di chiederglielo. Avevo il cervello in panne e nessun pensiero. Neppure per il piccolo plotone di arredatori, muratori, falegnami e idraulici che mi avrebbero aspettato invano negli appartamenti che stavo ristrutturando.

Finalmente la macchina si fermò.

«Scendi, Alessia, siamo arrivate.»

La voce di Angela mi fece sussultare.

«Arrivate?»

«Sì, questo è il consultorio. Anna deve aver fatto qui le pratiche per l'aborto. E da qui dobbiamo partire, forse quell'uomo con cui è andata a letto l'ha accompagnata. Ci potrebbe essere il suo nome tra le pratiche.»

Guardai sorpresa la mia amica. Improvvisamente scoprii di averla sottovalutata. L'avevo sempre creduta con la testa tra le nuvole, invece si stava dimostrando più lucida e pratica di me.

La sala d'aspetto era deserta. Tre porte bianche e malconce si affacciavano sul piccolo quadrato di muri coperti da manifesti dedicati a lotta contro la droga, prevenzione neonatale, vaccinazioni obbligatorie e quant'altro. Su una delle porte c'era una piccola targhetta. GINECOLOGO.

Mi misi a sedere senza sapere cosa fare. Angela invece restò in piedi, bussò, girò lentamente la maniglia, si affacciò.

«Desidera?» sentii chiedere da una voce femminile proveniente dalla stanza.

Angela non rispose, spalancò la porta. Mi guardò.

«Vieni, Alessia. La dottoressa è libera. Può riceverci...»

Una volta dentro la mia amica fece un largo sorriso a uso e consumo di una donna di mezza età, in camice bianco, seduta al di là della scrivania e impegnata a leggere un quotidiano.

Mi scossi. Venni assalita da una gran voglia di affrontare chi aveva permesso a mia figlia di abortire senza neppure degnarsi di informarmi.

«Mi chiamo Alessia Ferrero. Mia figlia Anna, tredici anni, ha abortito sabato mattina. E io l'ho scoperto solo a cose fatte. Vorrei sapere come è stato possibile», dissi tutto d'un fiato, con la voce che tradiva la rabbia che mi lievitava nel petto.

La dottoressa sgranò gli occhi. Si alzò. «Sono la dottoressa Fausta Santi. Ricordo bene sua figlia Anna. Sono stata io a seguirla. Prego, sedetevi», disse, indicando le due sedie di metallo e formica di fronte alla piccola scrivania.

Si voltò, andò verso un armadio bianco, l'aprì. Tornò a sedersi con in mano una cartellina azzurra.

Sempre senza parlare lesse alcuni fogli. Poi chiuse la cartellina e me la porse.

«Come può vedere, sua figlia è stata accompagnata dal padre. Qui c'è la fotocopia del documento e la firma per autorizzare l'interruzione di gravidanza. Suo marito ha accompagnato Anna sia in occasione della prima visita, sia sabato scorso quando è stato fatto l'intervento all'ospedale Pertini in day-hospital. Mi dispiace che sia stata tenuta all'oscuro. Ma qui risulta tutto in regola.»

Rimasi senza parole. Alessandro sapeva e non mi aveva detto nulla?

Guardai i fogli. Il documento era valido. Era la carta d'identità che il mio ex aveva lasciato a casa e che, con il suo consenso, usavo quando dovevo sbrigare qualche pratica per la quale era necessaria la sua delega. Ma la firma era chiaramente falsa. Uno scarabocchio che non aveva nulla in comune con la vera firma di Alessandro.

Anna aveva preso il documento del padre e si era fatta accompagnare da qualcuno nel consultorio spacciandolo per Alessandro.

Alzai lentamente lo sguardo. Fissai la ginecologa. «Questa non è la firma del mio ex marito. Ricorda l'uomo che ha accompagnato Anna? Può descriverlo?»

La dottoressa rifletté qualche istante. Perplessa e sorpresa.

«Certo. Era grande e grosso, era calvo. Tra i trenta e i quarant'anni. Era silenzioso. Sembrava preoccupato. Ma non mi meravigliai. Un padre che accompagna una figlia tredicenne ad abortire non è mai molto loquace né tantomeno di buonumore.»

«Provi a guardare la foto del documento. Ci assomiglia?»

La dottoressa riprese la cartellina. Guardò il foglio con la carta d'identità fotocopiata. Una smorfia di preoccupazione le si stampò sulla faccia.

«No. Non assomiglia alla persona che ha accompagnato sua figlia», disse con un filo di voce.

«E lei se ne accorge soltanto adesso?» ringhiò la mia amica.

«Non so cosa dire. Sa, spesso i documenti riportano vecchie foto molto diverse dall'immagine attuale. E io non sono un poliziotto. Ho preso il documento, l'ho fotocopiato, ho chiesto in fondo al modulo la firma per il consenso a chi credevo fosse il padre. Quel signore ha firmato. Non sono stata lì a controllare. Non c'era nulla che mi potesse far sospettare qualcosa di strano...»

«Che tipo era?»

«Come le ho detto non ha praticamente parlato. Sembrava contrariato. Ma anche questo atteggiamento è comune. Ah, ecco. Ricordo. Mi sorprese perché aveva un giubbotto di pelle nera e un paio di Ray-Ban sulla testa. A lei fa venire in mente qualcuno? Uno zio? Forse un fratello più grande? Un parente?»

Riflettei un istante. Non c'era nessuno della famiglia che rispondesse a quell'identikit.

Scossi la testa. «E dopo aver ricevuto il consenso cosa ha fatto?»

«Ho richiesto le analisi del sangue che attestassero la gravidanza e una ecografia per avere la certezza che non fosse stato superato il termine. Sua figlia e il presunto padre si sono presentati qui tre giorni dopo con tutta la documentazione in regola. A quel punto le ho recitato la formula di rito. Le ho chiesto se era proprio sicura di non voler tenere il bambino. Lei ha detto di sì. Era calma. Sembrava molto determinata. Più grande dei suoi tredici anni. Poi mi sono rivolta a quello che credevo fosse il padre. Ha annuito pure lui. L'intervento, per aspirazione, come le dicevo è avvenuto in day-hospital all'ospedale Pertini sabato scorso alle dieci del mattino. Mi dispiace.»

Il silenzio precipitò fragoroso nella piccola stanza del consultorio.

La dottoressa era pallida. Tormentava una penna con la mano destra e faceva saltellare lo sguardo da me ad Angela. Imbarazzata e allarmata.

Senza fiatare mi alzai. Mi voltai. Guadagnai l'uscita.

Angela mi corse dietro.

Mi fermai appena fuori il portoncino del consultorio. Mi poggiai al muro, le gambe molli.

«Siediti.»

Mi sedetti sull'asfalto, le spalle appoggiate al muro del palazzo. Angela si mise accanto a me.

Una signora, capelli cotonati color violetto, si fermò incuriosita. Nella mano destra teneva il manico del carrellino della spesa, nella sinistra un bastone.

«Serve qualcosa?» chiese con una vocina nasale che sembrava uscire da un cartoon.

Né io né Angela rispondemmo.

«Che gente...» e se ne andò caracollando, poggiandosi al bastone e trascinando il carrellino.

«Quella la rovino», sibilai.

«Chi? La dottoressa? Certo, puoi farlo. Ma a cosa servirebbe? Il tuo problema non è incastrare una ginecologa distratta, ma scoprire chi ha messo incinta tua figlia. E qualche cosa l'abbiamo scoperta. La prima è che la tua Anna è scaltra e ingegnosa. Ha trafugato il documento di Alessandro e ha trovato qualcuno che avesse l'interesse o il fegato di rischiare di finire in galera spacciandosi per il tuo ex marito. Ora si tratta di capire se questo qualcuno è anche il padre del bambino. Se è così, la questione si fa più seria. Quel tipo, in base alla descrizione della dottoressa, non è certo un minorenne. E la faccenda in questo caso ha rilevanza penale. Forse è il caso di andare alla polizia. Il commissariato è qui vicino, in via Acherusio.»

«Dammi una sigaretta.»

«Un'altra?! Ma ti fa male. Non riesci neppure a fumarla...»

«Dammi una sigaretta.»

Angela mi passò il pacchetto con l'accendino. Portai la sigaretta alle labbra, l'accesi. Tossii.

«Visto?!»

«Lascia perdere», sibilai facendo un'altra tirata. «Dimentica la parola "polizia"», aggiunsi ruvida. «Questa storia deve rimanere tra noi e per questa ragione quella stronza della ginecologa si salverà il culo. Nessuno deve sapere. Se andiamo in commissariato la cosa potrebbe finire sui giornali, la voce potrebbe spargersi a scuola. E l'ultima cosa che voglio è che il nome di Anna saltelli sulla bocca di tutti. Non intendo rovinarla per sempre.»

Angela mi guardò. Indicò la sigaretta che tenevo fra le dita.

«Vedo che hai imparato a fumare. Brava», disse con affettuosa ironia. «Ma adesso butta via quel mozzicone, sei arrivata al filtro. Finirai per bruciarti le dita.»

Tutto era cambiato

Aprii la porta di casa facendo attenzione a non fare rumore. Mi chiesi se prendevo quella precauzione nella speranza di sorprendere Anna al computer o al telefono, oppure per timore di svegliarla nel caso dormisse. Non trovai risposte.

Sapevo soltanto che tra me e mia figlia tutto era cambiato. Ora ero sul chi va là. In allerta.

In punta di piedi mi avvicinai alla stanza di Anna. Era distesa a letto. Ancora il dito in bocca. Ancora il viso affondato nel cuscino. Esattamente come l'avevo lasciata. Il respiro era regolare, il corpo immobile. Dormiva.

Il cellulare, che avevo messo su «silenzioso», continuava a vibrare nella borsetta. Osservai distrattamente il display. Indicava dodici chiamate perse. Erano clienti e artigiani che mi avevano aspettato invano l'intera mattina. Rimisi il telefonino al suo posto con un'alzata di spalle: potevano aspettare. Non ce l'avrei fatta ad ascoltare le loro legittime proteste.

Dalla cucina sentii giungere un rumore di stoviglie.

«Buongiorno Magda. Come sta Anna? Non avrà dormito tutta la mattina?»

Magda è la mia colf romena. Rotondetta e sempre allegra. Viene tutti i giorni dalle nove del mattino alle sei di sera, da oltre cinque anni, e chiacchiera sempre fitto fitto di suo marito che lavora presso uno sfasciacarrozze sulla Prenestina. Mi ha raccontato della loro roulotte. Del figlio ventenne che è andato a lavorare a Londra come autista di autobus: «È così bravo. Sa, mica è facile guidare quei bestioni. Contromano, per di più...».

Ma ora Magda si voltò di scatto. Pallida. «Mi ha fatto paura, signora.»

«Scusami, sono entrata senza far rumore per non svegliare Anna.»

«Non si preoccupi. Sa, ho sempre la testa fra le nuvole. Anna si è svegliata verso le undici. Voleva restare a letto. Ho dovuto battagliare per farle fare colazione. Poi è tornata in camera sua. Niente TV. Niente computer. Non deve stare bene, la piccola.»

«Già. Credo abbia la mononucleosi. Il medico mi ha detto di tenerla a casa tutta la settimana», inventai. Il nostro segreto doveva essere solo nostro.

«Mono... che?»

«Nulla, una malattia infettiva. Ma nella forma che ha preso Anna non è contagiosa. Deve soltanto stare a casa e non stancarsi. Qualche telefonata?»

«Sì, ha chiamato una signora, una sua cliente. Voleva avere informazioni su una ringhiera in ferro, non ho capito di quale scala. Ma ha detto che richiama o che la cerca sul cellulare.»

Il pranzo era pronto. Sempre il solito. Pasta a pranzo, carne o pesce la sera. Magda, in cucina, non aveva il dono della fantasia.

«Vado a chiamare la piccola?»

«No, vado io. Voglio prima capire come sta.»

Tornai nella stanza di Anna. Delicatamente mi sedetti sul bordo del letto. Con leggerezza le sfiorai la schiena con la mano.

«Anna, sveglia. È ora di mangiare qualcosa.»

Silenzio.

«Dai, su. Non puoi passare l'intera giornata a letto.»

«Non ho fame», sussurrò con il viso schiacciato contro il materasso.

«Non importa. In ogni caso ti alzi. Poi vediamo cosa fare.»

Anna si girò, mi guardò.

Aveva i capelli biondi sparsi sul cuscino, gli occhi azzurri opachi come quando sul mare si precipitano le nuvole.

Non sapevo se stringerla o mantenermi a distanza. Se coccolarla o farle capire quanto ero allarmata, delusa, arrabbiata.

Anna cercò la mia mano. La raggiunse. La strinse leggermente. Portò l'altra mano alla bocca e tornò a succhiare il dito.

«Io e te dobbiamo parlare», le dissi dolcemente. «Ma ora alzati. Vediamo se riusciamo a mangiare un po' di pasta. Ho visto che Magda ha preparato la salsa con pomodorini freschi e capperi.»

Mia figlia si scosse. Si mise lentamente a sedere sul letto. Dopo un paio di tentativi riuscì a infilare le infradito ai piedi. Si alzò pigramente. Trascinando i piedi si avviò verso la cucina, mentre io la seguivo passo passo. Scortandola.

«Oh, ecco la mia bella signorina», cinguettò petulante Magda.

Anna le rispose con un sorriso spento. Si sedette a tavola. Osservò con ripugnanza il piatto con la pasta. Mi guardò. «Non ho fame.»

«Neanch'io», ammisi. Volevo restare da sola con lei. Parlare con lei. «Senti Magda, oggi non lavoro. Mi sembra che siano rimasti soltanto qualche maglietta e qualche pantalone da stirare. Puoi farlo domani. Vai pure. A casa resto io.»

Magda mi guardò, gli occhi luminosi. «Grazie. Così posso correre da mio marito, gli faccio una sorpresa. Da solo è triste e pigro, non sa in quali condizioni mi lascia la roulotte...»

Come una folata di vento, Magda in un istante si lasciò la porta d'ingresso alle spalle. Ne accompagnai la fuga con un sorriso: mi intenerivano la sua passionalità e la sua capacità di amare quell'uomo fragile e sempre un po' sbronzo.

Guardai Anna, eravamo ancora sedute al tavolo. La pasta ormai fredda abbandonata nei piatti.

Dalla mattina precedente, non avevamo scambiato una sola parola.

Non sapevo da dove cominciare. Da chi fosse il padre del bambino? Da chi l'aveva accompagnata al consultorio e poi in ospedale? Dal perché si fosse venduta e se avesse ancora intenzione di farlo? Dai suoi sabati pomeriggio al Peter Pan, mezza nuda sul cubo? Dal suo amore per Valerio?

L'impresa mi sembrava troppo difficile, il mondo sconosciuto di Anna troppo esteso e pieno di tenebre. Spaventoso.

Forse non volevo sapere. Non fino in fondo.

Forse speravo di poter dimenticare.

Forse volevo solo riavere mia figlia, la bambina che era svanita appena poche ore prima.

Esordii con la domanda più banale: «Come ti senti?».

«Meglio, la pancia non mi fa più male. Sento solo un leggero fastidio quando faccio pipì.»

«Hai perso altro sangue?»

«No. Tutto regolare. Credo.»

«Domani ti porto dalla Brugnone, la mia ginecologa. Così, solo per un controllo. Per sapere se va tutto bene.»

Anna non rispose.

«Oggi sono stata al consultorio...»

Silenzio.

«La dottoressa mi ha fatto vedere la cartella con la tua pratica. C'era un documento di papà. Ma è stato qualcun altro ad accompagnarti. Chi era?»

Ancora silenzio.

«Devi dirmelo. Era l'uomo che ti ha messa incinta?»

Anna si alzò di scatto, la sedia cadde rumorosamente sul pavimento urtando la madia.

«Senti, mamma, non voglio parlarne né ora, né mai. E te lo ripeto, così capisci una volta per tutte: non ti dirò mai nulla. Mai. Mai. Mai. Ora fammi il favore di cambiare argomento.»

«Cambiare argomento? Vuoi dimenticare? Troppo facile. Devo sapere cosa è successo e come. Devo capire perché mia figlia a tredici anni fa sesso. Perché sul tuo cellulare ci sono immagini di te che balli mezza nuda e...»

La frase rimase a mezz'aria. Con un gesto brusco Anna buttò in terra i piatti ancora sul tavolo. «Basta! Basta! Non voglio sentirti. Mi hai rotto. Sono affari miei. Tu non c'entri niente. Fatti i cazzi tuoi», urlò con tutto il fiato che aveva in petto. E se ne andò a passi rapidi verso la stanza.

Rimasi impietrita. Ero di marmo, su quella sedia di cucina. Vibravo dalla voglia di rincorrere Anna e di riempirla di schiaffi.

Poggiai i gomiti sul tavolo, la testa tra le mani. Cominciai a singhiozzare. Piano. Attenta a non farmi sentire.

Squillò il cellulare. Raggiunsi barcollando la borsetta all'ingresso. Sul display lampeggiava il nome «Angela».

«Ciao», dissi con un filo di voce, trattenendo il pianto.

«Ti devo parlare. Subito. Mi ha convocato la preside di Patti e Anna. Sono andata a parlarle. È terribile», disse Angela.

Piangeva anche lei.

Per cinque euro

Il campanello di casa suonò mezz'ora dopo.

Corsi ad aprire. Mi trovai davanti la mia amica bella e griffata invecchiata di dieci anni in meno di due ore. Tremava, lì imbambolata sulla soglia del mio appartamento.

«Entra. Cosa è successo?» domandai in un sussurro.

«Dov'è Anna?» chiese Angela con un filo di voce, guardandosi intorno.

«È chiusa in camera. Non vuole né vedermi, né tantomeno parlarmi.»

Angela si avviò, con passo insicuro, verso il salotto. Si sedette sul bordo del divano. Impietrita. Ma una pietra... tremante. Con le mani incerte si tolse gli occhiali. Aveva gli occhi rossi e il mascara che le impiastricciava palpebre e occhiaie. La mia amica aveva perso la sicurezza che mi era stata tanto di aiuto al consultorio.

«Cosa ti ha detto la preside?»

«Non so da dove cominciare. Sei sicura che Anna non ci possa sentire?»

«Sicura. Ha chiuso la porta e se l'apre la sentiamo all'istante. Ha i cardini che fanno un cigolio terribile. Dimmi perché sei così sconvolta.»

«Temo che Patti e Anna siano nello stesso guaio.»

«Pure tua figlia è incinta? Ha abortito?»

«No, grazie a Dio no. Ma la preside mi ha convocato. Non so come dirlo a mio marito...»

«Lascia perdere tuo marito. Allora?»

«Be', questa mattina Patti è stata scoperta da una professoressa nel bagno della scuola.»

«A fumare?»

«Magari. Era la prima ora e aveva chiesto il permesso di andare ai servizi. Poi, siccome tardava, l'insegnante di inglese, la Bassi, è andata a cercarla. Le porte del bagno sono senza serratura, la professoressa le ha aperte a una a una e dietro l'ultima ha trovato Patti senza maglietta e reggiseno che si stava scattando una foto con il cellulare.»

Restai in silenzio. In testa mi scorrevano le immagini che avevo trovato nel telefonino di Anna. «So di cosa parli.»

«Come?! Cosa vuol dire che sai di cosa parlo?»

«Be', subito dopo avere saputo dell'aborto mi sono messa a cercare nel cellulare di Anna. Tutti gli SMS erano stati cancellati. Ma nella cartella Immagini ho trovato una foto di tua figlia in posa da lolita e un videoclip di Anna che balla seminuda sul cubo della discoteca dove vanno il sabato pomeriggio.»

«E perché non mi hai detto nulla?»

«Perché ero sconvolta. Perché per prima cosa volevo affrontare la questione dell'aborto. E poi la foto di Patti mi era sembrata più un gioco che una cosa seria.»

«Invece è stramaledettamente seria», sibilò Angela.

«Cosa intendi?»

E Angela raccontò.

Raccontò tra le lacrime che a scuola era subito partita un'indagine interna. Che dalle nove del mattino alle due di pomeriggio la preside aveva scoperto «un vero e proprio traffico».

«Traffico?»

«Sì, in classe di Patti sei ragazzi avevano foto di mia figlia. Tutte a seno nudo. Altre perfino senza mutandine.»

«L'hanno costretta a farle? L'hanno minacciata?»

«Costretta? Minacciata? Mia figlia le aveva vendute. Capito? Vendute! Aveva perfino un tariffario. Cinque euro per il seno. Dieci per tutto il corpo. E queste fotografie non le avevano solo i ragazzi della sua classe, ma anche di altre.»

Angela si fermò. Mi guardò dritto negli occhi. Pallida. «Ora capisco tante cose...»

«Cosa?»

«Capisco perché da qualche tempo Patti non insisteva più con l'aumento della paghetta. Perché girava con magliette, jeans, scarpe, maglioni, firmati, iPod e iPhone. Mi diceva che erano regali. Prestiti. E io me la sono bevuta.»

«Be', non so se ti può consolare, ma Anna ha fatto più o meno lo stesso. E come te credevo alle sue bugie.» Mi fermai lì. Non avevo il coraggio di raccontare neppure alla mia amica del sesso a pagamento. Non riuscivo ad accettare che mia figlia si fosse venduta.

«Siamo state due ingenue», sospirò Angela.

«Ingenue? Direi colpevolmente disattente. Pigre. Ci ho pensato la notte intera. Di colpe ne abbiamo così tante da poterci aprire una boutique.»

«Colpe? Ma se le abbiamo cresciute con tutto l'amore possibile. Io ho rinunciato al lavoro per stare vicino alla mia Patti.»

«Già, ma è evidente che non è bastato. Guarda i risultati. La verità è che non abbiamo controllato. Le abbiamo lasciate ore e ore, sole, davanti al computer a chattare. Abbiamo voluto credere pigramente alle loro bugie.

Era più facile, comodo. Rassicurante. Hai già parlato con Patti?»

«Sì.»

«Cosa ti ha detto?»

«Niente.»

«E tu?»

«Le ho dato una sberla e l'ho chiusa in camera. Senza cellulare, senza computer. Ora di guardia c'è la cameriera filippina. Ha l'ordine di non lasciarla mai sola. Di seguirla anche quando va in bagno.»

«Ma almeno Patti ti ha detto perché vendeva le sue foto nuda? Ti ha dato uno straccio di spiegazione?»

«Mi ha detto che le servivano soldi.»

«Soldi?!»

«Ha anche detto che l'ha fatto perché si sentiva brutta.»

11.
NERO

Il tattoo

Non mi accontentai di restare ore e ore attaccato al PC, connesso a FB. Fingermi Thomas Bellucci e godere delle sue frotte di amici virtuali, in fondo, non mi bastava.

Cominciai a bere di brutto. Non più una volta ogni tanto.

Uscivo da scuola e sulla strada di casa mi fermavo alla Standa che faceva orario continuato e riempivo lo zainetto di lattine di birra.

I soldi non mi mancavano. I miei genitori erano talmente distratti che, ogni volta che battevo cassa, sganciavano senza starci a pensare su. Al massimo si concedevano un borbottio. Sempre lo stesso.

«Ma non te li avevo già dati?»

Io scuotevo la testa e intascavo la banconota da venti euro.

Il patto era: non più di ottanta euro al mese. Ne trafugavo almeno il doppio.

Mio padre è sempre stato più generoso di mia madre. A volte mi passava perfino un cinquanta. Credo fosse il suo modo di uccidere il rimorso di considerarmi una merda.

Dopo aver finito in tutta fretta, distrattamente, i compiti per il giorno dopo, restavo chiuso in camera allacciato al PC, seduto sul letto. Gli occhi sull'homepage di FB, pronto a digitare post folli per conto di Thomas. La testa lessata dalla birra e dalle note di Ian MacKaye o dei Moss Icon che rimbalzavano nelle cuffie. Musica emo, dura e sincera.

Bevevo per non pensare. Al contrario dei miei compagni di scuola, non prendevo pillole strane e sbronzarmi non mi serviva per cazzeggiare spensierato. Io non avevo nessuno con cui scherzare o sballare. Ed era impossibile sballare insieme ai miei amici virtuali.

Facevo comunque attenzione a non superare quello che avevo definito LDA: Limite Dell'Autocontrollo.

Dopo un paio di birre mi staccavo dal PC e provavo a camminare sulla linea retta delle mattonelle. Se mantenevo la direzione e non sbandavo, me ne scolavo un'altra. Altrimenti mi fermavo. I miei si sarebbero fatti girare le palle e sarebbe scattato l'allarme rosso, se mi avessero scoperto ubriaco. Avrebbero cominciato a controllarmi.

E non avevo intenzione di perdere l'unico vero tesoro di cui disponevo: farmi i cazzi miei.

La birra, come FB, serviva per non pensare a Chat. Quando mi transitavano in testa, indesiderati e inarrestabili, il nome o la faccia del buttafuori, cercavo di concentrarmi su qualche bel ricordo. Non ne avevo tanti. Quando ero piccolo e andavo in barca con papà. Le lente estati sulle Dolomiti con i cugini. Il verde e le cime delle montagne rivolte verso il cielo come colonne. Nient'altro.

Nel presente non potevo aggrapparmi a nulla.

Perso Chat, non avevo altri amici e non avevo idea di come potessi trovarne altri. Troppo zecca. Troppo solo.

In classe qualche volta giravano gli inviti per le feste di compleanno. Ma mai e poi mai accadeva che uno di quei biglietti che vedevo passare di mano in mano si fermasse sul mio banco. Da sotto la frangia sbirciavo le mosse del festeggiato, per scoprire che su ventisette ragazzi io ero puntualmente il solo a restare senza invito. Ci restavo di merda. Ma ero anche sollevato dall'ennesima esclusione: mi terrorizzava l'idea di dover affrontare una festa e gli sguardi ostili o carichi di disprezzo dei compagni.

Presto mi venne a noia anche impersonare su FB quel Thomas Bellucci con la faccia da Batman.

Tornai a fare la posta ad Anna. Due o tre volte alla settimana rinunciavo alla Standa e al mio carico di birre e deviavo verso l'Esopo. Mi appostavo sulla scalinata che immetteva nel parco Nemorense, proprio sopra la piazzetta dove si radunavano i ragazzini all'uscita di scuola. Lei era sempre al centro del gruppo. Bella. Decisamente in tiro. Due o tre ragazzini che le facevano il filo.

Anna non sembrava neppure accorgersi della mia esistenza.

Accolsi la conferma del suo disinteresse sparandomi quattro lattine di birra.

Dopo la «guerra della merendina», quando ero stato aggredito alla fermata dell'autobus, i bulli mi avevano lasciato in pace per qualche giorno. Nel mirino era finito Marco, il secchione mezzo frocio che qualche volta era transitato per casa mia.

Per sconfiggere la noia, avevano cominciato circondandolo durante la ricreazione. Spintoni, una sberla. Gli occhiali spessi schizzati via sul pavimento del corridoio. Il panino di Marco finito tra i denti del bullo con la testa rasata e un tatuaggio con un simbolo celtico sul bicipite palestrato, Obelix. Il faccione lacrimoso e triste del mio amico.

Avevo assistito alla scena in disparte, trincerato dietro gli aculei della mia frangia.

Neppure per un istante pensai di corrergli in soccorso.
Avevo paura.

Ma una settimana dopo il furto del telefonino e l'inutile pagamento di un centinaio d'euro di pizzo agli assalitori, Marco tornò a casa con un occhio nero.

Così parlò.

Disse tutto ai genitori.

Risultato: poliziotti a scuola, bulli in presidenza. Sfilata di genitori incazzati più con la preside che con i propri figli. E bye bye Marco. La professoressa di italiano ci disse che aveva deciso di cambiare scuola.

«Se accade di nuovo, i responsabili finiranno in riformatorio.»

Boom.

Nessuno credette alla minaccia. Tantomeno i bulli. E tutti tirarono due conclusioni. La prima: meglio beccarsi le sberle e tacere, che parlare e poi dover fuggire da scuola. La seconda: i cattivi vincono sempre.

Il mio turno arrivò esattamente il giorno dopo. Stavo seduto al banco durante la ricreazione. Disegnavo, testa china, un pupazzo sul mio diario quando venni afferrato alle spalle. Girai la testa e trovai, a un centimetro dalla mia faccia, la faccia di Obelix. Rideva.

«Ciao, Nero. Per te è ora di una scelta di campo», sibilò.

Non capii.

Il bullo fece un segnale ad altri due ragazzi. Non li conoscevo bene. Erano di un'altra classe. I due mi bloccarono sul banco, tenendomi per le braccia. Tentai di divincolarmi. Inutile.

Mi guardai attorno. L'aula si era svuotata. Ero solo con quei tre.

Con la coda dell'occhio vidi Obelix accendere uno Zippo. Restai così, immobile e paralizzato per almeno tre-quattro minuti. Poi Obelix, sempre con l'accendino acceso, si sistemò alla mia destra. Allora distinsi ciò che aveva in mano: un bastoncino di legno con in cima una svastica di metallo che lui riscaldava con l'accendino.

Cominciai a strattonare. Urlai. Guardai disperato in direzione della porta. Ora era chiusa.

«Sta' fermo, se no fa più male», disse il bullo avvicinandomi la svastica al braccio destro.

Quando il metallo incandescente cominciò a sfrigolarmi sulla pelle, le urla mi si spensero in gola. Smisi anche di scalciare e di dibattermi. Un dolore acuto partiva dal braccio, poco sopra il gomito, e mi trapanava il cervello.

Credo di essere svenuto. Non ricordo il momento in cui quei tre mi lasciarono. Ricordo soltanto la faccia terrorizzata dell'insegnante di latino, la Fiore, che mi guardava accucciata a pochi centimetri, scuotendomi delicatamente per le spalle. Io spalmato sul pavimento freddo.

La preside Principato chiamò l'ambulanza. Mi portarono al pronto soccorso del policlinico Umberto I. Arrivò mio padre. Arrivò l'agente di turno.

«Sai dirci chi è stato?» chiese gentile.

«Non lo so. Mi hanno preso di spalle. Non li ho visti», risposi piagnucolando.

«Ma sei sicuro?! È assurdo. Possibile che non ne hai riconosciuto neppure uno?! Quelli la devono pagare», incalzò mio padre.

«No, papà, mi dispiace. Nessuno.»

La ferita sul braccio si infiammò. Restai a casa per una settimana. La notte non riuscivo a dormire per il dolore e per quella maledetta croce uncinata che palpitava come fosse viva.

«Ti faremo fare una plastica. Vedrai, non si vedrà nulla. Oggi sono stata dal mio chirurgo a informarmi», annunciò il sabato successivo mia madre. In fatto di plastiche Katia Cortese era un pozzo di scienza.

Sorrisi debolmente.
«Perché ridi?» mi chiese.
«Be', se avrò una plastica pure io, avremo qualcosa in comune.»
Mia madre mi abbracciò. Non ricordavo l'ultima volta che l'aveva fatto.
Non mi dette fastidio.
Strano.

12.
7 GENNAIO 2011

Punto morto

Anche l'ultimo interrogatorio si è rivelato un fiasco. Da giorni Cappa non fa altro che ascoltare deposizioni vuote. Banalità. Idiozie. Nessuno, nella lista dei conoscenti e dei nomi sui tabulati telefonici del buttafuori, ha suggerito un movente. Ha indicato una traccia. Ha innescato un sospetto. Ha fatto balenare la più piccola pista.

L'inchiesta è a un punto morto. Come una vecchia Cinquecento con il motore fuso sulla Via del Mare il giorno di Ferragosto.

Gli agenti sguinzagliati da Cappa hanno setacciato la vita di Chat e tutto ciò che avrebbe potuto o dovuto girargli attorno.

Il buttafuori sembra sradicato dal mondo. Un marziano. Niente genitori, morti da tempo. Niente fratelli. Nessun amico. Neppure un'automobile da rivoltare come un calzino nella speranza di agguantare qualche traccia. Luca Mancini aveva solo un vecchio ciclomotore trovato regolarmente parcheggiato e chiuso con la catena di fronte al cancello del condominio.

Anche la storia dello spaccio di hashish tirata fuori da Mattia, il ragazzino fragile e silenzioso, non ha trovato riscontri. Neppure un grammo di fumo nell'appartamento. Bisognerà parlare con i clienti della discoteca... "Ma vallo a trovare, uno che ammette di conoscere spacciatori o di farsi le canne."

Dal rapporto della Scientifica, a parte quella manciata di capelli lunghi di un uomo rinvenuti sul divano, sono arrivate nuove delusioni. In casa, nonostante altri tre sopralluoghi, non è emerso altro. E nulla, in quel misero scantinato, è apparso fuori posto. L'assassino se ci ha messo piede è stato ben attento a non lasciare tracce.

Il conto in banca e le indagini fiscali hanno prodotto lo stesso risultato. Tremila e duecento euro nel deposito presso il Banco San Paolo di piazza Vescovio. Nessuna movimentazione sospetta. Nessun immobile di proprietà. Reddito dichiarato da Chat nell'anno precedente: diciannovemila euro. Se il buttafuori avesse avuto davvero giri loschi o di droga, avrebbero dovuto trovare qualche soldo nell'appartamento. Invece niente. Niente di niente.

«Se va avanti così scopriamo che il cranio quel Chat se l'è spaccato da solo e poi, preso dall'entusiasmo, si è gettato per le scale a testa in giù per finire il lavoretto», sibila Berti non appena – poco dopo le cinque – l'ultimo testimone lascia la stanza della questura.

Cappa annuisce.

"Cosa avrebbe fatto Maigret in una situazione del genere? Una passeggiata. Ecco, avrebbe fatto due passi per riordinare le idee."

«Senti, Paolo. Ormai è tardi e sono stufo di fare buchi nell'acqua. Direi che per oggi abbiamo finito. Domani è sabato, il giorno in cui la discoteca è dedicata ai minorenni. Ripartiremo da lì. A che ora apre il Peter Pan?»

«Alle quattro.»

«OK, ci vediamo al bar lì vicino alle tre e mezzo. Non avvertire i gestori. Facciamo una sorpresa a quegli stronzi. Forse troviamo qualcuno che non telefonava a Chat, ma che lo conosceva e ci potrà dire qualcosa.»

Il sole è già tramontato. Fa freddo, un freddo aggressivo e insolito portato dalla tramontana. Cappa si guarda attorno sorpreso. Le luci dei lampioni e delle insegne dei negozi sono più brillanti. È il regalo del vento che ha pulito l'aria dai fumi del traffico.

Scendendo i gradini della questura, il commissario fa un lungo respiro. Stringe la sciarpa al collo, tira su la lampo del giaccone. Comincia a camminare a passo svelto lungo il vicolo che porta alla chiesa della Minerva e poi al Pantheon.

Con il naso in su, gli occhi puntati sui palazzi monumentali, lo sguardo incollato alla facciata della chiesa, affascinato dal colonnato e dalla cupola del Pantheon, Cappa si sente un turista.

È così da sempre. Non c'è giornata in cui non venga colto di sorpresa da qualche scorcio tra i vicoli antichi o un'immagine inedita non gli regali un sorriso.

Il commissario è nato a Roma. Bacerebbe in bocca la sorte per ringraziarla di averlo assegnato a quella città. Ma si sente anche prigioniero.

"Se non fosse così bella ora potrei essere a Parigi, Londra, New York, Barcellona. Ovunque."

Cappa sta meglio. Cappa è tornato a vestire in giacca e cravatta.

Dopo quattro giorni, allo scoccare del solito fischio del solito treno per Milano delle 7.10, seduto sul letto ha guardato il maglione che indossava dalla domenica, quando era uscito per l'ultima volta dalla casa con cui ha vissuto con Francesca per oltre vent'anni. Si è alzato, ha lasciato il pullover sulla sedia. Ha scelto la giacca, abbinato la cravatta, indossato pantaloni e scarpe adeguate. E si è sentito un altro. È stato sfiorato addirittura dalla voglia di ricominciare. Gli è perfino tornata a balenare nella mente la parola «futuro».

Nella tasca del giaccone, Cappa tormenta un biglietto. L'ha scritto quando Berti è uscito dalla stanza. Ci ha appuntato il numero del cellulare di Alessia Ferrero.

Quella donna, dal giorno della sua testimonianza, gli è rimasta incollata all'anima.

Alessia non è indagata. È una semplice testimone. Una «persona informata dei fatti», come si dice in gergo. Mai e poi mai, al commissario, sarebbe passato per la testa di cercare un contatto con qualcuno coinvolto in una inchiesta per omicidio.

La solitudine gioca brutti scherzi.

Non è soltanto la voglia di compagnia. Cappa si è sempre girato grandi film nella testa. E nel disastro, nel naufragio della sua vita, Alessia Ferrero sembra un puntino sull'atlante: l'isola in cui trovare rifugio. Bella, bona, affascinante.

Il commissario cammina cullando nella tasca del giaccone il foglio con il numero di telefono.

Può chiamarla e invitarla a bere un aperitivo.

Imbarazzante. Il rischio rifiuto è altissimo. Il fallimento certo.

Può trovare una scusa per una chiacchierata legata all'inchiesta.

Scorretto e disonesto.

Il commissario impugna il cellulare. Alessia risponde al decimo squillo, quando Cappa sta per riagganciare.

"Le donne smarriscono sempre il telefonino nella borsetta, manco fosse una giungla."

«Pronto?»

«Pronto, sono il commissario Cappa.»

Silenzio.

«Buonasera signora Ferrero, spero di non disturbarla.

La chiamo perché vorrei chiederle una cosa riguardo all'inchiesta...»

Silenzio.

«Pronto?»

«Sì, sono qui. La sento male. Diceva?» La voce di Alessia arriva fredda. Ma nitida.

"Ci sente eccome, è chiaro che l'ho disturbata e non mi vuole parlare."

«Dicevo che mi piacerebbe incontrarla. Sono in giro con il mio scooter. Se vuole prendiamo un aperitivo dalle sue parti, senza che lei si disturbi a venire in questura.»

«Vuole interrogarmi ancora?» Il tono di Alessia è incerto. Allarmato.

«No, non si preoccupi. Solo due chiacchiere, una sciocchezza.»

Cappa si è già pentito di avere usato quel sotterfugio. Si sente una merda.

Scatta la frenata.

«Comunque, se ha da fare, nessun problema. È davvero una banalità che posso risolvere anche da solo. Ci sentiamo un'altra volta.»

«No, no. Sono in via Chiana. Se le va ci vediamo tra un quarto d'ora in via Tagliamento. A metà, sulla destra, c'è il bar Toni.»

«OK, ci vediamo lì alle sette. La ringrazio.»

Cappa chiude il cellulare, lo fa scivolare in tasca. Vorrebbe non dover correre verso lo scooter. Vorrebbe non aver fatto quella telefonata.

"Una vera porcata. Una violenza. Maigret non l'avrebbe mai fatto."

Cappa inverte la rotta. Lo scooter è parcheggiato di fianco alla questura.

Il rimorso svanisce dopo i primi tre metri.

Deve fare in fretta se vuole arrivare puntuale.

Piazza del Pantheon però è una giungla di comitive di

turisti. A ogni passo il commissario rischia un frontale con qualche tedesco, francese, giapponese o americano, intruppati l'uno dietro l'altro. Non c'è verso di dribblarli. È un vero ingorgo. Spallate. Gomitate.

Le folate di stranieri si muovono compatte, come sciami d'api, dietro alla guida con un ombrellino o una bandierina alzati. Ogni turista è impegnatissimo a non perdere il contatto con il proprio gruppo.

Cappa li osserva con un filo di pietà e una dose massiccia di fastidio. Giovani o vecchi, trasudano paura. Degli scippi, dei venditori ambulanti, dei borseggiatori, dei tassisti. Hanno terrore perfino dei romani in generale.

"Ma perché cavolo vengono a Roma se poi non riescono a godersela?"

Dopo qualche metro, Cappa incrocia una coppia di francesi. Si ferma affascinato a osservarla.

L'atteggiamento è del tutto diverso. I due non tengono gli occhi bassi. Il passo è sicuro, calmo.

Sorridono. Si guardano intorno incantati. Assorbono la città, la sua atmosfera. Ne assaporano il fascino. Si godono le facciate in marmo delle chiese e i portoni dei palazzi rinascimentali. Se ne fregano delle macchine che sfrecciano arroganti sulle strisce pedonali. Cappa è pronto a scommettere che si faranno una risata quando affronteranno l'immancabile cameriere o tassista scortese. Quei due hanno capito Roma e Roma li accoglie tra le sue braccia.

Alessia è già al bar Toni. Cappa la vede da lontano, quando è ancora sulla sua Honda e sta cercando uno spicchio di marciapiedi dove parcheggiarla.

Resta qualche istante a osservare la donna. È bella come la ricordava. È forse più elegante. È seduta a un tavolino interno con ancora indosso il cappotto, un basco nero e i guanti. Proprio accanto alla vetrina. È nervosa, guarda e riguarda il cellulare. Si toglie i guanti e con la mano destra prende una ciocca di capelli e l'annoda tra indice e medio. Poi la scioglie. Ricomincia.

Alessia Ferrero sembra indecisa. Freme sulla sedia. Come se non sapesse se alzarsi e andarsene, oppure continuare ad aspettare.

Cappa guarda l'orologio.

"Maledetti turisti, sono in ritardo di dieci minuti."

Viene assalito dalla paura di perdere il contatto. Di vederla andare via. Non chiude neppure la moto con la catena. Non infila il casco nel bauletto. Si precipita dentro il bar.

«Buonasera, scusi il ritardo.»

Alessia si gira di scatto. Sobbalza sulla sedia. Dopo qualche istante gli offre la mano. Incerta.

La pelle è calda, levigata.

Quella del commissario è gelata, i vecchi guantoni da moto hanno perso senza combattere la guerra contro il freddo.

Il bar è affollato. Rumoroso. Cappa si siede senza che Alessia abbia ancora pronunciato una sola parola.

«Mi perdoni ancora. Spero di non averla disturbata. Ha sentito che freddo?!» Cappa non sa da dove cominciare. Anzi, non sa come cominciare.

La replica di Alessia è tutt'altro che incoraggiante. Un sorriso garbato. E... silenzio.

«Cosa posso offrirle? Un Crodino? Un cocktail? Cosa ne pensa di un Negroni o di un Campari orange?»

«Già, fa molto freddo. Ho sentito alla radio che è la giornata più fredda dell'anno.» Alessia sembra non averlo ascoltato.

Cappa frena. Si toglie il giaccone. Prende tempo.

«Stava dicendo?»

«Le chiedevo se le va qualcosa da bere.»

«Sì, grazie. Per me un gin tonic.»

"Va giù pesante."

Cappa si volta alla ricerca di un cameriere. Impresa vana.

Pure lui è nervoso. Soprattutto, non trova ancora un argomento con cui far partire la conversazione.

Si alza. Va alla cassa dove troneggia una grassona con un maglione dolcevita rosso, due tette fuori misura che urtano contro il bancone e uno sguardo da falco.

«Potrei avere due gin tonic al tavolo? Siamo seduti lì...» dice cortese alla cassiera, indicando nella direzione di Alessia.

«Nando, 'sto signore vuole ordinare», fa la donna voltandosi verso il barista.

Nando non si scompone. Dà un'occhiata distratta a Cappa, poi torna a dargli le spalle continuando a impilare le tazzine sopra la macchina del caffè.

Il commissario si arrende. Smarca un paio di clienti che si stanno alzando rumorosamente dal loro tavolo. Raggiunge Alessia.

«Non ne sono sicuro, ma prima o poi il cameriere arriverà», dice con un sorriso imbarazzato.

La donna per la prima volta lo guarda dritto negli occhi. «Perché ha voluto vedermi? Cosa deve chiedermi?»

Cappa abbassa la testa. La rialza. Osserva Alessia, scorrendo lo sguardo lungo il suo volto perfetto.

Decide che non può continuare a bluffare. «Nulla. Non ho nient'altro da domandarle riguardo all'inchiesta. Volevo solo rivederla.»

La donna resta in silenzio. Scuote il capo. Finalmente sorride. «È proprio un bel tipo, lei. Ma non gliel'hanno insegnato alla scuola di polizia, se esiste una scuola per fare i poliziotti, che la gente si allarma quando viene contattata da un commissario che indaga su un caso che in qualche modo la coinvolge?»

Cappa tira un respiro di sollievo.

"Non l'ha presa male. Che culo! Vai, che ce la puoi fare."

«Ha ragione. Mi perdoni. Ma non sapevo cosa inventare per rivederla. Anzi, ho pensato che avrebbe rifiutato di incontrarmi, se non avessi usato la scusa dell'indagine.»

«Be', crede davvero poco nel suo fascino, se deve ricorrere a questi sotterfugi.»

«Forse perché, se mai ho avuto fascino, non lo uso da molto tempo.»

«Non lo usa?!»

«Già. Non sono esattamente nella fase in cui vado in giro ad agganciare belle donne.»

«Separazione?»

«Esatto. Come fa a saperlo?»

«Ci sono passata pure io. Ci si sente l'ultima merda del mondo...»

Cappa avrebbe voglia di prenderle la mano. Di chiederle di alzarsi. Vorrebbe abbracciarla.

Così, senza una parola. Senza un perché. Anzi, perché ha bisogno di un contatto, di calore.

«Allora? Cosa desiderano?»

La voce di Nando, il cameriere, arriva come un tuono alle loro spalle. L'accento è straniero, il nome romanesco deve averlo adottato. La corporatura è quella di un lottatore. Forse è romeno.

«Due... due gin tonic, grazie», balbetta il commissario.

Il lottatore se ne va senza neppure un segno di assenso.

«Stava dicendo che anche lei è separata?»

«Sì, da cinque anni. Ma cambiamo discorso. Da quanto è in polizia?»

«Vent'anni. Un ergastolo, come quelli del mio matrimonio.»

Cappa finisce la frase e già si pente. Con Francesca non è stato un ergastolo. Sono stati anni belli. Gustosi. Finiti.

«Non mi piacciono gli uomini che parlano male delle loro ex mogli. Anch'io faccio parte della categoria, non lo dimentichi...» replica Alessia tra il severo e il civettuolo.

Il gioco si è ribaltato. Ora è lei ad avere l'iniziativa. Cappa è in difesa.

Dopo i gin tonic arriva il turno di due Negroni. Al commissario quel cocktail ha sempre fatto un effetto allucinogeno. Peggio di tre canne.

Alessia parla. Alessia ride. Alessia lo sfiora con la mano.

Alessia gli dice: «Diamoci del tu».

Alessia lo guarda con i suoi occhi scuri che sembrano strappati a una miss libanese. Alessia scuote la testa facendo ondeggiare i capelli lisci. Alessia prende l'iniziativa.

«Ti va di andare al cinema? Tra dieci minuti all'Admiral comincia l'ultimo film di Woody Allen. È qui a cento metri, in piazza Verbano.»

Cappa non risponde. Non chiama il cameriere, sa che sarebbe inutile. Si alza. Va alla cassa. Paga. Torna.

Alessia è già in piedi, cappotto e guanti indosso.

«Hai freddo alle mani?»

«Sempre. È una costante dell'inverno. Non riesco a uscire senza guanti. Andiamo?»

«Andiamo.»

8 GENNAIO 2011

Cubi vuoti

Berti è già fuori dal bar, in attesa. È circondato da ragazzine in minigonna mascherate da veline e da bulletti con bomber, cappelli da baseball o zucchetti neri. Il vicecommissario saltella, infreddolito e nervoso.

Cappa lo prende alle spalle.

«Vuoi un caffè?» gli urla nell'orecchio.

Berti sobbalza nel suo cappottone nero che lo fa sembrare un perfetto torello. Si gira. Risponde con una pacca sulle spalle. «Il solito burlone. Sì, entriamo. Fa un freddo da stare male.»

Il barista gay, appena li vede, sorride. Li accoglie come il capitano di Fort Apache assediato dagli indiani.

«Che piacere vederla, comm...»

Cappa porta guardingo l'indice alla bocca. La parola «commissario» inciampa, poi si spegne sulle labbra del barista grassottello.

«Cosa prendete?» riprende titubante, passandosi una mano sulla testa per controllare che sia in ordine il vistoso riporto.

«Due caffè, grazie.»

Arrivare al bancone è un'impresa. Il piccolo bar è più affollato di un bus diretto alla stazione Termini. Sciami di ragazzini entrano ed escono vocianti. Alcuni di loro sfoggiano una bottiglia di birra in mano.

«Ma non aveva detto che non vendeva alcolici?» fa Berti al barista, sottovoce, sporgendosi oltre il bancone. L'ometto arrossisce.

«Quelli che hanno la birra mi hanno mostrato il documento. Sono maggiorenni», azzarda.

Berti ne dubita, ma non commenta.

Cappa interviene. Quel tipo gli piace e può risultare utile nelle indagini, non intende metterlo in difficoltà: «Come va oggi? Più casino del solito?».

«No, uguale a ogni altro sabato. Oggi il Peter Pan è aperto e da un'ora è già scattato l'assalto.»

«Perché non si prende il sabato come giornata di chiusura, se questa ondata di ragazzini le dà tanto fastidio?» domanda impertinente Berti.

Al vicecommissario gli omosessuali non vanno a genio.

«Perché è il giorno in cui incasso di più», bisbiglia di rimando l'ometto con l'espressione "frocio sì, scemo no". «È dura, devo controllare che non mi portino via mezzo locale, ma a fine giornata vado a festeggiare.»

Il caffè è buono. Ma non basta a riscaldare il commissario.

«Mi fa anche un orzo in tazza grande?»

«Un orzo?! In tazza grande? Che c'è, sei diventato una mammoletta?» lo canzona Berti, guardando dritto negli occhi il gay.

«Ho ancora freddo e ho lo stomaco a pezzi. Se prendo un altro caffè mi viene l'ulcera...»

Fuori dal bar ci sono talmente tanti ragazzini che le auto faticano a passare. Sono agitati. Frenetici.

Energia allo stato puro.

Il vociare è assordante, copre perfino il rumore del traffico che giunge dalle strade e dalla piazza vicine. Scatta qualche coro da stadio.

La serranda del Peter Pan è alzata. Fuori troneggiano due ragazzoni vestiti di nero. Devono essere i buttafuori.

Vicino all'ingresso un uomo sui cinquant'anni, giacca e cravatta, è alle prese con la sua Seicento. Vuole uscire dal parcheggio, chiede ai ragazzi di spostarsi. Nessuno si muove. L'uomo si scalda. Alza la voce. Suona il clacson. Un gruppo di ragazzi gli si stringe intorno. Minaccioso. Parte uno spintone, poi un altro.

Berti sta per intervenire.

Cappa lo ferma: «Non facciamoci troppa pubblicità. Aspettiamo».

L'uomo si arrende. Chiude l'auto, se ne va imprecando.

Un ragazzetto con cappello da baseball messo di traverso, capelli rasati sulla nuca e giubbotto di pelle nera sferra un calcio contro la fiancata della Seicento. Il cinquantenne fa finta di nulla, allunga il passo. Fugge via.

Il commissario è scosso da un brivido. Quel branco fa paura.

Prova a guardare un ragazzo alla volta e incontra il volto brufoloso di un adolescente come tanti altri. Frangetta e ormoni fino agli occhi. Inoffensivi, se presi singolarmente. Ma tutti insieme sono un esercito pronto all'assalto.

«Cosa facciamo? Entriamo?» chiede Berti.

«No, aspettiamo ancora un po'. Voglio che prima il locale sia pieno.»

Le ragazzine sono in gruppi. Un po' in disparte. Sedute sul marciapiedi o sulle soglie di travertino dei negozi, appoggiate alle fiancate delle auto. Scollature generose nonostante il freddo e seni di marmo strizzati dai push-up. Ogni tanto qualche ragazzo tenta un approccio. A volte è una ragazzina a intrufolarsi in un gruppone di ragazzi.

Al naso del commissario giunge una zaffata di hashish.

"Quasi quasi chiedo un tiro."

Cappa sorride tra sé. Si guarda intorno, vede solo adolescenti con la sigaretta in bocca. Chi si fa le canne lo fa in disparte.

Alle spalle si sentono delle urla. Altri cori da stadio. «Scemo, scemo... Scemo, scemo.» La massa di ragazzini accalcata di fronte all'ingresso del Peter Pan avanza, si comprime. Arretra. Avanza di nuovo. Urla. Eppure tra loro quegli adolescenti sorridono. Tra loro non c'è aggressività.

Sono le quattro in punto. I buttafuori hanno cominciato a fare entrare. Gruppi di dieci-quindici. Gli altri aspettano. Spingono. Di mano in mano transitano pillole e bottiglie di birra o di Redbull.

Sull'asfalto c'è un volantino. Cappa lo raccoglie.

C'è l'immagine in bianco e nero di una ragazzina in bikini, dal collo in giù. C'è una scritta: TRESKA PARTY, il nome del locale, l'indirizzo. La data: sabato 8 gennaio. L'orario: 16-19.

Passa il foglio a Berti. Il suo vice lo guarda, perplesso.

«È il tema della festa di oggi, credo.»

«E cosa vuole dire "treska"?»

«Non lo so, ma ce lo dirà il gestore, quell'Andrea Macchia che ti sta tanto simpatico.»

«Già.»
Il vicecommissario ghigna.

È il tramonto, fa sempre più freddo. I ragazzi sono sempre più agitati. Si scaldano dandosi spintoni. Ridono. Gridano.

«Entriamo, non ce la faccio più», ordina Cappa.

Sono le cinque in punto.

Berti si avvicina, solcando la massa di adolescenti, al buttafuori sistemato alla destra dell'ingresso. Gli dice qualche parola all'orecchio. Mostra il tesserino senza dare troppo nell'occhio.

Il ragazzone rimane impassibile. Fa un gesto con la mano. Entra nel locale.

«Cosa ti ha detto?»

«Di attendere un istante. Che va a chiamare il gestore. Forse non è una buona idea, forse dovevamo fare irruzione.»

«E come? Con le autoblindo?»

Passano dieci minuti, prima che Andrea Macchia si degni di affacciarsi all'ingresso.

«Buonasera, commissario. Poteva avvertirmi, avrei detto ai ragazzi di farla entrare immediatamente», quasi urla per farsi sentire, porgendo la mano.

Cappa gliela stringe di malavoglia. La stretta è ferma, salda. È la mano di uno che non ha paura.

Dentro, subito dopo il guardaroba, la luce è talmente bassa che il commissario fatica a mettere a fuoco i dettagli.

Sono in una saletta. Il freddo ha lasciato il posto a un caldo appiccicoso. Umido. Sudato.

Ancora un paio di metri, ed ecco la sala. Al centro c'è una pedana, sui lati alcuni cubi.

Vuoti.

Le cubiste, se c'erano, sono state fatte scendere appena nel locale è piombata la notizia della visita della polizia.

«Visto? Tutto regolare. Solo minorenni e tutti perbene. Agli adulti è fatto espresso divieto di entrare. Non vogliamo pedofili», certifica compiaciuto Macchia.

Odore di sudore e ormoni.

Le ragazzine hanno tolto i cappotti. Sono sbracciate, i ventri piatti scoperti, i seni in vista strizzati dalle canotte aderenti. Alcune hanno piercing al sopracciglio o all'ombelico. Si muovono, ondeggiando, al ritmo di musica house o elettronica. I ragazzi si fanno attorno. Ballano pure loro, i pettorali gonfi sotto le T-shirt di due taglie più piccole.

Gli sfigati osservano in disparte.

«Vuole qualcosa da bere? Ma posso offrirle solo bevande analcoliche. Come le ho detto, niente alcol qui dentro», fa il gestore con un'altra espressione da bravo bambino, avvicinandosi al bancone del bar.

Su uno sgabello è seduta una ragazza, Coca-Cola in mano. Sul braccio sinistro ha incollato un foglietto con il numero otto. Accanto c'è un ragazzino con lo stesso numero appiccicato sulla maglietta.

«Perché portano i numeri?» domanda Berti sorpreso.

«È un gioco. Oggi è il treska party. Quando entrano, a ogni ragazza e ragazzo è dato un numero. Poi quelli con lo stesso numero si cercano, si trovano e... trescano.»

«Trescano?»

«Si parlano, si conoscono. Se si piacciono ballano insieme. Si baciano. Fanno quello che gli pare. E poi, a volte, si ritrovano anche fuori. È una specie di gioco di società.»

«Di società?»

«Sì, ci limitiamo a farli conoscere. Non credo che ci sia nulla di illegale. Ai ragazzi piace, è un modo facile e divertente per socializzare e conoscere nuovi amici. Per i più fortunati, ci scappa anche una paccata...»

Segue sorrisone compiaciuto e ammiccante.

Cappa gli dà un'occhiataccia. Avrebbe voglia di scuotere quel Macchia per le orecchie.

Il commissario ha in mente il racconto di Alessia Ferrero. Della figlia tredicenne che si vendeva al Peter Pan. Che faceva sesso nella toilette o nell'ufficio del gestore, appunto.

«A dire il vero io ho racconti diversi», replica duro Cappa. «Alcuni genitori ci hanno riferito che le loro figlie, proprio qui dentro, si prostituiscono. E che alcune, su quei cubi che ora sono deserti, si dimenano, si coprono di Nutella o panna, si fanno toccare mentre ballano.»

«Tutte stupidaggini. Invenzioni. Le posso garantire che questi ragazzi sono normalissimi. Qualche volta viene qualche genitore a controllare o a cercare la figlia. Noi non abbiamo nulla da nascondere. Basta che si presentino, che si identifichino, e noi li facciamo entrare. Ma siamo molto rigidi nei controlli. Lo ripeto: difendiamo i ragazzi dai pedofili. Lei non sa quanti ne abbiamo dovuti cacciare.»

«Dici che sono stupidaggini? Ho racconti dettagliati. Confessioni fatte da alcune adolescenti sui loro diari.»

«Ecco, appunto. Diari. Fantasie. Comunque noi siamo qui, quando volete potete tornare a controllare.»

«E tu in un minuto fai sparire tutto, esattamente come hai fatto adesso», sibila Berti.

Macchia si volta. Guarda il vicecommissario. Sorride. È sicuro di sé e gli dà gusto farlo vedere. «Mi dispiace che abbia questa idea di noi. Siamo un locale perbene, di gente perbene. I ragazzi devono pur divertirsi. È meglio che stiano qui, con i loro coetanei, piuttosto che a farsi di birra, di pillole o di canne per strada. Non crede? Avrà visto cosa accade di fuori, suppongo...»

«Non credo nulla. Ma ora vorrei parlare con qualche ragazzo e vorrei farlo senza averti alle costole.»

«Se sono interrogatori, devono essere presenti i genitori.» Il bulletto è preparato.

«No, solo chiacchiere. Vorrei sapere se qualcuno ricorda Luca Mancini. Se il buttafuori aveva qualche amico o conoscente tra questi ragazzini.»

«Faccia pure. Io vado in ufficio. Passate a salutarmi prima di andare via.»

Il gestore non vuole rogne. In fondo non gliene frega un bel niente delle regole. Delle garanzie per i suoi giovani clienti. Ha fatto sparire le cubiste, ha trasformato la discoteca in una festa di compleanno, a casa, con le mamme e i papà a controllare nella stanza accanto. E questo gli basta.

Macchia sta per guadagnare il corridoio che porta al suo ufficio.

Cappa lo ferma. Lo prende per un braccio. «Hai saputo il nome di Nero, quello che il sabato precedente all'omicidio ha avuto uno scontro con Mancini? Hai detto che ti saresti informato e che ci avresti avvertiti. Invece...»

«Ah, sì. Non mancherò di farlo. Ma per ora non ho scoperto niente. Però ho messo la voce in giro e prima o poi saprò qualcosa. Vi informerò immediatamente.»

«Bene. Per me è importante.»

In poco più di un'ora Cappa e Berti avvicinano uno a uno ogni ragazzino al pascolo nel locale. L'operazione è resa più facile dai numeri su magliette, scollature e braccia nude. Il vicecommissario su un taccuino spunta i numeri.

Molti ricordano Chat. Molti riferiscono di averci scambiato un paio di parole mentre attendevano all'entrata.

Alcuni dicono che era gentile: «Il meno sgarbato dei buttafuori».

Nessuno racconta di esserci uscito. Di averlo visto, o sentito, fuori dal Peter Pan. Di avere notizie sulle sue amicizie o sulle sue attività di spacciatore a tempo perso. Nessuno ricorda lo scontro con Nero.

Chat continua a essere una specie di fantasma. Presente ma invisibile. Impalpabile, nonostante la grossa pancia e il testone pelato.

Ma tutti vogliono sapere cos'è successo.

E quando il commissario rivela la brutta fine del buttafuori, gli occhi e le facce di quegli adolescenti tornano occhi e facce di ragazzi normali.

"Anche bulli e pupe hanno paura della morte."

«Andiamo, è inutile restare», sbotta Cappa verso le sette.

Berti annuisce. È ancora più scoraggiato del commissario.

«Passiamo dallo stronzetto?»

«No, preferisco non averlo a portata di mano. Mi fa incazzare essere preso per il culo da un diciottenne.»

«Be', almeno gli abbiamo rovinato la festa. 'Sto treska party è un vero mortorio.»

«Già. Ma sono convinto che se non ci fossimo stati noi, qui sarebbe stato tutto diverso. Mi piacerebbe venire in questo locale con venticinque anni di meno...»

«Te l'ho detto. O facciamo irruzione, o non si combina nulla.»

«Sarebbe inutile. Il tempo di entrare, e quelli in un istante farebbero sparire tutte le cubiste. E chi scopa nei bagni e nell'ufficio farebbe in tempo a rivestirsi.»

«Potremmo provare con qualche telecamera nascosta. Mandiamo i tecnici a piazzarle quando il locale è chiuso e poi ci godiamo il film...»

«Già. Ma dovremmo chiedere l'autorizzazione al PM. E non so se quel De Paoli ce la dà. È così pigro e garantista, lui... E poi cosa scopriremmo? Ragazze che si dimenano sui cubi e si fanno toccare dai coetanei. E, se ci va bene, qualcuna che fa sesso con altri coetanei. "Nulla di penalmente rilevante", sentenzierebbe il magistrato. Lasciamo perdere, indaghiamo su un omicidio e non lavoriamo per la Buoncostume. Andiamo, questa musica mi sta spappolando la testa.»

«Finalmente una buona notizia. Abbiamo la prova che ne hai una, di testa. Lì fuori c'è un po' d'aria pulita che ci aspetta», gioca, sollevato, Berti.

Anche lui non ne può più della puzza di sudore e di quei corpi acerbi messi in mostra con tanta aggressività.

«C'ho la nausea», bisbiglia.

In strada ormai ci sono solo i due buttafuori. La discoteca sta per chiudere. Qua e là, in doppia fila, si staglia la sagoma di qualche automobile di lusso. A bordo ci sono adulti che cacciano nel buio con lo sguardo. Ansiosi. Papà e mamme. Sono venuti a riprendersi i figli e a riportarseli a casa.

Il vicecommissario si ferma, blocca Cappa per un braccio. «Non abbiamo chiesto nulla ai colleghi di Chat.»

«Prova. Io t'aspetto al bar.»

Cappa ha lo stomaco sottosopra. È nervoso e furioso. È stufo di collezionare buchi nell'acqua. Non gliene frega niente di quel Chat. Ha già capito che era una nullità e un balordo. Insomma, non è la voglia di «vendicare» e di dare giustizia alla vittima dell'omicidio a scuotere il commissario. È che non sopporta di fallire la caccia. Cappa odia i casi irrisolti. Quando ci va a sbattere, e per fortuna accade di rado, se li trascina nella testa per anni e anni. Vagano come fantasmi.

E poi... E poi c'è dell'altro stavolta. C'è un grumo di angoscia che gli sale nel petto. E questo fa ancora più male. Pensa a sua figlia, Sofia.

"Ha dieci anni, fra tre potrebbe trovarsi nella stessa situazione."

E lui non sarà, non potrà essere a casa a proteggerla.

Cappa ordina un altro orzo.
«Come è andata?» chiede il barista con voce flautata.
«Lasciamo perdere...»
Berti arriva dopo dieci minuti.
«Allora?!»
«Niente. La solita storia. Lo conoscono, ma non erano amici. Mai una pizza o una bevuta insieme. Mai una confidenza. Però mi hanno detto che al nostro Chat piaceva la compagnia delle ragazzine. Ho provato a chiedere qualche nome. Dicono che non ricordano. Che ce ne sono talmente tante di "paganti", e sempre diverse, che proprio non potrebbero indicarne qualcuna con esattezza.»
«Cosa intendevano per "compagnia delle ragazzine"?»
«L'ho chiesto anch'io. Mi hanno detto che gli piaceva parlarci mentre erano in attesa. Tutto qui. Nessuno l'ha mai visto andarsene dal locale con una di loro.»
«E hai chiesto se il nostro buttafuori è mai stato coinvolto in qualche rissa? Ti sei informato sulla lite con quel Nero?»
«Sì. Entrambi ricordano che il sabato prima di Natale ha avuto un diverbio con un ragazzino dai capelli neri. Ma mi hanno detto che è stata poco più di uno spintone. Forse è volata una sberla. Per il resto Chat viene descritto come un angioletto. Mai uno screzio. Mai uno scontro, a parte qualche spintone – appunto – per tenere a bada i ragazzotti più agitati. Se aveva nemici, si tenevano ben nascosti.»
«Insomma: né un movente, né un sospetto. Se continua così possiamo cambiare lavoro, possiamo farci preti o guardie giurate, alla nostra età non vedo altre soluzioni.»
«Dai, non fare così. Anche il tuo Maigret qualche volta arranca», ghigna Berti.
«Lascia perdere il commissario, non sei degno neppure di pronunciare il suo nome.»
Segue pacca sulle spalle.

«Cosa ne dici? Ti va di rompere la tradizione? Andiamo a cena insieme? Hanno aperto un ristorante cinese vicino alla questura che dicono sia fantastico. Costosetto ma squisito.»

Cappa si gira, sorpreso. È la prima volta, in tanti anni di onorato servizio, che il suo vice si propone per una cena. È uno strappo importante. Alla regola non scritta che almeno la sera, dopo dodici ore passate insieme, ognuno vada per la sua strada.

"Forse puzzo di solitudine e Berti mi viene in soccorso."

«Paolo, grazie. Ma facciamo un'altra volta.»

«Vai dai bambini?»

«Be', sì...»

Cappa già si pente della bugia. Ma la verità non la rivelerebbe neppure a sua madre.

Maigret non lo farebbe mai.

Scusa ho fatto tardi

Alessia Ferrero è già in strada. In mano le chiavi della macchina, sul volto un bel sorriso.

«Scusa, ho fatto tardi», dice Cappa togliendosi il casco e tirando il primo lungo respiro della giornata. Il fiasco del Peter Pan, per il momento, può essere archiviato.

Quella donna gli fa bene all'istante. Gli basta vederla per sentirsi meglio. La coltre di angoscia diventa più lieve, dissolta da adrenalina ed emozioni.

«Nessun problema, è la seconda volta che ti vedo e la seconda volta che mi fai aspettare. Ci ho già fatto l'abitudine. Piuttosto, dove hai pensato di portarmi... con la mia macchina?» Altro sorriso.

Già, Cappa ora che è separato non ha più neppure la sua Renault. Anzi, ce l'ha e non ce l'ha. Per prenderla deve chiamare Francesca, stabilire se le serve, passare dalla sua ex casa, trovare le chiavi, cercare la macchina parcheggiata chissà dove. Francesca non ricorda mai, ma proprio mai, dove l'ha lasciata. Ogni volta è una caccia al tesoro nella ragnatela di strade intorno al palazzo.

Ma questa sera il commissario proprio non vuole pensare a Francesca. E neppure alla sua adorata Renault, un vecchio modello che ha deciso di tenersi stretto ben oltre i limiti d'età.

Questa sera c'è solo Alessia.

Due sorrisi sono un ottimo inizio. Cappa l'osserva di nascosto mentre si piega a chiudere la catena dello scooter. Ha un cappotto di lana grezza, nero, che le arriva a mezza coscia. Le mani coperte dai soliti guanti di pelle nera. Le gambe lunghe, avvolte da un collant scuro e spesso, che spuntano da sotto una gonna viola leggermente svasata.

"Maliziosamente ragazzina."

Alessia è distratta. Guarda la strada, sorride tra sé. È di buonumore. Si vede lontano un miglio.

Cappa per un istante è tentato di dirle che è stato alla discoteca della figlia. Che ha visto il treska party. Che ha osservato da vicino e cominciato a esplorare l'ambiente di merda in cui sguazzava la bambina. Scaccia il pensiero. Per tre buone ragioni. A, rischierebbe di rovinare la serata. B, non è il caso di parlare delle indagini con una testimone. C, quella storia gli ha già rotto le palle. Non gli piace neppure un po' non avere tra le mani un solo indizio. Lo fa sentire impotente. Sensazione che detesta.

Meglio pensare ad altro. Ad Alessia, per esempio.

«Perché mi hai aspettato in strada? Non hai freddo?»

«Su c'è Anna, non volevo che citofonassi. Poi mi avrebbe riempito di domande. Dove vai? Con chi? Chi è? È insopportabile, mia figlia, fa più domande di te.»

Terzo sorriso.

«E non le puoi dire che esci con un uomo?»

«Certo, ormai sono cinque anni che sono separata.

Ma per Anna è un momentaccio, ha appena iniziato le superiori... Preferisco non metterle nella testa altri problemi.»

«La lasci sola?»

«No, tra poco viene a prenderla il padre. Questa sera dorme da lui. Dove mi porti? Dove andiamo?»

«A sentire un concerto. C'è la Magic Harp Band, un gruppo blues coi fiocchi, che suona al Crossroads.»

«Crossroads?»

«Sì, è un locale un po' distante, vicino a Osteria Nuova, sulla Braccianense. Ma ne vale la pena. Si sente musica, si mangia e, naturalmente, c'è un'ottima birra.»

«OK, ma guida tu. Ti va?»

Cappa prende le chiavi della macchina – una Smart – riconoscente. Gli piace guidare. E soprattutto non gli piace stare accanto a una donna al volante. Solitamente se la fa sotto.

Alessia fiuta il sollievo. «Guarda che guido bene, io.»

«Non ho dubbi, ma sono decisamente misogino. Conosco donne che guidano come un pilota di Formula uno, ma la media è bassina. Avete troppi pensieri, volate troppo alto, per potervi dedicare a regole banali e terrene come il codice della strada.»

Alessia Ferrero gli risponde con un'occhiata divertita e maliziosa. «Te la sei cercata. Allora guido io.»

Cappa vorrebbe prendersi a sberle.

Il parcheggio del Crossroads trabocca di auto in sosta. Cappa sente salire una leggera nausea. Tra accelerate e svolte brusche, Alessia gli ha messo lo stomaco sottosopra.

Ferma al centro del parcheggio, la donna si guarda intorno, perplessa. Poi, risoluta, punta il muso della macchina verso l'unico angolo libero. C'è spazio a malapena per un paio di scooter.

Con tre abili manovre riesce a infilarci la Smart.

"Be', almeno è una dea del parcheggio."

Alessia coglie il moto di sollievo del commissario: «Frutto di anni e anni di allenamento nello shopping selvaggio. Quando punto un negozio sono capace di sistemare la Smart anche sopra gli alberi», chiosa sorridente.

Il locale è a una ventina di chilometri da Roma, ma è pieno. Cappa si avvicina alla biglietteria: «Ho due ingressi lasciati da Daniele e un tavolo prenotato. Sono Tommaso Cappa», dice a una ragazza piccolina e mora, con una collezione di piercing sul viso, arrampicata dietro alla cassa.

«Chi è Daniele?» gli domanda Alessia all'orecchio.

«È il leader della band che suona questa sera. Siamo diventati amici per caso. Cinque o sei anni fa è finito per sbaglio in un regolamento di conti proprio a Osteria Nuova. Una storiaccia. L'automobile usata per l'esecuzione di due balordi era sua e il magistrato l'aveva già inserito nella lista degli indagati. Poi, quando mi è stata affidata l'indagine, ho scoperto che Daniele non c'entrava nulla. Nessuna complicità. Aveva solo tardato a denunciare il furto dell'auto perché era all'estero per incidere un album. E l'ho fatto scagionare. Da quel momento mi vuole bene come a un fratello. E io ricambio: è simpatico, pieno di energie e sprizza blues da tutti i pori. Lo sentirai, quando suona l'armonica fa venire i brividi.»

Daniele ha riservato al commissario un tavolo al centro della sala. Posizione ottima, acustica perfetta.

Alessia si guarda attorno compiaciuta. «Vero trattamento da re, anzi da fratello...»

Quarto sorriso.

La lista è già sul tavolo. Cappa neppure la guarda. Sa già cosa prendere. E sa a memoria anche il menu.

«Io vado con una bistecca al sangue, patate fritte e una birra doppio malto.»

«Mi associo. Ma niente patate, prendo un'insalata. Non voglio diventare rotondetta», ordina Alessia.

Parte il primo brano. Daniele, con la sua armonica, riesce a far vibrare il locale dalle prime note.

Arrivano le bistecche. Finisce il primo boccale di birra. Poi il secondo. Qualcuno si alza dai tavoli.

Intorno a loro c'è chi balla.

A Cappa già gira la testa. Regge meglio il vino e i superalcolici della birra. Alessia lo osserva divertita. Anche lei è leggermente brilla.

Il commissario le prende una mano. «Vieni.»

La band ha innescato un brano di Miles Davis. *Flamenco Sketches*, a Cappa sembra di ricordare.

La musica avvolge la grande sala in un abbraccio. Le note sono calde, l'armonica e il sax si rincorrono in un lento che più lento non si può.

Alessia si alza senza un attimo d'esitazione. Mette le braccia intorno al collo del commissario, le chiude dietro la nuca. Poi adagia il viso sulla spalla sinistra di Cappa.

Il commissario si scuote. Incredulo. Ha i capelli di Alessia sulle labbra. Sniffa il suo profumo, avido. Senza neppure ben capire cosa sta facendo, attira la donna verso di sé. Il corpo contro il suo corpo.

Alessia si lascia guidare tra le note, i piedi incollati alla stessa tavola di quercia. Alza il viso e incontra lo sguardo del commissario.

Scatta un bacio sulle labbra. Un altro. Le lingue cominciano a cercarsi, a intrecciarsi. Il ventre stretto, sempre più stretto a quello di Cappa. Il commissario già ce l'ha duro. Si ritrae, imbarazzato. Lei alza lo sguardo. Sorride rassicurante. Lo cerca di nuovo. Si stringe ancora di più contro di lui.

Le note di Miles Davis sono finite da un pezzo. La Magic Harp Band è passata a una cover di Eric Clapton. Ritmo e swing. Loro sono ancora piantati in mezzo ai tavoli. Immobili. Si baciano ancora. Alessia apre gli occhi, si volta, vede gli sguardi di decine di persone addosso. Scatta in una risata sonora.

«Fico, stiamo dando spettacolo.»

Al commissario non frega nulla. Non ricorda l'ultima volta che si è sentito così felice. Vivo. Prende Alessia per la vita, la bacia.

Cappa ha la testa impallata. Lo stomaco sottosopra. Ora ha solo voglia di spogliare Alessia e di prenderla all'istante.

«Ti va di andare via?» le sussurra all'orecchio.

«Dove?» fa lei con la voce incerta.

«A casa mia o a casa tua. Scegli tu.»

«No, aspetta. Vieni con me.»

Alessia prende per mano il commissario. A passo deciso lo trascina verso la toilette. La porta di quella per gli uomini è aperta. Alessia entra senza neppure guardarsi intorno.

Il commissario tentenna sulla soglia. Guarda a destra, a sinistra. Si volta. Non c'è nessuno nelle vicinanze. Sono tutti in sala.

Alessia in silenzio si tira giù i collant. Sorride. Si appoggia al lavandino dando le spalle a Cappa. Con la mano destra chiama verso di sé il commissario prendendolo per un fianco e senza girarsi gli slaccia la cintura, gli tira giù la lampo. Prende in mano il sesso e lo spinge dentro.

Cappa è come paralizzato.

Eccitato e immobile. Terrorizzato.

Con il piede sinistro piantona la porta senza chiavistello. Prende Alessia per i fianchi. Comincia a spingere. Un minuto, non di più. La donna si volta, gli regala un sorriso da copertina di «Playboy». Si accuccia davanti a lui. Lo prende in bocca.

«No, ti prego. Non qui», la blocca Cappa prendendola per i capelli.

Alessia non si ferma. Ride. Gioca con il suo sesso.

Poi, improvvisamente, proprio sul più bello, si alza.

Senza una sola parola si tira su i collant. Si sistema la gonna. Si volta verso lo specchio per ravvivare i capelli castani. Si regala un sorriso, come se niente fosse successo.

Cappa avrebbe voglia di costruirle un altare. Sì, proprio lì, in quel cesso. E mettercela su, circondata da migliaia di ceri. Gli viene in mente Chat. Per la prima volta regala un pensiero positivo a quel balordo del buttafuori. Gratitudine allo stato puro.

"Se non ci avesse lasciato le penne ora non starei qui con questa fica imperiale."

«Esco prima io. Aspetta un minuto e poi seguimi», ordina Alessia.

Il commissario annuisce. Non riesce a far altro. Gli gira la testa, il sangue è tutto in basso.

Alessia esce. Cappa è lì, piantato come un fungo, con i pantaloni calati e il sesso che svetta da sopra i boxer. Lentamente si riveste. Si guarda allo specchio. Ha i capelli come un punk e lo sguardo di quando si fa tre canne. Si lava la faccia. Con le mani bagnate sistema i capelli.

Apre la porta della toilette. Esce. Due ragazzi gli confezionano un'occhiataccia. Il commissario risponde agli sguardi. Si sente bene. Si sente un dio.

A passo lento raggiunge la sala. La band suona un brano di Roy Young. Cantante blues sconosciuto ai più, ma grande passione di Daniele e, di rimbalzo, di Cappa.

Alessia è in piedi, vicino al tavolo, con il cappotto addosso e la borsa in spalla.

«Quanto ci hai messo! Credevo ti fosse venuto un infarto. Giuro, non lo faccio più.» Segue sorriso da ragazzina maliziosa.

Il commissario non fiata. Si avvicina. La bacia sulle labbra.

«Non farlo mai più. Ma non per l'infarto. Il tuo è sadismo, non mi puoi lasciare così», le sussurra all'orecchio.

«Andiamo a casa tua.»

Non è una domanda. È un ordine.

«Casa mia? OK, ma non aspettarti niente di che. Sono single da appena qualche giorno. Mobili di Ikea, frigo vuoto e muri tristi e spogli.»

«Un letto ce l'hai?»

«Un letto ce l'ho.»

«Andiamo.»

«OK, ma questa volta guido io.»

Cappa benedice la Smart di Alessia. Nella sua strada a fondo cieco ci sono talmente tante macchine che fatica ad avvicinarsi al portone. Ma in un ritaglio di asfalto, accanto a un passo carrabile, riesce a parcheggiare la piccola auto.

«Che posto strano», esclama Alessia.

«Sono case popolari dei ferrovieri, costruite negli anni Cinquanta. Non è malaccio. C'è anche la compagnia dei treni.»

Dice «compagnia» e capisce per la prima volta quanto siano stati dolorosi i morsi della solitudine. Come stia da giorni, disperatamente, cercando di anestetizzare l'anima.

«I treni?!»

«Sì, proprio oltre quel muro scorrono i binari che portano alla stazione Termini. Sono decine. Da sopra si vedono bene. Vieni.»

Oltre il portone si apre un largo cortile. Sullo sfondo, illuminato da un rosario di lampioni gialli, un muro basso oltre il quale sfila la sagoma di un locomotore. Segue fischio.

«Cavolo, sembra di stare in una stazione.»

«Già. Divertente, no?»

Alessia lo guarda perplessa. «Mi chiedo come fai a dormire.»

«Ci si abitua. La prima notte l'ho passata contando i treni e imprecando a ogni fischio. Poi ci ho fatto pace.

Ora sento solo quello delle 7.10, il Napoli-Milano. Lo uso come sveglia.»

L'ingresso del palazzo è sulla sinistra del cortile. Il portoncino in orrido alluminio anodizzato color bronzo si apre proprio accanto al muro.

Cappa armeggia con la chiave, lo apre. Poi, dopo aver fatto passare Alessia, la supera e si avvicina all'ascensore. Preme il pulsante. Un ronzio del motore e dei cavi riempie il piccolo atrio.

«Funziona!» esclama.

«Che fortuna!» sibila Alessia, ridacchiando.

«Senti, non fare la signora della Roma bene. Nelle case dei proletari le cose vanno così. La tecnologia stenta.»

Alessia si alza sulle punte, gli sorride. Lo bacia sulle labbra.

«È bellissimo qui», dice mentre la cabina si muove lentamente verso il quinto piano.

«Ora non esagerare.»

Cappa entra per primo nell'appartamento. Non accende la luce. Non parla. Alessia rimane sospesa sulla porta. Il commissario si gode il momento. Ora è lui ad avere l'iniziativa. Gli piace vederla impacciata. Gli ritorna alla mente quando l'ha conosciuta, fragile e incerta.

Incantevole.

"Da mangiare."

La luce dei lampioni filtra attraverso le finestre. Ce n'è abbastanza per raggiungere la camera da letto, prendere l'accendino dalla tasca e accendere le due candele che ha comprato il giorno prima.

Cappa impazzisce per le candele.

"Fanno tanto casa."

Quando sta per voltarsi, quando sta per tornare verso la porta d'ingresso e chiamare Alessia, sente le mani della donna che gli scivolano sul petto. La testa di lei sulla schiena. Cappa si gira. In silenzio, guardandola dritto negli occhi.

Con le labbra incollate, con la lingua che cerca e trova quella di lei, le fa scivolare il cappotto giù dalle spalle. Poi via il maglione, giù la gonna.

Alessia si stacca. Sorride. Finisce silenziosamente il lavoro. Via anche le scarpe, la camicetta, il reggiseno. Guardando il commissario negli occhi, si distende completamente nuda sul letto.

L'assale un brivido di freddo. Con uno scatto si alza, solleva il piumone, s'infila sotto.

«Vieni», sussurra, tendendogli una mano, tenendo sollevata la coperta di piume per farlo infilare sotto.

Cappa è affascinato dalla sicurezza di quella donna. Ammira la sua determinazione. È incantato dall'assoluta mancanza di pudore.

Un istante e anche lui è nudo sotto il piumone.

La pelle di Alessia è liscia. Sa di lavanda. Non c'è traccia di profumo su quella seta. A ogni bacio risponde un brivido. Alessia ride. Lancia piccole grida.

«No no. Ti prego, no. Così mi fai impazzire.»

Cappa scende sotto il piumone. Le mordicchia i capezzoli. La lingua segue la linea dei seni. Grandi. Accoglienti. Si spinge sul ventre piatto. La gravidanza e i quarant'anni non hanno lasciato tracce. Alessia apre le gambe, prende Cappa per i capelli, lo guida verso il sesso. Alza il pube, muovendolo ritmicamente per dettare i tempi e farsi prendere meglio.

«Basta, basta. Vieni su. Ti voglio dentro.»

I capelli di Alessia sono aperti a ventaglio sul cuscino.

Ha gli occhi chiusi, esausta. Il corpo ancora nudo. Il piumone ormai sul pavimento.

Cappa l'osserva. È perfino più bella di quando l'ha incontrata in questura. Si spinge verso di lei, le prende dolcemente la testa e la sistema sul suo petto. Lentamente le accarezza il viso. Un bacio sulle labbra. Un altro ancora.

Alessia si scuote. Si mette a sedere sul letto. Gli punta gli occhi negli occhi. «Tu sei un tipo che ha bisogno proprio di tanto amore.»

La voce ha improvvisamente una sfumatura di... distanza. C'è del freddo in quelle parole.

«Be', credo di sì. Ma che male c'è? Chi non ha bisogno di amore?»

«Tutti. Ma tu ne hai un bisogno speciale. Eccessivo, direi.»

«Eccessivo?»

«Sì, è come se ne avessi un bisogno disperato. Ecco, direi che sei triste. Trasudi tristezza.»

Cappa non fiata. Alessia ha visto giusto.

Cappa è colpito e affondato.

"Un po' di garbo, cribbio. Non si può stare un po' tranquilli nemmeno dopo il sesso?"

Alessia va avanti. Sembra un bulldozer: «E la sai un'altra cosa? Si vede lontano un miglio che sei sottosopra. Che ti manca la famiglia. Insomma, non mi hai cercato perché hai l'entusiasmo e la forza di volere una donna e di stare con lei. Non sei pronto. Mi hai cercato solo perché sei debole e solo. Mi hai puntato perché hai bisogno di una donna qualsiasi cui aggrapparti. Probabilmente sei ancora innamorato di tua moglie. Puzzi di innamorato rifiutato».

«Be'?! Cosa succede? Scopare ti fa questo effetto? Forse non ti è piaciuto e ti ho fatto incazzare?» ringhia Cappa, gli occhi fissi sul soffitto. Il corpo ormai distante dal corpo di lei. Immobile.

«No, mi è piaciuto eccome. Ma tutte queste coccole, queste carezze, questi baci, non sono sesso. Sono altro. Sono di più. E io non voglio. Anzi, lo vorrei, ma non da un uomo incasinato. Non voglio una relazione difficile, triste e tormentata. Ho già troppi guai per stare con uno ancora innamorato di sua moglie. Non mi piace stare male.»

Cappa si alza. Raccoglie la camicia da terra e comincia a indossarla senza fiatare. È nervoso, a fatica riesce a chiudere i bottoni.

Quel processo non gli piace. Neppure un po'.

Non gli va giù perché sgretola il momento che ha sempre amato di più, la dolce spossatezza e incoscienza che segue l'orgasmo, e perché il capo di imputazione è infondato. E il commissario, in fatto di accuse, è un esperto.

«Ti dico solo una frase», sibila.

«Dilla», lo sfida Alessia.

«Non provare a ripetere che sono ancora innamorato di mia moglie.»

«La verità ti fa male? Ci hanno scritto anche canzoni sull'argomento.»

«No, ma mi hai visto appena tre volte. Cosa ne sai di me?»

«Poco o niente, hai ragione. Ma è evidente che sei ancora impegnato. Impegnato con la testa. Sei ancora... in famiglia.»

Cappa si siede sul letto. Tira un respiro profondo. «Non so cosa dirti», riprova più calmo, la voce pacata. «Se è questo quello che senti, sei libera di pensarlo. E forse hai ragione: vivo per la prima volta da solo e per la prima volta affronto la solitudine. Probabilmente per questo mi trovi... triste. Ma sto andando esattamente nella direzione opposta di quella di mia moglie. Non ho più una casa, né una famiglia e sono costretto a vivere in questo squallido appartamento perché ho deciso di rompere. E lo sai perché?»

«Perché?»

«Pago questo prezzo perché voglio una felicità piena. A quarant'anni non potevo mandare il cuore in pensione. Cerco un amore vero. Sono stufo di una vita fatta di sotterfugi e di amanti. Voglio un futuro.»

Alessia non replica. Con un balzo gli si fa accanto. Gli morde l'orecchio. «OK, lasciamo stare. Adesso vieni qui», sussurra e sorride. Si distende sul letto, trascinando Cappa verso di sé. «Ho ancora voglia di te.»

«Prima mi processi e poi mi vuoi scopare?»

Nella stanza si insinua, invadente, il fischio di un treno.

Alessia si alza di scatto. Corre alla finestra nuda. Come una bimba, con il naso incollato al vetro, osserva sfilare lentamente un convoglio con le luci accese. Cappa la guarda sdraiato sul letto. È incantato dalla sua agitazione e dal suo corpo. Il malumore evapora rapido.

"Ha davvero un culo da paura, la vita stretta, un seno che sembra scolpito."

«È bello, avevi ragione. Chissà dove vanno tutte quelle persone? Chissà quali sogni e delusioni portano con sé?»

Cappa le si avvicina, le prende la mano. «Vieni con me.»

La conduce in cucina, tenendo nell'altra mano una candela. Non ha voglia di farsi abbagliare dalla luce della lampadina nuda.

«È mezzanotte. Ecco, vedi, quel treno è partito dieci minuti fa da Termini. Va a Parigi», e indica la linea corrispondente sull'orario dei treni appeso alla parete.

«Fico, vorrei andarci anch'io. Con te.»

«Più facile farci una canna. Ti va?»

«Una canna?! Sono andata a letto con un poliziotto che si fa le canne?»

«La vita è dura, capita anche questo. Ma può capitare anche di peggio.»

«Va bene. Ma prima mi devi far mangiare qualcosa. Mi è venuta fame.»

«Non eri quella che non vuole diventare rotondetta?»

«Ti sembra che possa correre questo rischio?»

Alessia ruota di qualche grado, fa un passo indietro. Si

mette in posa da modella. Nuda. La saliva si cementifica all'istante nella bocca di Cappa.

«No. Direi di no...» sospira.

«OK. Cos'hai da darmi?» chiede con un'espressione soddisfatta.

Cappa apre il frigorifero. Ci sono sei uova. Due banane. Uno stracchino.

«Be', si vede che sei un single debuttante. Non c'è molto. Niente male comunque, lo stracchino. Poco maschile, però: lo mangiano le mie amiche perennemente a dieta...»

"Impertinente."

«Io non sono a dieta, semplicemente mi piace un sacco. Praticamente non mangio altro. Lo spalmo sul pane e ci metto sopra un po' d'olio. Roba sopraffina, lo fa un mio amico con una villa a Capalbio. Beato lui...»

«Me la fai assaggiare questa delizia?»

Alessia e Cappa si spazzolano la confezione di stracchino in tre minuti.

«Cavolo. Non ti ho offerto niente da bere», esclama il commissario.

«Già. Cosa mi offri?»

Cappa tentenna. Sorride imbarazzato. «Ho solo una bottiglia d'acqua. Gassata. Non ho fatto in tempo a comprare vino e birra.»

«Vada per l'acqua. Tu intanto comincia a rollare la canna, Stracchino.»

«Stracchino?!»

«Sì, tu non sei quello che mangia solo stracchino?»

«Embè?!»

«Embè, per me ora sei Stracchino. E mi piaci, Stracchino. Sarò paziente con te.»

13.
ALESSIA

Non mi fido più

La mia vita si capovolse. Mi aveva sempre irritato e gettato nell'ansia vedere Anna trascinarsi, pigramente, tra la sua camera e la sala dove si ipnotizzava per ore davanti alla TV. Volevo vedere mia figlia attiva, piena di interessi, attorniata da amici. Adesso, invece, tremavo all'idea che Anna tornasse a scuola o che uscisse da sola. L'universo che scalpitava fuori dalla porta era diventato improvvisamente gravido di insidie e di misteri.

Ostile.

Ostile come il mutismo e gli sguardi che mi lanciava mia figlia quando ci incrociavamo in occasione del pranzo o della cena.

Con la scusa della convalescenza, anche se la mia ginecologa dopo la visita aveva garantito che Anna poteva fare «una vita normalissima» («la bambina è solo un po' turbata, l'interruzione di gravidanza è riuscita e non subirà conseguenze»), stabilii che non sarebbe andata a scuola o uscita di casa «fino a nuovo ordine».

«Ma così rischio di perdere l'anno. Mancano due mesi all'esame di terza. E poi mi annoio!» protestò mia figlia.

«Hai una media alta, non verrai bocciata solo perché perdi qualche giorno. E comunque è inutile che protesti. La decisione è presa. Resterai chiusa in casa finché non ti deciderai a dirmi quello che è successo. Fino a quando le cose non saranno chiare, non correrò il rischio di mandarti a scuola. Non mi fido più di te, né dei tuoi compagni.»

Anna non fiatò. Mi dette un'occhiataccia, scrollò le spalle. Poi si mise il pollice in bocca e trascinando i piedi si infilò in camera. Con un colpo secco sbatté la porta.

Neppure Alessandro riuscì a infrangere il muro d'omertà alzato da nostra figlia. Dopo una domenica pomeriggio trascorsa con lei, salì a casa. Erano anni che non metteva piede nell'appartamento in cui eravamo stati prima felici, poi nemici, infine indifferenti.

Il mio ex marito fece entrare Anna. Poi, quando lei andò in sala e accese la TV, mi sussurrò all'orecchio: «Ti devo parlare».

Ad Alessandro, dopo la prima telefonata, non avevo detto dell'aborto, né avevo intenzione di dirglielo. Temevo la sua reazione. Mi ero limitata a raccontargli delle foto osé e dei festini del sabato al Peter Pan. Lo avevo visto impallidire, stringere i pugni. Alzarsi, risedersi, tornare ad alzarsi. Imprecare. Minacciare disastri.

Una bestia ringhiosa.

Avevo fatto bene a tacere il Grande Segreto.

Trascinai il mio ex in terrazzo. Era una serata tiepida di primavera, l'aria era profumata dalla fioritura dei gelsomini.

Eppure, sentivo freddo.

«Aspetta un attimo, vado a prendere uno scialle.»

Presi la mantella in camera da letto, la feci scivolare sulle spalle guardandomi allo specchio. Mi sentii un po' come mia nonna.

Sorrisi. Non avevo voglia, né bisogno, di essere seducente con Alessandro.

Poi verificai che Anna stesse ancora davanti alla TV. Tornai fuori.

Il mio ex marito aspettava impaziente e tormentato, seduto sul divano di vimini. Lo osservai con affetto. Ormai aveva le basette brizzolate e sulla pancia aveva accumulato un paio di chili di troppo. Stava invecchiando pure lui, l'eterno bambino.

«Ho provato a parlare con nostra figlia. Non fiata. Non mi ha detto nulla. Né con le buone, né non le cattive. Niente», riferì sconsolato.

«Cosa credevi, di essere il mago Silvan? Di risolvere tutto con una magia? Fa lo stesso con me da una settimana. Da un paio di giorni ho smesso di provarci. Spero che prima o poi, allentando la pressione, cambi atteggiamento. Forse ci vuole un po' di tempo...»

«Forse. Ma intanto? Mi ha detto che non la stai mandando a scuola. Fai bene, sono d'accordo. Ma ti sei chiesta cosa fa quando sei fuori casa? Potrei mettere la mano sul fuoco che continua a chattare al computer o a mandare messaggi con il cellulare appena esci. O hai rinunciato a lavorare?»

«No, non posso smettere. Sai, con i soldi che mi passi... Però ho diradato gli appuntamenti e per quanto possibile lavoro da casa. In ogni caso ho sequestrato il cellulare di Anna e, quando esco, stacco il cavo di collegamento del PC. Lo metto in borsetta. E me ne vado.»

«Cavolo, una vera carceriera. Brava. Ma come facciamo con la scuola? Io non mi fido. Né dei professori, né tantomeno di lei.»

«Neppure io.»

Quota sottozero

Il lunedì attesi Angela al solito bar, alla solita ora. Il sole pennellava le facciate dei palazzi umbertini, rendendo brillanti i colori di auto, case, negozi. L'aria era frizzante. La primavera continuava a emozionare, incurante e indifferente al mio umore precipitato a quota sottozero.

Cavolo, una pioggerellina sarebbe stata più adatta.

Per fortuna non ero la sola ad aver subìto la triste metamorfosi. Anche la mia amica non sembrava più lei. Quando scese dal SUV non indossava l'immancabile tailleur firmato e non restò in bilico come al solito, sorridente, spavalda e ciarliera, sui tacchi altezza Everest.

Angela era in tuta e scarpe da ginnastica, il viso stropicciato senza un filo di trucco.

Mi venne un colpo. La preferivo spensierata, allegra e un tantino oca. Ma almeno c'era qualcuno che stava di merda quanto me.

La condivisione della sfiga mi tirò un po' su.

«Non mi va il cappuccino», disse.

«Neanche a me.»

«Cosa facciamo? Ho lasciato Patti chiusa in casa con la colf, ma voglio tornare il prima possibile.»

«Pure io.»

Scoppiammo a ridere.

Quella risata era il primo moto di leggerezza da una settimana.

«Siamo proprio alla canna del gas...» commentai.

«Già», sospirò Angela.

L'incanto della risata si sbriciolò all'istante. La mia amica scivolò in un pianto che aveva l'irruenza di un torrente che ha rotto gli argini. Cercò rifugio, per non farsi vedere, dietro un furgone parcheggiato davanti al suo macchinone.

Feci un passo verso di lei. L'abbracciai.

«Hai scoperto altre brutte cose?» le sussurrai all'orecchio, tenendola stretta.

«No. Niente di niente. Ma Patti non è più la stessa. Non scambiamo neppure una parola. Non so cosa fare.

Ho perfino messo sotto controllo il telefono di casa. Che schifo!» disse tra i singhiozzi.

«Fai controllare il telefono?!» esclamai.

«Zitta», reagì Angela, guardandosi attorno. Alcune grosse lacrime avevano avuto l'ardire di conquistare il promontorio delle labbra al silicone.

«OK. Ma dimmi cosa hai scoperto.»

«Niente. Ogni sera ascolto le registrazioni. Parla con qualche amica, parla con la tua Anna. Si lamentano perché le teniamo chiuse in casa. Ci chiamano stronze, puttane, arpie. Dicono che ce la faranno pagare. Ma non parlano mai delle foto, del sesso. Nessun accenno all'aborto.»

«Credo che Anna non l'abbia raccontato neppure a Patti.»

«Comincio a pensarlo anch'io.»

«E poi?»

«Te l'ho detto. A parte le vagonate di maledizioni che ci riservano, sembrano bambine normali. Parlano di ragazzi. Anna chiede spesso di un certo Valerio. Credo sia il suo fidanzato. Dice che impazzisce senza poterlo vedere. Patti prova a consolarla. La distrae raccontandole qualche chiacchiera che gira relativa a compagne e compagni di classe. E sono tutte e due molto preoccupate. Vogliono tornare a scuola, temono di perdere tutti gli amici: non vogliono essere bocciate e costrette a fare un anno in più. Però qualche cosa l'ho imparata, e non ascoltando le registrazioni delle telefonate di Patti.»

«Cosa?» chiesi incuriosita.

«Be', mi sono messa a leggere, ho passato ore e ore sul web a fare ricerche. Ho scoperto che le nostre figlie non sono così fuori dal normale...»

«Ti sembra normale quello che hanno fatto?» scattai.

«Non intendevo questo. Ma ho scoperto che in quella che viene chiamata "microprostituzione" non ci sono finite solo Patti e Anna.»

Angela fece una pausa. Aprì la borsetta di Louis Vuitton ultimo modello, tirò fuori alcuni fogli.

«Ecco, guarda cos'ho stampato», fece sventolando il frutto della ricerca. «Vedi?! Qui c'è scritto che in Svezia l'uno per cento delle ragazze al terzo anno delle superiori vende prestazioni sessuali in cambio di soldi. E tra i maschi la percentuale sale quasi al due. In America stanno peggio: lì il 3,5 per cento delle femmine si vende a scuola. Non solo, leggi qui il sondaggio del mensile "Topgirl": una ragazzina su quattro pratica il *sexting*. Capito?! Una su quattro!»

«E mo' cos'è il *sexting*?» sbottai.

«Viene da *sex* e *texting*. Significa scattarsi e scambiarsi foto hard con il telefonino. E il più delle volte accade a scuola.»

Rimasi incantata osservando Angela mostrare dati e tirare conclusioni. Lei che si era sempre mostrata allergica perfino alla lettura di un giornale. Poi, ormai stufa, la fermai: «A proposito della scuola un'idea mi è venuta».

«Quale?! Le chiudiamo in un collegio?»

«No, ma non ci sei andata lontana. In via Chiana c'è una buona scuola di suore...»

«Di suore?!»

«Sì. Ho preso informazioni in giro, sembra che l'ambiente sia ottimo e che il livello didattico sia eccellente. Questa mattina ho telefonato, ho preso un appuntamento con la preside. Si chiama suor Lucia. Ci aspetta tra mezz'ora.»

«Ma ne sei proprio sicura? Dalle suore ho fatto l'asilo e le elementari. Non è una passeggiata...»

«Non dirlo a me... Io ci ho fatto pure le medie. Un incubo. Ma temo che non ci resti altro. Se siamo sopravvissute noi, ci riusciranno pure le nostre amabili figlie.»

Appena varcai il portone d'ingresso mi bloccai, folgorata. Lì, proprio di fronte a me, c'era una statua della

Madonna a grandezza naturale. Una di quelle con il velo azzurro, le mani giunte, gli occhi socchiusi in preghiera e un sorriso angelico. Indietreggiai di un passo.

«Cos'hai? Cosa succede? Sei pallida», disse allarmata Angela.

«Niente, niente. È che dove andavo a scuola c'era una statua tale e quale a questa. E mi è preso un colpo. Povera Anna...»

«Povera Patti.»

«Ma se la sono meritata», ringhiammo io e la mia amica in coro.

Ci voltammo di scatto. Ci guardammo senza sorridere.

Da una porta accanto alla statua mariana spuntò una suora.

«Desiderate?»

La nuova apparizione accrebbe il mio tasso d'angoscia.

Presi fiato. Abbozzai un sorriso.

«Vorremmo parlare con la preside. Sono Alessia Ferrero e questa è la signora Angela Olivieri. Abbiamo un appuntamento.»

Suor Lucia si materializzò meno di un minuto dopo.

Tirai un respiro di sollievo. Mi piace l'efficienza.

La preside era piccolina, rotonda, anzianotta. Un viso simpatico, vivace e cordiale sotto la cuffia bianca e il velo grigio.

Stretta di mano. Presentazioni.

Ordine: «Prego, seguitemi».

Dieci metri e tre statue di santi dopo, alla fine di un breve corridoio, imboccammo l'ingresso di una stanza.

PRESIDENZA, recitava la scritta sulla porta.

Suor Lucia passò dietro a una scrivania, indicandoci due sedie. Ci sedemmo tutte e tre nell'identico istante. Sembrava una coreografia ben preparata, frutto di mesi di allenamento.

La monaca mi sorprese già alla prima frase.

«Se siete venute qui in aprile, non credo che le vostre figlie e voi stiate passando un periodo facile. Ma deve essere chiaro che non garantiamo la promozione a nessuno che si iscriva a poco più di un mese dalla conclusione dell'anno scolastico.»

Patti chiari e amicizia lunga. Franca e diretta. Un altro pianeta rispetto all'ipocrisia e alla falsa cordialità delle suore dove avevo trascorso undici anni della mia infanzia. Dall'asilo alle medie.

Forse anche le suore cambiano.

«Avete portato i voti del primo quadrimestre?»

«Sì, eccoli», dissi porgendole un foglietto.

Anna andava bene in tutte le materie. Media alta. Mi venne un singhiozzo nervoso ricordando che fino a una settimana prima ero tanto orgogliosa di mia figlia.

Suor Lucia si voltò verso Angela.

«Mi scusi. Io non li ho. Ma nel pomeriggio torno, ho la fotocopia dell'ultima pagella.»

Sempre più tecnologica di me, la mia amica. La invidiai. Io sono un disastro.

«Va bene. Ma forse mi può già dire qual è il livello della sua...»

«Patrizia, il suo nome è Patrizia. Ma in realtà la chiamiamo tutti Patti.»

«Dunque, come va Patti a scuola? Se la cava bene come Anna?»

«Sì, più o meno. Forse lei va meglio in italiano e Anna nelle materie scientifiche.»

La suora squadrò prima me, poi Angela. Fece scivolare il foglio con i voti di mia figlia sulla scrivania.

«Ma se vanno così bene, perché volete spostare le vostre ragazze proprio adesso? Di solito questo è un espediente usato dai genitori che hanno figli con seri problemi didattici, nel tentativo di non fargli perdere l'anno. Cosa è successo di tanto grave?»

Angela mi guardò. Era evidente che toccava a me condurre suor Lucia nei gironi del nostro inferno.

Parlai per dieci minuti. Un paio di volte mi dovetti interrompere, soffocata dai singhiozzi. Non so perché, ma quella suora mi ispirava fiducia. Con lei mi aprii dando sfogo alla disperazione.

Raccontai del sesso, delle foto, dei festini.

Ma non dissi proprio tutto. Non svelai il Grande Segreto. Dell'aborto non riuscivo e non volevo parlare con nessuno. Mi sembrava un marchio d'infamia troppo grande per Anna. Mi vergognavo per lei. Mi vergognavo di me.

Durante il racconto la preside non fece commenti. Né mi interruppe con domande o esclamazioni. Non cambiò espressione. Mi sembrò però che la sua pelle prendesse un altro colore.

Ecco, potrei dire che assunse un tono diverso di grigio. Un velo di tristezza si posò su quel volto sereno.

«Ciò che mi dice non mi sorprende. Anche in questa scuola è accaduto un fatto analogo. Non così grave, ma non troppo dissimile.»

«Anche qui?!» esclamò Angela.

«Sì, purtroppo. Ma era un caso isolato e l'abbiamo scoperto proprio all'inizio dell'anno scolastico. Era una ragazzina del ginnasio.»

«L'avete allontanata, spero», disse la mia amica.

Suor Lucia le lanciò un'occhiata severa. «Allontanata? Lei allontanerebbe proprio chi ha più bisogno d'aiuto? Ora la ragazzina sta bene, è seguita da una psicologa. E i professori e le nostre sorelle stanno tutti con le antenne alzate per evitare che si presentino altri casi del genere.»

«Già. Però sta dicendo che anche in questa scuola la mia Patti potrebbe trovarsi nella stessa situazione?»

«Noi non siamo la Gestapo. Non perquisiamo gli studenti quando entrano ed escono di scuola. Non andiamo a cercare le foto nella memoria dei loro cellulari. Non abbiamo microfoni o telecamere nascoste. Però li seguiamo con grande attenzione. Siamo in ascolto. E c'è una buona disciplina. Per il resto molto dipende da chi frequentano, da cosa fanno fuori da scuola e soprattutto da come sono seguiti dai genitori.»

Non c'era malizia nelle parole di suor Lucia. Sono sicura che volesse solo dare uno sberlone verbale alla mia amica. Ma mi sentii pugnalata.

Suor Lucia avvertì il mio disagio. Mi sorrise. «Non si deve tormentare. Sono certa che entrambe abbiate messo tutto l'impegno possibile nell'educare le vostre figlie. Il problema è che ricevono messaggi molto pesanti. Dalla TV, da Internet. Dalle istituzioni.»

«Dalle istituzioni?!»

«Be', quando anche i leader politici si circondano di ragazzine e poi, se soddisfatti, le fanno eleggere parlamentari, non c'è molto da fare. Noi, in questa lotta per il recupero di un po' di morale, siamo come sant'Agostino che voleva mettere il mare nella buca che aveva scavato nella sabbia. Sconfitti in partenza. O quasi. Di certo c'è molto da lottare.»

Mi cadde la mandibola. Avevo davanti una suora che si occupava di politica. «Ma lei può prenderci le nostre figlie?» chiesi entusiasta.

«Sì. Il tempo di fare le pratiche e le inseriremo, separate, nelle due classi che si preparano all'esame di terza media.»

«Separate?!» saltò su Angela.

«Certo. Questa è la sola condizione che pongo.»

«A noi va bene così. Nessun problema. L'importante è che si prenda cura delle nostre figlie», tagliai corto.

Suor Lucia annuì. Seria e triste.

14.
NERO

Rividi Anna

Rividi Anna e mi si paralizzò il cuore. Il respiro immobile. Apnea profonda.

Anna era seduta su una panchina, in una delle aiuole spartitraffico di corso Trieste. Sola.

Incredibilmente sola. Lei, che avevo sempre visto circondata da amici e amiche ipnotizzati da ogni suo gesto.

Quel giorno di aprile stavo tornando a casa dopo aver fatto la scorta di birre, già nascoste nello zainetto.

Mi fermai. Inchiodata vera e propria. Senza sganciare Anna con lo sguardo feci, titubante, qualche passo per trovare un punto di osservazione che non comportasse il rischio d'essere visto. Scelsi l'atrio di un palazzo un paio di metri più avanti.

Temevo che Anna potesse accorgersi di me e decidere di andarsene.

Anna aveva la testa china e le mani sul viso. Il corpo sussultava.

Anna piangeva.

Poggiai lo zainetto sul marciapiedi e mi sedetti sul gradino dell'androne. Anche se si fosse girata avrebbe fatto fatica a vedermi. Del mio corpo, oltre lo stipite del portone, spuntavano solo le ginocchia e il naso.

Restai così non so quanto tempo. Non porto mai l'orologio. Forse dieci minuti. Forse mezz'ora.

Anna continuava a piangere. Seduto sul gradino fremevo. Avevo voglia di correre da lei. Di abbracciarla. Di dirle qualcosa che potesse calmare il pianto.

Mi alzai. Caricai lo zaino sulle spalle e cominciai ad attraversare la strada, gli occhi incollati ad Anna. Un colpo di clacson mi fece fare un balzo indietro. Un'auto mi mancò per qualche centimetro.

«Imbecille», sentii gridare dalla macchina.

Trattenni il fiato. Temetti che Anna si fosse accorta di me. Misi a fuoco la sua sagoma, aveva ancora le mani sul viso.

Raggiunsi l'aiuola. Senza dire nulla mi sedetti sul lato opposto della panchina. Si voltò lentamente. Distratta. Aveva gli occhi rossi e le guance bagnate di lacrime.

In quegli occhi azzurri vidi prima un lampo di stupore. Poi un flash di odio allo stato puro.

«Che cazzo vuoi?!» sibilò.

Restai muto. Immobile come una pietra. Lo sguardo nel suo sguardo.

«Vaffanculo merda. Va' via. Lasciami sola», ringhiò ancora.

Ero troppo spaventato e troppo imbarazzato per fare o dire qualcosa. Anche prendere lo zaino e muovere un passo mi sembrava troppo. Eppure, volevo andarmene. Non intendevo darle fastidio. Non volevo che si arrabbiasse con me. E poi un filo d'orgoglio ce l'avevo perfino io: non mi piaceva essere cacciato come un cane bastardo.

«Sei sordo? Vabbè, fa lo stesso. Resta pure, per me sei trasparente.»

Tornò a coprirsi il viso con le mani. Però aveva smesso di singhiozzare.

«Perché piangevi?» mi trovai a chiederle, dopo minuti

e minuti, con un filo di voce e senza neppure sapere da dove avessi tirato fuori tanto coraggio.

«E a te che cazzo te ne frega? Manco ti conosco.»

«Ti ho visto qualche volta a scuola. Ricordi?»

«No.»

«Mi chiamo Mattia. Ma tutti mi chiamano Nero.»

Silenzio.

«Vado al Giulio Cesare. A te ti ho vista all'Esopo.»

Anna si voltò di nuovo. Questa volta non c'era odio nel suo sguardo. Forse c'era una traccia di stupore.

«Sei testardo, eh?!»

«Non mi hai detto perché piangi.»

«Ti ho detto che sono cazzi miei.»

«Scusa.»

Mi piegai per prendere lo zaino. Mi alzai.

Feci qualche passo con l'anima spenta e l'orgoglio gualcito peggio del mio vecchio coniglio di peluche. Mi avvicinai al ciglio della strada.

«Aspetta.»

La voce di Anna mi giunse incerta. Sussurrata.

«Cos'hai detto!?» domandai voltandomi incredulo. Sospettoso.

«T'ho detto d'aspettare», rispose Anna, la voce di nuovo aspra. Ma di una tonalità più bassa.

Tornai verso l'aiuola.

Mi fermai a un paio di metri dalla panchina. Attesi in silenzio, pregando che Anna dicesse ancora qualcosa. Sperando che non ci ripensasse. Il cuore faceva più rumore di un trattore.

Poi, visto che lei restava in silenzio, la testa sempre china, mi feci coraggio e tornai a sedermi sul lato opposto della panchina.

«Ma che ti faccio paura?»

«Cosa?!»

«Se ti siedi così lontano significa che ti faccio paura.»

Un'ondata di tenerezza mi assalì il petto. L'ultima frase l'aveva detta con una tonalità incerta. Infantile.

Strisciai con il culo lungo tutta la panchina, fino a fermarmi a pochi centimetri da lei.

Quando mi sentì accanto, Anna tornò a singhiozzare.

Non sapevo cosa fare. Non ero su FB e non potevo impersonare quel fico di Thomas Bellucci. Lui sì, che avrebbe saputo come consolarla.

Restai in ascolto del suo pianto come fosse la più bella canzone di *emocore*. Quell'intimità mi imbarazzava e allo stesso tempo mi inebriava. Ora Anna appariva per quello che era: una bambina. Piccola e fragile. Mi feci coraggio. Mi avvicinai ancora di più. Le sfiorai la spalla.

Anna si appoggiò impercettibilmente a me.

Restai immobile. Pietra allo stato puro.

Era tutto troppo inverosimile. Avevo sempre visto Anna circondata da fighetti. L'avevo vista svolazzare, lieve, bella e corteggiata, davanti alla sua scuola da un gruppo a un altro. E ora eccola qui. Accanto a me. Addosso a me. Il suo profumo aveva l'effetto di dieci birre. Sballo. Tormento. Il seno piccolo e bianco spuntava da sotto la maglia a V e seguiva il ritmo del pianto. Il calore di Anna mi scottava con il semplice contatto delle spalle nonostante le felpe che indossavamo.

Cominciò a girarmi la testa. Chiusi gli occhi.

«Certo, Nero, non sei di grande aiuto.»

Aprii gli occhi e trovai il viso di Anna a pochi centimetri dal mio.

Sorrideva.

«Cos'è?! Sei svenuto?!»

Cazzo. Forse sì. Forse avevo solo sognato. Forse mi si era inceppato il cervello.

«Non lo so. Tu come stai?» dissi con la voce di quando mi sveglio la mattina dopo una dormita non stop di dodici ore.

«Meglio. Grazie. Almeno mi hai fatto smettere di piangere.»

La voce di Anna suonava incantevole.

Arrossii.

«Sei diventato rosso», annotò scoppiando a ridere.

«Non mi hai detto perché piangevi», risposi cambiando argomento. Mi pentii all'istante. Lei rideva e io le chiedevo del pianto. Testa di cazzo.

«Sono nella merda.»

«Anch'io.»

«Apriamo un club: "Quelli nella merda".»

Il viso di Anna, mentre pronunciava la frase, passò dal sorriso a una inarrestabile ondata di dolore. Dolore puro. Abbagliante. Le lacrime tornarono a traboccare dalle palpebre. Silenziose.

Le misi un braccio sulla spalla. Anna sollevò le gambe sulla panchina e appoggiò il fianco sulle mie ginocchia. Il viso sul mio petto.

I singhiozzi cominciarono a far sobbalzare anche me.

Ero sempre più incredulo. Qualche minuto prima mi aveva cacciato come fossi un randagio, adesso era tra le mie braccia in cerca di consolazione.

Con la massima cautela, terrorizzato all'idea d'essere allontanato, le misi il braccio destro intorno alle spalle e con la mano sinistra le accarezzai i capelli. Lei affondò ancora di più il viso sul mio petto. Il ritmo e la forza dei singhiozzi aumentarono.

«Sono in un casino vero. Non l'ho detto a nessuno. Non posso. Nessuno deve sapere.»

La mia unica reazione fu di continuare ad accarezzarle lievemente la testa. Avevo paura che Anna realizzasse che era sdraiata su di me, che si confidava con me. Che riprendesse forza e che quella debolezza complice svanisse.

Svanì in meno di un paio di minuti.

«Cazzo. Guarda. Sono talmente disperata che parlo

con una zecca come te. Con uno sfigato che neppure conosco», sbottò.

Anna tornò a sedersi, di scatto. I capelli biondi inumiditi di lacrime e gli occhi rossi rossi.

Un'ondata di panico mi tagliò il petto. Non volevo perdere quel momento. Mi feci coraggio. In fondo ero più grande di lei, no?

«Forse è per questo che parli con me. Perché non mi conosci. Ci sono certe cose che si possono dire solo agli sconosciuti. E comunque io so tenere i segreti.»

Anna mi lanciò un'occhiata seria. Incerta. Arretrò di qualche centimetro per mettermi meglio a fuoco. Mi regalò un abbozzo di sorriso.

«Forse hai ragione. E forse non sei così sfigato. Con quella frangia nera a punte sembri uscito da un fumetto. Sei carino. Come hai detto che ti chiami?»

«Mattia.»

«Ah, già. Ma tutti ti chiamano Nero, ora ricordo. Nero mi piace. Nero ti sta bene. Però anche tu non hai una gran faccia. Cosa ti hanno fatto?»

«Be', la storia è lunga...»

«Un momento, aspetta. Raccontamela mentre andiamo a casa. Mia madre mi fa a pezzi se sa che sono uscita. Ti va di accompagnarmi?»

Sgranai gli occhi. Anna che mi chiedeva di accompagnarla. Un'altra assurdità.

«Non ti va?!» chiese ferita e incerta.

«Certo che sì.»

Anna abitava a qualche centinaio di metri. Cominciai io a parlare. Lei volle così.

In quei pochi passi le raccontai del marchio a fuoco e perfino dello stupro che avevo subìto. Volevo impressionarla con la mia disperazione. Lei mi raccontò dell'aborto, della madre infuriata che la teneva carcerata in casa. Del suo corpo che, prima della clausura, passava di ragazzo in ragazzo in cambio di qualche banconota il sabato pomeriggio al Peter Pan.

Già la storia dell'aborto mi aveva lasciato quasi secco. E scoprire che a tredici anni il mio amore faceva sesso mi aveva messo KO: un'ondata di gelosia e di rabbia era montata rapida dallo stomaco e salita fino alla testa. Ma quando pronunciò il nome della discoteca, impallidii. Eravamo accanto al suo portone. Mi appoggiai al muro. Raggiunsi le mani di Anna. Le strinsi forte cercando la sua energia. Non faceva freddo ma tremavo.

«Cos'hai, Nero?» chiese portando il viso vicino al mio. Allarmata.

«Quello che mi ha stuprato lavora al Peter Pan.»

«Come si chiama?!» scattò.

«Chat, fa il buttafuori.»

«Cazzo.» Anna spalancò gli occhi. Strinse più forte le mie mani. «Cazzo cazzo cazzo», ripeté.

«Cosa succede?»

«Chat ha scopato pure con me. Non so se il padre del bambino fosse lui, ma è stato lui ad aiutarmi. A portarmi prima in consultorio e poi in ospedale.»

Scossi la testa. Feci un passo indietro, tenendole sempre le mani, per mettere a fuoco il suo viso. Mi sembrava tutto troppo strano. Quel bastardo si era fatto Anna e poi me.

«Però a te t'ha aiutata», dissi con la voce fredda e tagliente.

«Sì. Ma non poteva fare altro. Se non faceva il bravo l'avrei denunciato alla polizia. Io ho tredici anni e lui più di trenta. Questa è roba da galera, ha detto mia madre.»

Sentivo parlare Anna, la ascoltavo raccontare quelle cose con naturalezza e mi ritrovai di nuovo a una distanza siderale da lei. Le lasciai le mani.

«Ciao, io vado.»

«Nero, perché? Perché proprio adesso?» chiese, di nuovo incerta e bambina.

«Perché può arrivare tua madre e perché pensare che

sei stata con Chat mi fa stare male. Non mi piaci più se penso a questa storia.»

Anna mi osservò seria. Lo sguardo triste. «Fa' quello che vuoi. Ora però sai dove abito. Se ti va di parlare con me lascia un biglietto al portiere.»

La paura di perderla di nuovo rialzò la testa, più forte della gelosia e di quello strano cocktail che mi faceva ribaltare lo stomaco quando la immaginavo a ballare sul cubo o a fare sesso al Peter Pan.

«Non hai un indirizzo e-mail? Un cellulare? Non sei neppure su MSN o su Facebook?»

«Sì, ma mia madre mi ha vietato il PC e mi controlla il telefonino. Sono tagliata fuori dal mondo. Ma tu passa dal portiere. Lasciami un biglietto. Mi farebbe piacere.»

Le avrebbe fatto piacere! Bingo.

Mi avvicinai alla sua guancia. Le sganciai un bacio leggero. Le labbra secche come il Sahara e tese come lenzuola al vento.

«Ciao Anna, ci rivedremo presto. Anzi, aspetta...»

Mi piegai per frugare nello zaino. Tirai fuori un quaderno e una penna, scrissi il mio numero di cellulare. Strappai il foglio.

«Tieni.»

Anna incassò il bacio e il foglio. Sorrise. Infilò il portone. Mentre la vedevo scomparire nel cortile sentii un'ondata di gioia vibrarmi dentro.

Mi voltai. Raggiunsi i cassoni della spazzatura accanto al palazzo. Aprii lo zaino. Una a una presi le quattro lattine di birra. Fecero un bel rumore precipitando nel cassonetto vuoto.

Guance indolenzite

Raggiunsi casa saltellando, quasi danzando a ogni passo. Certo, ringhiavo di rabbia al pensiero di Chat, ma aveva il sopravvento la gioia di aver conosciuto Anna. Come nei film, complice l'epurazione delle birre, lo zaino sembrava leggero. La ferita al braccio non faceva male e la svastica, coperta dalla garza, per la prima volta non pulsava.

Ero così felice che avevo sorriso da solo per tutto il tragitto. Io che non sapevo e non ero abituato a sorridere. Toccai le guance, erano indolenzite.

Suonai al citofono.

Attendevo di sentire il suono stridulo della voce di Mimì. Invece nessuna risposta in italo-filippino. Il portone scattò senza che nessuno parlasse.

Quando l'ascensore raggiunse il piano, la porta si aprì come d'incanto. In piedi, cravatta e abito blu, c'era mio padre.

«Salve figliolo.»

Già, Rodolfo Cortese mi chiama «figliolo». Che schifo.

«Ciao pa'», risposi titubante. Il sorriso da ebete che mi aveva accompagnato negli ultimi venti minuti si dissolse all'istante.

Mio padre mi precedette all'interno dell'appartamento. Senza fiatare lo seguii e una volta dentro sgattaiolai in camera. Non accadeva spesso di trovarlo a casa a quell'ora. E tantomeno che fosse lui a rispondere al citofono e ad aprire la porta. Era senza dubbio successo qualcosa di importante. Di grave.

La conferma l'ebbi quando, appena lasciato lo zaino ai piedi del letto, sentii i suoi passi alle mie spalle.

«Siediti figliolo», disse calmo. «Come è andata a scuola? Ti hanno aggredito di nuovo?»

Rimasi qualche istante in silenzio. Perplesso. Immobile sul bordo del letto. Papà in piedi vicino alla porta.

«Perché non parli? Hai avuto altri guai? Non aver paura, racconta. Sono o non sono tuo padre?!»

Cazzo, Rodolfo Cortese era preoccupato. Si interessava a me.

Sgranai gli occhi. Un altro colpo di scena, dopo Anna. Due in un solo giorno erano davvero troppi.

Non riuscii a trattenere un sorriso. Per il pensiero di Anna. Per la coincidenza.

«Ridi, figliolo? Devo supporre che è andata bene?»

«Sì, tutto OK. I bulli mi hanno lasciato in pace.»

«Bene, ormai è passata più di una settimana dall'aggressione. È un buon segno. Però oggi sono stato dalla preside, la professoressa Principato, e ho deciso che devi cambiare scuola.»

«Cambiare scuola?!» scattai. L'idea mi solleticava ma allo stesso tempo mi terrorizzava. Chissà cosa aveva in mente mio padre e soprattutto cosa avrei trovato in un altro liceo? In fondo, i bulli del Giulio Cesare avevano dato sfogo alla loro creatività. Forse erano appagati. Cos'altro mi potevano fare? Non è da tutti essere marchiati a fuoco.

«Sì, Mattia. La preside è costernata. Dispiaciuta. Ma mi ha confessato di essere impotente e di non poter garantire la tua sicurezza. Tu non hai riconosciuto chi ti ha aggredito e senza la tua testimonianza lei non può fare nulla. Ebbene, io non voglio correre il rischio che ti facciano ancora male. Non me lo perdonerei. Vai a scuola, non in Vietnam.»

Mi cadde la mandibola. Non avevo mai sentito mio papà pronunciare tante parole, tutte insieme e tutte dedicate a me. Era davvero il giorno dei miracoli. Decisi di rompere un'altra antica tradizione. Decisi anch'io di parlare.

«Ma proprio ora?! Vuoi davvero che cambi adesso il liceo? Tra neanche due mesi si va in vacanza, l'anno è praticamente finito.»

«E se ti succede qualcos'altro da qui a giugno?»

«Non penso. Secondo me quelli se ne staranno un po' di tempo tranquilli. Non si sa chi sia stato, ma i professori adesso sono più attenti. All'ingresso della scuola c'è perfino una pattuglia della polizia.»

Mio padre si sedette sulla sedia accanto alla scrivania, proprio davanti alla finestra. Era indeciso. Fui sfiorato da un inedito moto di tenerezza.

Mi alzai dal letto. Mi avvicinai a Rodolfo Cortese. Presi la PlayStation portatile in sosta sopra la scrivania. L'accesi e gliela porsi.

«Ti va di fare una partita?»

Mio padre alzò la testa di scatto. Mi guardò dritto negli occhi. Sorpreso e severo. Infastidito.

«Figliolo, io non gioco. Ho già perso troppo tempo. Della nuova scuola parleremo quando avremo la pagella.»

E via. I passi veloci in corridoio. Il nodo della cravatta controllato di fronte allo specchio dell'ingresso. Il soprabito. La porta aperta e chiusa con un solo, leggero cigolio.

OK. Il mondo di Nero aveva ancora un suo ordine.

Anna a parte.

Tirai un sospiro di sollievo. Guardai il PC con l'idea di connettermi come sempre a FB, c'erano di sicuro decine di «amici» che mi aspettavano. Impazienti.

Lasciai perdere. Di Thomas Bellucci ne avevo le palle piene. Per la prima volta ero meglio di lui.

Nero aveva conosciuto Anna, Thomas no.

Il messaggio di Anna

Il messaggio di Anna esplose nella classe durante l'ora di italiano. Ero talmente abituato a non avere contatti con il mondo esterno, che non mi ero preoccupato di silenziare il telefonino.

«Cortese, non ti è stato detto che i cellulari vanno spenti durante l'ora di lezione?» ringhiò la professoressa Prosperi.

«Sì, certo. Mi scusi. L'ho dimenticato.»

«Fallo adesso.»

Presi dallo zaino il telefonino. Vidi sul display la scritta "nuovo messaggio". Schiacciai il pulsante per spegnere.

La Prosperi osservò l'operazione. Ma non fece ulteriori osservazioni. Stava spiegando le *Ultime lettere di Jacopo Ortis* e il perché e il per come Foscolo fosse finito in esilio a Londra. Insomma, la prof non aveva né la voglia né l'interesse di montare un casino per un *bip* troppo rumoroso.

La lezione proseguì senza ulteriori sussulti. Io friggevo d'impazienza. Seduto al primo banco dove ero stato trasferito dopo il tatuaggio nazista, non potevo riaccendere il cellulare per vedere di chi fosse l'SMS.

Accolsi il suono della campanella della ricreazione con un sussulto di gioia. La Prosperi era ancora sulla porta quando tuffai le mani nello zaino per prendere il cellulare. L'accesi. Digitai il codice segreto. Con gli occhi incollati al display attesi che il telefonino si avviasse.

«Il messaggio lo leggiamo noi», sentii dire alle mie spalle. Mi voltai, credendo di trovarmi davanti Obelix e compagni. Invece a un passo da me, la faccia cattiva, c'erano Luca e Matteo, due mezze tacche della mia classe che fino a quel momento non erano mai entrati nella classifica dei bulli.

Luca, con un balzo, mi prese alle spalle. Mi immobilizzò. Scalciai. Inutilmente. Anche per loro ero poco più di una pulce. Matteo mi strappò di mano il cellulare. Mi guardai attorno, l'aula si era svuotata come d'incanto.

«Vediamo chi ha scritto a Nero», cantilenò Matteo.

«No, ti prego. È mio. Non toccarlo. Vado dalla preside», gridai.

«Tu sei un cacasotto, non vai da nessuno e non fai paura a nessuno. Ti sei fatto tatuare una svastica senza avere le palle di dire chi è stato», mi soffiò nelle orecchie Luca, continuando a tenermi le braccia inchiodate dietro la schiena.

«Ora facciamo un bel giochetto. Ti ridiamo il telefonino se balli il tip tap», sentenziò Matteo.

«Il tip tap?!» balbettai.

«Sì, proprio il tip tap. Non sai come si fa? Sarà divertente...» incalzò Luca.

Alle spalle di Matteo che continuava a ghignare e a passarmi il cellulare sotto il naso, mentre io cercavo di divincolarmi dalla stretta del suo complice, si materializzò Obelix, quello del tatuaggio.

«Cazzo», sussurrai tenendo gli occhi incollati sul mio torturatore che avanzava silenzioso.

Matteo si girò seguendo il mio sguardo. Non aveva finito di ruotare la testa, che andò a sbattere contro un ceffone di Obelix. Cadde a terra. Il cellulare schizzò nell'angolo più lontano della classe.

«Nero è nostro. Chi vi ha dato il permesso di divertirvi con lui?» tuonò Obelix.

Come d'incanto Luca mollò la presa. Raggiunse Matteo, lo sollevò. Insieme corsero fuori dall'aula.

Mi afflosciai sulla sedia che avevo dietro di me.

«Merdina, tutto a posto?» chiese Obelix.

«Sto be-bene», balbettai. Dovevo avere una faccia terribile.

«Se ti rompono ancora, avvertimi. Ora sei sotto la mia protezione.»

Alzai lo sguardo, meravigliato. Fissai Obelix come avrei guardato un marziano.

«Sei stato bravo. Non hai parlato con la polizia e con la preside. Ora sei uno di noi. Vai a prendere il cellulare. Ci vediamo all'uscita, sulle scale di scuola.»

«OK», sussurrai incerto. Invece di scattare a caccia del telefonino per leggere il messaggio, restai incollato alla sedia. Io uno dei bulli?! Non ne avevo alcuna voglia. Ma non potevo rifiutare l'invito. Quelli mi avrebbero fatto a pezzi.

Lentamente mi alzai. Andai verso l'angolo dove avevo

visto rotolare il mio Nokia. Lo presi. Era ancora acceso. Digitai velocemente sulla tastiera per raggiungere la cartella Messaggi ricevuti.

C'era un SMS da un 347... Un numero che non conoscevo.

L'aprii.

Ciao Nero. Recuperato cellulare. Ci vediamo oggi pomeriggio? Voglia di chiacchiere. Anna.

Lessi e rilessi le tre frasi fino a impararle a memoria. Anna mi cercava. Anna voleva vedermi.

Memorizzai il numero.

Va bene. Dove e quando? scrissi con le mani incerte. Lanciai l'SMS proprio mentre suonava la campanella. Spensi il telefonino.

Tornai al mio banco. Luca e Matteo sfilarono davanti a me con il capo chino. Ero dilaniato tra la voglia di prenderli a calci e un moto di pena. Ma in testa avevo solo Anna. Sorrisi tutto il tempo, anche quando la prof di matematica cominciò a lessarci le palle con una grandinata di equazioni.

Solo negli ultimi minuti prima della fine delle lezioni mi posi il problema dell'appuntamento con Obelix. Decisi di andarci. Per paura. Ma anche perché, in fondo, mi intrigava e lusingava il pensiero di fare parte di un gruppo. Non mi era mai successo.

Accesi il telefonino. Lo guardai con impazienza caricare le impostazioni. Imprecai silenziosamente quando vidi che Anna non aveva ancora risposto. E se mi avesse preso in giro?

Quando mi affacciai fuori dal portone di scuola venni abbagliato dal sole. Era una giornata calda. Troppo calda per essere primavera. E io avevo addosso il giubbotto pesante che avevo messo per difendermi dal freddo del mattino.

Sul lato destro delle scale, vicino a un groviglio di motorini e di microcar parcheggiati sopra e accanto al marciapiedi, c'era un gruppo di ragazzi e di ragazze. In mezzo spiccava la sagoma di Obelix. Mi avvicinai a passo incerto. E più mi avvicinavo, più rallentavo.

Improvvisamente ebbi paura. E se fosse stata una trappola?

«Ehi, Nero. Vieni. Siamo qui», sentii gridare.

Alzai gli occhi e vidi Obelix che faceva segno di avvicinarmi.

Avevo addosso gli occhi di tutti. Cominciai a sudare, complice il giubbotto, come un lottatore di sumo.

«Che c'hai? Sei pallido e sudato. Mica c'avrai paura?» disse una ragazza che incrociai alla mia destra. Non la conoscevo. Doveva essere dell'ultimo anno. Minigonna e toppino che le strizzava le tette. Carina, molto carina.

Scossi la testa.

Obelix fece un passo verso di me. Mi mise una mano sulla spalla. Era più pesante dello zaino con i libri.

«Questo è Nero. Sul braccio porta il nostro simbolo. Dai, fallo vedere...»

Lo guardai sorpreso. Non avevo alcuna voglia di spogliarmi davanti a tutti. E poi la ferita era ancora coperta con garza e cerotti.

«Dai, Nero. Devi essere orgoglioso del nostro tatuaggio», incalzò Obelix.

Mi prese lo zainetto, lo poggiò su uno dei gradini delle scale. Cominciò a togliermi il giubbotto. Lo lasciai fare. Senza accorgermene mi ritrovai al centro di un cerchio. Dieci, quindici ragazzi. Ridevano, gridavano. «Dai, dai, Nero. Dai...»

Maledissi la decisione di accettare l'invito di Obelix.

Mi tolsi il maglione. Per fortuna sotto avevo una T-shirt a maniche corte, non dovevo restare a petto nudo per mostrare il loro trofeo. Sul braccio destro campeggiava, vistosa, la fasciatura.

«Ti abbiamo fatto la bua, mi dispiace», disse un tipo con la faccia martoriata dalle cicatrici di vecchia acne.

La ragazza carina con le tette compresse fece un passo verso di me.

«Ti aiuto io», annunciò.

Con delicatezza cominciò a srotolare la fasciatura. Poi, con estrema cautela, sollevò la garza. Gliene fui immensamente grato. La ferita faceva ancora un male cane, se avesse strappato via i cerotti sarei svenuto. O quasi.

«Bene, mi sembra che la svastica sia venuta perfettamente. Sono felice», sentenziò orgoglioso Obelix.

Gli altri ragazzi si avvicinarono. Uno a uno, come in un rituale, passarono in rassegna l'orribile tatuaggio. Sulle facce di alcuni apparve una smorfia di disgusto. La ferita era infiammata. Gonfia.

«Nero adesso può far parte del gruppo», disse Obelix ad alta voce. «Ha i titoli, come avete visto, per diventare uno dei nostri. Ma prima deve superare la prova di iniziazione.»

«Iniziazione?!» ripetei involontariamente.

«Sì, devi dare prova di coraggio. Questa sera è in programma una missione. Appuntamento alle nove al cancello del parco Nemorense.»

«Ma io...»

«Ma io cosa?!»

«Be', a quell'ora non sono abituato a uscire. Non saprei cosa dire ai miei genitori.»

«Fatti tuoi. Noi ti aspettiamo alle nove. Non mancare. Mi raccomando... Ragazzi, chi viene a mangiare un pezzo di pizza?!»

Obelix aveva chiuso la pratica Nero. Il «mi raccomando» che aveva lasciato danzare nell'aria, prima di annunciare la puntata al locale di pizza al taglio di corso Trieste, continuò a ronzarmi nelle orecchie per tutto il tragitto. Non avevo fame, ma non potevo neppure svignarmela immediatamente. Mi rivestii e seguii il gruppo come un cagnolino al guinzaglio. Nessuno mi rivolse la parola. Io non la rivolsi a nessuno.

Un *bip* risalì imperioso dalla tasca dello zainetto proprio mentre attendevo il mio turno in pizzeria. Presi il cellulare. Era Anna per forza. Io non ricevevo SMS. Neppure mia madre mi scrive.

Il nuovo messaggio era telegrafico come il primo: *Ore cinque alla panchina.*

Obelix mi vide armeggiare con il Nokia.

«Novità?»

«Niente, è mia madre. Mi aspetta per pranzo. Vado...»

«Ci vediamo alle nove. Non mancare.»

«OK, alle nove.»

Restai sulla panchina

Restai sulla panchina ad attendere Anna per almeno cinquanta minuti. Più passava il tempo, più mi sentivo un idiota. Mi ero rasato per la prima volta in vita mia. Mi ero messo il dopobarba di papà e avevo urlato silenziosamente per il dolore. Dio, quanto bruciava. Avevo indossato l'unico maglione di cachemire che avevo, il regalo di mia nonna per l'ultimo Natale. Blu cobalto. Bello. E poi i compiti fatti senza pensarci. Infine di corsa verso la «nostra» panchina. Con una voglia pazza di sniffare Anna e di perdermi nel suo sorriso.

Ma Anna non arrivava. Guardavo e riguardavo il cellulare. Speravo mi mandasse almeno un SMS. Mi tormentavo chiedendomi se sarebbe stato dignitoso e giusto provare a chiamarla, ora che avevo il suo numero. Mi chiesi cosa avrebbe fatto Thomas Bellucci. Lui non l'avrebbe fatto, il mio io virtuale se ne sarebbe già andato da un pezzo.

Poco prima delle sei, quando ormai cominciava a fare buio, decisi di scriverle un messaggio.

Ciao. Sono qui. Arrivi?

Un istante dopo rimbombò il solito *bip*. Più forte perfino del rumore del traffico di corso Trieste.

Per la verità sono già qui da un'ora. Guardati intorno.

Mi alzai. Ruotai su di me come una ballerina. Anna era seduta proprio sul gradino dove ero stato a osservarla il giorno del nostro incontro. Quando la vidi, sorrise. Fece ciao con la mano restando seduta. Era bella come non ricordavo.

Attraversai di corsa la strada.

«Perché sei rimasta nascosta? Perché non sei venuta alla panchina?» dissi quando le fui davanti, con il fiatone. Volevo sembrare arrabbiato, ma non lo ero neppure un po'. Vederla sorridere e salutarmi con la mano mi aveva incantato.

«Perché mi piaceva osservarti. Se guardi una persona quando non sa di essere osservata impari un sacco di cose. Non lo sapevi?»

«No. Be', sì. Non so. Tu cosa hai imparato?»

«Che sei carino, Nero. E sei tenero. Mi ha fatto bene vederti friggere per un'ora.»

«E perché ti ha fatto bene?»

«Perché ho capito che per te sono importante. E mi hai riscaldato il cuore.»

Arrossii.

«Ma tu diventi sempre rosso?!» scoppiò a ridere Anna.

«Lascia perdere. Cosa facciamo?» chiesi, per cambiare discorso.

«Niente, Nero. Devo andare.»

«Devi andare?!»

«Sì, sono praticamente scappata di casa. Lo sai, sono in clausura.»

Sgranai gli occhi. Un moto di rabbia mi salì dalla pancia. «Non potevi farla un'altra volta questa prova dell'osservazione a distanza?»

«Non t'arrabbiare, Mattia. Per me è stato bello così.»

«Mattia?»

«Sì, mi piace Mattia. Ma mi piace anche Nero. Non so ancora come ti chiamerò.»

Anna fece seguire le parole da una carezza sul viso. Si alzò sulle punte. Sfiorò le mie labbra con le labbra. Sorrise.

Si voltò. Se ne andò correndo.

15.
10 GENNAIO 2011

Voracità

Questa volta si è addormentata dopo aver fatto all'amore.

Cappa si alza al rallentatore, attento a non svegliarla. Inutilmente.

«Dove vai?» sussurra Alessia stirandosi deliziosamente.

«Da nessuna parte. Non ho sonno e volevo fumare una sigaretta.»

«OK, mentre tu fumi mi vesto e poi vado.»

«Vai via? Sai che sembri una ladra?»

«Una ladra?!»

«Sì, scappi via rubando te, il mio amore.»

«Sei romantico, Stracchino.»

«E tu perché non resti a dormire qui? Non mi avevi detto che Anna questa notte sta con il padre?»

«Sì, ma non è questo il punto. Non è ancora il tempo per dormire insieme.»

«L'altra volta mi hai detto che ero triste e innamorato di mia moglie. Ora mi parli di tempo. Che palle. Quando arriva questo tempo?» sbuffa Cappa saltando a sedere sul letto.

«Non lo so. Ma a me piacciono le cose delicate, se mi sento invasa d'improvviso tendo a chiudermi. Mi manca l'aria, vengo assalita da un senso di soffocamento. Per me c'è un tempo e c'è una misura per ogni cosa. Se le emozioni mi assalgono, se mi sento travolta, mi ritraggo. Penso a me come un bel giardino pieno di fiori e io non apro il mio giardino tutto insieme. Nei giardini si entra in punta di piedi, con delicatezza. Ecco, voglio farti entrare nel mio giardino un po' alla volta, con cautela. Soprattutto voglio prima capire come ti muovi tra le aiuole. Se sei brusco o delicato.»

A Cappa tornano a girare le palle. Ci mancava solo un'amante giardiniera.

«Non sarà invece che la meni con tutte queste storie perché sei incapace di amare?»

«No, so amare eccome. E mi piace un mondo innamorarmi. Non mi sembra che con te sia così algida e distante... Ma in passato ho concesso ad alcuni di entrare in modo poco rispettoso nel mio spazio. E sono stata male. Poi ho imparato ad ascoltarmi. A capire quando mi manca l'aria e quando devo ristabilire una distanza. E poi, caro Stracchino, dormire insieme è molto più intimo che scopare.»

«Non chiamarmi Stracchino.»

«Mi piace. Quando sei un po' capriccioso, piccioso e sbrasone, sei Stracchino.»

A Cappa sfugge un sorriso.

«Hai ragione, dormire insieme è molto intimo. Ma con questa storia del giardino da non violare, sembra di ascoltare Hitler quando teorizzava lo spazio vitale...»

«Lascia perdere la politica. Io cerco solo di difendere il mio equilibrio, Stracchino.»

«Equilibrio? Invece a me viene da pensare che hai timore di abbassare le difese, di rinunciare alla tua autonomia. Hai paura di legarti, di dipendere in qualche modo da qualcuno.»

«Non è così. E non è questo il punto. Prova a pensare di esserti perso per dieci giorni nel deserto e di venire salvato da una squadra di beduini. Ti portano nella tenda e ti offrono acqua e un piatto di cous-cous. Tu come lo mangi? Scommetto che ti ci avventi con voracità.»

Cappa sorride di nuovo. «Be', sì, spazzolerei via tutto in un istante.»

«Ecco, io invece mangerei ogni boccone lentamente. Gustando il sapore fino in fondo. Al contrario di te, non sono vorace. Ti dico di più, se mi faccio travolgere dalla voracità, poi sto male. E se sto male con un uomo, tronco immediatamente. Ed è quello che ora cerco di evitare con te. Perché tengo a te, Stracchino. Dai, vieni qui.»

Alessia prende il commissario per una mano, lo chiama verso di sé.

«Eh no, bella mia. Non è che scrivi un cartello "vietato calpestare le aiuole" e poi fai quello che ti pare. Sono stanco e vorrei addormentarmi tranquillo dopo aver fatto all'amore. Ora vestiti e vai a dormire a casa tua.»

«No, non adesso. Lasciami stare ancora un po' vicino a te», sospira Alessia, gattona. Striscia sul letto verso il commissario. Lo abbraccia. Gli mette la testa sulle ginocchia. Cappa, vincendo l'irritazione per tutto quel *bla bla* sul giardinaggio, le accarezza i capelli. Si piega. La bacia sulla guancia. Una, due, cento volte.

Quella donna lo fa impazzire. Profuma davvero come un fiore e ha una chimica che lo eccita all'istante.

Una smorfia da ragazzino birbante si disegna sul volto del commissario.

«A cosa pensi, Stracchino?»

«Niente. Ho del gelato. Vado in cucina e torno», dice Cappa .

«Del gelato?! Ma cosa c'entra adesso? A me non va. Ti voglio qui.»

Cappa si alza senza rispondere. Alessia l'osserva mentre si allontana. Nudo non è niente male, le spalle grandi, un bel sedere. Una pancetta che non disturba.

A grandi passi il commissario va verso la cucina. Un

istante dopo torna con una vaschetta di cioccolato parcheggiata nel freezer.

«Distenditi e apri le gambe.»

«Cosa?»

«Apri le gambe. Mi piace il cioccolato.»

Alessia lo guarda disorientata. Poi sorride. Obbedisce.

Alessia rabbrividisce di freddo. Poi vibra sul letto. Raggiunge subito il piacere.

«Dio che bello. Baciami. Voglio sentire il mio sapore al cioccolato.»

È il bacio più gustoso da quando si conoscono. Non termina mai. Finiscono, in apnea, semincoscienti sul letto. Lo sguardo rivolto al soffitto.

«Ora vado davvero, Stracchino.»

«OK.»

Il tempo di una sigaretta e Alessia è sulla porta.

Cappa si avvicina. La bacia. Alessia ha le labbra che sanno di sesso e di cioccolato.

«Comunque le tue sono tutte cazzate. Primo, mi prendo la libertà di amarti con voracità. Secondo, mi rode da pazzi che adesso te ne vai e che devo staccarmi dalla tua pelle e dal tuo odore.»

Alessia risponde con un bacio. Poi apre la porta dell'ascensore, si volta. Resta qualche istante a guardare il commissario attraverso il vetro. Infine schiaccia il pulsante.

L'ascensore comincia a scendere. Sparisce prima il seno, poi il volto su cui è disegnato il bel sorriso. Infine i capelli.

Cappa si volta. Infila la porta di casa. Impugna il cellulare che ha nella tasca del giaccone gettato sulla sedia all'ingresso. Compone il numero di Alessia. Lei risponde al secondo squillo, come se attendesse la telefonata.

«Quando spingi il pulsante dell'ascensore e la tua immagine comincia a svanire, mi si ferma il cuore.»

«A me piace un sacco guardarti da dietro le porticine a

vetri. Mi sorprendono le tue espressioni. Me ne regali sempre una diversa. Ogni volta mi stupisci. Hai la capacità di farmi ridere, commissario. E stai tranquillo, nel mio giardino ci sei già, Stracchino.»

«Non chiamarmi Stracchino.»

Sorpresa

Alessia è andata via. Cappa si consola, disteso sul letto al buio, annusando e gustando l'odore del suo corpo rimasto intrappolato tra le lenzuola. Morbido e acquoso.

Lo squillo del cellulare frantuma il silenzio e il torpore del commissario con la grazia di un tritaghiaccio.

Cappa si alza faticosamente. Si siede sul letto, accende la luce. Guarda, dopo aver strizzato a lungo gli occhi, l'orologio da polso che ha lasciato sul pavimento prima di fare all'amore. Sono le due e trenta del mattino.

Rabbioso impugna il cellulare che vibra e urla.

Sul display lampeggia il nome «Berti».

«Paolo, che cazzo succede? Non hai nient'altro da fare a quest'ora!?»

«Tranquillo, capo. Ci hanno fatto una bella sorpresa. Mi hanno appena chiamato dalla questura, il centralinista ha ricevuto una telefonata anonima. Una voce maschile, sembra quella di un ragazzino, ha detto di conoscere l'assassino di Luca Mancini. Ha spiattellato nome e cognome. E...»

«...E?!» incalza Cappa.

«Si chiama Carlo Meloni, ho già l'indirizzo. Ha trentotto anni, ha precedenti per detenzione e spaccio di droga, più qualche rissa allo stadio. Sembra sia un capo degli ultrà della Roma. È stato anche in galera per un paio di mesi, più o meno sei anni fa.»

«Bene, quando passi a prendermi?»

«Tra dieci minuti. Ma io non so dove abiti, non posso mica passare a prendere la tua ex moglie...»

«Non fare l'idiota. Ti aspetto sulla via Prenestina, all'altezza del Pigneto. Dieci minuti. Non uno di più.»

Uscire dal letto, andare nudo alla ricerca di pantaloni, camicia, maglione disseminati ai quattro angoli della stanza, per Cappa è un trauma. Non gli piace schizzare giù dal letto dopo aver fatto all'amore. Ma l'idea della caccia notturna gli garba. Mettere le mani sul possibile assassino lo eccita.

Meno male che Alessia non è restata a dormire.

Appena fuori dalla porta, l'entusiasmo va a infrangersi contro il gelo della notte. Già per le scale fa un freddo infame.

Il commissario si è vestito come se partisse per una spedizione al Polo Nord. Ha perfino messo un cappello di lana nero, uno di quelli da duro dei reparti speciali, e un paio di guanti. Ma mentre attende Berti, è costretto a saltellare sull'asfalto.

Il vicecommissario arriva a razzo e riparte sgommando. Direzione: Grande raccordo anulare.

Tra i due solo uno sguardo. E silenzio.

Berti tira senza pietà il collo alla vecchia Alfa, tutte e due le mani sul volante, lo sguardo fisso nella notte violata dai fari.

Le insegne dei negozi sono spente. I semafori lampeggiano. Lungo la strada il vuoto. Poi un camion per la raccolta rifiuti. Poi una prostituta grassa e nera che si riscalda vicino alle braci di un fuoco ormai spento.

La città è alle spalle.

«Mi dici dove stiamo andando? Dove cavolo abita questo Meloni?»

«A Morena, una borgata poco dopo Ciampino. Ancora cinque minuti e ci siamo. Sul posto dovrebbe attenderci una squadra di rinforzo. Così almeno mi hanno garantito.»

«Hai ottenuto il mandato?»

«Sì, lo troveremo ad aspettarci sulla tua scrivania.»

La macchina con tre agenti in divisa è già arrivata. Ha i lampeggianti e i fari spenti, ferma davanti a una casa che sorge solitaria nella campagna. Muri di mattoni senza intonaco, pilastri incompiuti della sopraelevazione che svettano come braccia protese verso il cielo coperto da nuvoloni carichi di pioggia.

Il commissario e Berti scendono dall'auto. Saluti sussurrati e strette di mano rapide con gli agenti.

Cappa fa segno a due uomini di appostarsi sul retro della casa. In tre si avvicinano all'ingresso.

Con un cenno del capo indica a Berti la porta. Il vicecommissario tira fuori la Beretta. L'altro agente lo imita. Cappa rimane un passo indietro.

Berti suona il campanello. Due, tre minuti, nessuna risposta. Nuova scampanellata.

«Aprite, polizia», intima a voce alta il vicecommissario, battendo sulla porta e sistemandosi sul lato dell'ingresso spianando la pistola.

Dall'interno dell'abitazione giunge un rumore di passi strascicati. Poi il suono metallico della serratura. La porta si apre lentamente.

Appare un uomo in canotta, slip, braccia tatuate e una lunga coda di cavallo.

Berti e l'agente lo inquadrano con le pistole.

Alla vista delle armi, le mani dell'uomo scattano in alto, in segno di resa.

«Calmi, calmi. Che cazzo succede? Non ho fatto niente!»

«Tieni le braccia in alto, resta zitto e immobile dove sei», ordina Berti.

L'agente si avvicina, fa girare l'uomo e con un gesto rapido gli ammanetta le mani dietro la schiena.

Carlo Meloni non fa resistenza. Sembra rassegnato.

L'appartamento, illuminato da una lampadina nuda, è spoglio e disordinato. Un divano, un tavolo con i piatti della cena. Una credenza piena di cianfrusaglie. E in un angolo la cucina, con il lavandino e i fornelli ingombri di pentole e stoviglie sporche. I muri sono tappezzati da poster con i calciatori della Roma e un'enorme bandiera della squadra.

Arrivano gli altri due agenti, chiudono la porta alle spalle.

«Date un'occhiata in giro. Vediamo cosa riuscite a trovare. Tu siediti», ordina Cappa all'ultrà.

L'uomo si accascia sul divano. Lo sguardo carico d'odio taglia l'aria.

«Cosa c'hai da guardare?!» ringhia Berti, facendo partire un ceffone.

Nessuna reazione. Né un lamento né un'imprecazione.

«Dove hai i documenti?» chiede Cappa.

Con un gesto della testa Carlo Meloni indica il giaccone appeso vicino alla porta d'ingresso. Berti fruga nelle tasche. Tira fuori il portafogli. È gonfio di denaro. Il vicecommissario lo svuota sul tavolo, vicino ai piatti sporchi. Saltano fuori millecinquecento euro, tre bustine con della polvere bianca, la carta d'identità e la tessera dell'abbonamento alla Curva Sud della Roma.

«È lui», sussurra Berti al commissario dopo aver controllato il documento.

Cappa prende le tre bustine tra indice e pollice. Le sventola davanti al naso di Carlo Meloni.

«Cos'è? Ti va di dircelo o dobbiamo fare esaminare questa merda in questura?»

«Coca», sussurra l'uomo, la testa china e i bicipiti tatuati che si gonfiano e sgonfiano per la tensione.

«Bene, mi piace la gente onesta», sibila Cappa.

«Ma vediamo se sei davvero bravo. Cosa sai dirmi di Luca Mancini?»

Meloni guarda per qualche istante il commissario.

Non sa se parlare o restare zitto. Se attendere l'arrivo di un avvocato. Infine decide che non vale la pena di fare ostruzionismo.

«Quel Mancini era un pezzo di merda che faceva il buttafuori in una discoteca. Uno che si prendeva la roba e non la pagava. Ma non c'entro nulla con la sua morte e non so chi l'ha ammazzato.»

«Vedo che sei ben informato. Ci hanno detto che sei stato tu a farlo secco la notte di Santo Stefano.»

«Stronzate», urla Meloni. E ora si agita. Cerca di alzarsi. «Io non c'entro niente. Niente. Lo giuro, commissario! Se so certe cose è perché le ho lette sul giornale.»

«Invece noi siamo convinti che sei stato proprio tu a far fuori Mancini.»

Passi l'accusa di spaccio e di detenzione di stupefacenti. Ma l'ultrà è terrorizzato all'idea di giocare una partita per omicidio nel ruolo di protagonista.

Berti gli dispensa un altro ceffone.

Meloni smette di gridare.

In meno di venti minuti la casa è sottosopra. Devastata. Non c'è un cassetto che non sia stato svuotato. Perfino il materasso è stato aperto. Risultato: cinquantacinquemila euro cash. Una vecchia Beretta. Altre cinque dosi di droga.

L'uomo osserva gli agenti senza protestare. Conosce le procedure. È rassegnato.

«OK, andiamo. Portiamo questo signore in questura», dice Cappa.

Poi, rivolto a Meloni: «Hai un tuo avvocato o te ne chiamiamo uno d'ufficio?».

«Avverto il mio. Ma dovete liberarmi le mani per telefonare.»

«Scordatelo. Hai il numero sul cellulare? Come si chiama?»

«Tasca, Giorgio Tasca.»

Berti prende il telefonino, cerca il nome nella rubrica, lancia la chiamata.

«È l'avvocato Tasca? Sì? Bene, ho qui un suo cliente che desidera parlarle.»

Avvicina il cellulare all'orecchio dell'ultrà.

«Giorgio, ho bisogno di te. Mi stanno portando in questura per interrogarmi... Sì, droga. E... una pistola. Sì, sono un coglione. Ma c'è anche dell'altro... Mi accusano di omicidio. Sì, omicidio. Ti assicuro che non è vero, non c'entro nulla.»

Berti allontana il cellulare da Meloni. «Che fa avvocato? L'aspettiamo? OK, ci vediamo in questura questa mattina alle otto.»

16.
ALESSIA

L'equivoco chiarito

«Ti attacchi. Io nella tua stramaledetta scuola di suore non ci metto piede. Piuttosto m'ammazzo», gridò Anna quando le dissi che io e suo padre avevamo deciso di trasferirla. Aveva gli occhi blu iniettati di sangue, il bel faccino sfigurato dalla rabbia e dal pianto, i capelli arruffati le coprivano le guance.

Rimasi in silenzio. Vedere mia figlia urlare e rotolarsi sul letto mi riempì d'angoscia. Ancora temevo, in fondo, di perdere la complicità che ci aveva accompagnato fin dalla sua nascita.

Sorrisi amara. Improvvisamente, ancora una volta in colpevole ritardo, capii che la storia della complicità era una stronzata. Una storiella che, testarda, mi volevo continuare a raccontare. Ma ormai l'equivoco era chiarito.

Senza dire una parola mi alzai dal letto di Anna. In silenzio chiusi la porta e andai a preparare la cena.

Mentre lo spezzatino di pollo al curry sfrigolava sul fornello e aspettavo che bollisse l'acqua per il riso basmati, apparecchiai la tavola. Misi un solo piatto. Il mio. Se Anna avesse voluto mangiare con me, avrebbe dovuto chiedermelo.

Quando lo spezzatino fu pronto, me ne servii un po' guarnendolo con una corona di riso bianco. Mi sedetti. Cominciai a mangiare. Avevo aperto anche una bottiglia di vino rosso, di quello buono, per stemperare l'amarezza.

«Che fai? Mangi da sola. Neppure mi chiami?»

Il sorso di vino quasi mi andò di traverso. Tossii.

Anna era lì, impalata, sulla porta della cucina. Aveva gli occhi rossi e un'espressione di sorpresa scolpita sul faccino stropicciato dal pianto.

Mi sarei voluta alzare di scatto. Correrle incontro e abbracciarla. Invece abbassai la testa sul tavolo per nascondere un sorriso di soddisfazione.

«Credevo non avessi fame. Sono giorni che non vuoi mangiare e che mi eviti come la peste», dissi senza poggiare la forchetta.

«Se non ti dispiace invece oggi avrei fame», replicò gelida.

«OK. Prenditi un piatto e le posate, non ti nego di certo lo spezzatino. Ma sono stufa delle tue scenate e dei tuoi silenzi. La tua compagnia sta diventando sgradevole e nessuno mi obbliga a sopportarti.»

Anna non reagì. Prese il piatto, si servì la carne, si sedette. Aveva fame. Cominciò a mangiare come un bastardino raccolto in strada. Voracemente. Anzi, ferocemente.

Ogni tanto, mi lanciava uno sguardo di sottecchi.

Rimasi impassibile. Ora ero io a condurre il gioco. A stabilire tempi e regole. Non mi avrebbe più avuto lì, scodinzolante, a cercare le sue carezze e il suo amore.

Toccava ad Anna chiedere la pace. Era lei che doveva accettare la resa.

Mia figlia tornò ad alzarsi per servirsi un altro piatto di curry e una tonnellata di riso.

Decisi di offrirle una via di uscita. Un modo per superare il conflitto e annunciare la capitolazione.

«Cosa succede? Non hai più paura di diventare grassa?

Tra poco più di un mese arriva la prova bikini. Te ne sei dimenticata?»

«Non è certo questo il problema. Sono due settimane che non mangio», rispose seria.

Poi, guardandomi negli occhi: «Quando dovrei cominciare ad andare alla tua stramaledetta scuola di pinguine?».

«Lunedì.»

Avevo vinto.

Anna aveva scalciato per dieci giorni come una puledra, ma adesso in meno di un'ora aveva accettato d'essere domata. Era stata lei a cercarmi.

Da qualche parte, subito dopo la scoperta del Grande Segreto, avevo letto che i figli vengono travolti da un delirio d'euforia quando non sono controllati dai genitori. Ma che, scava scava, si sentono trascurati a causa della mancanza di controllo. Vogliono essere accuditi. Richiedono regole. E, a conti fatti, interpretano la fiducia dei genitori come un segnale di disinteresse.

Ecco, mangiando il mio pollo, capii che era tutto vero. Avevo trascurato Anna. E ora Anna, davanti a sua madre in versione secondina, si sentiva rassicurata. Forse solo adesso si sentiva davvero amata.

Tentai l'affondo. E come al solito sbagliai. «Vedrai, starai bene in quella scuola. È decisamente meglio dell'altra. Ma rimane un problema. Devi ancora dirmi chi ti ha messo incinta, chi era l'uomo che ti ha accompagnata al consultorio. Quella persona la deve pagare.»

Anna poggiò la forchetta. «Questo puoi scordartelo. Non te lo dirò mai.»

Si alzò, si avviò a passo rapido verso la sua stanza. Sbatté la porta.

Come al solito.

Anna non disse una parola per tutto il tragitto da casa alla nuova scuola. Camminava a testa bassa, prendendo a calci qualsiasi cosa – cartaccia o lattina che fosse – che incontrava sul marciapiedi. Io le camminavo a fianco, tra noi una cortina di silenzio.

«Visto?! Non è poi così lontana questa nuova scuola. Ci abbiamo messo appena otto minuti», dissi quando arrivammo davanti al portone dell'istituto di suore.

Mia figlia mi lanciò un'occhiataccia. Di nuovo trincerata dietro a un mutismo che ormai conoscevo bene. Ancora ostile, tese la mano destra verso di me. La guardai interdetta.

«Mamma, la borsa. Me la vuoi dare o te la riporti a casa?»

«Ah, eccola.»

Anna si mise in spalla il borsone carico di libri, si sistemò i lunghi capelli scuotendo la testa. Tirò un respiro profondo e salì il primo gradino senza voltarsi.

Era vestita in modo diverso dal solito. Sembrava un'altra, l'icona della brava bambina andata in pezzi due settimane prima. Niente canotta aderente, niente pancia di fuori. Niente gonna corta. Per non impressionare le suore, avevamo optato per un paio di jeans e una T-shirt ampia che non le facesse risaltare il seno, né scoprire il ventre piatto di cui era stata così fiera.

Arrivata in cima alle scale mia figlia si voltò. Mi guardò, seria, dritto negli occhi. Era spaventata, era evidente. Allargai le braccia, richiamandola a me per un abbraccio. Scese i gradini di corsa. Si tuffò sul mio petto, poggiando la testa sul mio seno.

«Scusa», bisbigliò.

Scusa?! Capito? Mia figlia mi chiedeva scusa.

La strinsi forte.

«Ehi, così mi soffochi.»

Aveva gli occhi umidi, come me.

La allontanai, prendendola per le spalle, e la guardai in silenzio. Per la prima volta dalla scoperta dell'aborto, venni scossa da un sussulto di tenerezza. Tirai anch'io un lungo respiro, ordinandomi di continuare a recitare il ruolo di madre severa.

«Ora entra, sbrigati. Senti? Sta suonando la campanella della prima ora. Non puoi debuttare nella nuova classe con un ritardo.»

Anna si fece ancora una volta sotto. «Ti voglio bene, mamma.»

«Anch'io. Ma adesso vai davvero. Ti vengo a prendere all'uscita, così mi racconti com'è andata. Vedrai che non ti mangeranno.»

«Se lo dici tu...»

Poi, senza convinzione, con passo incerto, tornò a salire i cinque gradini dell'ingresso.

La guardai scomparire dietro la porta a vetri.

Erano le otto del mattino, Anna sarebbe uscita da scuola alle due e dieci.

Avevo davanti sei ore per avviare, finalmente da sola, la mia caccia.

Avevo già esplorato, file dopo file, il cellulare di Anna. Inutilmente. Ora era il turno del computer.

Arrivata a casa, tirai fuori dalla borsetta il cavo di collegamento alla rete telefonica e quello di alimentazione del PC. Per evitare che Anna tornasse a navigare nella Rete senza controllo e ricominciasse a «frequentare» i suoi amici internauti, ormai andavo in automatico. Staccavo tutto prima di uscire, mettevo i cavi in borsa e riallacciavo i collegamenti quando tornavo.

Mia figlia aveva smesso di protestare.

«Ma devo scaricare un po' di musica per l'iPod. Lasciami il collegamento a Internet», mi aveva detto il giorno prima, quando ormai ero sulla porta con la borsetta carica dei suoi cavi.

«Scordatelo. Finché non parli e non mi dici tutta la verità, il computer lo usi soltanto quando ci sono io.»

Non aveva replicato. Anna appariva rassegnata dal nuovo corso. Sembrava perfino più serena. Ma era ancora determinata a non svelare un solo dettaglio dell'aborto.

Accesi il PC.

Il computer cominciò a ronzare. Squillò il telefonino.

«Angela», c'era scritto sul display.

«Cosa c'è?» chiesi senza preamboli. Non volevo intrusioni proprio in quel momento. Ero come un cacciatore in un bosco con la carabina puntata contro la preda. Concentrata. Quella telefonata interrompeva la caccia.

«Niente di importante. Volevo sapere come è andata con Anna a scuola. Ti ho anche cercata dopo aver lasciato Patti. Ma tu cosa hai fatto? Sei fuggita? Neppure il cappuccino insieme. E proprio oggi...»

Cavolo. Avevo dimenticato l'appuntamento con la mia amica.

«Scusa, hai ragione. Ma avevo fretta. Con Anna tutto bene, è entrata come un cagnolino diretto alla camera a gas, ma senza protestare. Pensa, mi ha chiesto anche perdono. Incredibile.»

«Ma sai che anche la mia Patti è diversa? Credo che in fondo stia accettando le nuove regole. Si sente rassicurata. Boh?! Valle a capire queste adolescenti...»

Non risposi, guardavo ipnotizzata lo schermo del PC dove scorrevano e si caricavano i programmi.

«Mi hai detto che avevi fretta. E cos'hai di così importante da fare?»

«Be', finalmente mia figlia non è in casa e posso passare al setaccio il suo computer. Controllare mail, contatti, chat. Devo scoprire chi l'ha messa incinta e chi è il mascalzone che l'ha accompagnata al consultorio fingendosi il padre. Tu cosa volevi dirmi?» tentai di tagliare corto.

«Niente di importante. Volevo raccontarti una storiella divertente per provare a sollevarti il morale.»

«Vai, ti ascolto», dissi senza troppa convinzione.

«Be', questa mattina mi ha chiamato Marco. Quel mio amico carino, quello separato. Te lo ricordi? Quello che ha due gemelli di sedici anni.»

«Sì, mi sembra di sì. E allora?»

«Era divertito e insieme preoccupato. Da qualche tempo si era accorto che la scorta di profilattici che tiene nel cassetto del comodino si riduce con eccessiva rapidità, non corrispondente alla sua attività sessuale...» Risatina. «Si è messo a controllare e ha scoperto che in una settimana erano spariti dodici preservativi.»

«Dodici?!»

«Sì, dodici. Marco ha convocato i figli in salotto. Li ha fatti sedere. Gli ha chiesto conto dell'ammanco di profilattici. Quelli hanno fatto la faccia angelica, giurando e spergiurando che non li avevano presi loro. Non hanno confessato né con le buone, né con le minacce. Solo uno dei due ha una fidanzatina ufficiale. Marco ha telefonato alla madre. Sai, ormai si conoscono e qualche volta vanno perfino a cena tutti insieme. "Ehi, ma lo sai che mio figlio finisce una scatola di preservativi a settimana? Non sarà che i nostri figli scopano troppo?! Forse è meglio che dai una controllata alla tua bambina", è andato giù diretto. E vuoi sapere cosa gli ha risposto la madre? "Cosa ci posso fare?" Capito? Ha chiesto cosa potesse fare, per nulla impressionata dalle attività della sua ragazzina. Di più, l'unica domanda che le è saltata in mente è stata: "Secondo te dove lo fanno? A casa mia c'è sempre la domestica. Nella tua?". "Idem", ha risposto Marco. E le ha suggerito una pista: "Forse lo fanno nella microcar di tua figlia". "Ah, già, vado a controllare." Dieci minuti dopo l'ha richiamato. E sai cosa aveva scoperto?»

«Cosa?»

«Sotto al sedile della macchinetta aveva trovato due

bustine vuote di profilattici e una scatola ancora piena nel cruscotto.»

«Quali provvedimenti hanno preso?» chiesi.

«Nessuno. Hanno solo convenuto che i loro ragazzi hanno un grande entusiasmo e che se la cavano decisamente bene con il kamasutra. In quelle microcar scopare deve essere davvero un'impresa da supereroi.»

«Peggio di me e mio marito in Cinquecento all'ultimo anno di liceo», dissi con un filo di nostalgia nella voce.

«Non trovi la cosa scandalosa?» si indignò Angela.

«Scandalosa? No. Alla loro età l'avrai fatto pure tu, suppongo.»

«Io?! Io mai. La prima volta che ho fatto l'amore avevo vent'anni.»

«Ah, ora capisco tutto», risposi scoppiando a ridere.

«Cosa?»

«Capisco perché ti sei sposata un riccone che non ami e che ti costringe a girare a bordo di un SUV. Con qualche scopata in più alle spalle non avresti fatto questo errore.»

«Non fare la comunista figlia dei fiori. Sei una borghese nella merda quanto me.»

«Hai ragione. E, appunto, ora lasciami fare il mio lavoro. Se ho notizie ti chiamo. Grazie per la storiella. Divertente.»

Il computer si era fermato sulla schermata del desktop, quella dove si affacciano le icone dei programmi.

Cominciai dalle mail. Le cartelle erano tutte vuote. Sia quella della posta in arrivo che quella in partenza o eliminata.

Passai ai documenti di testo. Solo una decina di tesine per scuola, qualche tema. Nulla di interessante.

Approdai alla cartella Immagini. Anche questa non conservava alcuna traccia che potesse portarmi al Grande Segreto. Erano foto dell'ultima gita scolastica, altre istantanee scaricate dal cellulare. Anna davanti alla scuola. Anna a Villa Ada. Anna spesso con Valerio. Spessissimo con Patti.

Scorsi una a una tutte le fotografie. Riconobbi soltanto amici e compagni delle medie. Nessun volto sconosciuto. Tantomeno scatti osé tipo quelli che avevo trovato sul cellulare.

Se nel PC c'era ancora qualcosa, l'avrei trovato su Messenger. Era con questo programma che Anna chattava tutti i pomeriggi e sere intere. Mia figlia non usava Facebook: «È roba da poveracci», mi aveva detto una volta.

Quando lanciai MSN, mi accorsi che la mano che teneva il mouse mi tremava leggermente.

Andai alla cartella: Le mie conversazioni. Ricordavo che quel programma memorizzava tutte le chat. Invece la cartella era vuota. Imprecai ad alta voce.

«Cosa c'è signora?» si affacciò allarmata Magda.

«Niente, niente. Lasciami tranquilla. Sto lavorando», risposi senza frenare il cattivo umore.

Mi sentivo perduta. La doppia vita di mia figlia continuava a restare un mistero. Svaniva la possibilità di rendere inoffensivi quel bastardo, o quei bastardi, che me l'avevano trasformata in una mezza puttanella.

Ma non mi arresi. Continuai a esplorare MSN.

Andai alla voce «cerca persone».

Ci cliccai sopra senza troppa convinzione. Invece, sullo schermo apparve un'icona denominata Persone. Nuovo clic. E spuntò un lungo elenco di nomi. Anna aveva cancellato tutto, ma si era tenuta i contatti. Evidentemente non voleva perderli e aveva pensato che quella lista non fosse compromettente.

Andai a guardare alla fine dell'elenco. Conteneva 276 contatti. Anna chattava con 276 persone.

276 entità sconosciute. Niente nomi o cognomi. Solo nickname. Puffetta. Micetta. Iceprincess. Littlefrog. Hem-

met. Elle. Gatto selvaggio. Aquilotto. Lupo... Nomi in codice che non volevano dire nulla. Indecifrabili. Ma tra quelle entità ignote poteva, doveva esserci il padre del bambino e forse l'adulto che si era finto mio marito per permettere ad Anna di abortire.

Mi fermai a pensare. Chi poteva essere? Possibile che mia figlia frequentasse un uomo? E come l'aveva convinto a rischiare una denuncia penale accompagnandola al consultorio? Forse in cambio di sesso? O forse era stato quest'uomo, e non un coetaneo, ad averla messa incinta? E chi era quel ragazzo soprannominato Nero che seguiva Anna e di cui lei aveva scritto nel diario?

Mi girava la testa.

Scartai immediatamente l'idea di entrare in Rete fingendomi Anna. Sarei stata smascherata all'istante. Non conoscevo storie, situazioni, antefatti. Però, almeno, avrei potuto scoprire chi si sarebbe messo in contatto con lei.

Decisi di provare. Per prima cosa dovevo risalire alla password di accesso di mia figlia. Tentai con la sua data di nascita. Niente. Con il suo nome. Nada de nada. Il mio nome e quello di suo papà. Ancora nulla. A vuoto anche i tentativi con «Valerio». Con «Patti». Con l'indirizzo di casa.

Mi arresi.

Lasciai acceso il computer e decisi di andarmi a fare un caffè. Magda mi guardava allarmata, senza neppure provare a fare conversazione come al solito. Gliene fui enormemente grata.

Mentre giravo il dolcificante nella tazza di caffè, saltai sulla sedia.

«Posso fingermi una ragazzina! Posso tentare di adescare quei delinquenti», esclamai.

«Cosa dice, signora?»

«Niente, niente. Stavo pensando al lavoro.»

Corsi al computer. Andai sul portale di MSN e compilai

la scheda di registrazione. Davanti alla richiesta del nickname da scegliere, mi arrestai. Ci pensai su qualche istante. Poi scrissi «Baby Pikkolina». Ecco, per il mondo della Rete sarei stata Baby Pikkolina. Abbastanza intrigante per qualsiasi pedofilo. E poi in quel mondo le K tirano che è una bellezza. Come foto del profilo scelsi Minni. Sì, proprio la fidanzata di Topolino.

Stampai l'elenco dei contatti di Anna. Impiegai due ore per fare la richiesta di amicizia a ogni nickname maschile. Erano 123. Ora dovevo solo aspettare.

Lasciai acceso il PC. Imbracciai la borsetta. Salutai Magda.

«Vado a prendere Anna. Tra mezz'ora saremo di ritorno per il pranzo. Cos'hai preparato?»

La romena mi guardò allarmata. Faccia imbarazzata da chi l'ha fatta grossa.

«Ho visto che c'era lei e credevo che al mangiare pensasse lei. Ho stirato e pulito tutta casa, e...»

«Lascia stare. OK, mi fermo a comprare un pollo in rosticceria», ringhiai.

La giornata aveva cambiato colore. Il cielo cobalto del mattino era stato espugnato da grossi nuvoloni carichi di pioggia. Tirava un vento di scirocco e faceva un caldo insolito per la fine di aprile. Appiccicoso. Palazzi, cose, persone avevano assunto una mesta tonalità di grigio.

Rimasi impalata di fronte al portone del palazzo chiedendomi se dovevo prendere la Smart o il motorino. Optai per il ciclomotore: a quell'ora non avrei trovato parcheggio di fronte alla nuova scuola di Anna e neppure sottocasa quando fossi ritornata.

Anna uscì per prima dall'istituto di suore. Sola. Come se stesse fuggendo da una situazione sgradevole.

«Hai incontrato Patti?»

«Sì, a ricreazione», rispose laconica.

«Come è andata? Come sono le pinguine? Cattive come pensavi?»

«Be', lasciamo stare. Ora andiamo, ti racconto a casa.»

Dalla scuola cominciarono a uscire frotte di ragazzi. I maschi avevano i capelli lunghi con la frangia scolpita a gradoni che copriva gli occhi. Le ragazzine erano tutte, o quasi, in tiro. Griffatissime, stile parioline, anche se il quartiere di Parioli distava più di tre chilometri. Anna con i suoi jeans e la sua T-shirt troppo larga sembrava un'extraterrestre.

«Credo che dovrai ricorrere ai tuoi capetti preferiti», provai a scherzare, indicando con la testa le sue coetanee.

«Già. Anche qui, in barba alle suore, la gente si veste come vuole.»

L'umore di mia figlia aveva virato su «brutto». Esattamente come il tempo. I primi goccioloni ci sorpresero mentre salivamo sul motorino. In un baleno le nuvole nere ci scaricarono addosso un temporale in piena regola. Tuoni, lampi. Scrosci d'acqua. Guidavo il mio Liberty come una pazza, dribblando le macchine bloccate nel traffico. Inutile. Meno di un chilometro dopo, arrivammo a casa bagnate come due panni in lavatrice prima della centrifuga.

Anna, mogia mogia, non commentò l'esordio disastroso. Senza fiatare scese dal motorino e, senza aspettare che chiudessi il lucchetto della catena, infilò il portone di casa. Quando arrivai ai piedi delle scale, vidi l'ascensore sfilare verso l'alto. Anna mi aveva lasciato a piedi.

Venni assalita da brividi di freddo e dall'impeto di prendere a schiaffi mia figlia. Per fortuna impiegai almeno tre minuti prima che arrivasse l'ascensore e riuscissi a salire al quinto piano.

Magda mi aspettava sulla porta, preoccupata.

«Il pollo?»

«Il pollo?!»

Cavolo, avevo dimenticato di passare in rosticceria. L'acquazzone aveva cancellato la mia già scarsa memoria tampone.

«Ma che sei stupida? Non vedi come sono bagnata? Mi dici come saremmo potute passare a prendere il tuo maledetto pollo?!»

Lo sguardo di Magda si trasformò in quello di un cucciolo preso a calci. Si girò, infilò la porta della cucina.

La seguii. Mi avvicinai. Le poggiai una mano sulla spalla. «Scusa. È un periodo difficile, sono nervosa. E poi ci mancava solo il temporale.»

«Metto l'acqua sul fuoco. In cinque minuti bolle e ci facciamo un po' di pasta. Ad Anna piace tanto con burro e parmigiano», cambiò discorso Magda. Ma si vedeva che era ferita a morte.

Ancora più depressa andai in camera a cambiarmi. Mentre sfilavo per il corridoio lasciando orme bagnate, mi accorsi del computer acceso. Mi voltai, allarmata, verso la stanza di Anna. Era chiusa. Mia figlia non aveva fatto in tempo ad avvicinarsi al PC e a scoprire la mia nuova attività di... Baby Pikkolina.

Spensi il computer. Avrei verificato le risposte alle mie richieste di amicizia la notte, una volta che Anna si fosse addormentata.

17.
NERO

Il parco faceva paura

Non fu difficile uscire di casa poco prima delle nove di sera. Mio padre era fuori a cena e mia madre accolse la notizia con una gioia velata da una sottile preoccupazione. Ma le andava a genio che il suo ragazzo desse segni di «normalità».

«Ma non mi hai detto con chi esci...» osservò leggera mentre mangiava l'ultima foglia della sua insalatona. Un classico della dieta perenne.

Ero alle prese con gli straccetti e la rucola, la testa sul piatto, presi il tempo necessario per trovare la risposta giusta.

«Esco con una ragazza.»

«Una ragazza?! Straordinario.»

«Straordinario?» replicai, sollevando la testa per gustarmi la sua espressione.

«Be', sì. È la prima volta che esci con una ragazza. Come si chiama?»

«Anna. L'ho conosciuta all'uscita di scuola.»

«È carina? È educata? Quanti anni ha?»

«Mamma!»

«OK. Era solo curiosità. Vai e divertiti. Ma non tornare dopo le undici e tieni il cellulare acceso.»

«Va bene, ma'.»

«Ti servono soldi?»
«No, ma'.»
Pausa. Leggero imbarazzo. La forchetta sul piatto e gli occhi spianati su di me. Domanda successiva: «Sai cos'è il sesso sicuro?».
Il boccone mi si fermò di traverso. L'esofago in tilt. Tossii.
«Scusa Mattia, ma sono cose che una mamma...»
«Lascia perdere», risposi dopo aver ripreso fiato.
«Ma lo sai o no cosa significa?!» insistette testarda e stucchevole.
«Sì, ma'», sbuffai.
«Bene. Non dimenticarti di tenere il cellulare acceso. Se ti chiamo voglio sapere esattamente dove sei.»
«Sì, ma'.»
Quando fui in strada tirai un lungo respiro. L'aria era leggermente umida ma tiepida ed entrò nei polmoni che era un piacere.
Restai sorpreso – piantato davanti al portone di casa – nello scoprire di apprezzare il gusto, le luci e gli odori della notte. Per me era praticamente un debutto.
Per tutto il giorno ero stato terrorizzato all'idea di andare in «missione» con Obelix e con quel branco di imbecilli. Di colpo la paura si fece più lieve.
Ad Anna avevo raccontato della «prova di coraggio». Le avevo confessato i miei timori. E Anna mi aveva detto che ero un «coglione totale» ad avere accettato. Sì, aveva usato proprio questa espressione.
Poi aveva stabilito che mi avrebbe chiamato sul cellulare alle undici dal numero di casa. Il suo telefonino era ancora sotto sequestro notturno e non avremmo potuto scambiarci SMS. Né io chiamare lei. Avrei corso il rischio di svegliare la madre e di trovarmi a fare i conti con una conversazione imbarazzante. Rimasi incantato nel sentirla preoccupata per me.

Mi incamminai a passo svelto verso il parco Nemorense. Arrivai alle nove in punto, né un minuto prima né un minuto dopo l'orario stabilito per l'adunata.

Non trovai nessuno.

Il parco era deserto. Buio.

Il parco faceva paura.

Decisi di attendere vicino al cancello. Non mi andava di gironzolare da solo lontano dalle luci della strada. Avevo già subìto uno stupro e un'aggressione e non avevo intenzione di concedere repliche.

«Ciao Nero.»

Sobbalzai dallo spavento. Mi voltai di scatto. Alle mie spalle si era materializzato Obelix.

«Come butta? Sei pronto?»

Il palestrato era vestito interamente di nero e portava perfino un berretto di cotone nero. Uno di quegli zucchetti che usano i rapper.

Non risposi. Mi limitai ad annuire.

Alle nove e un quarto c'eravamo tutti. Così, almeno, sentenziò Obelix.

«Andiamo.»

Nessuno fece domande. Nessuno chiese dove si sarebbe svolta la «prova di coraggio» o in cosa consistesse la «missione», che in fondo serviva solo ad ammazzare la noia. Tutti si incamminarono, tra battute e stronzate varie, dietro a Obelix. Io ero l'ultimo della fila. A ogni passo montava la paura. In strada non c'era nessuno. O quasi.

Il palestrato puntò dritto su corso Trieste, poi su, verso il nostro liceo. Quando arrivammo all'aiuola davanti a scuola, Obelix si sedette sulla panchina. Gli altri, in piedi, si misero a semicerchio di fronte a lui. Quel ragazzo era un vero leader. Passo sicuro, assoluta certezza di essere seguito e ascoltato.

«Bene. Si comincia. La missione è penetrare all'interno del liceo. Entreremo dall'ingresso secondario. Poi, una volta dentro, mentre voi due farete da palo» – e con un segno della testa indicò la ragazza carina e il tipo con la faccia butterata – «gli altri provvederanno a fare un bel casino. Tu, Nero, sarai il primo a entrare e l'ultimo a uscire. Tu avrai l'onore di imbracciare l'arma di sterminio.»

«Ar... arma, di... di ster... sterminio?!» farfugliai.

«Sì, questa mazza.»

Come d'incanto, da una tasca interna del lungo trench nero di Obelix saltò fuori una piccola mazza da baseball che passò di mano in mano per finire nelle mie. Era leggera. Di metallo.

«Andiamo.»

L'ingresso laterale del Giulio Cesare era su una stradina che sbucava su corso Trieste. Buia e deserta. La porta era di ferro. Obelix tirò fuori dalla tasca un cacciavite e un martello. Quel trench da pistolero del Far West era un vero arsenale.

Con due colpi, mentre gli altri a qualche metro di distanza si davano spintoni e intonavano un coro da stadio per coprire il rumore e deviare l'attenzione di eventuali passanti, Obelix sfondò la serratura. Un calcio, e la porta si aprì.

«Prego, Nero. L'onore è tuo», disse il palestrato con un inchino e un gesto plateale del braccio. Del tipo: prego, signora, si accomodi.

Lo guardai titubante. Immobile.

«Vai Nero, non hai sentito?» Con una spinta mi fece affondare nell'oscurità.

Un tipo di cui non conoscevo il nome accese una torcia elettrica. Avevo davanti un corridoio lungo su cui si affacciavano numerose porte. Era il piano dei laboratori.

«Dove vado?» chiesi con un sussurro.

«Nell'aula dei supporti didattici. Quella dove ci sono i computer. La conosci?»

«Sì.»

Era l'aula-gioiello della scuola. L'orgoglio della preside Paola Principato. Quella allestita in anni e anni di lotte per rosicchiare un po' di fondi al provveditorato.

La porta era chiusa, naturalmente. La Principato era talmente gelosa di quei computer, proiettori di diapositive, televisore 54 pollici utilizzato per la proiezione dei film, che era la sola in tutta la scuola ad avere la chiave. Ogni volta che una professoressa doveva utilizzarla con la propria classe, era la preside in persona ad aprire e poi a chiudere l'aula, dopo aver controllato che tutto fosse in ordine.

La mazza cominciò a scottarmi nelle mani. La strinsi al petto per non farmi vedere.

Obelix ripeté l'operazione cacciavite-martello. Questa volta non fu necessario il calcio. La porta era di legno e si aprì, appena fatta saltare la serratura, con la semplice pressione della mano.

«Vai Nero, fai a pezzi tutto», disse Obelix, entusiasta, con il tono di chi ordina al proprio pitbull d'attaccare.

Invece non scattai. Rimasi impietrito all'ingresso dell'aula, illuminata malamente dal fascio di luce della torcia elettrica.

«Dai, Nero. Questa è la tua prova.»

Scossi la testa. Proprio non me la sentivo di spaccare tutto. Non volevo. Preferivo essere pestato a sangue.

«Hai detto di no? Ho capito bene?» ringhiò il palestrato a un centimetro dalla mia faccia. Alcuni spruzzi di saliva mi colpirono il viso.

Scossi di nuovo la testa. Mi tremavano le gambe e non sapevo come trattenere la pipì. Non mi era mai scappata tanto.

Obelix si fece dare la torcia. Me la puntò in faccia. Di colpo non vidi più nulla. Poi girò la luce verso il suo viso, dal basso. Era orribile. Sembrava un mostro da film horror.

«Guardami. Guardami dritto negli occhi», tuonò. «Ti sto dando la possibilità di essere diverso da quella zecca che sei. E tu cosa fai? Rifiuti?!!» Poi, sottovoce, avvicinandosi il più possibile al mio orecchio: «Mi stai facendo fare una figura da cazzo con questi qui. Loro non ti volevano. Ma sei stato bravo a non denunciarci. Dai, Nero, non voglio farti male. Non rovinare tutto».

L'implorazione e la minaccia non ottennero altro risultato che farmi tremare ancora di più.

«Mi dispiace, non ce la faccio», farfugliai.

«OK, ragazzi. Nero è una merda senza palle. Ci pensiamo noi a fare il lavoretto. Lui ha fallito e la pagherà. Andiamo. E questa la prendo io...»

La voce di Obelix era tornata tonante. Forte. Vigorosa. Con uno strattone s'era ripreso la mazza.

Entrarono tutti, io per ultimo con Obelix che mi teneva per la collottola del giubbotto. Come un gattaccio da buttare in strada.

Obelix non mi mollava. Cominciò a rovistare in un armadio mentre una ragazza piccola e nera come me illuminava l'interno con la torcia. Buttava giù a fracassava tutto ciò che trovava. Andò avanti così per cinque minuti. E in cinque minuti gli armadi vennero completamente svuotati e il contenuto fatto a pezzi.

«Ah, ecco, finalmente», esultò Obelix, sollevando e mostrando a tutti, come fossero un trofeo, un paio di cavi di alimentazione di quel che restava di un proiettore di diapositive e di un apparato *home theatre.*

Trascinandomi sempre per il bavero del giubbotto, mi portò fino a un termosifone. Strinse forte, fino a farmi gridare, le mie mani con un cavo dietro la schiena, e con l'altro mi legò al calorifero. Poi cominciò a frugare dentro le tasche del mio giubbotto.

«Dove hai il cellulare?»

«Nei jeans», risposi con un filo di voce.

«Questo lo buttiamo via, non vorrei che chiamassi la polizia o il tuo papino. Già godo al pensiero di quando ti troveranno qui domani mattina. Sarà divertente. Soprattutto mi chiedo come farai a spiegare che hai partecipato a questo casino. Difficile che credano che sei stato costretto. Penseranno, trovandoti legato, che hai avuto una lite con qualcuno dei tuoi amici teppisti. Tu, proprio tu, che eri la vittima dei bulli.»

Obelix esplose in una risata fragorosa e gettò il cellulare lontano. Sempre ridendo cominciò a roteare come un folle la mazza da baseball, massacrando uno a uno gli schermi dei computer. Poi fu la volta del televisore e di tutto ciò che ancora restava intatto in quella che era stata l'aula dei supporti didattici.

Se ne andarono senza che nessuno mi rivolgesse la parola. In silenzio.

Di colpo mi ritrovai al buio. La pipì mi scappava sempre di più.

Un po' alla volta mi abituai all'oscurità. Dalle finestre che davano sulla strada giungeva la luce dei lampioni.

Misi a fuoco ciò che avevo intorno. Non c'era un solo centimetro quadrato del pavimento che non fosse coperto da frammenti di apparato elettronico. Scoppiai a piangere.

Non sapevo che ora fosse. Non sapevo soprattutto cosa fare. Il filo elettrico mi faceva un male cane ai polsi e non potevo neppure strattonare per tentare di liberarmi. La ferita con la svastica bruciava e pulsava più che mai.

Restai così, singhiozzando, per non so quanto tempo.

Poi, il mio cellulare cominciò a squillare. Una, due, tre volte. Sentivo la suoneria, ma non riuscivo a individuarlo in quel delirio di macerie. Tirai il filo elettrico fino a gridare di dolore. Inutilmente.

Le gambe cominciavano a farmi male, ma non potevo sedermi a terra. Quel bastardo mi aveva legato alla parte alta del termosifone. Al raccordo di rame che dal calorifero entrava nel muro. E c'era sempre il problema della pipì.

Stavo per farmela addosso, quando sentii dei passi in corridoio. Smisi immediatamente di piangere per ascoltare meglio. Erano passi leggeri. Passi di qualcuno che non voleva farsi sentire. Pensai che Obelix fosse tornato per controllare, oppure per darmi la razione di botte che non mi aveva dato. Forse aveva cambiato idea. Forse voleva uccidermi senza testimoni.

Restai immobile ad aspettare. Dal corridoio non giungeva più alcun suono. L'unico rumore era quello delle auto che sfrecciavano su corso Trieste.

Vidi una testa spuntare sull'orlo della porta. Tentai di mettere meglio a fuoco l'immagine. Niente. La luce era troppo bassa.

«Nero. Nero, sei qui?»

Cazzo, era la voce di Anna.

«Anna, sì sono qui. Anna!»

Anna si precipitò nell'aula. Inciampò. Cadde.

«Ahi. Cazzo!» la sentii imprecare.

Si sollevò.

«Ti sei fatta male?» sussurrai.

«Temo di sì. Ho le mani bagnate. Credo sia sangue.»

A piccoli passi, facendo attenzione a dove metteva i piedi, mi raggiunse.

«Fammi vedere le mani», dissi.

Le mostrò mettendole sotto un raggio di luce che giungeva da fuori. Erano insanguinate. Aveva un pezzo di plastica, forse appartenuto a un PC, conficcato nel palmo destro. Con un coraggio di cui non la credevo capace, Anna prese con le dita la scheggia di plastica e la strappò via.

«Cazzo cazzo cazzo», urlò.

«Mi dispiace Anna, mi dispiace», piagnucolai.

«Nero, non fare il bambino. Non è niente. Solo un taglio. Piuttosto devo trovare il modo di liberarti. Bella, questa prova di coraggio. Te l'avevo detto, sei stato un coglione totale ad accettare l'invito di quell'animale.»

Non riuscivo a vedere bene il suo viso. Ma colsi il velo di una risatina nella sua voce. Avrei voluto morire.

Senza attendere risposte, Anna si allontanò guardinga e andò in direzione degli armadi. A tentoni, accosciata, mi sembrò di vederla rovistare fra il materiale finito in terra.

«Eccole», la sentii esultare.

Tornò con un paio di forbici. Il metallo brillò debolmente quando incrociò il fioco fascio di luce di un lampione.

Si avvicinò. Mi dette un bacio leggero sulla guancia, poi scomparve dietro la mia schiena.

«Sei libero, andiamo.»

Mi prese per mano. Era bagnata di sangue. In punta di piedi, facendo attenzione a non inciampare, ci avvicinammo all'uscita.

«Ferma, dobbiamo prendere il mio telefonino.»

«E dov'è?»

«Non lo so. Cerchiamolo.»

Il cellulare era finito sotto lo schermo sgretolato di un PC. Lo raccolsi e tornai in punta di piedi verso Anna.

Una volta nel corridoio cominciammo a correre.

A ogni passo sentivo virare le mie emozioni. Dalla paura passavo, metro dopo metro, all'euforia e alla gioia. Una volta fuori mi fermai. Lei si arrestò di colpo, strattonata dalla mia mano.

«Cosa fai? Non possiamo restare qui», disse sorpresa e allarmata.

La presi dolcemente per le spalle, la tirai verso di me. L'abbracciai. Sentii il suo cuore battere forte mentre venivo assalito dal suo profumo.

«Sei stata grande, Anna. Grazie.»

«È stato divertente», rispose schiacciando la sua testa sul mio petto. «Ma ora andiamo. Se ci beccano... non sarebbe facile dare spiegazioni.»

Mi prese per mano e a passo lento, come due fidanzatini, cominciammo a scendere lungo corso Trieste in direzione di piazza Istria. Quando incontrammo una fontanella, Anna si lavò le mani. Io la imitai. Ci mettemmo sotto la luce di un lampione per vedere i danni che aveva subìto quando era caduta.

«Visto?! Solo un piccolo taglio», cantilenò prendendomi in giro.

Tirai un respiro di sollievo.

L'aria era ancora mite. Profumata come lo è solo in primavera.

«Mi dici come hai fatto a scoprire dov'ero? E quando hai deciso di venirmi a cercare?»

«Be', ho atteso come d'accordo fino alle undici. Poi ho cominciato a chiamarti. Ma non rispondevi. A mezzanotte allora...»

«Scusa, ma che ore sono?» chiesi sorpreso.

«Credo sia l'una, più o meno.»

«E come hai fatto a uscire di casa?»

«Cavolo quante domande!» sbuffò. «Uno: non era difficile capire che quei bastardi sarebbero venuti al liceo a fare casino. Due: mi sono vestita e sono uscita di casa senza fare rumore. L'ho fatto decine di volte quando ero una ragazza...»

«Una ragazza...?»

«Be', insomma, quando facevo quelle cose di cui ti ho raccontato. Ma ora è diverso. Pensa, vado perfino a scuola dalle suore. Sono praticamente una santa.»

Anna scoppiò a ridere. Era incantevole. Bella come mai era stata bella. Mi teneva forte la mano. Rideva e saltellava piuttosto che camminare. Mi fermai. La tirai di nuovo a me. Lei si ritrasse.

«Nero, smettila. Devo tornare a casa il più presto possibile. Se no questa volta dovrai essere tu a liberarmi.»

Cavolo, aveva tredici anni e sembrava più matura di mia madre. Anzi, lo era senz'altro.

«Scusa, hai ragione. Ma sono così felice.»

Presi la sua mano e ripartii rapido.

Questa volta fu lei a frenare di colpo. «Sei felice? Dopo tutto questo casino?»

«Sì. È così bello. Non dimenticherò mai questa serata e il momento in cui ti ho visto apparire nell'aula buia. Mi hai salvato, Anna.»

«OK, hai ragione. Vuol dire che mi devi la vita. Ho guadagnato un bonus niente male.»

Tornai a casa di corsa. L'euforia era svanita ed era tornata prepotente la voglia di fare pipì. Mi chiesi se i miei genitori mi stessero aspettando. Il solo pensiero mi atterriva. Erano probabilmente le due di notte. Cosa avrei detto?

Aprii la porta con la massima cautela, ma appena la socchiusi scorsi le luci del corridoio e della sala. Chiusi la porta senza fare rumore e in punta di piedi raggiunsi il salone.

Mio padre e mia madre dormivano. Uno sulla poltrona, l'altra sul divano. Vestiti. La TV accesa.

Spensi il televisore. Raggiunsi mia mamma e la scossi leggermente. Katia Cortese scattò a sedere.

«Tesoro, tesoro. Dio, che paura, ma che fine hai fatto?!! Ti avevo detto di rispondere al cellulare...»

«Il telefono l'ho perso. Mi deve essere caduto senza che me ne accorgessi.»

«E cosa hai fatto fino a quest'ora? Non hai neppure avuto il buongusto di avvertire. Tua madre ancora un po' moriva di crepacuore.»

La voce di mio padre arrivò, forte e ruvida, alle mie spalle.

«Scusa, papà. Hai ragione. Ma stavo con una ragazza a parlare e non mi sono accorto dell'ora. Scusa, è la prima volta.»

Mio padre mi squadrò. Fece un passo verso di me. Mi dette una leggera pacca sulla spalla.

«OK, ragazzo. Per questa notte, la chiudiamo così. Ma non lo fare più.»

C'era una strana luce nello sguardo di mio padre. Cazzo, Rodolfo Cortese per la prima volta era fiero di me. Orgoglioso di Nero che era andato a donne.

Che tristezza.

I due, come non facevano da anni, mi accompagnarono in camera. Attesero che indossassi la T-shirt per la notte, che mi lavassi i denti e facessi – finalmente – pipì. Mi dettero la buonanotte sulla soglia. Si dileguarono nella loro stanza.

Una volta al buio, affrontai il problema che mi ronzava nella testa da almeno un paio d'ore. Cosa fare con Obelix e compagni. Denunciarli alla preside? Rivolgermi alla polizia?

Mi immaginai con mio padre in commissariato. Poi con lui dalla Principato. Entrambe le scene non mi andarono a genio. Ma c'era di più. C'era che non avevo una grande fiducia in poliziotti e carabinieri. Decisi che avrei tenuto anche questo segreto. Uno in più o uno in meno, non faceva una grande differenza. Il problema successivo sarebbe stato scoprire se Obelix mi avrebbe fatto il culo. Ma era deciso che presto avrei cambiato liceo. Anzi, a settembre sarei potuto andare nella stessa scuola di Anna.

Anna. I pensieri si riempirono di lei.

Mi addormentai all'istante. Sorridendo.

Sdraiati sul letto

Era giovedì, il giorno del via libera. Pilates e poi parrucchiere per Katia Cortese. Pomeriggio di riposo per la colf.

Insomma, almeno quattro ore senza rompipalle in giro.

A scuola non era accaduto nulla. Obelix assente. Gli altri bulli latitanti. Anzi, era successo un gran casino. Tutto secondo copione però, senza che nessuno si prendesse la briga di venirmi a pestare: le lacrime della preside sulla scena del disastro. La visita della polizia. L'arrivo di qualche giornalista e perfino di una troupe della RAI: il bullismo tira un sacco sui media. Infine, il pellegrinaggio, classe dopo classe, di preside e poliziotti per chiedere informazioni. Sollecitare confessioni. Invocare delazioni.

Naturalmente nessuno fiatò.

Io mi sentii una merda, ma ormai la decisione l'avevo presa. Non avrei parlato. Non mi piace spifferare le cose alla polizia. E poi spedire in riformatorio Obelix e compagni non avrebbe fatto resuscitare la povera aula dei supporti didattici.

Alla fine della mattinata, anche se non sapevo con esattezza quando Anna sarebbe uscita, decisi ugualmente di tentare un'irruzione. Puntai dritto verso l'istituto di suore. Distava poco meno di un chilometro dal mio liceo.

Arrivai qualche minuto prima delle due, così almeno certificò l'orologio della farmacia di fronte alla scuola. Mi appostai in attesa insieme a mamme, papà e nonni. Dieci minuti dopo, dall'interno della scuola giunse il suono della campana.

Quando venne aperto il portone, in strada si riversarono decine e decine di ragazzi e di ragazzini. Risultato: traffico paralizzato, clacson. Grida. Qualche vaffanculo garbato fra genitori in attesa e guidatori esasperati.

Io ero intento a osservare la fauna scolastica.

Sono strane le medie. Vidi uscire bambini, ma anche ragazzi grandi come colossi. Facevano impressione soprattutto le femmine: alcune erano così sviluppate, truccate e in tiro, da sembrare maggiorenni. Quell'aggressività e quell'ostentazione mi misero a disagio.

Un po' alla volta la scuola e la strada si svuotarono.

L'ingorgo di auto e di genitori si sciolse. Il traffico ricominciò a defluire.

Anna non usciva. Solo pochi papà e qualche mamma sostavano ancora in attesa.

Cominciai a temere che le sue lezioni fossero finite all'una. L'orologio farmaceutico indicava ormai le 14.15.

Stavo per andarmene, deluso, quando Anna apparve sul portone. Era vestita interamente di bianco. Jeans bianchi, maglietta bianca. Felpa sulle spalle bianca. Ai piedi portava un paio di scarpe da ginnastica. Il contrasto di quel bianco abbacinante con i capelli biondi e gli occhi azzurri la rendeva di una bellezza emozionante. La osservai con la voglia di prenderla e di portarmela via.

Feci tre passi nella sua direzione.

«Anna», gridai.

Anna si voltò. Poi guardò una signora. Poi si girò di nuovo verso di me. Sorrise imbarazzata.

Cazzo, c'era sua madre. Sarei voluto evaporare.

Invece rimasi impalato come uno stoccafisso. Si dice così?

«Ciao Mattia. Che sorpresa!» fece Anna raggiungendomi. Sul volto aveva un velo di imbarazzo.

«Ciao», mi limitai a rispondere.

«Ci vediamo, ora devo andare con mia madre.» E con la testa fece un movimento a indicare la donna che mi guardava sospettosa. Era bella ed elegante, ma assomigliava poco alla mia Anna.

Decisi di tentare il tutto per tutto: «Volevo solo dirti se ci vediamo oggi pomeriggio», sussurrai.

«D'accordo. Ma ora devo andare, mia madre mi controlla peggio di un secondino. Ti chiamo da casa.»

Mi voltai verso la madre. Le sorrisi. Mi rispose con una smorfia indecifrabile. Tipo: chi sei? Cosa vuoi?

Me ne tornai a casa felice.

La telefonata di Anna arrivò poco prima delle tre.

«Ciao Nero, non sai le domande che mi ha fatto mia madre...»

«Mi dispiace.»

«A me no. E poi credo che tu le sia piaciuto. Non era troppo aggressiva. Bisogna capirla... Hai detto che ti va di vedermi. Dove e a che ora? Verso le cinque io avrò finito i compiti.»

Tentai l'azzardo: «Facciamo a casa mia?».

«A casa tua?!»

Mi si fermò il cuore. Avevo osato troppo.

«Be', se vuoi al parco», battei in ritirata senza darle il tempo di rispondere.

«No, no. A casa tua va bene. Voglio scoprire chi sei e solo se vedo dove abiti capirò qualcosa. Ma non c'è tua madre?»

«No, oggi è fuori. Non c'è neppure la colf. Via libera fino alle otto, più o meno.»

«Dammi l'indirizzo.»

Anna arrivò che non erano ancora le cinque.

«Ho finito i compiti prima...» si giustificò.

Incredibile. Era lì, in anticipo, e in anticipo mi aveva spedito in paradiso. E chiedeva scusa. Avrei voluto strizzarla tra le braccia come un pompelmo nello spremiagrumi. Invece feci lo sciolto.

«Ti va una Coca o qualcosa da mangiare? Pane e Nutella?»

«Odio la Nutella.»

«Anch'io», mi affrettai a dire. Ma non era vero.

«Perché invece non mi fai sentire un po' di musica? La tua musica. E soprattutto fammi vedere la tua camera.»

A passo da gendarme, nei suoi jeans attillati, Anna cominciò a solcare il corridoio.

Ero in trance. Non sapevo se seguirla o precederla.

«Allora, dov'è 'sta camera?»

Sorrisi. Quando diventava impaziente o nervosa parlava romanaccio.
«Seconda porta a destra. È aperta.»

Anna si infilò prima di me dentro la stanza. Senza aspettarmi si sedette sul letto.
«Bella. È davvero la stanza adatta a Nero. Semplice ed essenziale. Grazie a Dio non hai alle pareti quei poster assurdi dei gruppi emo. Non li sopporto.»
«Io non sono un emo.»
«Ma neppure un truzzo.»
«Già. E anche tu non sei né una emo, né una truzza.»
«Chi siamo?!» scoppiò a ridere Anna.
«Mattia e Anna. Né più, né meno.»
Cazzo, me la cavavo proprio bene. Io che non avevo mai avuto una ragazza a casa. Figurarsi in camera e seduta sul mio letto. Se qualche ora prima avessi provato a immaginare la scena, avrei escluso senza esitazioni quell'epilogo. Tanto più che non avevo per niente le idee chiare. Mi bruciava ancora da pazzi la violenza di Chat. Ero sottosopra.
Mi sedetti vicino ad Anna. Le presi la mano. Mi avvicinai con il viso a caccia di un bacio.
La sua espressione cambiò. Cambiò come il cielo d'estate quando sta per arrivare un acquazzone. Dall'azzurro al grigio plumbeo.
«No, Nero. Non mi va.»
«Scusa.»
«E scusa di cosa? Scusa tu. Tu sei normale. Vieni, abbracciami. Voglio essere abbracciata. Ma niente sesso.»
Niente sesso? E allora cosa si fa? Sbandai. Ma neppure tanto. Sotto sotto mi sentii sollevato: non avrei saputo da dove cominciare. Il corpo di lei in fondo mi spaventava come un territorio inesplorato.
Mi distesi sul letto. Anna si rannicchiò al mio fianco, la testa sul petto. Spiegò perché non voleva i miei baci. Mi

disse che «ora il sesso» la metteva «a disagio». Mi confessò di sentirsi «sporca».

«Vedi Nero, mi sono data via e buttata via per mesi. Ho fatto di tutto. Bevevo, prendevo pillole per sballare, mi vendevo nel retro della discoteca. L'ho fatto, come ti ho detto, perfino con Chat. E l'ho fatto nei bagni di scuola con qualche compagno. Mi sentivo brutta e rifiutata e facevo tutte quelle cose anche per attirare l'attenzione di uno stronzo di nome Valerio. Per sentirmi grande e desiderata.»

Anna parlava e le lacrime le tagliavano le guance. Bagnavano la mia maglietta. Raccontava e singhiozzava. Le frasi monche, a brandelli, saltellavano fino alle mie orecchie.

Restai in silenzio. La strinsi solo un po' più forte accarezzandole i capelli. Il suo dolore era il mio. La macchia che mi aveva lasciato addosso Chat era altrettanto indelebile.

«Ora però quel tipo non lo vedo più», proseguì Anna. «Quel Valerio faceva il pierre al Peter Pan. Ma ho chiuso con lui e con la discoteca. Però ho paura.»

«Paura di cosa?» le sussurrai all'orecchio.

«Ho paura che questa storia possa tornare a galla. No, non con Valerio. Quello l'ho cancellato. Ma quando facevo quelle cose, il sesso, insomma, qualcuno mi ha filmato. Anche Chat ha dei video e delle immagini mie.»

«Ha anche le mie», sospirai.

«Anche le tue?» scattò a sedere sul letto.

«Sì, anch'io ho vissuto una fase di merda. Anch'io mi sono dato via. Più o meno come te. Bevevo. Ho smesso da quando ti ho incontrata sulla panchina», confessai imbarazzato.

Anna tornò a rannicchiarsi su di me.

«Ci facciamo bene», osservò con un lungo sospiro.

Dopo qualche minuto scattò a sedere sul letto. Mi guardò fisso negli occhi.

Mi sollevai anch'io. Le presi le mani, esitante. Non sapevo cosa fosse successo.

«Io voglio vendicarmi», disse lentamente, scandendo le parole.

«Vendicarti?!»

«Sì. E tu dovresti averne più voglia di me. Quel Chat la deve pagare», disse seria, con un filo di rimprovero.

«Hai ragione. Finora ho preferito dimenticare...»

«Invece sbagli. Quello sa e ha fatto troppe cose.»

Restai in silenzio. Abbassai la testa.

Anna tornò a distendersi sul letto e mi tirò accanto a lei.

Restammo così, abbracciati, senza un bacio o una carezza, per quasi tre ore. Parlando a rotta di collo. Ideando strategie per punire e zittire Chat. Restando in silenzio per decine di minuti.

Ogni tanto mi alzavo e le facevo sentire un nuovo CD.

Oppure accendevo l'iPod e ci dividevamo le cuffie. Una ciascuno. Orecchio contro orecchio.

Avevo voglia di Anna e pensai che di Chat non me ne fregava un cazzo. Anzi, era una sgradevole interferenza. Ma fermai le mie mani, non avevo intenzione di forzare i tempi. Il sesso mi affascinava e insieme mi spaventava.

E comunque avere Anna tra le braccia, respirarla mettendo il viso tra i suoi capelli, sentire il suo calore diffondersi nel mio corpo, già erano un bel risultato per un primo vero incontro.

Volevo Anna. Sesso o non sesso.

Rodolfo Cortese mi avrebbe detto che ero frocio.

Ma chi se ne frega di mio padre.

«Ora devo andare, alle otto devo stare a casa», disse Anna all'improvviso, non so quanti CD e playlist dopo.

«E che ne sai che sono quasi le otto?» domandai. Né io né lei avevamo l'orologio.

«Aspetta.»

Andai in sala. La pendola segnava le sette e quaranta.

«Cavolo, c'hai un timer incorporato. Davvero mancano venti minuti alle otto», esclamai.

Anna si alzò lentamente. Prese il giubbotto di jeans e lo indossò.

«È stato bello, Nero. Non sono mai stata così bene con un ragazzo, anche se mi hai lessata con l'indie o alternative rock dei tuoi amici emo. Se ti va stiamo insieme.»

«Cosa vuol dire?»

«Che io ti tengo nel cuore e tu fai lo stesso. Che io non esco con altri ragazzi e tu non fai il gallo con le ragazze. Semplice. Non sei mai stato fidanzato?»

«No», risposi arrossendo.

«Nero, mi piaci rosso. Ci stai?»

«Ci sto.»

«Allora è fatta», certificò aprendo la porta di casa.

La seguii sul pianerottolo. Prima di scendere il primo gradino si voltò. Tornò d'un passo verso di me. Mi baciò sulle labbra.

«Ciao amore», soffiò nel mio orecchio.

E si fiondò giù per le scale. Due gradini alla volta.

18.
11 GENNAIO 2011

Capelli lunghi

Carlo Meloni è un muro di gomma. Dopo cinque ore di interrogatorio è bianco come un cencio, ma continua a ripetere che lui con l'assassinio di Chat non c'entra «proprio un cazzo». È pronto a caricarsi senza troppe ansie dello spaccio di droga e della detenzione illegale della pistola, ma gli spuntano i lacrimoni sugli occhi da falco quando Berti, poco prima di pranzo, torna nella stanza con il rapporto della Scientifica.

«Caro Meloni, sei incastrato. I tuoi bei capelli lunghi e fluenti corrispondono esattamente, in base alla prova del DNA, a quelli trovati sul divano del buttafuori. Ti conviene confessare, così ce ne andiamo tutti felici e contenti a mangiare.»

L'avvocato Tasca impallidisce. Rivolge al suo cliente uno sguardo sorpreso. Cappa osserva la scena incuriosito.

«Cos'è? Non crede che il suo cliente possa essere capace di un omicidio? Non mi sembra una mammoletta.»

«Il mio assistito, come afferma lei, non è una mammoletta. Anzi. Ma posso escludere categoricamente che sia un assassino. È uno spacciatore, è un invasato della Roma e allo stadio qualche volta ha partecipato a delle risse, ma proprio non ce lo vedo spaccare la testa a qualcuno.»

«Tu, Meloni, cosa ne pensi? Come la mettiamo con i

tuoi capelli?! Ora abbiamo la prova che sei stato a casa di Mancini e che l'hai ammazzato tu.»

L'ultrà sbanda. Rimane in silenzio tormentandosi le mani, la testa china. Poi tira un lungo sospiro. «OK, vi dico tutto.»

«Era ora», sbotta De Paoli, restato in silenzio per tutto l'interrogatorio in un angolo della stanza.

E Meloni racconta. Dice di essere stato a casa di Chat la sera di Santo Stefano. Di essere arrivato verso le dieci. Di avere discusso con il buttafuori. Di essere giunto «perfino alle mani».

«Cosa intendi? Che vi siete dati buffetti e pizzicotti? Quello ti ha strappato una ciocca di capelli prima che tu l'ammazzassi», sibila Berti.

«Ci siamo spintonati. Niente di più. Lui a un certo punto mi ha preso per la coda di cavallo e io l'ho buttato a terra. Ma non è volato neppure un pugno.»

«Il referto del medico legale parla di ecchimosi sul viso o sul corpo della vittima che possano risalire a una colluttazione?» interviene l'avvocato.

Cappa sfoglia il rapporto. No, niente lividi sul viso, sul petto e sulle braccia di Mancini. Solo la testa spaccata e la vertebra rotta. Ma non ha alcuna intenzione di dirlo davanti all'ultrà.

«Questo rapporto è incompleto. Stiamo attendendo la stesura definitiva», mente con un mezzo sorriso. «Nel frattempo il suo cliente potrebbe finalmente raccontarci la storia per intero senza reticenze?»

«Meloni, fammi una cortesia, di' una volta per tutte al commissario cos'è successo quella sera!» ringhia Tasca spazientito, alzandosi e facendo un passo verso l'ultrà.

«Be'... Sono andato lì perché avevo dato a Chat dieci grammi di coca la settimana prima con l'impegno che mi pagasse dopo due giorni. Invece quello non si era fatto più vedere. Così ho deciso di andarmi a prendere ciò che era mio. Ma Mancini ha fatto resistenza. Non aveva venduto la roba e ha insistito per tenersela, promettendomi di darmi la grana dopo Capodanno. Io non ci ho visto più. Mi sono preso le mie dosi, l'ho buttato a terra e me ne sono andato. Ma vi assicuro che quello stava bene come un pesce. Era incazzato, ma vivo e vegeto.»

«A che ora sei andato via?»

«Verso le dieci e venti, credo. Non ho certo guardato l'orologio.»

«Non fare lo spiritoso», sibila Berti. «Dopo cosa hai fatto?»

«Sono andato a giocare a poker con degli amici a Ciampino. Abbiamo giocato fino all'alba. Sono sicuro che potranno testimoniare.»

«Vedremo. Intanto ora ti portiamo a Regina Coeli. La parte migliore di questo mestiere è sbattere in galera gente come te.»

12 GENNAIO 2011

Dita nel naso

Berti oggi è di cattivo umore. Caso raro quanto una nevicata d'agosto a Palermo.

Cappa si accorge del barometro in picchiata dalla risposta al suo buongiorno. Un mezzo grugnito.

«*Qué pasa?*» chiede togliendosi il giubbotto e avvicinandosi al termosifone.

Gennaio si è presentato più freddo di dicembre. Addirittura spietato. E sta mantenendo la promessa. Sullo scooter, al commissario, quasi cadevano le dita delle mani e si paralizzavano le mandibole, tanto è aggressivo il gelo.

“Sembra di stare al Polo Nord. Anzi, a Parigi. Qui finisce che divento davvero... Maigret.”

Berti risponde alla domanda spagnoleggiante di Cappa con un altro grugnito.

«Ti va un caffè?» riprova il commissario.

In tanti anni Cappa ha imparato che le rarissime volte in cui il suo vice alza un muro di malumore è meglio evitare l’impatto frontale. La soluzione migliore è prenderlo alla larga.

«No. Ho già lo stomaco sottosopra.»

«Sottosopra?»

«Sì, questo caso comincia a darmi sui nervi. L’alibi di Meloni sembra reggere. Ho torchiato gli altri tre giocatori di poker e quelli hanno confermato di aver giocato con l’ultrà fino alle cinque del mattino. E c’è di più.»

«Cosa c’è?»

«Be’, ieri sono ritornato come mi avevi chiesto nel condominio di Chat e ho affisso di nuovo il cartello per chiedere informazioni a “chiunque avesse sentito o visto qualcosa” la notte di Santo Stefano. Ebbene, questa mattina in questura hanno telefonato tre condomini pronti a testimoniare. È gente del palazzo dove viveva il buttafuori. E...»

«...E?!»

«Vengo adesso da lì. Si tratta di tre pensionati. Due donne e un uomo. Tutti dicono di aver sentito delle grida verso le dieci di sera provenire dallo scantinato di Chat. Tutti e tre mi hanno raccontato di essersi gustati il sonoro della rissa dalla finestra e assicurano di aver visto poi un tipo con una coda di cavallo andare via dall’appartamento poco dopo, con il buttafuori che gli vomitava insulti dietro.»

«Insomma, stai dicendo che Mancini era vivo e vegeto quando è stato lasciato dall’ultrà e che quel bastardo avrebbe detto la verità...»

«Esatto. Direi che tra alibi e testimonianze è difficile

incriminare Meloni per omicidio. Prova tu a parlarne con De Paoli, ma la vedo dura.»

«Ora capisco perché ti girano», sospira il commissario.

«Già. E non solo. Questa notte ho letto e riletto tutti i rapporti dei tecnici e le altre testimonianze. Ho guardato e riguardato i tabulati telefonici. Ho praticamente imparato a memoria la relazione del medico legale. Niente. Continuo a non trovare niente di niente. Ora che evapora la pista dell'ultrà siamo praticamente al punto di partenza.»

Cappa rimane in silenzio. Da quando frequenta Alessia tutto gli sembra più lieve. In situazioni in cui prima avrebbe urlato e ringhiato, ora reagisce al massimo con una imprecazione. È sempre di buonumore. Sorride perfino ai magistrati che incrocia nei corridoi. E non è poi così turbato dallo scoprire che la pista dell'ultrà s'è arenata.

Però quel cadavere c'è. Con Chat bisogna farci i conti.

Il commissario dietro la scrivania osserva Berti. Se non ci fosse lui a investire passione e grinta nell'indagine, rinuncerebbe alla caccia all'assassino. Non per distrazione. E neppure per sciatteria. Ha altro di più importante cui pensare. Tanto altro.

E poi, in fondo, di quel buttafuori non gli importa granché.

Mentre mette a fuoco il pensiero, Cappa ne resta sorpreso.

Ogni volta che ha affrontato un caso di omicidio, ha sempre cercato di garantire giustizia al cadavere. Come se cercasse vendetta per la vittima.

Ma quel morto gli risulta davvero insipido. Senza carattere o un filo di charme. In una parola: noioso. Ininfluente rispetto allo scorrere della vita. E questa sensazione di torbida inutilità lo infastidisce.

Ma sembra che non sia soltanto il commissario a vedere le cose in quel modo.

Nessuno ha cercato Chat. Nessuno ha reclamato il suo corpo. Nessuno è andato al suo funerale, che Cappa prima aveva reclamizzato con annunci mortuari sui giornali e poi aveva fatto presidiare con la massima attenzione da due squadre di agenti. La speranza: trovare qualcuno cui fare un paio di domandine. Come prendere mosche con il retino: al camposanto c'erano andati solo i becchini.

Chat o non Chat, vedere il suo vice affondare nella frustrazione allarma il commissario.

Per trovare un po' di concentrazione, Cappa decide di ricorrere a una sigaretta. Il primo passo è come al solito aprire la finestra.

«Tu sei proprio pazzo. Siamo sottozero, oggi», protesta Berti.

«Ti fa bene un po' di fresco, schiarisce le idee. Soprattutto dopo la delusione di questa mattina», replica facendo scattare la fiamma dell'accendino.

Una nuvola di fumo bianco esce dalla bocca e viene risucchiata velocemente oltre il davanzale.

«Cavolo, fa davvero freddo. Hai visto come tira la finestra? Sembra la canna fumaria di un camino», esclama sgranando gli occhi.

Alessia gli fa davvero bene. Si diverte con le inezie, come un bambino.

"Come Stracchino."

Il pensiero fugge in alto insieme al fumo.

C'è Berti da domare.

«Perché la prendi così male? Se non è stato l'ultrà, sarà stato qualcun altro. Lo prenderemo, tranquillo.»

«Tranquillo un piffero. È appena arrivato il nuovo rapporto della Scientifica sul corpo del buttafuori e sul suo appartamento. Siccome il primo aveva dato solo il risultato dei capelli di Meloni, ho chiesto ai tecnici di ricominciare tutto da capo.»

«Ebbene?»

«Ebbene, non hanno trovato nulla. Né altri capelli né nuove impronte, né qualche traccia sotto le unghie o sulla pelle del cadavere. Ora che non c'è più la pista dell'ultrà, sembra davvero che quel Chat si sia dato da solo la spranga sulla testa.»

Cappa tira una lunga boccata di fumo.

Come al solito le analisi del suo vice sono complete e razionali. Quello che manca a Berti, gliel'ha detto in più di un'occasione, è un sussulto di fantasia.

«Proviamo a far lavorare il cervello. Abbiamo un morto che faceva il buttafuori ed episodicamente spacciava coca e vendeva un po' di fumo. Capelli di Carlo Meloni a parte, non abbiamo trovato alcuna traccia sulla scena del delitto e non c'è alcun testimone dell'omicidio. A questo punto non abbiamo neppure qualcuno che possa darci la gioia di potersi considerare un sospetto, a parte quel Nero. Ma non sappiamo chi sia. Tu cosa faresti?»

Berti dà un'occhiataccia al commissario. Si alza dalla sua scrivania sistemata in un angolo della stanza. Fa un paio di passi verso Cappa.

«Che fai? Mi prendi per il culo? Non ti ho appena detto che mi girano proprio perché mi sono arenato come un balenottero?»

«Certo, e io sono spiaggiato esattamente come te. Ma dico che c'è un modo per riguadagnare il mare.»

«E come? Chiamiamo quelli del WWF?»

«No, dobbiamo ricominciare dal cellulare. Da tutte le persone che sono entrate in contatto con Chat nell'ultimo mese e, se servisse, nell'ultimo anno. E non basta più interrogarle. Verifichiamo uno a uno i loro alibi. Dobbiamo sapere cosa hanno fatto, dove sono andate. A che ora si fanno la doccia e quando vanno a letto. Se hanno figlie o figli che sono entrati in contatto con il buttafuori. E, se li hanno, cosa hanno fatto questi ragazzi. Dobbiamo scoprire anche se si mettono le dita nel naso. E quando le hanno messe l'ultima volta.»

Berti si siede. Finalmente sorride. «Così mi piaci. Ora un caffè me lo prendo volentieri. Io ricomincerei da quella Alessia Ferrero. Te la ricordi? Quel bel pezzo di figliola.»

A Cappa si ferma il cuore.

È solo un istante.

"Alessia è tranquilla, Alessia non è il tipo."

«Ricomincia da chi vuoi. Ma non dimenticarti di Nero, bisogna scoprire chi è.»

19.
ALESSIA

Contatto

Il mondo della Rete è molto attivo. Addirittura frenetico. Efficiente, mi spingerei a dire. La gente non sembra fare altro che cercare altra gente. E risponde. Risponde subito. Quasi con ansia. Forse è l'antidoto alla solitudine. Forse è l'espediente per riempire di amicizie virtuali vite senza affetti reali. Per bilanciare il peso eccessivo del vuoto. Improvvisamente ti accorgi che a ogni tuo richiamo, a ogni tua osservazione – anche la più idiota – lasciata fluttuare nel web, c'è qualcuno che si prende la premura di rispondere con un'altra osservazione.

L'effetto non è niente male. Si finisce davvero per credere di avere amici. Nuovi amici. Di più, una cerchia di amici chiacchieroni, seduttivi, simpatici, cazzoni.

Impiegai appena tre nottate e tre mattinate, in compagnia del computer, per costruirmi un personale social network. Delle 123 richieste di amicizia che avevo inviato ai nickname maschili presenti nella lista di Anna, ben 115 avevano ricevuto risposte positive. E in poche ore «incontrai» in Rete un'altra cinquantina di sconosciuti di genere maschile i quali non sembravano desiderare altro che diventare amici di Baby Pikkolina, con la faccia da topolina. E perdonate la rima baciata.

A tutti risposi con lo stesso messaggio. Gettai l'identica esca, cercando quanto più possibile di utilizzare il gergo che avevo visto usare da Anna.

Ciao. Ho 13 anni e voglia pazza di andare in disko. Mi hanno parlato del Peter Pan e dei treska party. Tu lo conosci?

Ricevetti un centinaio di risposte. Tutte, o quasi, innocenti. C'era chi descriveva il treska party. Chi il Peter Pan. C'era chi ne parlava male, chi con entusiasmo.

A quelli di questa seconda categoria lanciai un'altra esca. Identica per tutti.

Nn ho il raga e le mie amike nn vogliono venire cn me. C pss andare da sola?

In un'ora venni sommersa da una cinquantina di inviti per il sabato successivo. Risposi a tutti che per quel sabato ero fregata. Che dovevo andare fuori Roma con i genitori. Ma su un foglio annotai i nickname dei miei «amici» più espliciti e seduttivi.

Ventidue in tutto.

Quelli dai messaggi del tipo:

Ti ci porto io Baby e ti faccio divertire.

Sn 1 mago del treska. Ti farò impazzire.

Sn pronto, qndo vuoi... E amenità del genere.

Poi, il pomeriggio dopo, mentre Anna era uscita con il padre, a quei ventidue gettai l'amo che mi avrebbe permesso di restringere la cerchia dei sospetti.

Ciao. Ho conosciuto 1 tipa k si kiama Anna, 13 anni cm me. Lei si k è 1 vera esperta del treska party. Fikissima. La conosci?

Sì, c'ho treskato qualke volta. Nnt male, rispose Vale94. E doveva essere il fidanzatino della mia Anna.

Poi più nulla.

Niente fino al pomeriggio dopo, quando si fece avanti Luca79.

Ciao Pikkolina. Hai ragio, la tua amiketta è 1 vero sballo.

Rimasi qualche istante ipnotizzata di fronte allo schermo del computer. Se 79 stava per l'anno di nascita, come avevo imparato si usa fare in Rete, ciò significava che quell'«amico» di Anna aveva trent'anni suonati. E se diceva che era uno sballo, significava che l'aveva... provata.

Forse parliamo di 2 Anne diverse. La mia va all'Esopo, scrissi sperando di ricevere una risposta negativa.

Anke la mia Anna. Stai trankuilla, è la stessa piskella, rispose un istante dopo Luca79. Sul profilo la foto di John Belushi nel vestito di scena dei Blues Brothers.

Il cuore mi andò fuori giri. Mi alzai. Presi una sigaretta, uscii in terrazza a fumarla.

Non riuscivo a stare ferma. Camminavo su e giù. Ora avevo paura. Quel Luca79 poteva essere quello giusto. Poteva essere l'uomo che aveva accompagnato al consultorio mia figlia e perfino quello che l'aveva messa incinta.

Ehi, ma tu quanti anni hai? Mika 6 1 piskello, tu.

Ho 30. Ma sono trankuillo. Alla disko ti ci porto io. Sn 1 capo, lì.

Cavolo, il mio amichetto era esplicito e diretto. Ma dovevo sapere di più.

E cm faccio a fidarmi d te? Dimmi 1 segreto k solo Anna può conoscere. Se è uscita cn te posso farlo pur'io.

È innamorata di Valerio.

Kuesto lo sanno tt k le piace kuel pierre. Dimmi di più.

La dà via facile.

Anke qst si sa, risposi scossa da un brivido di rabbia. Capito? Mia figlia era quella che la dava via facile!

Se vuoi vedermi devi dire di più. Voglio sapere se 6 sikuro.

Ke palle, chiedilo ad Anna chi sn e cm sn.

Mi impallai. Cosa potevo rispondergli?

Anna è gelosa. Non posso kiedere a lei. C'è però 1 cosa che solo io e poki amici sappiamo. Vediamo se la sai pure tu.

Attesi dieci minuti. Venti. Fumai un'altra sigaretta. Il computer restava muto, senza il *bip* dell'arrivo del messaggio di Luca79. Finalmente arrivò. Luca79 era decisamente in caccia.

La tua amika ha avuto 1 problemino. È stata impollinata.

Cazzo, era lui. Era proprio lui. Mi chiesi se affondare il colpo. Se fare La Domanda.

E 6 stato tu? Se 6 stato tu, nnt male. Mi ha dtt Anna k kuello k l'ha impollinata fa sesso come un dio. E allora se è così vale la pena di farmi portare in disko da te.

Il computer tacque di nuovo. E non tacque solo quel pomeriggio e quello successivo. Luca79 evaporò.

Mi maledissi per quell'approccio troppo diretto. Avevo sottovalutato il mio bullo. Non avevo messo in conto che anche ai bulli viene dato in dotazione l'istinto di sopravvivenza. Ed evitano i guai, se possibile.

20.
12 GENNAIO 2011

Sbandato e galleggiante

Dalla questura, Cappa percorre la strada verso casa senza neppure pensarci. È come se avesse un pilota automatico inserito nello scooter.

Quando si ritrova sotto il palazzo e si toglie il casco, si guarda attorno sorpreso.

Il suo palazzo.

Ora è sotto la casa dove vivono la sua ex moglie e i suoi figli.

La sua casa.

Pensa agli aggettivi possessivi «suo» e «sua» e sulla faccia tesa dal freddo si disegna un sorriso sghembo.

«Buonasera Michele.»

«Buonasera commissario.»

La prova portiere è superata.

Con Michele è in imbarazzo. Da una quindicina di giorni non abita più lì, ma non ce l'ha fatta a dirglielo. Eppure in passato avevano spesso scherzato insieme, preso il caffè al bar, parlato di donne, di calcio e di politica.

Ma questa storia della separazione Cappa non l'ha ancora digerita.

Neppure un po'. E non riesce proprio ad annunciarla al mondo.

"Galleggio. Non ce la faccio a fare i conti con la realtà. Non del tutto."

Altra ondata di amarezza. Altro ghigno. Proprio gli fa male tornare a casa per incontrare i bambini.

A questa storia della realtà ci ha pensato proprio durante la notte, nelle ore di insonnia. Ci ha pensato dopo la terza canna, mentre sul piccolo hi-fi da cento euro girava l'ultima raccolta di Vasco. Ed è arrivato alla conclusione che la realtà oggettiva non esiste. Ognuno vive la sua realtà.

Certo, si è trattato di seghe mentali di un quarantenne saturo di hashish, confuso dall'elaborazione del lutto da separazione, carico di delusione per l'inchiesta bloccata, in tiro e arrapato per la storia con Alessia.

Ma anche adesso che attende l'ascensore, il commissario non se la sente di rinnegare i pensieri della notte.

Matteo e Sofia devono fare i conti con la realtà più amara. Non è bello vedere da un giorno all'altro il papà schizzare fuori da casa. E non c'è verso di rendere questo fatto, questo vuoto, diverso da ciò che è.

Immenso.

Sofia un paio di giorni prima si è avvicinata a Cappa con la testa china. A dieci anni è una cerbiatta sorridente e carica d'amore. Da sgranocchiare.

La piccola ha aspettato che il fratellino si fosse addormentato sul divano, poi è salita sulle ginocchia del commissario senza fiatare e senza fare il minimo rumore. Come se temesse interferenze. Come se avesse paura che Matteo, svegliandosi, potesse negarle quell'istante di intimità con il padre.

Sullo schermo scorrevano le immagini di un film della Disney. *La sirenetta.* Ma né Sofia né Cappa le guardavano.

Francesca era fuori.

«Una cena di lavoro», aveva detto.

Cappa non aveva indagato. Né l'avrebbe fatto.

"Affari suoi, anche se un po' mi rode."

Quando si è ritrovato Sofia in braccio, il commissario le ha dato una carezza sui capelli sciolti e lunghi. E la bambina ha fatto la cosa che Cappa non avrebbe mai osato chiederle ma che più desiderava. Si è rannicchiata sopra di lui, gli ha dato un bacio sulla guancia. Gli ha messo la testa sul petto. Si è addormentata. Lui ha pianto in silenzio. Facendo attenzione a non sussultare.

"Questa è la realtà."

Cappa ha provato a ricordare com'era prima.

Gli sono tornate alla mente le vacanze in cui lui scaricava la frustrazione dell'amore finito contro Matteo. E Francesca scaraventava la sua amarezza su Sofia. Sua moglie sempre più distante. Sempre più vuota. Un deserto di emozioni e di sentimenti.

Carico di questi pensieri, Cappa non si è accorto di essere parcheggiato da qualche minuto davanti all'ascensore.

«Commissario, vuole un passaggio?»

La voce della signora del quarto piano l'ha fatto sobbalzare.

«Sì, grazie. Ero sovrappensiero.» Segue battutone: «Ma guido io, se non le dispiace».

Cappa preme il pulsante del quarto piano dopo avere fatto entrare la vicina, più grossa e più alta di lui. Come cavolo si chiama questo cetaceo?

Non lo ricorda. Non l'ha mai ricordato.

Cappa non ha portato le chiavi di casa. Ormai le lascia sul comodino della casa dei treni.

Spinge il bottone del campanello. C'è ancora il suo cognome accanto a quello della moglie sulla targa in bronzo sulla porta. CAPPA BRANDI.

"Almeno qualcosa di me ai bambini è restato."

Matteo e Sofia aprono cinque secondi dopo. Sono lì, tutti e due, saltellanti e sorridenti. Matteo vuole essere preso in braccio. Cappa si piega. Lo stringe forte. Poi strizza la sorella. Infine un abbraccio collettivo, per non concedere precedenze e scatenare gelosie.

«Buonasera, dottore. Tutto bene?»

Francesca non c'è. Il patto è chiaro. Incroci limitati al minimo.

A chiamarlo dottore è Florentina, la donna di servizio albanese.

«Sì, tutto bene. E qui come vanno le cose? I bambini hanno fatto i compiti?»

«Sì, papà. Tutto a posto. Ho perfino aiutato Matteo a fare le A e le B in bella calligrafia», garantisce Sofia. Petto in fuori e voglia pazza di riconoscimenti e coccole.

Cappa si guarda intorno stranito. Ci sono tutte le sue cose. I mobili comprati in una vita con Francesca. Le sue foto, i soprammobili, le statuine, i dipinti acquistati nei viaggi quando erano una coppia felice.

Eppure, si sente estraneo. A disagio. Quando torna nella sua vecchia casa gli sembra di impazzire. E quando è fuori è soffocato dalla nostalgia di Sofia e Matteo e del «noi» andato in frantumi.

Il commissario non sa se sedersi sul divano, se accendere la TV per guardarla con i bambini. Se andare nella loro camera da letto per giocare con i pupazzi o a Monopoli.

«Cosa volete fare?» chiede soccorso a Sofia e Matteo.

«Guardiamo *Aladdin*, la zia ci ha regalato il DVD», sentenzia la bambina.

Inizia il film. I bimbi sono ipnotizzati dallo schermo. Lui invece frigge sul divano. Si alza. Va in camera. Su quello che era il suo lato del letto c'è ancora il suo cuscino e, sotto, il suo pigiama di flanella inglese. Un lusso di tempi passati, quando non doveva pagare l'affitto della casa dei treni.

Cappa non ha pensato di portarli via e Francesca non se la sente di toglierli.

Il commissario guarda la cassettiera con i documenti. I bollettini con i conti correnti pagati, la cartellina con le multe archiviate, il raccoglitore con i certificati delle assicurazioni.

"Non credo che riuscirò mai a portarli via di qua."

Cappa si chiede se si può vivere spaccati a metà. Con un piede in famiglia e l'altro nell'appartamento fatto di vuoti e di solitudine.

"Nooooo."

Ma ora non può far altro che restare sospeso. Paralizzato. Vivere in una terra di mezzo. Attraversare un guado con l'acqua che lo sovrasta e gli toglie l'aria.

Francesca arriva poco prima di cena.

È allegra, bella come sempre.

Getta la borsetta per terra e con il cappotto ancora indosso bacia i bambini. Si avvicina a Cappa e l'abbraccia. Restano così, legati, per almeno un minuto. Senza parlare. Scambiandosi affetto, disperazione e quel poco di energia che conservano.

Matteo e Sofia assistono alla scena incantati. Lì, piantati accanto alla porta di ingresso come due funghetti.

Poverini, non sanno cosa pensare. Forse sperano che la bufera sia passata, che papà tornerà, che la famiglia resusciterà.

Francesca si accorge dei loro sguardi. Si scioglie delicatamente dall'abbraccio.

«Io e papà, anche se abitiamo in case diverse, ci vogliamo tanto bene. E ancora di più ne vogliamo a voi», chiarisce puntuale, togliendosi il cappotto e gettandolo sul divanetto dell'ingresso. Si volta per imboccare la porta della cucina.

Cappa gliene è grato. Neppure lui ce la farebbe a ricominciare.

Francesca non gli chiede se resta per la cena.

Apparecchia per quattro come se fosse la cosa più naturale del mondo. Cucina bastoncini di pesce e patatine fritte.

Cappa si fa trascinare. Riconoscente.

Segue il copione della cena tutti-e-quattro-insieme. Delle chiacchiere come se-nulla-fosse.

L'incanto artificiale evapora già al secondo bastoncino di pesce. Il commissario si agita sulla sedia. È di nuovo a disagio. Lo stomaco è duro e poco più grande di un sasso. Pensa che tra poco dovrà salutare i bambini, uscire di casa.

«Non hai fame? Ha mangiato più Matteo di te», osserva premurosa Francesca.

Cappa non risponde. Anzi, risponde con un sorriso forzato. Si alza.

Fugge.

«Devo andare. Questa sera abbiamo un sopralluogo importante per un'inchiesta di cui non riesco a venire a capo. Sono già in ritardo.»

Si avvicina a Matteo. Un bacio sulla fronte. Passaggio da Sofia. Altro bacio. Dribbling su Francesca.

No, un altro abbraccio proprio no. Fa troppo male.

I bimbi non protestano, né si sorprendono. Sono abituati agli orari folli da papà-poliziotto.

Quando la porta si chiude alle spalle, Cappa tira un profondo respiro.

Va un po' meglio.

Guarda l'orologio. Sono le nove e mezzo. Impugna il cellulare. Cerca in rubrica il numero di Alessia. Lancia la telefonata, poi l'interrompe.

A quest'ora rischia di scocciare. Sarà a casa con la figlia o con qualche amico. E poi vuole avvicinarsi a lei quando sta bene. Ha ragione Alessia: deve prima imparare a camminare da solo. Non deve cercarla in preda al bisogno, trascinato dalla necessità di riempire il vuoto lasciato da Francesca.

"Questo non è amore, questa è disperazione."

21.
ALESSIA

Luca79

Luca79 tornò a materializzarsi oltre due mesi dopo. In luglio. Anna ce l'aveva fatta, aveva superato gli esami ed era in vacanza con il padre in Sardegna. Stessa spiaggia stesso mare fin dalla nascita. Noioso. Insopportabilmente noioso.

Ormai senza molta speranza, tutte le sere accendevo il PC. Accedevo a MSN. Scambiavo qualche messaggio – sincero – con i miei amici virtuali.

Mi divertivo a pensare e a scrivere come un'adolescente.

E intanto continuavo la caccia.

Ciao Pikkolina. Hai ancora voglia di un treska party?

Il messaggio con la faccia di John Belushi lampeggiò facendomi sussultare.

Ke fai, riappari? risposi scanzonata.

Avevo altre piskelle tra le mani. Ora c'ho tempo x te.

Avrei voluto urlare di gioia. Era nella mia rete.

O quasi.

E se fossi io a nn avere + tempo?

Mi giro da un'altra parte e ciao. Ma Anna ti ha detto di me... No?

Sì. Ma ora è estate. Le disko sn chiuse. Dove si treska? Davvero non lo sapevo.

6 proprio Pikkolina, la mia Pikkolina. Dai, ti porto a Fregene. Ora si sballa in spiaggia.

Fiko. Dimmi qndo e dove. Mi hai fatto stare in tiro tutto questo tempo.

Kuesto sabato, al Blumare. Mi trovi all'ingresso. Decido io chi entra e chi no.

E cm ti riconosco?

Chiedi di Chat. Vedrai, sarà facile.

Era mercoledì, aspettai sabato come sospesa. Non dissi nulla ad Angela e tantomeno ad Alessandro. Non volevo interferenze.

La sera, prima di addormentarmi, cercavo di immaginare il mio incontro con Luca79. Anzi, con Chat. Ora sapevo che il bastardo si faceva chiamare Chat. Mi chiedevo che faccia avesse. Se fosse carino, seducente. Se fosse pericoloso.

Pensai di rivolgermi alla polizia. Di farmi accompagnare a Fregene da un agente. Ma non sapevo da dove cominciare.

Chiamai Mario, un mio amico del liceo che ora faceva l'avvocato penalista. Gli spiegai tutta la situazione. Gli raccontai l'intera storia. Gli chiesi come avrei potuto incastrare quel pedofilo che probabilmente aveva messo incinta Anna e quasi certamente l'aveva aiutata ad abortire.

Il mio amico, dopo un lungo silenzio e qualche frase di circostanza del tipo «non sai quanto mi dispiace», «che cosa terribile» eccetera, snocciolò un lungo elenco di reati. Spiegò che, in considerazione del suo atteggiamento, Anna era da ritenere «consenziente». Ma che «comunque» Chat, «in base all'articolo 609 quater» rischiava, se querelato, «da cinque a dieci anni di carcere in quanto la bambina aveva meno di quattordici anni all'epoca dell'atto sessuale».

Mi disse che, ovvio, potevo denunciare Chat. Ma che,

in ogni caso, sarebbe stata necessaria la deposizione di Anna al momento del processo.

«Si tratta di situazioni molto pesanti per una ragazzina. E poi quel bastardo si cercherà un avvocato che farà di tutto per fare cadere in contraddizione e mettere in difficoltà tua figlia. Cercheranno di screditarla, la faranno apparire una poco di buono, anche se, considerata la minore età della vittima, quel tipo non ha scampo. Anna verrà sottoposta anche a visite mediche e psicologiche.» In estrema sintesi: «Non sarebbe una passeggiata. Direi, piuttosto, sarebbe una via crucis».

Ringraziai il mio amico. Gli dissi che l'avrei tenuto informato. Lo pregai di non dire a nessuno della mia «brutta storia».

«Segreto professionale. Tranquilla.»

Lasciai cadere il cellulare sul divano. Mi sentivo svuotata. Esausta. Per la prima volta mi chiesi se non avesse ragione Anna. Se davvero la cosa migliore non fosse dimenticare quella storiaccia.

Soprattutto non sapevo come avrebbe reagito mia figlia. La cortina di silenzio non era crollata e Anna non dava segni di cedimento. Avrebbe accettato di venire con me dalla polizia per la denuncia? Avrebbe retto durante il processo? Come sarebbe uscita dall'interrogatorio e dalle visite mediche?

Avevo visto decine di film in cui le vittime degli stupri, dal banco dell'accusa, precipitano sulla gogna. Donne grandi e grosse ridotte in briciole dagli scaltri avvocati difensori dei violentatori. Mi terrorizzò il solo pensiero che mia figlia potesse subire quel tipo di violenza.

Per dribblare l'angoscia, decisi una mediazione. Niente polizia, almeno per il momento. Sabato sarei andata a Fregene e avrei affrontato il pedofilo. Perché di almeno una cosa dovevo essere sicura. Anzi, arcisicura: Chat non avrebbe mai e poi mai potuto avvicinarsi di nuovo ad Anna. Dovevo cancellare quel bastardo dalla vita della mia bambina, a costo di tagliargli il pisello a fette.

Blumare

Il Blumare era uno stabilimento nella parte più buia di Fregene. Quella al confine con Maccarese, dove i lampioni diventano un episodio e le luci delle case si fanno rare come lucciole.

Fermai la Smart a un centinaio di metri dall'ingresso, tra l'asfalto e la cornice di sabbia. Spensi i fari. Rimasi a guardare.

L'insegna dello stabilimento si accendeva a intermittenza. Ma fuori, proprio di fronte all'ingresso, un'orgia di faretti illuminava a giorno un grappolo di ragazzi e di ragazze che attendevano d'entrare.

Il vuoto nero intorno. Al centro, sotto la cascata di luce che aveva l'effetto d'un tratto di evidenziatore sulle parole di un libro, giovani accalcati, sudati, schiamazzanti, l'uno addosso all'altro.

Quella massa umana brillava. Anzi, sembrava folgorata.

Avevo paura di scendere dalla macchina. Ora che ero lì, ora che Chat era a qualche metro da me, non sapevo cosa dire. Come affrontarlo. Accesi una sigaretta. Poi un'altra. Tossii. Erano tre mesi che avevo cominciato a fumare, ma i miei polmoni non avevano ancora accettato il nuovo regime.

Mi ero vestita come un'adolescente. Jeans, T-shirt aderente e scarpe da ginnastica. Queste le avevo messe per prudenza, nel caso avessi dovuto lottare. Fuggire.

Tirai giù il finestrino per far entrare un po' di aria. Nel piccolo abitacolo penetrò il profumo dolciastro del mare insieme al suono della musica pompata dagli amplificatori della discoteca. Al Blumare lo sballo era cominciato.

Faceva caldo, ma ero assalita da brividi di freddo. Doveva essere la tensione. Mi scossi. Capii che non potevo restare lì a tormentarmi ancora a lungo, cominciai a temere che mi potessero saltare i nervi.

Tirai un lungo respiro, poi feci salire il finestrino dell'auto. Aprii lo sportello e lentamente scesi dalla Smart.

Guardai di nuovo verso lo stabilimento. Venni accecata dalle luci sparate contro la notte. Mossi i primi passi in direzione del locale, coprendomi gli occhi con la mano nella speranza di abituarmi al più presto alla luce.

A meno di dieci metri dal Blumare, la musica che proveniva dalla spiaggia si mischiò al vociare dei ragazzi che si spintonavano per guadagnare l'ingresso.

Sulla destra c'era un tipo alto, grasso e pelato. Era vestito completamente di nero. Silenzioso e distante, sembrava quasi non accorgersi del nugolo di adolescenti che gli ronzava intorno. Sul lato opposto c'era un ragazzone abbigliato nello stesso modo. Anche lui serio e distaccato. Anche lui non dava confidenza.

Mi accostai a un paio di ragazzini, gli ultimi della fila.

«Cerco Chat. Sapete dove posso trovarlo?»

«Chat? Ah, il buttafuori. È quello lì, quello con il pancione», disse il ragazzino con la frangia che gli copriva gli occhi. E indicò il tipo grasso e pelato.

Sentii una fitta allo stomaco. Mia figlia era andata a letto con quel mostro. Come era stato possibile? Come aveva fatto a scendere così in basso? Doveva esserci qualcosa sotto. Anna doveva essere stata minacciata, violentata. Non c'erano altre possibilità. Mai e poi mai avrei potuto credere che si fosse data a quell'energumeno per gioco, per soldi, o tantomeno per trovare piacere.

La paura lasciò il posto alla rabbia.

A passo di carica girai intorno al grappolo di ragazzini

in attesa di entrare. Arrivai a fianco di Chat sfiorando la rete metallica che separava lo stabilimento dalla strada.

Il bestione stava marcando stretto un paio di adolescenti più vivaci degli altri.

«Ti devo parlare», gli soffiai in faccia, quasi gridando.

«Scusi, lei chi è?» chiese Chat, con una smorfia di sorpresa, tipo lesa maestà.

«Baby Pikkolina. Ti dice qualcosa?»

Il buttafuori impallidì. Si voltò senza replicare e si avvicinò al collega.

Non riuscii a sentire una sola parola, ma tornò subito verso di me.

«Posso staccare solo per cinque minuti. Mi segua.»

«Io non seguo nessuno.»

«Mica vorrà parlare qua, in questo casino?!»

Aveva ragione. Ma con quella bestia non avevo alcuna intenzione di addentrarmi nell'oscurità.

«OK, allora entriamo. Parleremo al bar.»

Chat capì. Mi assecondò.

«Entriamo.»

Lo seguii osservandolo con attenzione. Aveva le spalle grandi e un culone smisurato. Una montagna di lardo gli cadeva sui fianchi. Camminava a piccoli passi, caracollando, stile orso Yoghi. Sembrava un esemplare di quella specie umana che popola i fast food americani, uno di quelli alimentati ad hamburger e patatine fritte al ritmo di pollo da batteria.

In un'altra occasione avrebbe potuto risultarmi divertente. Quel tipo non sembrava cattivo, nonostante le arie da duro che si dava. Ma era infido e viscido, lo sentivo distintamente a pelle. Avevo una voglia pazza di saltargli addosso e di tempestarlo di pugni.

«Cosa posso offrirle?» chiese Chat una volta arrivati a un passo dal bancone del bar.

«Niente.»

«Perché si è finta una adolescente? Perché mi ha adescato su Internet?»

In automatico mi partì una sberla. Il rumore fu coperto dal rombare della musica house.

Chat si portò la mano alla guancia.

«Non ci provi mai più...» ringhiò guardandosi attorno.

Nessuno sembrava essersi accorto di nulla.

Mi portai con la faccia a un palmo dalla sua faccia.

«Io non ci devo provare mai più? Tu hai scopato mia figlia di tredici anni. Capito?! Tredici anni. Tu l'hai messa incinta. Tu hai finto una falsa identità per farla abortire. E ora mi minacci. Ma io ti mando in galera. E ci resti per almeno dieci anni», gridai finendo l'ultima parola con la voce roca.

Si avvicinò un ragazzino con una faccia da cazzo che più cazzo non si può.

«Sono Andrea Macchia, il gestore del locale. Posso aiutarla? È successo qualcosa a sua figlia o a suo figlio?» chiese, porgendomi la mano.

Lo guardai perplessa. Gli offrii la mano incerta: non avevo né la forza, né la volontà di aprire un altro fronte. Non sapevo cosa dire. Tentennai.

«Nulla di grave», balbettò Chat.

Il presunto gestore neppure lo guardò. Mi osservava fisso, attendeva una mia risposta. Ma io al momento non volevo interferenze. Dovevo ancora capire troppe cose.

«Stiamo parlando. Poi le dirò se la cosa è grave o meno», dissi scandendo le parole.

Il microgestore dette una pacca sulla spalla a Chat. Mi sorrise, si voltò. Se ne andò.

«Allora, bastardo, ora dimmi com'è possibile che una ragazzina carina come Anna abbia potuto scopare con un vecchio mostro come te. Se non mi racconti tutto chiamo la polizia.»

Il buttafuori era bianco come un cencio lavato in candeggina. E il pallore risaltava sotto la T-shirt nera che gli strizzava il pancione.

«Le va di sedersi?» implorò.

«Dove? Non vedo posti per parlare.»

«Lì dietro, appena oltre il capanno, ci sono un paio di sedie. La musica è meno forte e c'è un po' d'aria.»

«OK.»

Ora Chat camminava a passo lento, barcollava. La testa china. Sembrava quasi che qualcuno l'avesse punto con uno spillo e lui si fosse sgonfiato. L'avrei preso a calci. Mi trattenni a stento.

Sul bordo della pedana dove ballavano i ragazzi, prima che cominciasse la spiaggia, un po' in penombra, c'erano le due sedie in plastica bianca. Il buttafuori si accasciò sulla prima senza attendere che mi sedessi.

Accesi una sigaretta. Lo guardavo fisso mentre lui teneva gli occhi incollati al pavimento.

«Allora, Luca79. Hai perso tutta la tua spavalderia? Tu non eri quello fico che sa fare bene sesso? Sesso con ragazzine tredicenni. Non volevi scopare anche me, Baby Pikkolina?» dissi con la rabbia che graffiava ogni parola.

Mentre attendevo una risposta, avvenne ciò che non mi aspettavo. Il panzone cominciò a sussultare. La testona pelata iniziò a ondeggiare.

Chat piangeva.

Sì, quel maiale che giocava a fare il duro piangeva.

Mi alzai. Mi feci sotto. Un'altra volta a un palmo dal suo faccione, questa volta coperto di lacrime. Lo presi per il mento e lo obbligai a guardarmi negli occhi.

«Piangi?! Tu piangi?!!. Ma scherziamo? A te non è permesso piangere. Tu hai violentato mia figlia. Tu l'hai messa incinta. Tu l'hai fatta abortire. Tu devi finire in galera. Non pensare di farmi pena.»

Proprio allora, in quegli occhi, avvenne un'altra metamorfosi. Lo sguardo, ancora velato di lacrime, divenne opaco. Una melma cattiva sembrò affiorare dall'anima lercia di quel grassone.

Gli lasciai il mento. Feci un passo indietro.

«Cos'è? Ti è passata la commozione?» ringhiai.

Anche Chat si alzò. Mosse un passo verso di me. Si avvicinò e si sporse con i suoi labbroni luridi e umidicci verso il mio orecchio.

«Senti, io non ho nulla contro di te o contro tua figlia. Ma devi lasciarmi perdere, dimenticare la polizia. Se no la tua bambina non potrà più mettere il naso fuori casa.»

Impallidii. Cosa nascondeva? Cosa aveva in mano, qual era la sua arma?

«Cosa vuoi dire?! Cosa fai? Ora sei tu che minacci me?»

«Voglio dire che la tua Anna è una tipa molto allegra e sportiva. E che in giro ci sono filmini e foto non proprio edificanti. Basta un clic e tutto finisce sul web. Tutto sbarca su YouTube. Capisci cosa voglio dire?»

Cazzo. Ecco, tutto ora era chiaro. Anna era stata ricattata. Era andata a letto con quell'essere immondo perché aveva paura che le sue immagini finissero su Internet.

«L'hai ricattata, brutto maiale.»

Chat scoppiò a ridere.

«Ma che ricattata. Io quelle foto e quei filmini porno li ho intercettati solo dopo. E li ho messi da parte proprio per evitare che tua figlia avesse dei problemi. Io voglio bene a tutti i ragazzi che frequentano la disco.»

«Tu vuoi bene a...» e sferrai un nuovo schiaffone.

Il buttafuori questa volta intercettò la mano con una velocità di cui non l'avrei creduto capace.

«Smettila con queste scenate», riprese Chat calmo, le lacrime ormai secche sulla faccia.

«Smettila un cazzo. Io vado dalla polizia.»

«Tu non vai da nessuna parte. E non ci vai perché come le ho imboscate e messe in un posto sicuro per salvare il culo ad Anna, così ora quelle immagini, se rompi troppo, finiscono sui PC di tutti gli amici, parenti, conoscenti tuoi e di tua figlia.»

Questa volta fui io ad accasciarmi sulla sedia.

Chat si piegò. Si accovacciò faticosamente di fronte a me, come se dovesse farmi una confidenza. Il suo pancione quasi sfiorava il pavimento di cemento.

«Per quanto riguarda il sesso tra me e lei», riprese con la voce calma, «è stato tutto molto normale.»

«Normale? Mia figlia ha tredici anni, tu più di trenta. E mi parli di normalità?» protestai con un filo di voce.

«Sì, normale. Nessuna minaccia e nessun ricatto, ripeto. A tua figlia piace fare sesso in cambio di soldi. E più le sei utile, meno paghi. A me che la facevo entrare al Peter Pan appena la vedevo, sono bastati venti euro. Ad altri chiedeva cinquanta o cento. Dipende.»

Un conato di vomito mi montò imperioso dallo stomaco. Mi piegai in avanti. Rigettai sui miei piedi. Chat, con un balzo impacciato, fece in tempo a scansarsi.

«Vuoi che ti porti un bicchiere d'acqua?»

Annuii.

Tornò qualche istante dopo con una bottiglia d'acqua minerale e un bicchiere di plastica.

Gli strappai la bottiglia dalle mani. Mi versai un po' di acqua in bocca e la sputai ai piedi del grassone. Mi bagnai le mani e le passai sulla faccia per cercare di riprendermi.

«Stai meglio?» chiese.

«Senti, questa scena da crocerossina puoi risparmiartela. Devi finire in galera. Capito? In galera. Ti sei scopato una minorenne, una bambina con meno di quattordici anni. E ora mi ricatti, con questa storia delle immagini, per impedirmi di andare dalla polizia.»

Ma non c'era più forza nella mia voce. Solo rabbia.

«Fai come vuoi. Se tu vai dagli sbirri, mi rovini. Ma io un istante prima rovino te e tua figlia. A te la scelta. Il mio consiglio però è quello di dimenticare tutto. Io ti garantisco che uscirò dalla sua vita per sempre e tu non costringermi a farle del male. Già quella storia dell'aborto è stata un brutto colpo. Brutto davvero.»

«E me lo vieni pure a dire, bastardo?! Sei tu la causa di tutto», soffiai.

«Io la causa di tutto? E chi te l'ha detto? Anna la dava via facile. Mica è detto che fossi io il padre. L'ha detto a me e io l'ho solo accompagnata al consultorio per non rischiare di avere rogne. Tutto qui. In fondo mi dovresti ringraziare.»

22.
13 gennaio 2011

Negroni e confessioni

Da tre giorni Cappa non vede Alessia. Ha talmente tanta voglia di lei che si sveglia tutte le mattine come un ergastolano ventenne in cella d'isolamento. Arrapato.

L'inchiesta su Chat è agonizzante e la relazione con la bella architetta arranca. Alessia sembra dolce e innamorata, ma anche ben attenta a non farsi invadere la vita. A non farsi mancare la sua indipendenza.

Berti è lì, soddisfatto, che si guarda il commissario seduto sulla poltroncina del bar.

I gemelli della questura si sono concessi un lusso e hanno infranto una regola. Il lusso è un aperitivo in uno dei bar più costosi del centro, affacciato sulle luci gialle e fascinose del Lungotevere. La regola è mai-vedersi-dopo-il-lavoro.

Ardita anche la scelta del cocktail. Un Negroni.

Allucinogeno.

«Che ne dici, se ce ne spariamo un altro?» fa Berti con lo sguardo già un tantino vitreo.

«Perché no.»

Anche Cappa ha voglia di perdersi.

Il cameriere arriva con un'altra dose di alcol.

«Sai cosa penso?» riprende il vicecommissario sempre

più sbronzo, aprendo la giacca che preme sul petto da torello.

«Cosa?»

«Che il nostro Chat rischia di restare un cadavere senza assassino e che noi ci faremo una figura del cazzo. Non è bello girare per la questura avendo sul groppone un caso irrisolto. Sono oltre due settimane che indaghiamo e, dopo il fiasco dell'arresto dell'ultrà, non abbiamo neppure il nome di quel ragazzino con cui ha litigato il buttafuori il sabato prima d'essere ammazzato. Ho chiamato il gestore del Peter Pan anche oggi, ma nisba. Dice di non essere riuscito ancora a sapere chi è quel... Nero.»

«Già. Finora avevamo avuto una discreta fortuna e non ci è mai successo di andare a vuoto. Ma non c'è poliziotto che si rispetti che non vada a sbattere contro un muro qualche volta.» "Eccetto Maigret, beato lui." «Comunque nessuno si dannerà l'anima perché è rimasto impunito l'omicidio di quel buttafuori.»

Berti neppure risponde, ha gli occhi incollati al culo di una trentenne che sta incrociando proprio davanti al bar, oltre la vetrata.

«Ma tu una donna ce l'hai? Non mi dici mai nulla di te», chiede diretto il commissario.

«No. Almeno, non una fissa.»

«Cosa vuol dire non una fissa?»

«Be', preferisco non legarmi. Ogni tanto incontro una donna che fa sul serio. Che comincia a parlare di amore e cose del genere e tenta di costruire una relazione. Allora mi dileguo più veloce di uno scippatore», risponde il vicecommissario, facendo seguire la frase con un gesto rapido della mano.

«Forse perché non trovi quella giusta», azzarda Cappa.

«No, non è questo. Ad esempio l'ultima che ho frequentato era bella e in gamba. Lavora presso la banca dove ho il conto corrente, è separata e senza figli. Perfetta, per certi versi. Ma ho paura di mettermi in gioco.

Sono terrorizzato dal rischio di prendermi una cotta ed essere poi scaricato come un sacchetto della spazzatura in un cassonetto. Non voglio più stare male. Già mi è successo e sono stato di merda. Dalla fine della relazione con la mia ex moglie ho imparato a stare da solo. Non è stato facile. Ma ora mi sono costruito un bel fortino con le mura alte e resistenti. Faccio i conti soltanto con me, non dipendo da nessuno. Non ho più bisogno di una donna per stare bene. Sono più forte, più autonomo, più indipendente. E non voglio più aprire crepe nel mio forte per un'ipotesi di amore. Non voglio più abbassare le difese.»

«Che palle con tutti questi "più". Sei ossessionato dal passato.»

Berti lo guarda duro. Tace.

«Stai dicendo», riprende Cappa, «che innamorandoti saresti più debole e vulnerabile?»

«Esatto.»

«Che cazzata. Sto leggendo un libro e proprio ieri sera mi sono imbattuto in una frase che fa al caso tuo. Più o meno questa: "Non conoscere l'amore è triste, ma conoscerlo può voler dire soffrire". Ecco, Paolo, tu ondeggi fra la tristezza e la paura di soffrire. E mi sembra che nessuna delle due sia una grande scelta.»

«Che fai, il filosofo?» sbotta Berti, cominciando ad agitarsi sulla poltroncina. Il sorriso ebete da doppio Negroni è svanito.

È un poliziotto, non gli piace finire sotto processo. Ovvio.

Cappa se ne sbatte. «Guarda me. Esco dal matrimonio con Francesca e l'hai visto quanto sono stato male. Ma sono pronto a innamorarmi anche tra un'ora. Anzi, credo di essere già innamorato. E mica perché sono un incosciente. È che sono convinto che non si possa vivere senza amore. Farlo significherebbe rinunciare all'emozione più bella. Anzi, a un intero ventaglio di emozioni. Ti posso fare un esempio?»

«Vai, ormai chi ti ferma...»

Cappa osserva l'amico che frigge spazientito. Il predicozzo lo irrita.

«Bene, facciamo conto che ti proponessi di vivere in un deserto. Soltanto sabbia, caldo e sole accecante. Nessun pericolo perché la tua tenda è difesa da una tribù di tuareg. Oppure, in alternativa, ti suggerissi di abitare in una vallata verde con fiori, frutti, piante. Un ruscello che scorre sul fondovalle, animali selvatici che saltellano tra gli alberi. E poi, in fondo, il mare. Blu, caldo. Trasparente come acqua di fonte.»

«Mo' che è, il paradiso?»

«Guarda che roba del genere l'ho vista anche in Sardegna. Comunque non è questo il punto. Il punto è scegliere tra deserto o valle. La valle lussureggiante, è evidente, appare come la scelta migliore. Ma c'è un inconveniente: hai gli alberi, il ruscello e il fresco, ma non hai un esercito personale. Qualcuno o qualcosa, prima o poi, potrebbe mettere in pericolo la tua tranquillità. Ebbene, cosa sceglieresti?»

«Che domanda del cazzo. È ovvio, la valle. Mica sono scemo. Ma so dove vuoi arrivare. E per farla breve, ti dico che non voler avere una compagna non significa decidere di vivere in un deserto.»

«No?! Prova ad ascoltarti. Tenta di guardarti dentro. Ci trovi una foresta di emozioni?»

Berti tace.

Colpito e affondato.

Cappa lo guarda. Il suo amico gli fa tenerezza. Decide di fargli un regalo per superare l'imbarazzo. «Devo farti una confessione.»

«Una confessione!? Hai ammazzato tu Chat?» prova a scherzare il vicecommissario.

«Magari, almeno avremmo un colpevole. No, non è

questo. Te la ricordi Alessia Ferrero, quella strafica che è venuta in questura, quella con la figlia che faceva la cubista al Peter Pan?»

«Be', certo. E ricordo come le hai sbavato dietro per tutto l'interrogatorio. "Prego, signora." "Mi permette, signora?" "L'accompagno io, signora."»

«Esatto, proprio così. Alessia mi ha fatto perdere la testa dal primo momento...»

«Alessia? Dal primo momento?! Non mi dire che l'hai incontrata fuori dalla questura...»

«Sì. L'ho rivista varie volte. E ci sono anche andato a letto. È fantastica. E, ti assicuro, non ho paura di innamorarmi.»

«Tu sei pazzo. Decisamente pazzo.»

«Forse, ma quella donna per me è come una medicina miracolosa. Averla nella testa mi sta aiutando a sopportare la separazione. Mi fa un gran bene. E io sono convinto di farlo a lei.»

«Un gran bene?! Ma quella è una persona informata dei fatti, una possibile sospetta di omicidio. Mi chiedo che cosa ti dica il cervello.»

«Già, forse non ho tutte le rotelle a posto. E poi...» replica pensieroso Cappa.

«E poi?»

«Be', è un tipo complicato. L'ultima volta che ci siamo visti mi ha detto che non vuole che la soffochi e la volta prima mi ha fatto due palle così. Mi ha detto che sono triste, che sono ancora innamorato di mia moglie e dunque ancora sposato. Che puzzo di solitudine e che sono vorace, voglio tutto e subito tentando di replicare con lei la relazione con Francesca. Da quel giorno non l'ho più incontrata. Ci siamo scambiati soltanto qualche SMS. Neppure una telefonata.»

«Forse quella Ferrero è più saggia di te. In fondo ha visto giusto. Probabilmente dovresti imparare a stare un po' da solo, dovresti costruire come me il tuo fortino prima di metterti in gioco.»

Berti è passato alla controffensiva. Si gode l'arretramento dell'amico.

«Sono le stesse parole che ha usato Alessia», scatta il commissario.

«Visto? Te l'ho detto, è saggia.»

«Lascia perdere. Andiamo a fare due passi. Chiama il cameriere, al conto oggi penso io.»

14 GENNAIO 2011

Non è facile

Non è facile trovare una donna con cui uscire. La rubrica del cellulare diventa un percorso a ostacoli. Pieno di buchi neri e di omissis.

Non è facile, soprattutto perché Cappa evita i nomi più importanti. «Sensibili», direbbero quelli dei Servizi. Gli 007, per intenderci.

Il primo nome è quello di Alessia. Ma lei oggi sta fuori con la figlia e lui ha capito che deve avere un approccio garbato. Deve stare attento a non calpestare i «fiori del suo giardino», a non essere «troppo vorace».

Cazzo.

Il secondo nome è quello di Silvia.

Silvia è la donna per la quale Cappa ha sfasciato tutto. Meglio, ha sfasciato sé stesso e di conseguenza il suo matrimonio. Fa la giornalista, è alta, magra, severa e dolcissima. Rabbiosa e tenerissima.

L'ha conosciuta tre anni prima in occasione di una conferenza stampa. Roba da colpo di fulmine. Per lui.

Roba da evitare, per lei.

Cappa l'ha corteggiata per cinque mesi. Silvia non ne voleva sapere. Poi ha cambiato idea.

«OK, mi va di farmi una scopata con un commissario, per di più sposato. Non l'ho mai fatto», gli aveva risposto un bel giorno con un SMS.

Da quel primo amplesso era nata una relazione intermittente. Il paradiso e l'inferno. L'amore puro e l'odio viscerale.

Silvia non era capace di mezze misure. Una sera che lui non l'aveva voluta incontrare dopo una litigata al telefono di due ore, era andata sotto casa sua. Aveva individuato il suo scooter nuovo di pacca parcheggiato sul marciapiedi. L'aveva graffiato con le chiavi fino a trasformare la carrozzeria in una scacchiera.

Un'altra volta si era attaccata al citofono di casa. Ed era scoppiato un putiferio.

Poi telefonate. Poi una lettera a Francesca con tanto di firma in cui Silvia lo descriveva come l'uomo «più corrotto e bugiardo» del pianeta.

Come al solito Francesca non aveva reagito. Su Cappa aveva già messo un bel pietrone. Il commissario avrebbe potuto portarsi a letto anche l'intera accademia femminile di polizia e lei avrebbe continuato a chiamarlo «cucciolo» e «amore» senza pensare minimamente che non fosse né un cucciolo né un amore. Questione di abitudine. Questione di anni di comodità e di allenamento a non provare emozioni. Anestetizzata. Rassegnata.

«Ho difeso il "noi", ho cercato di tutelare la nostra famiglia, con il mio silenzio», gli aveva spiegato Francesca la domenica dell'addio.

Chissà se era stato davvero così. Chissà se invece non era stato disinteresse o la totale mancanza di disponibilità a mettersi in gioco e a cambiare atteggiamento. In fondo, a Francesca, le cose forse stavano bene così: bimbi, casa, simil-noi e normalità apparente. Se non le fossero andate bene, avrebbe reagito. Ma riprendersi il proprio uomo, tenerlo per sé, sarebbe costato fatica. Soprattutto avrebbe dovuto averne voglia.

Ma rieccoci a Silvia. Anche Cappa deve essere un tantino disturbato. Nonostante i ripetuti segnali di follia, aveva pensato bene di archiviare le ondate di rabbia incontrollata dentro un faldone dal titolo: «Colpa mia».

Della serie: se non avessi fatto lo stronzo, Silvia non avrebbe fatto la pazza. Ed era arrivato alla conclusione che prima di riavvicinarla avrebbe dovuto sentirsi completamente «stabilizzato».

Proprio per questo, benché se ne sia ormai andato di casa, il commissario ancora non chiama la bella giornalista.

Cappa giocherella con il cellulare, passa e ripassa con nostalgia il cursore sul file con il nome e il numero di Silvia.

Squilla il telefonino.

«Silvia», lampeggia il display.

Cappa resta a bocca aperta.

«Allora la telepatia esiste!»

«Telepatia?!»

«Sì, ti stavo pensando. Anzi, ero stato tentato di chiamarti.»

«Balle.»

«Invece è vero. La coincidenza è impressionante: io ti penso, tu mi chiami.»

«Pensavi a tutte le cazzate che mi hai fatto? A quante volte mi hai presa e lasciata?»

Cappa sbuffa. «Che fai? Mi chiami per farmi il culo, come al solito? Se è così attacco e addio.»

«No, tranquillo. Ho saputo da una collega che frequenta la questura che ti sei separato e...»

«Come volano le notizie», ringhia Cappa.

«Be', sei un fighetto. Se davvero sei diventato single, sei perfino un bel bocconcino», ridacchia Silvia.

«Per te?»

«Anche per me. Ti ho chiamato, appunto, per sapere cosa fai nel weekend.»

«Be', ho il problema della casa dove sono andato a vivere. È brutta e squallida e devo arredarla. Pensavo di andare da Ikea.»

«Ikea?! No, ti prego. Punta su qualcosa di meglio che costi quasi uguale ma sia più personale. Soprattutto, pensa a qualcosa che si possa comprare senza fare a pugni con milioni di umani nevrotici o depressi.»

«E cosa?»

«Mobili d'antiquariato. Possiamo andare a Città di Castello, in Umbria. Lì conosco degli importatori che vendono belle cose a prezzi stracciati.»

«Stracciati? Guarda che ho uno stipendio da poliziotto, per di più separato. Più che stracciati, i prezzi devono essere piccoli come coriandoli.»

«Andiamo a vedrai. Passo a prenderti domani alle nove. OK?»

«OK.»

Tanto Alessia è impegnata.

23.
ALESSIA

Era quasi Natale

Era quasi Natale. Il periodo delle feste si stava affacciando come un bimbo settimino. Prematuro. Era arrivato, nel mio rosario di giorni concitati, quando non ero ancora pronta.

Ma questo non fa una notizia, è così ogni anno.

La notizia era un'altra e molto più importante. Fantastica. Anna era tornata la ragazzina di un tempo. Almeno così sembrava.

Ormai il mio animo faceva a pugni con le certezze.

Di sicuro c'era che mia figlia era di nuovo ciarliera. Simpatica. Rompipalle.

Di notte si metteva a dormire con il dito in bocca e un pupazzo di peluche stretto al petto. La mattina si svegliava allegra, battagliera. Vanitosa. Più di mezz'ora in bagno, tra fard, mascara e matita, prima di imboccare la strada di scuola con lo zainetto in spalla. Avevo l'impressione che tutto questo impegno nel maquillage non fosse dedicato all'altra metà del cielo. Anna pensava a sé, si faceva bella per sé.

Le «monache», come aveva cominciato a chiamarle mia figlia, erano riuscite a prenderla per il verso giusto. Rigide, ma non troppo. Comprensive quel tanto che bastava. Conclusione: Anna aveva deciso, superato con un onorevole «distinto» l'esame di terza media, di fare anche il liceo dalle suore.

Patti no. Patti aveva preferito il Giulio Cesare, la scuola pubblica del quartiere. Più occupazioni e scioperi che ore di lezione. Ma la mia amica Angela non aveva saputo dirle di no. Risultato: erano finiti i nostri appuntamenti per il cappuccino.

Ma forse era meglio così. Un capitolo si era chiuso. Incontrare Angela era diventato quasi doloroso, vederla faceva tornare vivido il dolore del Grande Segreto.

Anna anche alle superiori andava bene. Minimo impegno, massimo risultato. Beata lei. Io, ai tempi del liceo, sputavo sangue per raggiungere la sufficienza.

Malgrado questo apparente ritorno alla normalità non avevo abbassato la guardia.

Certo, erano finiti l'emergenza e lo stato di massima allerta. Ad esempio avevo smesso di portare con me, quando uscivo di casa, il cavo di alimentazione del computer e avevo restituito il cellulare ad Anna. Ma prima di adottare questo regime di sorveglianza *light*, in ottobre avevo stretto con lei quello che avevo chiamato «patto della trasparenza».

Un accordo che suonava più o meno così: niente password segrete e niente operazioni di pulizia nella memoria del PC. E per me massima libertà di esplorare – e lo facevo ogni notte appena andava a dormire – le sue tracce tra chat e clic nei siti più improbabili.

I termini dell'intesa erano chiari. Se avessi trovato qualcosa che non andava e, soprattutto, se mi fossi accorta che cancellava le chat o l'elenco dei siti visitati, non sarebbe più uscita di casa. E il PC sarebbe tornato a essere scollegato dal mondo.

Anna aveva accettato le nuove regole con rassegnazione. Senza protestare. Dico di più, credo che le avesse accettate con sollievo.

In fondo, avevo l'impressione che le piacesse avere l'aiuto di qualcuno che la spingesse e la incoraggiasse a percorrere un sentiero di tranquilla normalità.

Era più serena. Più solare. Più allegra. Soprattutto, più trasparente. Niente bugie, niente zone d'ombra.

Ma questa poteva essere l'ennesima illusione. Io ero la madre dolce, amorevole, moderna e complice, che non si era accorta che la sua bambina tredicenne si vendeva, faceva sesso, rimaneva incinta. Abortiva.

Già, il Grande Segreto.

Ad Anna non avevo detto che ormai per me era svelato. Non sapeva che avevo incontrato Chat e che quel bastardo si teneva – come polizza di assicurazione per la sua vita di merda – i filmini e le foto porno.

Avevo preferito assecondare il desiderio di mia figlia. Stavo tentando, con le unghie e con i denti, di dimenticare quella storia. Di provarci, almeno, per quanto possibile.

Una psicologa cui mi ero rivolta, una di quelle da cento euro a seduta, mi aveva detto che andava bene così. «Affronterete la questione quando il tempo sarà maturo. Quando sua figlia sarà più forte e più grande.»

Speravo che avesse ragione.

Non passava notte però senza che pensassi, distesa sul letto, con la luce spenta e gli occhi aperti come fari e incollati al soffitto, alla minaccia latente costituita dal grassone pelato.

Ma mi ero convinta che il buttafuori bavoso fosse il primo ad avere interesse a tenere il materiale per sé. Anzi, speravo, credevo, che ne fosse il più geloso custode.

Quel Luca Mancini sapeva bene che se avesse fatto rimbalzare sul web anche un solo clip di Anna, sarebbe finito subito in galera.

Mario, il mio amico penalista, mi aveva detto che ai cinque-dieci anni di reclusione per violenza carnale su una minore di quattordici anni, Chat avrebbe sommato una pena da uno a cinque anni per «pedofilia telematica» e altri tre per diffusione di materiale «pedopornografico». Più non so quanto per falso in atto pubblico e i reati connessi al fatto d'essersi spacciato per il padre di Anna in consultorio.

Ma ogni tanto, visto che sono ansiosa e apprensiva, mi veniva voglia di andare a cercare il buttafuori. Così, giusto per ricordargli quanto male ci aveva fatto e quanto male gli potevo fare.

Poi però desistevo. Avevo tanta voglia di dimenticare. Tanto bisogno di pensare di avere una vita e una figlia normali.

Esattamente come Anna.

È utile raccontarsi un po' di balle, e far finta di crederci. Aiuta ad affrontare la giornata.

Gira tutto meglio.

Mia figlia aveva ricominciato a parlarmi. In settembre mi aveva perfino confidato di avere «rotto da mesi» con Valerio.

«Mi ha stufato. L'ho mollato. Da un po' vedo un altro ragazzo. È carino e buono... L'hai visto un giorno davanti a scuola. Era quello piccolo e tutto nero. Dolce come non mai...»

Non ricordavo il ragazzo. Ma l'ho ammirata. Io non sono mai riuscita a dare un taglio netto alle mie storie e a cominciarne spensierata una nuova. Neppure alla sua età.

Poi ai primi di dicembre, una domenica mattina, Anna è venuta in camera mia. Si è infilata sotto il piumone. Mi ha abbracciato stretta stretta, senza fiatare. Il solito dito in bocca. Ed è scoppiata in lacrime.

Sono saltata su come un pompiere al suono della campana antincendio. Ho subito pensato a un nuovo disastro.

«Cosa c'è? Cosa c'è?! Dimmi cosa è successo questa volta!» ho starnazzato isterica, scuotendola per le spalle.

Anna si è tolta il dito di bocca, ha sgranato gli occhi. «Calma, mamma. È solo successo che il mio ragazzo è partito con sua madre per qualche giorno. E in più con loro c'è una ragazza. Capito?! Una ragazza!!! Abbiamo litigato a morte. Ho deciso di non vederlo più.»

«Cazzo, mi hai fatto prendere un colpo.»

«Mi dispiace mamma. Ma per me è importante.»

«Hai ragione, è importante. Molto importante. Raccontami tutta la storia...»

Ed ecco la mia piccola piangere di nuovo sul mio seno. L'ascoltavo fingendomi molto partecipe del suo dramma amoroso. Invece mi sarei messa a saltare di gioia sul letto, avrei stappato champagne.

L'evento era clamoroso: Anna era tornata a confidarsi. Mi ridava complicità e fiducia.

Forse in fondo la normalità non è solo nelle fiction.

24.
NERO

Con Anna sembrava il paradiso

Con Anna sembrava il paradiso. Ci vedevamo ogni giorno. E ogni giorno passavamo ore e ore insieme.

A settembre anche lei aveva cominciato ad andare al liceo. Ma era restata nello stesso istituto di suore. Una scuolona dall'asilo alle medie superiori.

«Là mi ci trovo bene, l'ambiente è protetto. Non gira tutta quella merda che girava nell'altra scuola», aveva spiegato.

Anch'io alla fine non avevo cambiato. I bulli mi avevano lasciato perdere. Per Obelix e compagni ero diventato invisibile. O forse il mio atteggiamento era diverso. Ero più sicuro di me. Parlavo con altri ragazzi, qualche volta. Mi vedevano spesso insieme ad Anna. E uno che gira con al fianco una come Anna non può più essere considerato uno sfigato da pestare a piacimento.

Mio padre, grande cultore della scuola «pubblica e laica», fiutato il clima più sereno, non aveva insistito per spedirmi in qualche istituto privato. E mia madre, massima esperta in materia, mi aveva portato dal suo chirurgo estetico – un amico di famiglia ormai – per farmi cancellare la svastica dal braccio destro. Operazione riuscitissima. O quasi: sopra il gomito avevo cinque centimetri quadrati di pelle di un'altra consistenza e perfino d'un altro colore. Ma sempre meglio di una svastica impressa a fuoco.

La presenza di Anna mi aveva fatto dimenticare il significato della parola «solitudine». Quel brutto mostro che mi aveva spinto nelle grinfie di Chat e poi a mutarmi in Thomas Bellucci su Facebook.

Al buttafuori io e Anna non pensavamo più. O almeno ci provavamo.

Era ormai come uno di quei ricordi che un po' alla volta vengono coperti dalla polvere del tempo. Sono lì, fanno ancora male. Ma basta non pensarci per sopravvivere abbastanza bene.

Dico sopravvivere non a caso. Ciò che ho subìto da quel bastardo mi resterà addosso per sempre. Temo. E a volte mi tornava su, prepotente, la voglia di vendicarmi. Come ad Anna.

Anche per lei era dura. Dopo più di sei mesi che stavamo insieme, ancora non mi aveva permesso di sfiorarle neppure il seno. Mi baciava. Mi riempiva di carezze sul viso e sul petto. Si stringeva forte a me e mi abbracciava a volte fino a farmi soffocare. Ma evitava tutto ciò che avrebbe potuto spingerci sulla strada del sesso.

Rosicavo. Rosicavo sempre di più. Ma mi dicevo che aveva solo quattordici anni e che aveva vissuto una brutta esperienza. E che io potevo permettermi il lusso d'aspettare. E poi, paura del sesso a parte, quali opzioni avevo? Lasciare Anna e soffrire come un cane della sua mancanza e della solitudine? Oppure fare i conti con il desiderio sempre più forte, ma continuare ad averla tutta per me?

Decisi di godermi Anna per quel che mi poteva dare. Ed era tanto.

In tutti questi mesi abbiamo litigato solo una volta. Ma di brutto. È stato quando mia madre ha deciso di farmi «una bella sorpresa».

Era domenica mattina, qualche giorno prima del ponte dell'Immacolata e del mio compleanno. Mi ero alzato tardi. Avevo incrociato papà che girava con indosso ancora il pigiama. Uno di quelli inglesi, a righe. La sua divisa da casa.

Mamma invece era già bella e pronta. Stranamente pronta, lei che era sempre l'ultima a prepararsi.

Quando mi ha visto mi è venuta incontro sorridente. Era felice. Mi ha sfiorato la fronte con le labbra. Erano fresche. Fresche come se fosse appena tornata da fuori.

«Ciao amore.»

Sì, cazzo, ancora mi chiama «amore».

«Ciao ma'», ho grugnito trascinando i piedi e infilandomi in cucina.

«Sai da dove vengo?»

«Da dove?»

«Prova a indovinare.»

Silenzio. Non mi andava di partecipare a un quiz appena sveglio.

«Dai, amore. Prova. Ti ho fatto una bella sorpresa.»

«Non lo so, ma'.»

«Sono andato da Paola. Ricordi? Quella mia amica che ha una figlia della tua età. Lucia, si chiama.»

Ho riflettuto qualche istante. Effettivamente nel mio passato c'erano stati dei weekend terribili in Umbria nella casa di campagna di quella Paola e in compagnia di una ragazzina. Ma non ricordavo se fosse bella o brutta e tantomeno come si chiamasse. I maschi si accorgono dell'esistenza dell'altro sesso – o perlomeno se ne interessano – molto più tardi. E io più tardi degli altri.

«Embè?!» ho sospirato.

«Be', io e Paola abbiamo deciso di fare un viaggio insieme il prossimo fine settimana. Verrete pure tu e Lucia. Sono andata a prendere i biglietti. È il tuo regalo di compleanno, amore.»

Sono impallidito. Avevo già programmato di festeggiare con Anna, andando a cena da un cinese: velenoso, ma leggermente esotico e decisamente economico.

«Non posso, ma'.»

«Come non puoi?! Andiamo a Parigi. Capito?! Parigiiiii!!» è esplosa entusiasta.

Cavolo, a Parigi non ero mai stato. Ed era il posto che più desideravo vedere.

«Ti ringrazio e ci vorrei tanto venire. È davvero un bel regalo. Ma ho già un impegno.»

«Lo cancelli, amore. Non si può non partire. È già tutto pagato e i biglietti dell'aereo e l'hotel non sono rimborsabili.»

Conoscevo Katia Cortese dalla nascita. Ho osservato bene la sua espressione, era una di quelle contro cui ero andato a sbattere fin da quando stavo in culla. Non c'era nulla da fare. Ormai aveva deciso e non potevo inventarmi nulla per farle cambiare idea. Tantomeno ora che aveva già sganciato i soldi.

Mi sono dileguato nel corridoio e poi in camera senza fiatare. Avevo perso la partita. Inutile scazzare con mia madre in versione Caterpillar.

Il problema, però, era dare la brutta notizia ad Anna. Io a Parigi con una ragazza, cancellando la cena con lei.

Ho cominciato a tremare.

L'appuntamento era alle cinque e mezzo all'Admiral di fronte a casa di Anna. Il nostro quartiere è fico. C'è un cinema ogni cinquecento metri. O quasi.

Anna aveva scelto uno di quei film d'azione che detesto. Però era il suo turno e non avevo opposto veti.

Come previsto, io mi ero annoiato e lei si era divertita. Aveva scalciato e si era agitata sulla poltroncina durante le scene più forti. Mi aveva stretto la mano e aveva pianto sulla mia spalla quando c'era stato l'epilogo straziante. Io avevo trattenuto a stento uno sbadiglio.

Siamo usciti dal cinema abbracciati.

Proprio sulla piazza abbiamo incrociato Obelix e il suo gruppo di imbecilli. Anna si è stretta ancora di più a me.

«Come va, Nero? Ti va di fare un'altra missione?» mi ha apostrofato il palestrato. Il codazzo di idioti è esploso in una risata. Una di quelle dovute, pena essere presi a sberle dal capo.

«Va alla grande, Obelix. No, direi che mi è bastata quella dell'altra volta.»

Ho fatto un passo verso l'energumeno e gli ho battuto un cinque sulla mano. Obelix mi ha sganciato un mezzo sorriso. Si è rivolto agli altri.

«Andiamo», ha ordinato.

Mi sono fermato a guardare il gruppo di teppisti immergersi nell'oscurità di via di Villa Ada, tra gli alberi. Anna mi ha osservato stupita. Si è alzata sulle punte e mi ha dato un bacio. Sì, un bacio con la lingua. Cazzo.

«Cos'è? Ti piaccio quando non mi riempiono di botte?» ho chiesto ridendo.

«No, mi piaci a basta. Anzi, ti dico una cosa. Non mi è andato a genio che gli hai battuto il cinque. Tu con quella gente non devi avere nulla a che fare. Vali il doppio.»

«E allora perché mi hai baciato?»

«Perché ero contenta che l'avevamo scampata.»

«Ah?!»

Ho deciso di sfruttare il momento propizio. «Senti, Anna, venerdì prossimo devo partire e dobbiamo rinviare la nostra cenetta.» Ho detto «nostra cenetta» e mi sono fatto orrore. Smielato. Stucchevole.

Il suo sorriso si è trasformato in una smorfia di tristezza. Il viso si è fatto improvvisamente scuro. Gli occhi hanno smesso di brillare. «E perché? Dove vai?»

«Vado a Parigi con mia madre e una sua amica con la figlia.»

«Tu a Parigi? Tu a Parigi senza di me e con un'altra ragazza?»

Cavolo, Anna ha cancellato in un microsecondo la presenza di mia madre e dell'amica e già mi ha immaginato a passeggio con un'altra per i boulevard parigini.

Ho capito che non avevo scampo.

Non sapevo cosa dire. Non credevo che Parigi potesse essere tanto importante.

«Perché? Volevi andare a Parigi con me?!» ho chiesto ingenuamente.

«Cazzo, Nero. Ma Parigi è la città dell'amore! E tu ci vai con un'altra. Ci vai proprio quando dovevamo festeggiare insieme il tuo compleanno.»

«Io a Parigi vado con mia madre, è il suo regalo. Già ci ho litigato. Non c'è niente da fare.»

«Be', sai che ti dico, Nero? 'Fanculo. 'Fanculo per sempre. Mettiti con quella stronzetta figlia dell'amica stronza di tua madre.»

«Dai, amore...» ho riprovato.

«Amore? Amore a chi?! Mavaffanculo.»

Anna s'è messa a correre. Il portone di casa era a meno di cento metri. L'ha raggiunto, l'ha aperto e ci si è infilata dentro prima ancora che decidessi cosa fare.

Quella notte e nei giorni successivi ho provato a chiamarla sul cellulare. Niente. L'ho inondata di SMS. Niente. Le ho fatto la posta a scuola. Neppure mi ha rivolto la parola.

Quando ho tentato di prenderle la mano, di abbracciarla, mi sono beccato un ceffone.

E una sentenza di morte: «Ma che sei di legno?! Non l'hai ancora capito?! È finita, Nero. Con me è finita».

A Parigi ho passato i tre giorni più brutti della mia vita. Quella Lucia era per di più una cozza. E una grandissima scassapalle.

25.
15 GENNAIO 2011

Antiquari

Silvia ha una Audi decappottabile. Cappa la guarda arrivare e già gli girano le palle. Si chiede perché una giornalista più giovane di lui di quasi vent'anni giri con un gioiello del genere sotto il culo e lui sia a piedi. O quasi.

«Posto carino. Abiti qui?»

«No, abito alla fine di quella strada. Vedi? Quella a fondo chiuso, dove c'è quel muro color ocra.» E con la mano il commissario indica la via che si affaccia oltre il ponte della tangenziale. «Questo è il Pigneto. Molto più fighetto e più snob. Vuoi un caffè? C'è un bar-libreria. Roba da intellettuali come te.»

«Ah, sì, lo conosco. Ci sono stata, bel posto. Ma è tardi, se non arriviamo a Città di Castello in mattinata rischiamo di trovare tutto chiuso. E allora, addio mobili d'antiquariato. Ti va di guidare?»

Cappa la guarda sorpreso. Cazzo, sì che gli va di guidare. Ma fa il difficile.

«Non sarà che con una cabrio si muore di freddo ad arrivare fino in Umbria? Ce l'hai il riscaldamento?»

«Non fare lo scemo. Sali. La capote è rigida, non passa un filo d'aria.»

Silvia apre lo sportello. Scende per passare sul lato del

passeggero. Ha i jeans aderenti e il piccolo seno gonfiato da un push-up sotto il golfino di cachemire.

Il commissario la guarda e capisce perché tra loro non ha mai funzionato. Troppo diversi.

Cappa parte a razzo. In tutti i sensi.

«Mi hai cercato perché avevi voglia di riprenderti il giocattolo?»

«E chi sarebbe il giocattolo?»

«Io. Per te è esotico frequentare un commissario di polizia.»

«E per te non è esotico uscire con una giornalista che ha quasi la metà dei tuoi anni?»

Silenzio. Uno pari.

Silvia passa però di nuovo in vantaggio. Appena l'Audi ha imboccato l'autostrada, lei gli mette una mano sulla patta.

Cappa resta immobile. Tace, concentrato sulla guida. Silvia, guardandolo, gli sbottona i pantaloni, alza il bracciolo che divide i sedili. Si piega.

Al commissario sembra di sognare.

"Vai, non ti fermare. Perfino Maigret sarebbe d'accordo."

Silvia non si ferma. Cappa rallenta, dietro all'auto che viaggia a quaranta all'ora scatta un concerto di clacson. Il commissario se ne frega.

«Sei divertente», dice sollevandosi e tornando a chiudere la cintura di sicurezza.

«Divertente?» risponde Cappa con un filo di tachicardia.

«Sì, quando sto con te senza aspettative e senza farmi illusioni, mi diverto. Ma dimmi la verità. Per una volta cerca di essere sincero. Hai un'altra?»

«Io? Un'altra? No. Neppure l'ombra.»

«Non ci credo. Non sei tipo da stare da solo neppure un istante. Ma se scopro che è una balla ti spacco la faccia.»

«Pensa ciò che vuoi. Non credo però che tu sia qui perché hai intenzione di sposarmi.»

«No davvero, ma non mi piacciono le bugie. E se faccio un pompino a uno, desidero conoscere la sua situazione sentimentale.»

«Hai deciso dove andare a dormire questa notte?» cambia discorso Cappa.

«Sì, c'è un hotel in cima a una collina in un vecchio borgo. C'è perfino una spa. Massaggi e bagno turco. Roba da svenire.»

Dagli antiquari fila proprio come aveva detto Silvia. Un comò italiano dell'Ottocento in ciliegio, più un comodino in noce e un tavolo in rovere francese della stessa epoca, con l'aggiunta di quattro sedie belle époque, finiscono nella lista degli ordini in meno di due ore. Costo: milleduecento euro.

«Visto? Avresti speso più o meno lo stesso da Ikea.»

«Sì, ma ora c'è da pagare il restauro.»

«Non ti preoccupare. Hai osservato come mi guarda l'antiquario? Lo conosco da anni. Basta che gli faccio due moine e quello ti scala anche i trecento euro del restauro. Garantito.»

Detto. Fatto.

Alle sei l'operazione arredo è conclusa.

«Ora andiamo in albergo. È un po' fuori dal paese, a circa cinque chilometri. Guido io, se no tu ti perdi.»

L'hotel ha un nome altisonante, uno di quelli che cominciano con «Relais». E mantiene le promesse. Bella reception, camerieri cortesi. Stanza spaziosa con soffitto a travi e mobili antichi.

A Cappa, mentre lancia il giaccone sul letto, comincia a mancare l'aria.

«Qui va via mezzo stipendio.»

«No, centoventi euro e passa la paura», gli garantisce Silvia.

«Pensavo peggio.»

«Comunque facciamo a metà.»

«Dimenticatelo. Sei o non sei una signora?»

Silvia fa un passo verso di lui. Dopo il giochetto in macchina, né una carezza, né un bacio. Solo un paio di volte si sono sfiorati la mano mentre esploravano i magazzini degli antiquari.

Cappa resta immobile. Vuole che sia ancora lei a condurre il gioco.

Silvia, quando il commissario già sente il soffio del suo respiro, chiude gli occhi. Gli sfiora le labbra con le labbra. Insinua la lingua nella bocca. Gli prende le mani e lo tira verso il letto.

«Non fare la verginella. Prendimi, commissario.»

Cappa non se lo fa ripetere. Via i jeans, via il maglioncino di cachemire. Via il reggiseno.

Il ventre di Silvia è piatto, i seni piccoli. Ogni bacio è un sussulto. E più Cappa scende con i baci, più aumenta il ritmo dei sospiri.

Ecco, ora ricorda. È il desiderio covato da Silvia a rendere Silvia irresistibile. È la sua voglia a far esplodere la voglia di lui.

"Casa, sembra di tornare a casa."

«Dammelo. Ti voglio.»

Cappa adora eseguire quel tipo di ordini.

Dalla finestra filtra la luce del lampione che illumina la piazzetta su cui si affaccia l'hotel.

Silvia è nuda. Dorme.

Cappa l'osserva incantato. Prova a ricordare come è stato fare all'amore con Alessia. Tenta un paragone. Meglio con la giornalista o con l'architetta? Concede un pareggio. Dubbio.

Silvia apre gli occhi.

«Mi sei mancato, commissario», sussurra. E gli si rannicchia sul petto.

Nella stanza esplode il *bip* del cellulare di Cappa.

Silvia alza la testa, osserva il telefonino parcheggiato sul comodino che ha il display acceso.

«Ti è arrivato un SMS. Guardalo, no?»

A Cappa il cuore comincia a correre.

E se è Alessia? Se proprio adesso quella ha deciso di rifarsi viva?

«Chissenefrega del messaggio. Dai, andiamo a fare un bagno turco e un bel massaggio.»

«Frega a me. Ti dispiace se lo leggo?»

«Be', non credi che siano affari miei? Mica stiamo insieme.»

Silvia scatta come una gazzella, lo scavalca. Impugna il cellulare.

"Maledetta telefonia mobile."

Cappa resta fermo, non prova neppure a strapparle il telefono. Sarebbe peggio. Tanto più che la conosce bene, sa che la battaglia è già persa. Silvia vuole leggere il messaggio e lo leggerà, dovesse cadere il mondo. E poi l'SMS potrebbe essere di Berti, di Francesca, di un amico qualsiasi.

Il viso della donna, illuminato dalla luce sparata dal display, ha un non so che di spettrale nella stanza avvolta dall'oscurità.

Su quel viso che ha amato e in fondo ama ancora, Cappa vede scorrere un campionario di emozioni. Sorpresa. Dolore. Delusione. Rabbia.

«Sei un bastardo. Ecco, un porco bastardo. Qui, sul tuo cellulare di merda, c'è una certa Alessia che dice che vuole i tuoi baci. Chi è? Una delle sciampiste che ti piace portarti a letto? Ti avevo chiesto di essere sincero per una volta. Di dirmi se stavi con qualcuna, non ci sarebbe stato nulla di male. Sarebbe stato semplice, ma come al solito hai mentito!»

Silvia urla. Se ne frega della quiete dell'hotel. Se ne strafotte della salute dei chip del cellulare: il telefonino finisce contro il muro come un proiettile e va in pezzi.

Cappa reagisce. Mette una mano sulla bocca di Silvia. Cerca di tenerla ferma. Vuole evitare una scenata. Con una mano accende la luce sul comodino.

«Mi dici che cazzo vuoi? Mi hai cercato. Mi hai detto di non avere aspettative e di non volerne. Mi hai scopato e te la sei goduta. Ora cos'è questo casino?» le sibila all'orecchio.

Silvia si divincola. Gli sferra un calcio tra le gambe. Lo colpisce con uno schiaffo in piena faccia, tra naso e bocca. E poi schizza via. Corre verso il bagno. Si chiude dentro.

Cappa è a terra, senza fiato. Un conato di vomito gli sale dallo stomaco. Il colpo sulle palle è andato a segno. Devastante.

Dal bagno non arriva alcun suono.

Dopo qualche minuto il commissario trova la forza per alzarsi. Si avvicina alla porta.

«Esci, Silvia. Ti prego, smettila.»

«Devi dirmi tutta la verità. Solo se sei sincero esco da qui.»

«E cosa vuoi sapere?»

«Se stai insieme a questa Alessia.»

«No, l'ho vista solo qualche volta.»

«Ci hai fatto all'amore?»

Cappa tentenna. Sa che se dirà di sì, la reazione di Silvia potrebbe essere ancora più esplosiva. La storia del non avere aspettative, né di volerne, è – appunto – una storia. Una megabugia. Doveva capirlo all'istante.

«No, te lo ripeto. Ho visto quella donna solo qualche volta. Un aperitivo e una cena. Niente di più.»

«Cazzate. Te la sei scopata. Sei un bugiardo, non esco da qui neppure se chiami i tuoi merdosi colleghi poliziotti.»

Bussano alla porta.

«Signori, per cortesia. I vicini protestano per i rumori.»

La voce che filtra attraverso la spessa tavola di quercia è della signorina della reception.

Cappa vorrebbe morire. Odia le figuracce.

«Non si preoccupi. È finita. Le chiedo scusa», dice cercando di alzare la voce quel tanto che basta per farsi sentire.

Dal bagno non arriva più alcun rumore.

Il commissario comincia a rastrellare pantaloni, camicia, scarpe, calzini e maglione disseminati per la stanza. Sembra passato un secolo da quando Silvia glieli aveva strappati di dosso affamata del suo corpo.

Cappa si veste lentamente. La testa china. È travolto dalla tristezza e dalla rabbia. Su Silvia aveva segretamente puntato. Aveva pensato a lei quando nella casa dei treni trascorreva le prime notti con gli occhi sbarrati e lo sguardo incollato al soffitto. Ma come al solito non aveva fatto i conti con la realtà. Con la donna che effettivamente è Silvia. Aveva tralasciato il dettaglio della sua rabbia irrefrenabile e della propria incredibile capacità di essere opaco. Campione mondiale di ambiguità.

"Idiota."

Il giubbotto è l'unico indumento in ordine. Dorme quieto sulla sedia accanto all'ingresso. Senza far rumore il commissario l'indossa.

Poi si ricorda del cellulare. Comincia a raccogliere i pezzi sparsi per il pavimento. Li assembla. Preme il tasto ON. Il telefonino si accende. Miracolosamente.

Come un ladro gira la chiave nella toppa e apre lentissimamente la porta. Poi lentissimamente la chiude.

La via di fuga è lì davanti, libera. Adesso ha voglia di correre. Non ce la farebbe ad avere un altro scontro con Silvia. Solo l'idea lo terrorizza. E poi sarebbe del tutto inutile tentare un chiarimento: Silvia non si fida di Cappa. Non crede e non ha mai creduto a una sua parola.

Alla reception c'è la signorina che è salita per protestare. La riconosce dalla voce.

«Cosa le è successo? Ha il labbro spaccato», dice sinceramente allarmata.

«Niente, ho avuto un diverbio con la mia ex fidanzata. Vorrei pagare il conto e chiederle la cortesia di chiamarmi un taxi per andare alla stazione. C'è un treno che passa per Città di Castello?»

«Certo che c'è. Ma credo sia il caso di aspettare i carabinieri.»

«E per fare cosa? Anch'io sono un poliziotto», replica nervoso Cappa, mentre dal portafogli tira fuori il tesserino.

«Bene, vorrà dire che la presenza dei suoi colleghi non l'allarmerà. Li ho appena chiamati. Mi dispiace.»

La pattuglia arriva dopo dieci minuti.

"A Roma ce ne sarebbero voluti almeno trenta. Qualità della vita in provincia."

«Buonasera commissario, sono il brigadiere Tonino Pomarici. Può dirci cosa è successo?» fa il carabiniere dopo aver controllato il tesserino e averlo salutato militarmente.

Cappa non sa cosa rispondere. Osserva l'uomo. Avrà poco più di trent'anni, è alto e snello, ma ha già i capelli bianchi che incorniciano un profilo forte. L'accento è calabrese. Il suo compagno tace, in attesa vicino alla porta d'ingresso dell'hotel.

«Niente. Un diverbio con la mia ex fidanzata. Ma sto andando via e lei è ancora chiusa in camera.»

«E lei, commissario, viene in un albergo romantico con la sua ex?»

«Non credevo fosse ex. Lo è diventata dopo lo scontro che abbiamo appena avuto.»

«La pregherei di seguirmi di sopra. Vorrei verificare le condizioni della signora», fa cortese e determinato Pomarici.

Cappa sa che è inutile protestare. Dovrà affrontare di nuovo Silvia.

"Maledizione."

La stanza è vuota. Silvia è ancora chiusa in bagno.

Il brigadiere si attesta a un passo dal letto. Con il capo fa cenno all'appuntato. Il ragazzo si avvicina alla porta della toilette. Bussa cortese.

«Signorina sta bene? Vorremmo parlarle. Siamo i carabinieri di Città di Castello. Ci ha chiamato la direzione dell'hotel.»

Nessuna risposta.

«Signorina, se non apre dovremo chiamare un fabbro per far aprire la porta.»

Ancora silenzio.

A Cappa comincia a battere di nuovo forte il cuore. È assalito dal terrore che Silvia possa aver deciso di sfogare la rabbia contro di sé.

«Silvia, ti prego esci», quasi urla facendo due passi verso il bagno.

La porta si apre.

Silvia è avvolta da un asciugamano. Sul collo ha un vistoso segno rosso.

Il brigadiere si avvicina. L'osserva con attenzione.

Sta per dire qualcosa, ma lei lo precede.

«Non volevo uscire dal bagno perché mi ha picchiata e avevo paura.»

Le teste dei due carabinieri si voltano, come in una coreografia ben studiata, verso il commissario.

Cappa tace. Allarga le braccia. Sa bene che in questi casi è sempre l'uomo, anche se poliziotto, a entrare immediatamente nella categoria di «maschio violento». La donna viene incasellata in quella di «vittima».

E Silvia appare davvero come una moglie che ha subìto una violenza domestica dal marito brutale. Non solo per il segno sul collo. Lo sguardo è fisso. Vitreo. Il corpo trema.

«Cosa ha da dirci commissario?» fa Pomarici, severo, dopo un lungo silenzio.

«Ho cercato solo di fermarla quando mi ha aggredito e mi ha sfasciato il cellulare.»

Silvia non replica. Trema e basta. Lo sguardo sempre fisso in un punto indefinito del muro davanti a lei. Non si volta verso il commissario mentre dà la sua versione.

Il brigadiere pensa solo a lei.

«Come si sente? Vuole che la portiamo in ospedale?»

Cappa comincia a essere allarmato. "Cazzo, che rogna."

Silvia scuote la testa.

«Ne è sicura?»

Ancora silenzio e ancora un diniego con il capo.

«Comunque può farsi refertare gli accertamenti al pronto soccorso. E ha tre mesi per sporgere querela. Questo, commissario, naturalmente vale anche per lei. Ma suppongo che queste cose lei le sappia...»

C'è più di una traccia di rimprovero nella voce del carabiniere.

«La ringrazio, brigadiere. Ora posso andare?»

«No, ancora un istante. Ho bisogno dei suoi documenti e di quelli della signora. Devo identificarvi.»

Silvia si avvicina barcollando alla borsetta. Con la mano tremante cerca il portafogli e tremando consegna la patente al carabiniere. Cappa è sicuro che non finge.

Sta male davvero.

L'appuntato segna su un foglietto nomi, cognomi, numeri dei documenti e indirizzi.

«Abbiamo finito. Ora possiamo andare. Se vuole, commissario, l'accompagniamo in paese. Per precauzione preferirei non lasciarla ancora qui con la signora.»

Cappa comincia a spazientirsi. Proprio non sopporta di passare per il carnefice.

Trattiene a stento un'imprecazione. Tira un lungo respiro.

«Mi farebbe cosa gradita se mi accompagnasse in stazione. Mi hanno detto che passa un treno in questo dannato posto.»

Il brigadiere Pomarici si volta di scatto. Dà un'occhiataccia al commissario. Poi decide di optare per la soluzione diplomatica. Cappa è pur sempre un funzionario di polizia. Della capitale.

«Bene, è meglio andare. Credo sia stata una brutta esperienza per tutti.»

La conclusione della frase però è un altro colpo basso: «Arrivederci, signorina. Si ricordi del referto medico e del termine di tre mesi per presentare querela».

Erase

Sulla banchina della stazione Cappa saltella. Saltella sul posto come ai tempi delle medie durante l'ora di ginnastica. Si sente ancora più coglione di allora. Coglione con la C maiuscola.

"Ma per quale cavolo di motivo ho rivisto Silvia?!"

Nella stazione fa un freddo feroce. Un gelo che lascia senza fiato: è doloroso inspirare l'aria nei polmoni. Da anni non faceva così freddo. Alla radio hanno detto che è l'inverno più gelido del secolo. Chissà.

Dai lati dell'edificio scrostato arrivano folate di vento e nebbia, che poi corrono via sui binari o si insinuano nella sala d'aspetto con le vetrate rotte. A ogni folata un brivido scuote il commissario dai piedi alla testa.

Cappa guarda l'orologio della stazione. Confronta l'ora sul suo. Sono le dieci di sera e l'ultimo treno per Roma dovrebbe arrivare a momenti.

Ha voglia di fuggire. Vuole andare via da lì, mettere quanto più spazio possibile tra lui e Città di Castello.

Nella testa ha scolpita l'ultima immagine di Silvia. Gli occhi sbarrati. Neppure uno sguardo d'addio, quando lui è uscito dalla stanza insieme ai carabinieri e lei si è voltata per cercare gli abiti e cominciare a rivestirsi.

"Tre anni di amore, di sogni e di tormenti gettati via nel modo peggiore. Violenza & carabinieri."

Con le mani incerte Cappa cerca il cellulare nella tasca del giaccone. È ancora acceso, come se avesse sette vite.

Va alla voce Rubrica. Cancella il numero di Silvia. Va alla cartella Immagini e spinge il tasto ELIMINA a ogni fotografia della giornalista. Identica sorte tocca agli SMS.

Erase a tutto gas.

Non c'è rabbia nei suoi gesti. Soltanto una profonda tristezza e un oceano di amarezza.

L'arrivo del treno e di una nuova sberla di vento gelido e nebbia scuotono il commissario. A passi lenti s'avvicina al vagone che gli si è fermato di fronte. Raggiunge la porta. Lentamente la apre. A fatica si tira su, sui gradini troppo alti. Sbandando trova un posto vicino a un uomo di colore.

Si è appena seduto e il telefono vibra nel giaccone. Con un filo di nausea mette la mano nella tasca e tira fuori il telefonino.

«Alessia» lampeggia sul display.

«Ciao.»

«Dio che voce! Cosa ti hanno fatto? Non rispondi neppure agli SMS, ero preoccupata.»

Cappa sbuffa. Proprio non ce la fa a spiegare tutto ad Alessia.

«Che c'è? Sei diventato muto?»

La voce di Alessia è fresca. Allegra. Chilometri lontana da quella di Silvia.

Il commissario si fa coraggio. «No. Sono solo un po' stanco. Non ti ho risposto perché ero a cena e non ho sentito il messaggio. Stavo per farlo ora. Anch'io ho voglia di vederti.»

Problema: non sa se è vero o se è una bugia.

«Ah, ecco, finalmente un po' di belle parole. Cosa fai questa sera? Ti va di andare a bere qualcosa insieme? Sono libera, Anna sta con il padre.»

«Mi dispiace, arrivo tardi a Roma. Credo verso mezzanotte.»

«E dove piffero sei?»

«Sono a Città di Castello. Anzi, adesso sono in treno.»

«E cosa ci fai laggiù?»

«Sono andato a comprare dei mobili d'antiquariato. Un mio collega conosce degli antiquari e ho comprato un comò, un tavolo e qualcos'altro per dare un po' di carattere alla casa dei treni.»

«Be', sono felice. La tua casa ha davvero bisogno di un po' di cure. Ma potevi avvertirmi. Ti avrei accompagnato. Sono o non sono un architetto?!»

Cappa sta per ringhiare. No, proprio non ce la fa a sentirsi in colpa anche con Alessia.

Reagisce. «E tu allora potevi non sparire per giorni. E soprattutto non farmi quei discorsi scassapalle dell'altra volta.»

«Quali discorsi?»

«Quelli secondo cui sarei innamorato ancora di mia moglie, che puzzerei di tristezza, che non vuoi che ti invada il giardino fiorito e minchiate come il mio presunto eccesso di voracità nell'affrontare una relazione.»

«Hai ragione, scusa. Ma a volte mi prende male. Ho paura di innamorarmi e alzo muri a difesa.»

«OK, lasciamo perdere. Quando arrivo a Roma ti chiamo. Se sei ancora sveglia facciamo due chiacchiere.»

«A dopo, amore.»
Amore?!

Il campanello suona poco dopo il passaggio del treno delle 9.10. Cappa, barcollando, lascia la caffettiera ancora aperta sul lavandino e si avvicina al tabellone con gli orari. È il treno per Bari, quello che passa tutti i giorni. Anche la domenica.

"Bella, Bari. Buoni i panzerotti fritti in via Modugno."

Il commissario torna alla caffettiera. Riempie il filtro di caffè. Accende il gas e una sigaretta.

Non ha alcuna voglia di rispondere al richiamo del campanello.

Ma i campanelli, si sa, sono insistenti. E quello di Cappa non è da meno.

Stancamente, facendo leva sulle braccia, si alza dalla sedia di plastica. Lascia la sigaretta sul posacenere trafugato in qualche bar e raggiunge il citofono.

«Chi è?... OK, sali.»

"Cazzo, Alessia. Ieri notte proprio non ce l'ho fatta a incontrarla."

Trascinando i piedi, boxer larghi stile nonno Gigetto, T-shirt piena di buchi, regalo dei tizzoni sganciati dalle canne neanche fossero bombe, torna a sedersi. Gli occhi fissi sulla caffettiera. Immobile.

Ora è il campanello della porta a sollecitare un suo intervento.

«Ciao, come stai?»

Alessia è ghiacciata e sorridente. Lo bacia sulle labbra. Gli mette le braccia al collo. Lo punzecchia.

«Come sei bello, Stracchino. Così vestito sembri un carcerato in cella.»

«Non aspettavo visite e non chiamarmi Stracchino.»

«Cavolo, se vuoi me ne vado. Ieri notte neppure mi hai chiamato come avevi promesso.»

Cappa fa un passo indietro. Non ha voglia di sentire rimproveri. E non sa se darle il via libera, se dirle davvero di andarsene. Poi squadra la donna dalla testa ai piedi. Un flash gli folgora il cervello: la immagina sul letto.

Capitola all'istante. Va al fornello, spegne il fuoco sotto la caffettiera. Torna da Alessia.

Le prende la mano.

«Vieni.»

E si incammina verso la camera.

«Be', poche idee, ma chiare.»

Il commissario si distende sul letto senza una parola. Le braccia incrociate dietro la testa. In attesa. Le tapparelle sono ancora abbassate, una penombra complice fa della stanza squallida il set perfetto per un pornazzo.

Alessia non si fa pregare. Via il cappotto. Via il maglione e i pantaloni di lana molto anni Settanta. Via il tanga e il reggiseno.

Quindici secondi ed è nuda come voleva lui. Senza preamboli, senza una carezza.

«Dio, che bello. Mi fai impazzire così indifeso. Ora ti stupro, Stracchino.»

Il tempo del sesso è finito presto questa volta.

«Mi sembri strano oggi», fa Alessia con la voce impastata dal piacere.

Cappa è percorso da un brivido di terrore al pensiero che lei possa tornare a processarlo. Decide di giocare d'anticipo, di raccontare tutto ciò che c'è da raccontare. È stufo delle zone d'ombra, dell'ambiguità. Non ne può più delle bugie.

"Se vuole stare con me deve sapere di me. Accettarmi per quello che sono. Un casino."

Alessia non fa una piega. Ascolta tutta la storia di Silvia. Poi si distende sopra Cappa. Lo stringe forte. Forte fino a bloccargli il respiro.

«Ora va tutto bene. Ora sei con me», gli bisbiglia all'orecchio.

Il commissario non crede alle sue orecchie. Prende Alessia per le spalle. La sposta leggermente di lato. Le fa adagiare la testa sul petto. L'abbraccia. Si addormenta.

Alessia lo guarda dormire.

Poi gli sfiora l'orecchio con le labbra.

«Ti amo», sussurra. «Ti amo, bastardo e pasticcione di un commissario.»

Cappa si scuote. Apre gli occhi. Si volta lentamente verso Alessia.

«Che?!!»

«Ti amo, Stracchino.»

«Non dire cazzat...e.» Un pugno alla bocca dello stomaco gli toglie il respiro. «OK, okay. Vieni qui, sopra di me. Voglio soffocare fra i tuoi seni.»

Forse la felicità esiste.

26.
17 GENNAIO 2011

Il movente

Lunedì mattina la questura vibra di una animazione particolare. È come se il formicaio di agenti, funzionari e dirigenti arrivasse in ufficio carico della voglia di far scattare le manette ai polsi di tutti i delinquenti del pianeta. Anzi, del cosmo intero.

Anche Cappa è caricato come non lo era da tempo. La domenica con Alessia gli ha fatto bene.

Parcheggia lo scooter vicino a un macchinone che si prende due posti nel piccolo vicolo vicino al Collegio Romano.

Il commissario lo guarda con un filo di disgusto. Ha imparato che il mondo è diviso a metà. I furbi e la gente onesta. E lui, i furbi, li mitraglierebbe. Soprattutto quelli che si comprano auto con le quattro ruote motrici per girare in città. Macchine da cinquantamila euro in su. E se poi gli vai a guardare la denuncia dei redditi, trovi che non dichiarano neppure diecimila euro all'anno. Così, oltre a non pagare le tasse, hanno il posto assicurato per i figli all'asilo nido pubblico. E non sborsano neppure i soldi per la mensa dei rampolli, né dei ticket in farmacia.

Cappa, con il suo misero stipendio, ha dovuto mandare Sofia e Matteo alla materna privata. E i ticket li paga tutti.

Paese di merda.

Il corridoio che lo divide dalla sua stanza è un rosario di «buongiorno» e di «ciao-come-stai».

Il commissario risponde con energia. È allegro pure lui. La tirata sui ricconi furbi e volgari l'ha già digerita.

"Alessia mi fa proprio bene."

Apre la porta convinto di trovare Berti. Invece il suo vice non c'è. Appende il giaccone vicino all'armadio metallico. Apre la finestra. L'assenza del collega sollecita una sigaretta immediata.

Tirando una boccata di fumo si siede alla scrivania. Al centro, in bella vista, c'è un nuovo rapporto.

Sopra c'è scritto LUCA MANCINI. Il nome del buttafuori. In un angolo un Post-it con la frase: «Leggilo, è urgente».

La calligrafia è di Berti.

Con leggera ansia, Cappa apre il fascicolo. Sulla prima pagina spicca, evidenziato di giallo, il nome di Alessia Ferrero. Gira le altre pagine. È l'elenco dei «contatti» di Chat. Ormai Cappa lo conosce a memoria. Ma solo per Alessia Berti ha usato l'evidenziatore.

«Ciao Tommaso.»

Sulla porta si è materializzato il suo vice. Ha un cappello di pelo e un cappottone fino alle ginocchia che lo fa apparire ancora più tarchiato.

«Cazzo, oggi fa più freddo che mai. Questo inverno ha deciso di fare sul serio.»

Cappa non risponde. Guarda fisso l'amico. Non gli piacciono i preamboli.

«Perché mi hai lasciato il rapporto evidenziando solo il nome di Alessia Ferrero?»

I preamboli non piacciono neppure a Berti. «Perché tra le persone che sono entrate in contatto con Chat nei giorni prima della morte, è l'unica ad avere un movente.»

«Un movente?»
«Sì. Sua figlia Anna ha abortito nell'aprile scorso. Come tu mi avevi chiesto, ho scandagliato ogni ufficio pubblico del quartiere per verificare se c'erano pratiche che riguardavano i sospetti o i loro familiari. E venerdì pomeriggio, quando ci siamo lasciati, sono andato al consultorio. E ho scoperto...»
«Cosa cavolo hai scoperto? Non fare il misterioso, ti prego.»
«Ho scoperto che c'è di mezzo il buttafuori.»
«In che senso? Era lui il padre del bambino?!»
A Cappa quasi manca il respiro. Un dolore acuto gli azzanna la mano destra. La sigaretta è arrivata al filtro e sta sfrigolando tra medio e indice.
«Maledizione.»
Il mozzicone finisce oltre la finestra.
Berti si alza e la chiude. «Non so se Chat è il padre del bambino. Ma ho fatto vedere la sua foto alla ginecologa e mi ha detto che è stato lui ad accompagnare Anna al consultorio fingendosi il padre.»
«È stato lui?!»
«Sì, ma c'è di più.»
«E che altro c'è?» domanda riluttante e spaventato Cappa.
Più che aspettare la risposta, però, il commissario avrebbe voglia di tapparsi le orecchie con le mani e canticchiare come faceva da piccolo, quando non voleva sentire le storiacce che gli raccontava il fratello per spaventarlo a morte e non farlo dormire.
«Be', c'è che la signora Ferrero sa tutto. Anche lei ha fatto un giretto al consultorio, mesi fa, e pure lei deve aver scoperto che Luca Mancini si è finto il padre di Anna per consentire l'interruzione di gravidanza. Me l'ha detto la ginecologa. Quella è davvero terrorizzata dall'idea di finire nei guai: non ha neppure verificato l'identità di quello che accompagnava la bambina.»

«Lascia stare la ginecologa. Lei è un dettaglio. Secondo te questa storia può davvero costituire un movente? Può spingerci a considerare Alessia Ferrero una potenziale assassina?»

Berti allarga le braccia. La faccia seria. Un velo spesso di imbarazzo sul viso. «Sai bene che è così.»

«Hai ragione. Se mia figlia fra tre anni rimanesse incinta di un adulto, probabilmente sarei capace di uccidere», ammette il commissario.

Il cuore è schizzato fuorigiri.

«Ecco, appunto.»

«Ma ce la vedi Alessia, ammesso che sia lei, impugnare una spranga?»

«Io ci vedrei anche mia madre, quando le girano le palle.»

Cappa non replica. Si agita sulla poltrona. Cerca nervoso un'altra sigaretta. Tira un lungo respiro. Solleva lo sguardo e lo punta sul suo vice.

«Grazie, Paolo. Sei stato bravo. Ora abbiamo una pista. Non ne potevo più di questa inchiesta spompata. Mi stava venendo la depressione.»

Berti fa un passo verso il commissario. Si avvicina alla sua poltroncina. Gli poggia una mano sulla spalla. «Non fare il supereroe, Tommaso. Lo so che stai di merda. Che avresti preferito dimenticare una volta per tutte quel bastardo di buttafuori, piuttosto che trovarti la tua fidanzata in cima alla lista dei sospetti.»

«È vero. Ma sono un imbecille. E ora pago le conseguenze. Però ti dico una cosa.»

«Cosa?»

«Sono convinto che non sia stata lei. Lo sento. Non mi chiedere il perché. Non lo so neppure io. E posso dirti un'altra cosa?»

«Vai, ti ascolto.»

«Non chiamarla più "fidanzata". È solo una storia senza futuro. Mi piace, è vero. Ma sono lontano anni luce dall'idea di poterla amare.»

Cappa abbassa gli occhi. Anzi, di più, arrossisce come da bambino.

«Questa stronzata, amico mio, valla a raccontare all'agente di guardia all'ingresso. Sei in un mare di merda. E io con te.»

«Perdonami, ma forse sto un tantino più a fondo di te. Per favore, per ora stai lontano da Alessia. Non toccarla. Me ne occupo io, spetta a me.»

27.
ALESSIA

È tornato

Questo ascensore troppo piccolo, con la porta e le ante che non si chiudono automaticamente, è una maledizione. Soprattutto sotto Natale. Ogni volta che provo ad affrontarlo carica di pacchi, finisce che me ne cade qualcuno facendo un casino bestiale. Figurarsi quando sono travolta dall'orgia ansiogena dei regali natalizi.

Ho provato a raccogliere firme. Ho tentato petizioni con l'amministratore del condominio. Niente. Nessuno in questo palazzo abitato da vecchi ha intenzione di sganciare un euro per rimodernare facciata, scale o ascensore. Così tutto cade in rovina. Ma del resto, i miei cari condomini li capisco: faticano ad arrivare a fine mese con la pensione, vedono il termine della vita a un passo. Per quale cavolo di motivo dovrebbero spendere i pochi soldi che hanno per tirare a lucido il palazzo?

Anni e anni di allenamento con i pacchi, però, non sono stati inutili. Questa volta ho fatto meno danni. Anzi, non li ho fatti.

Questione di metodo: non ho tentato, come al solito, lo sgangherato assalto all'ascensore. Ho poggiato il carico di regali sul pavimento, ho atteso che arrivasse la cabina. Ho aperto le porte con le mani libere. Ho caricato nell'ascensore un pacco per volta. Ho chiuso. Sono salita. E una volta arrivata al piano ho ripetuto l'operazione a ritroso.

Direte, sai che impresa! Be', per me è un grande successo non sbattere al suolo la scatola con la macchina fotografica digitale comprata per Anna. E considerare salvi i pacchetti con il cellulare per Alessandro e il vaso di cristallo per mia madre. Orribile come quello dell'anno scorso e quelli degli anni precedenti. Ma è un suo desiderio. Anzi, un ordine. Mia madre colleziona vetri di Murano. A volte mi chiedo se sono davvero sua figlia. Io odio il vetro soffiato.

Carica di pacchi e di questi pensieri leggeri e idioti, ho cominciato l'impresa di cercare le chiavi in borsetta. Ho agguantato il mazzo ondeggiando sotto il peso, stavo per infilare la chiave e invece la porta si è socchiusa davanti a me.

«Se mi hai sentito arrivare potevi aprirmi prima», sono sbottata pensando di trovarmi davanti Magda. Ho pronunciato l'ultima parola e sono impallidita realizzando che in casa non doveva esserci nessuno. Era sabato, la colf era di riposo. Anna era a scuola.

«Ehi, chi c'è?!» ho domandato allarmata.

Silenzio.

Ho spinto la porta con il piede. Sono entrata.

Davanti a me, come un manichino piantato al centro dell'ingresso, c'era Anna. Immobile e pallida.

Ho lasciato cadere i pacchi per terra senza staccare gli occhi da mia figlia. Sembrava sotto shock. Lo sguardo fisso. Le lacrime ormai secche sulle guance. Vibrava come fosse un diapason.

L'ho presa per le mani. Erano di ghiaccio, come se le avesse tenute per ore nel congelatore. L'ho stretta dolcemente.

«Va tutto bene, amore mio. Tutto tutto bene. Ora mi racconti. Vieni, andiamo a sederci.»

Anna restava immobile.

L'ho trascinata con cautela verso la sala, tirandola delicatamente. Lei camminava con le gambe rigide. Si è coperta gli occhi per non essere colpita dalla luce che traboccava dalla porta a vetri della terrazza e invadeva la sala.

«Cos'è, sei diventata una morta vivente, ti muovi come una zombie?» ho provato a scherzare con lo stomaco grande meno di una noce.

Silenzio. Mia figlia sembrava in trance.

Mi sono seduta sul divano. L'ho fatta distendere di traverso, le gambe sui cuscini e il viso sul mio petto. L'ho stretta delicatamente, senza parlare, carezzandole la testa come quando era piccola e la facevo addormentare.

Piano piano, come una goccia che prima diventa un rivolo e poi un ruscello, Anna ha cominciato a singhiozzare. I suoi sussulti mi hanno fatto vibrare insieme a lei.

Non sapevo cosa dire, non sapevo cosa fare.

Non sapevo cosa pensare.

Avvertivo soltanto un'ondata di terrore che montava dal petto e che avrei voluto trovare il modo di far schizzare fuori.

Mi sentivo soffocare. Rigida. Paralizzata. Lo sguardo fisso in un punto indefinito del muro di fronte al divano.

E poi, finalmente, Anna ha parlato. Un singhiozzo, una parola. Un brandello di frase. Spezzoni a volte incomprensibili.

Sono riuscita solo a capire la parola «Chat». Ho intercettato la frase: «Mi-mi ha man-da-to un-un messa-messaggio». E poi un'altra: «Mi-mi vuo-vuole ve-vedere».

«Ti vuole vedere? Chi ti vuole vedere?!»

«Uno di que-quelli con cui face-facevo sesso. Si-si chi-ama Chat. Fa-fa il butta-buttafuori in que-quella discoteca», ha balbettato la mia piccola.

Una rabbia prepotente mi è salita dallo stomaco. Ora tremavo anch'io.

«So di chi parli», ho detto con la voce tagliente.

«Co-come?! Lo... lo co-conosci?!» mi ha guardato sorpresa Anna, con gli occhi resi acquosi dalle lacrime.

«L'ho incontrato a luglio, quando tu eri in vacanza con tuo padre. Sono riuscita a rintracciarlo chattando su MSN. So tutto.»

«E pe-perché...»

«Perché non te l'ho detto? E a cosa sarebbe servito? Tu non volevi parlarne e io ormai avevo tutto chiaro. Ho pensato che fosse una storia chiusa. Ho creduto che fosse meglio aiutarti a dimenticare.»

Anna aveva smesso di piangere. Mi guardava con uno sguardo diverso. Sembrava un soffio più leggera.

Ora sapeva che io sapevo.

Forse cominciava a pensare di poter contare sul mio aiuto. Che io potessi strapparla dal gorgo di melma che tentava di risucchiarla. Di riportarla in basso. Giù, fino a toccare di nuovo il fondo.

Ho fatto mettere mia figlia seduta. Volevo guardarla negli occhi.

«Come mai quel porco torna a farsi vivo proprio adesso?»

«Non lo so. Forse perché al Peter Pan è ripresa da un po' la stagione e quello è di nuovo infoiato.»

«Infoiato?!»

«Sì, mamma. Arrapato.»

«E tu? Tu cosa gli hai risposto?»

«Gli ho detto che non lo voglio più vedere. Che con la disco ho chiuso. Che non mi interessa più. Ma quello mi ha già mandato un altro messaggio. Ero a scuola. Mi ha presa la nausea, ho cominciato a sudare freddo. Mi è venuto da rigettare. La prof di matematica mi ha vista. Mi ha detto di andare in infermeria. E lì una suora mi ha mandato a casa. Dicono che ho trentotto di febbre.»

Con una mano ho sfiorato la fronte di Anna. Era fresca. Quasi gelida.

«La temperatura credo sia stata causata dalla tensione. Ora non sei calda. Cosa ti ha scritto quell'animale, dopo che gli hai risposto che non lo vuoi incontrare?»

«Mi ha detto di avere delle cose "speciali" da farmi vedere. E che se non accetto di incontrarlo, metterà in giro queste "cose speciali" e che "molti pischelli" si faranno un bel po' di risate.»

Nel finire la frase Anna arrossisce. Abbassa lo sguardo e poi la testa. Si riporta il dito in bocca e si accascia di nuovo sul divano. La faccia schiacciata contro i cuscini.

Cazzo. Era tutto chiaro. Quel bastardo ricattava Anna. Rivoleva Anna.

Mi sono accorta di avere i pugni serrati e il corpo teso come la cima d'ormeggio di un transatlantico.

Sono scattata in piedi. Camminavo su e giù per la sala. Rabbiosa. Pronta a mordere.

Anna ha sollevato la testa. Mi ha guardato. Taceva. Non sapeva cosa dire o pensare.

«Hai risposto a quest'ultimo SMS?»

«No. Ma ho paura. Quel vecchio bavoso non lo voglio più vedere.»

«Di questo puoi stare certa. Lo faccio finire in galera.»

Ho pronunciato la parola «galera» sapendo che era un bluff. Non avrei mai potuto andare alla polizia finché il buttafuori aveva le foto e i videoclip di mia figlia.

Ho tirato un lungo respiro. Mi sono seduta. Ho tentato di calmarmi.

«Ora facciamo una cosa. Non cancellare gli SMS, possono servirci come prova. Poi lascia spento il tuo cellulare e non lo accendere per nessuna ragione al mondo. Io intanto chiamo papà e insieme a lui risolviamo la questione.»

Ho preso il telefonino e ho composto il numero di

Alessandro. *Il terminale potrebbe essere spento o non raggiungibile.*

È sempre così: quando ho bisogno del mio ex marito, il mio ex marito è irreperibile.

«Papà sarà fuori per qualche viaggio. Ci proviamo più tardi. Ora mangiamo. Cosa ti va?»

«Non ho fame.»

«Neanch'io.»

28.
NERO

Concluso il breve esilio

Concluso il breve esilio parigino, mi sono gettato nell'operazione «Riconquistare Anna».

Ho rinunciato alla tattica degli SMS smielati, disperati, nostalgici e *bla bla bla*. Ho desistito per esaurimento: Anna non ha risposto a un solo messaggio. Cavolo, quando s'incazza è di granito. Testarda. Insopportabile.

Di più, Anna è incosciente. Mi sono chiesto mille volte come si faccia a buttare via tutto per una impuntatura. Lo sapeva che ho soltanto lei in testa. Se lo ricordava quanto stiamo bene insieme. Quanto siamo preziosi l'uno per l'altra.

Spesso a Parigi, durante quei tre giorni terribili e noiosi, ho pensato che la storia della gelosia sia stata un pretesto per scaricarmi. Anna non poteva essere così stupida da credere che avessi davvero qualche interesse per la figlia di Paola, l'amica di mia madre. Mi sono detto che, in fondo, Anna mi ha sempre rifiutato. Ha fatto sesso con tutti, s'è venduta per qualche euro perfino a Chat. A quel porco bastardo di Chat. Ma con me non c'è mai stata. Ho cominciato a credere che quel... «sentirsi sporca» fosse solo una cazzata. Una scusa per negarsi, perché non mi voleva. Non fino in fondo.

Poi ho passato in rassegna tutti i nostri pomeriggi insieme, le ore trascorse abbracciati. I suoi sorrisi e le nostre risate. E ho scartato questa brutta pista.

No, non volevo rovinare tutto. Almeno il ricordo di Anna volevo conservarlo. Era un tesoro e non avevo intenzione di perderlo.

Comunque non mi sono arreso. Ho la testa dura anch'io.

L'ultimo sabato prima delle vacanze di Natale, sono passato davanti alla sua scuola, all'ora d'uscita.

Però non sono riuscito a vedere Anna. Disperato, ho vinto la timidezza e ho chiesto a una sua compagna di classe. Mi ha detto che lei era andata via prima. Forse aveva la febbre.

Mi sono trascinato a passo lento verso la Standa, come facevo quando tutto era nero. Sono entrato e ho comprato cinque lattine di birra. Mi è capitato l'occhio sui festoni natalizi, le stelline e le luci intermittenti. Ho trattenuto a stento un conato di vomito. Senza Anna il Natale si annunciava più vomitevole che mai.

Mi sono chiuso nella mia stanza, la porta chiusa e la mia musica che rimbalzava nei timpani.

Ho deciso di farmi male. Male sul serio. Nella playlist dell'iPod ho cercato quella canzone di Lucio Battisti che sentiva mio padre quando ero bambino, e che ho adottato dopo aver conosciuto Anna. Quella che fa: *Voglio Aaannaaaa, voglio Aaannaaa... Non hai mai visto un uomo piangere... Voglio Aaaannaaa...*

Era arrivato il momento di sbronzarmi. Ho aperto la prima lattina.

Ho sentito il cellulare vibrare nella tasca. L'ho preso. C'era un SMS. Forse di qualcuno che si era sbagliato. Oppure di qualche parente che cominciava a torturare il prossimo con i messaggi d'auguri.

E invece no.

Cazzo, era un SMS di Anna.

Ti devo parlare. Ti prego. Vediamoci alla panchina tra un'ora.

Ci sarò, ho scritto con le mani che faticavano a centrare i tasti.

C'è una sola panchina per me e per Anna. Quella su cui ci siamo conosciuti.

Ho frugato nel cassetto della scrivania. Ho tirato fuori il pacchetto con il suo regalo di Natale. L'avevo comprato a novembre investendo tutti i miei risparmi: un paio di orecchini con un piccolo zaffiro ciascuno. Semplici ed essenziali, come Anna.

Avevano il colore dei suoi occhi, quegli zaffiri.

Corsa disperata

Anna era già lì ad attendermi, seduta sulla panchina. Lei che arriva sempre in ritardo. Era imbacuccata peggio di Babbo Natale. Cappello di lana, guanti e grossi stivaloni di camoscio imbottiti di pelo.

L'ho vista da lontano e mi è scappato da correre.

Correvo. Correvo come un pazzo lungo il marciapiedi.

Quand'ero a pochi metri ho urlato: «Aaaannaaaa!». Sì, più o meno come Battisti.

Anna si è alzata di scatto, ha attraversato di corsa la strada. Mi è saltata al collo.

«Nero, grazie a Dio ci sei. Nero, sei qui!»

Ho pianto. Ho pianto in silenzio mentre la tenevo stretta. Stretta fino a farle mancare il respiro. Giravamo su noi stessi. Era un film. Meglio di un film. Tutte queste emozioni in un film io non le ho mai viste. Mai.

Anche Anna piangeva. Piangeva silenziosamente come me.

«Cazzo, Anna. Mi hai fatto stare di merda», le ho detto all'orecchio.

«Cazzo, Nero, pure tu.»

Poi Anna mi ha fermato. Mi ha allontanato di qualche centimetro tenendomi per le mani. Ha smesso di piangere. Il suo sguardo era diventato serio. Triste.

«È successa una cosa terribile. Chat questa mattina mi ha scritto due SMS mentre ero a scuola. Ha detto che vuole vedermi. Che se non ci sto, mette i miei video e le mie foto in Rete. Sono nella merda, Nero. Ho paura. Ho appena raccontato tutto a mia madre.»

«Cosa ha detto?»

«Ha parlato di polizia. Ma sarebbe peggio, Chat è pronto a mettere tutto sul web. Credo che lo sappia pure lei.»

«E allora? Mica ci vorrai scopare perché ti ricatta?!» ho ringhiato.

«Nero, ma cosa dici?! Non voglio neppure avvicinarmi a quella bestia. Mi sento male al solo pensiero. Preferirei finire sputtanata su Internet. Preferirei ucciderlo con le mie mani. Anzi, io voglio che quel bastardo muoia. Una volta per tutte.»

«Ci penso io. Vado al Peter Pan. Chat deve pagarla per me e per te.»

Anna mi ha guardato. Sembrava sorpresa. Non mi aveva mai visto così incazzato. Ha scosso la testa. «E cosa pensi di fare? Di spaccargli la testa? Quello è il doppio di te.»

«Vediamo. Quando ce l'avrò davanti deciderò cosa fare.»

«Dai, smettila. Proviamo a cercare una soluzione. Così finirai solo per farti massacrare.»

Non ho risposto. Dalla tasca del giaccone ho tirato fuori il regalo di Natale.

«Tieni, Anna. Auguri.»

Le ho dato un bacio sulle labbra. Poi, mentre lei, esitante, abbassava gli occhi e cominciava a scartare il pacchetto, mi sono voltato di scatto. Ho cominciato a correre.

«Nero, dove vai?!» l'ho sentita gridare alle mie spalle.

Non mi sono fermato. Correvo più forte. Disperato e furioso.

Odiavo Chat.

Davide contro Golia, quando vince Golia

Davanti al Peter Pan non c'era la solita ressa. Erano più o meno le sei, i ragazzi erano già quasi tutti entrati. A spintonarsi davanti al locale, più per tentare di riscaldarsi che per cercare di tagliare la fila, ci saranno stati una cinquantina di pischelli.

Mi sono fermato a pochi metri dall'ingresso, dietro a una macchina in sosta. Il cuore mi batteva più forte e veloce di un batterista di speed metal. L'aria ghiacciata bruciava nei polmoni.

Cazzo, Chat non c'era. Sono rimasto cinque, dieci minuti in attesa.

Niente. Ho deciso di entrare, forse era dentro al locale. Perfino quella bestia avrà avuto bisogno di riscaldarsi.

In fila, davanti all'ingresso, c'erano ormai solo pochi sfigati. L'altro buttafuori era stufo di regolare il traffico o forse avrà avuto freddo pure lui: quasi ci ha spinto dentro, seguendoci all'interno.

Il sapore e la consistenza dell'aria sono cambiati appena superata la soglia. Era densa e appiccicosa. Mi si è spalmata addosso a folate, spinta dai colpi di martello dei woofer. Ho sganciato dieci euro alla cassiera.

La sala era piena di ragazzi. Facevo fatica ad avanzare. Un paio di volte ho rischiato di finire a terra travolto da un palestrato strizzato nella T-shirt aderente.

I cubi erano affollati. Due ragazzine ciascuno.

Stavano in reggiseno e minigonna o jeans aderenti, la pelle lucida. Si muovevano, volavano, al ritmo della musica. Lo sguardo lontano. I seni esaltati dal push-up, il ventre piatto. Perfetto. Sembravano fate uscite da una favola sexy. Irraggiungibili. Intorno un ingorgo di pischelli arrapati. Le braccia tese, le mani rapaci sui corpi delle ragazze. Mi girava la testa al pensiero che Anna, solo qualche mese prima, aveva fatto lo stesso.

L'aria improvvisamente non bastava più. Inciampava nella gola, arrancava nei polmoni. Ho tossito. Con lo sguardo continuavo a cercare Chat. Ancora niente. Forse non c'era, o forse stava scopando in qualche stanzetta. La rabbia montava ancora.

A passo veloce mi sono diretto verso l'uscita.

Fuori, il gelo mi ha azzannato il petto. Ero sudato. Ho tirato su la lampo del giubbotto.

Davanti al locale era in attesa una nuova ondata di ragazzini. Nessuno, grazie a Dio, sembrava accorgersi di me. Sono talmente piccolo da passare inosservato. Mi sono allontanato guadagnando la postazione dietro la solita auto in sosta.

Chat mancava ancora all'appello. Stavo per andarmene, vinto dal freddo e dalla frustrazione, quando si è aperta la porta del locale, alcuni pischelli hanno tentato di entrare. Ho sentito alzarsi le voci. È volato qualche spintone. Ho visto un colosso uscire. Eccolo, era lui. Era Chat. Più alto e più grosso di quanto ricordassi.

La furia è tornata a invadermi. La rabbia mi ha fatto saltare fuori d'impulso dal mio nascondiglio. Di scatto. E correre verso la bestia.

«Ehi, animale. Ti ricordi di me?» ho gridato quand'ero ancora distante dall'ingresso.

Chat si è voltato, aveva in bocca una sigaretta spenta e stava sollevando lo Zippo per accenderla. Il gesto è rimasto a metà. Sul faccione di merda si è disegnata una strana espressione. C'era di tutto in quelle rughe che cercavano di trovare una forma. Stupore. Disappunto. Allarme. Rabbia. Fastidio.

Ho continuato la corsa. Quand'ero a un metro mi sono fermato. L'ho guardato. Mi ha guardato. Sono partito con un calcio. Il mio piede è finito contro il braccio che teneva l'accendino. Lo Zippo è caduto in terra.

Intorno a noi si è fatto il vuoto. Il gruppone di ragazzi si è spezzato arretrando.

Chat, per nulla spaventato, con tutta calma si è piegato per raccogliere l'accendino caduto nella giungla di gambe dei pischelli. Mentre non mi guardava ho fatto partire un altro calcio. L'ho preso sul fianco. Quel bastardo neppure si è mosso. Sembrava che i miei colpi fossero fasulli. Come quelli degli stuntman.

«Ehi, frocio. Ti ricordi cosa mi hai fatto?!» ho gridato. E mentre gridavo mi si spaccava il cuore. Avercelo davanti mi squarciava la ferita che avevo tentato di far guarire inutilmente.

I ragazzi intorno mi guardavano. C'era chi rideva. Chi si dava di gomito. Chi diventava serio.

Chat non ha reagito. Stava ancora cercando l'accendino. Già, ora ricordavo. Chat era tonto. Era talmente grosso che per compiere un gesto impiegava il doppio del tempo di un cristiano normale.

Mi sono avvicinato ancora di più. Ho serrato i pugni. Volevo prenderlo in faccia.

Stavo per sferrare il colpo e, *patatum*, mi sono ritrovato steso per terra. Lo sberlone di Chat mi aveva ribaltato. Avevo gli occhi aperti, ma era buio. Anzi, bianco. Girava tutto.

Ho toccato con le mani l'asfalto. Era ghiacciato. Mi sono ritrovato sotto il palmo lo Zippo di Chat. Ho serrato il pugno.

«Bastardo, bastardo... Brutto porco, lascia stare Nero!»

Cazzo, era la voce di Anna. Della mia Anna. Ho cercato di mettere a fuoco le cose intorno a me.

Anna era praticamente sopra Chat. Scalciava e gridava.

È intervenuto l'altro buttafuori. Ha preso delicatamente Anna per le spalle, l'ha strappata dal collo di Chat.

«Vieni ragazza, basta. Calmati. Qui finisce che chiamo la polizia.»

Ma Anna era una furia. Continuva a gridare e scalciare.

Chat era pallido e sudato.

Mi sono alzato a fatica. Dovevo liberare Anna, era ancora trattenuta per le spalle dall'altro buttafuori. Ma aveva smesso di urlare. Mi ha guardato.

«Nero, stai bene?» ha chiesto piangendo.

Le ho preso la mano. Il buttafuori ha allentato la presa. Chat ci ha lanciato uno sguardo di ghiaccio. Ho ricambiato con un'occhiata che era il concentrato di tutto l'odio che mi ribolliva dentro. Ne avevo a vagonate.

«Vieni, andiamo», ho detto ad Anna all'orecchio.

Anna si è incamminata accanto a me. Singhiozzava più debolmente.

Girato l'angolo, ha smesso. Io camminavo con la testa china.

«Non ho combinato un cazzo», ho sospirato.

Anna mi ha strattonato per la mano. Mi ha sorriso con gli occhi ancora bagnati e il mascara che le impiastricciava le palpebre.

«Te l'avevo detto che sei un coglione totale. Ma chi credevi d'essere, Davide? Quel Chat è più grande di Golia. Non avevi possibilità.»

«Però un trofeo ce l'ho», ho detto con un mezzo sorriso. E ho tirato fuori dalla tasca l'accendino del buttafuori. «Ci teneva tanto a questo Zippo, il bastardo. Ora è mio.»

«E questi sono miei. Sei delizioso, Nero», ha risposto Anna. Con un movimento da modella si è messa di profilo per farmi vedere gli orecchini che le avevo regalato.

«Cavolo, sei riuscita a metterli nonostante tutto questo casino.»

«Sono una donna, Nero. Non dimenticarlo mai», ha replicato civettuola.

Ho sorriso.
«Ora cosa facciamo?» ho chiesto, di nuovo serio.
«Davvero non lo so. Io vado a casa. Vediamo cosa ha escogitato mia madre. M'accompagni?»
Anna mi ha teso la mano. L'ho presa. Era calda. L'ho stretta e poi l'ho sollevata fino alle labbra, guardandola negli occhi.
«Non fare il galante, Nero. Guarda che sono ancora arrabbiata con te anche se hai affrontato Chat. Ci vorrà del tempo prima che ti perdoni per il tuo weekend d'amore a Parigi.»
«Anna, smettila. Lo sai...»
«So cosa? Tu pensa a riconquistarmi. Io intanto ti adoro.»

29.
18 GENNAIO 2011

Pensieri

Cappa si rifugia sulla collina del Gianicolo quando ha bisogno di riflettere. Lo ha fatto fin da ragazzo. Lo fa adesso che ha un disperato bisogno di mettere in fila emozioni e pensieri. Un forsennato carosello. Roba da diventare matti.

Gli piace il posto, il panorama che si gusta da lì è sempre riuscito a riconciliarlo con la città. È come se dal Gianicolo, neanche fosse un luogo magico – ma forse lo è – tutte le cose trovassero un proprio ordine. Di sicuro, Cappa su quella collina ritrova le belle immagini di quando da piccolo, quasi ogni domenica, andava con il padre a vedere lo spettacolo al chiosco dei burattini. E poi, tappandosi forte forte le orecchie, assisteva alla cerimonia del colpo di cannone. A mezzogiorno in punto.

Il Gianicolo non tradisce neppure questa volta. Il sole basso dipinge di porpora le centinaia di cupole della città vecchia. In fondo, oltre il limite segnato dal profilo dei palazzoni di periferia, emergono le sagome dei monti. Le vette sono bianche. Perfette. Sembrano dipinte.

È nevicato da poco.

Il commissario si stropiccia il viso con le mani per riportare una dose sufficiente di sangue sulle guance. In moto, l'aria fredda ha avuto l'effetto di un anestetico. Fatica a muovere la mandibola.

Il tramonto è l'ora preferita da Cappa. E lì, sulla collina, si gusta fino in fondo. Freddo o non freddo.

A conti fatti la questione è più semplice di quanto credesse. Ha scelto il Gianicolo per pensare ad Alessia, per decidere cosa fare.

Se andare ad arrestarla, senza tanti preamboli. Oppure se provare prima a parlarle. Cercare di capire. Capire se è stata davvero lei.

"Maigret in un casino del genere non ci si sarebbe mai messo. Ma lui ha una moglie, io no."

Giustificazione del piffero.

La mente improvvisamente scarta. Corre a Francesca, ai loro bambini.

Forse ha ragione Alessia. Forse con la testa è ancora in famiglia. Ma la famiglia non c'è più. Pluff. Svanita.

Questa volta il Gianicolo non riesce nel miracolo. I pensieri continuano a rincorrersi e il commissario non trova il modo per arrestarli.

Fruga nella tasca del giubbotto alla ricerca delle sigarette. Scova il pacchetto. Lo apre. È vuoto.

La voglia di fumare diventa all'istante un'ossessione. Si guarda intorno alla ricerca di qualcuno cui chiedere una sigaretta.

Nessuno. Non c'è nessuno. Il freddo tiene lontane le coppiette dalla terrazza che si affaccia su Regina Coeli e sui tetti e le cupole antiche.

Si avvicina al chiosco del bar che svetta sul lato sinistro del piazzale.

«Avete per caso delle sigarette?»

«No, per trovare un tabaccaio deve scendere a Trastevere», risponde una signora minuta e rinsecchita. Le rughe profonde sul viso e un'espressione poco cordiale.

«Se vuole gliene offro una io.»

Cappa si volta. Un uomo di un'età indefinita, i capelli tinti e un lungo cappotto color cammello, ha già in mano un pacchetto e glielo sta porgendo aperto.

«Grazie, ne avevo proprio bisogno», fa Cappa con un sorriso impacciato, sfilando una sigaretta.

Lo spacciatore di nicotina lo serve anche di accendino.

La lunga boccata di fumo miscelata con l'aria gelida gli dà una scossa. Prende il cellulare e chiama Alessia.

«Ciao. Vorrei parlarti. Ti va di incontrarci a casa mia tra mezz'ora?»

«Ehi, Cappa, come sei sbrigativo oggi.»

«Ti va o non ti va?» Il commissario non riesce a frenare una nota di ostilità nella voce.

"Cazzo, poteva dirmelo dell'aborto della figlia e che sapeva tutto di Chat."

Alessia fiuta all'istante il suo pessimo umore. «È successo qualcosa?»

«Nulla di particolare, ma ho bisogno di vederti.»

«Anch'io ho voglia di incontrarti. Va bene. Ma sarò a casa tua fra un'ora, non prima.»

Non può essere stata lei

Alessia si materializza sulla porta, più bella che mai. Con il basco, i guanti, il cappotto aderente che le fa risaltare la vita stretta e il seno, i collant scuri e le scarpe con il tacco. Sembra una parigina strappata a boulevard Saint-Germain.

Cappa si scioglie in un baleno.

"Non può essere stata lei."

L'ostilità e la tensione evaporano.

Il commissario ha un disperato bisogno di calore. Non di un chiarimento sulla morte di quella merda di buttafuori.

"Questa donna mi manda il cervello in pappa."

Cappa prende Alessia per le mani, le fa fare un passo dentro l'ingresso. La stringe forte.

È un abbraccio lungo. Silenzioso. Intenso.

Cappa si piega, la prende in braccio. E ancora con cappotto, guanti, basco e scarpe, la porta in camera. Delicatamente la adagia sul letto.

Scatta un bacio. Un altro. Senza staccarsi dalle labbra di Alessia, lentamente comincia a sbottonarle il cappotto. Lo fa scivolare giù. Poi tocca ai guanti, al basco. Poi è la volta dell'immancabile maglione di cachemire, della camicetta, del reggiseno. Via anche la gonna e i collant.

Con urgenza Cappa si sbottona i pantaloni. Ancora vestito è dentro di lei.

La prende con forza, con un fiotto di disperazione che gli toglie il respiro.

La prende con dolcezza, il cuore in panne.

Il piacere esplode precoce. Trascina entrambi su, oltre il soffitto, distanti chilometri da palazzoni e binari. Più in alto di quanto si spingono i fischi dei treni.

Gli occhi e la mente appannati.

Ora sono l'uno accanto all'altra. Mano nella mano. Esausti. Cappa ancora vestito. Alessia completamente nuda.

Il commissario si volta. Guarda la donna. Nello sguardo un'angoscia e una tristezza così pungenti da non poterli mascherare.

Alessia ha ancora il viso rivolto verso il soffitto. Sereno. Gli occhi chiusi. Cappa si rannicchia sul suo seno. Con un braccio l'avvolge. Come per proteggerla. Come per difenderla.

Alessia si scuote. Lo guarda. I suoi occhi negli occhi del commissario.

«Stracchino, ti è passato un pensiero brutto nella mente. L'ho visto. Cos'è?» dice in un sussurro.

«No, lascia perdere. Non mi va di parlarne.»

«Ti prego, ti prego. Sai che non resisto di fronte a un segreto. Dimmi a cosa pensi.»

Cappa trattiene il respiro. Lo sguardo fin nel profondo dello sguardo di Alessia. Un fiotto di disperazione gli monta nel petto.

«Alessia, sei stata tu a uccidere Luca Mancini, il buttafuori?»

La voce del commissario si è fatta roca. Sembra arrivare da chissà dove.

La donna scatta a sedere sul letto. Con rabbia allontana il braccio di Cappa dal seno.

«Cosa ti salta in mente?»

«Niente. Niente.»

Cappa è imbarazzato. Spaventato.

Spaventato di perdere Alessia. La conosce da appena una ventina di giorni e già non riesce a immaginarsi senza di lei.

«Come niente?!»

«Be', è solo che Berti, il mio vice, ha scoperto una cosa che riguarda tua figlia. Ha passato al setaccio alibi, situazioni e ogni dettaglio della vita di tutti coloro che sono entrati in contatto con Chat nell'ultimo mese, prima che qualcuno gli spaccasse la testa. E ha scoperto che quell'uomo è implicato nell'aborto che ha dovuto subire Anna.»

«Come l'hai saputo? Come hai fatto a sapere di mia figlia? Come ti permetti di indagare su di me, frugare nella mia vita, e di portarmi a letto? Come ti passa per la testa di scoparmi mentre pensi che io sia un'assassina?!»

Alessia ora è in piedi. Protesa in avanti come per colpire. Urla. Il viso teso e tirato contro il commissario. Con uno scatto raccoglie il cappotto e lo infila. La nudità ora la mette a disagio.

«Non ti considero un'assassina. Ma sei tra i sospetti. Perché non mi avevi detto che Anna aveva dovuto abortire e che il buttafuori si era finto il padre accompagnandola al consultorio? Ti rendi conto che è una cosa gravissima? Che questo ti dà un movente e fa di te la principale indiziata?»

«Senti, Cappa. Fai una cosa: vai a farti fottere.»

Alessia raccoglie gli slip, la camicetta. Si veste con furia. Inciampa con le dita nei bottoni. Quasi si annoda con il maglione e con i collant. Poi, senza fiatare, con il basco e i guanti in mano, se ne va a grandi passi verso l'ingresso.

«Se vuoi parlare ancora con me, avvisami per tempo. Verrò con un avvocato.»

Cade qualche calcinaccio, quando infila l'uscita e sbatte la porta. L'aria, ancora per qualche istante, vibra delle urla e dei gesti rapidi e feroci di Alessia.

Cappa s'accascia sul letto. Le mani sulla faccia, come nei film.

"No, non può essere stata lei."

30.
ALESSIA

Sopravvivenza

Alessandro sembrava volatilizzato. Mi aveva detto che «per la prima volta» non avrebbe passato il Natale con noi. Ma era più di una assenza, sembrava dissolto. Da una settimana il cellulare era sempre spento. E la segreteria telefonica di casa sfornava una cantilena insopportabile: *Sono fuori per quanto mi va, lasciate un messaggio.*

«Bastardo», ho sibilato.

Io e Anna abbiamo trascorso il pomeriggio della vigilia come due vietcong assediati da una divisione di marine. Il suo telefono sull'off. Io a cercare rinforzi. Inutilmente. Anche il mio amico avvocato era fuori.

«Natale di merda. Sono tutti in vacanza.»

La cena natalizia era da mia madre. C'era anche mia sorella.

Il menu era quello di sempre. Niente carne. Solo pesce. Tutto buono, tutto ipercurato da quella maniaca di mia mamma.

Mi sono arenata davanti alla prima forchettata di antipasto: insalata di mare e pesce spada marinato.

Poi, digiuno.

Speravo che squillasse il telefonino. Che Alessandro si degnasse di farci almeno gli auguri. Niente. Deve essere andato in qualche isoletta della Polinesia in dolce compagnia e il caldo e il corpo della sua giovane amante devono avergli confuso il cervello e il... calendario.

Osservavo con la coda dell'occhio mia figlia. Anna era tornata opaca.

Io non riuscivo a chiacchierare. Anna giocava distratta e annoiata con le cugine.

Quando poco dopo la mezzanotte, concluso faticosamente il rito dello scambio dei regali e dei falsi risolini di giubilo e di sorpresa, siamo salite sulla Smart, ci è uscita di bocca la stessa frase: «Odio il Natale».

Siamo scoppiate a ridere.

È durato poco poco. La leggerezza è volata via in un istante.

Sulla Smart si sentiva solo il suono di *We Wish You a Merry Christmas* sparata con inclemenza dalla radio. Io e Anna guardavamo fisso oltre il parabrezza. Mute.

«Puoi far star zitta la radio, mamma?»

«Certo. Ora andiamo a casa, ci facciamo una bella dormita. Vedrai, domani parlo con quel tipo e risolvo tutto.»

Anna mi ha guardato.

«Lo spero, mamma. Non potrei... non potrei più rivedere quel bavoso. Vorrei fosse morto.»

«Non dire queste cose. Ma non lo rivedrai mai più. Te l'assicuro.»

Ho trascorso una notte agitata. Mi sono alzata, ho camminato per la casa immersa nel buio. Mi sono fumata una sigaretta. Poi un'altra. Sono tornata a letto. Mi sono rialzata. Una rabbia che aveva la potenza e la violenza di uno tsunami saliva dalle viscere.

Mi rincorrevano le immagini di Chat che piangeva vicino alla pista da ballo del Blumare. Che minacciava e mi diceva che voleva bene alla mia piccola. Che mi prometteva di lasciarla in pace «per sempre».

Quell'essere schizoide mi faceva ribrezzo e insieme mi terrorizzava.

Avevo una voglia pazza di cancellare quella bestia.

Ho ascoltato la parola «cancellare» rimbalzare nella testa e mi sono accorta che non aveva nulla a che fare con me. Mi era completamente estranea.

Odio la violenza. Non riesco neppure ad ammazzare le mosche, figurarsi un essere umano. Uno con due occhi che ti guardano prima di morire.

Non sia mai.

Aiuto!

Nella mia vita non ero mai stata neppure sfiorata dall'idea di mettere le mani addosso a qualcuno. Quando vengo aggredita, preferisco il silenzio. Poi la fuga.

Ero nella merda.

Con questi pensieri da killer renitente e impotente, mi sono addormentata. Non so come e quando. Ricordo soltanto, mentre ero distesa sul letto schiacciata dal terrore di affrontare la giornata natalizia che si stava per affacciare inesorabile, di avere visto il chiarore dell'alba dopo aver inspirato istericamente l'ultima sigaretta del pacchetto.

Dalla cucina è arrivato un rumore di stoviglie sbattute. Come se qualcuno stesse lavando i piatti.

Dovevo andare a controllare. Dal ritorno di Chat avevo attacchi d'ansia per ogni cosa.

A fatica mi sono seduta sul bordo del letto, ho cercato assonnata di rintracciare le infradito. Mi ha scosso un brivido di freddo. Ho agguantato e indossato la vestaglia.

A giudicare dal bollitore del latte sul fornello e dal pacco di biscotti aperto sul tavolo, Anna aveva già fatto colazione. Ed era proprio lei che di fronte al lavandino aveva scelto di incarnare per una volta il ruolo di brava donnina di casa.

Mi sono avvicinata. Le ho dato un bacio sulla guancia. Le ho sussurrato all'orecchio gli auguri di Natale. Si è voltata. Mi ha sorriso.

«Sono nervosa, non riesco a stare ferma», si è giustificata.

Mia figlia, con la complicità di Magda, non sa neppure il significato dell'espressione «lavori domestici».

«Brava, mi piace che aiuti in casa. Come è andata la notte?»

«Male. Ho paura. Non voglio più tornare quella che ero. Era tutto così brutto, così sporco. Aiutami, ti prego, mamma.»

Per un istante quasi ho rimpianto i suoi silenzi. Sentire Anna parlare di quella che era stata nella sua seconda vita, fatta di sesso consumato come fosse un Kinder Brioss, mi metteva a disagio. Faceva rivivere, violenta, l'immagine di mia figlia che da otto mesi cercavo disperatamente di annullare.

Ma non era solo questo. C'era che tornava a esplodere il problema irrisolto della notte: come rispondere alla sua richiesta d'aiuto.

Non sapevo come far fronte al ricatto del buttafuori. Non sapevo come fermarlo.

«Stai tranquilla. Quel porco non lo vedrai più. A quello ci penso io. Puoi scommetterci il tuo iPod e le tue borsette e magliette firmate», ho azzardato con la testa china, impegnata a riempire il filtro della caffettiera.

«E cosa pensi di fare? Quello ha le mie foto, ha i videoclip... Se finiscono in Rete sono rovinata, sputtanata per sempre. Cosa dico a papà e ai nonni? Come lo spiego alle suore? Agli amici e ai compagni di classe? Questa notte pensavo che, come minimo, dovremmo cambiare città. E io non voglio. Qui c'è quel ragazzo che mi piace così tanto...»

Cavolo. La mia piccola per una volta aveva messo a fuoco tutti gli aspetti della questione. La posta della partita non erano solo la sua salute mentale e la sua dignità, in gioco c'era anche la nostra sopravvivenza. Chat aveva tra le mani un'arma letale.

«'Sto web comincia a starmi sulle palle», ho sibilato.

Anna mi ha guardato perplessa. «Mamma! Che fai? Parli romanesco?»

«Scusa.»

«Non ti preoccupare. Anch'io quando ho paura o sono nervosa, faccio lo stesso. Vediamo un po' di TV?»

Ho osservato mia figlia con occhi diversi. Era davvero cambiata. Riusciva a intercettare le mie emozioni. Tentava perfino di consolarmi.

Abbiamo passato tutta la giornata di Natale e pure Santo Stefano piombate in casa a guardare, come due ebeti certificate, decine di episodi di *Sex and the city*. Il cofanetto era stato un regalo di mia sorella. Lei sì che è una vera *desperate housewife*. Altra serie di cui sono stata omaggiata la notte della vigilia. Purtroppo.

Alle sei non ce l'ho fatta più. Era arrivato il momento di affrontare il problema.

«Anna, dammi il numero di cellulare di Chat», ho tagliato corto.

Mia figlia mi ha guardato. Si è alzata, è andata a prendere il telefonino. È ritornata e mi ha dettato il numero. Non ha chiesto e non ha voluto sapere niente. Aveva capito che era un gioco più grande di lei.

Come al solito ho infilato i guanti

Appena sono uscita di casa, come al solito ho infilato i guanti. Ho un problema di circolazione alle mani, con il freddo le dita mi diventano blu e cominciano a intorpidirsi. Fino a non sentirle più.

Ormai ho un'intera collezione di guanti. Quelli che amo di più sono di pelle, neri. E sono quelli che indossavo anche in quello stramaledetto pomeriggio di festa.

La notte aveva già conquistato la città, le strade erano deserte. Ogni tanto sfrecciava una macchina, ma non c'era essere vivente lungo il marciapiedi che percorrevo a passo svelto per sottrarmi al freddo.

I tacchi risuonavano sull'asfalto come quelli di una pattuglia di SS. Ho fatto per prendere una sigaretta dalla borsetta, abbassando la testa per rintracciare il pacchetto di Camel. Sono precipitata in terra, dopo un frontale con uno dei tanti cumuli di spazzatura che traboccano dai cassonetti.

Mi sono alzata. Avevo un forte dolore al ginocchio destro. Mi sono piegata per valutare i danni: solo una sbucciatura e la calza rotta.

Ho imprecato silenziosamente.

La Smart era ormai a un passo. Ho aperto la portiera, infilato le chiavi e acceso il motore nella speranza che l'aria del riscaldamento avesse al più presto la meglio sul freddo feroce che si spingeva fino alle ossa.

Era arrivato il momento di telefonare a Chat.

Uno squillo, due, tre.

«Pronto.»

«Ciao, brutto maiale.»

«Chi è?!»

«Sono la madre di Anna.»

«Chi?!»

«Non fare l'idiota. Mia figlia mi ha detto che sei tornato a tormentarla. Che la vuoi vedere. Non erano questi i patti. Avevi assicurato che saresti sparito.»

Silenzio.

«Allora?! Non hai nulla da dire?»

«Tua figlia dice un sacco di cazzate. Non l'ho cercata. Né ho intenzione di farlo.»

«Cazzate?! Mi ha fatto leggere i tuoi messaggi. E quelli sono altre prove contro di te. Sto per andare alla polizia, ma prima ho voluto avvertirti nella speranza...»

«Speranza un cazzo. Tu mi chiami perché sai che se metti in mezzo gli sbirri, tua figlia è rovinata.»

«Sei un animale. Ma me ne sbatto delle tue minacce. Prova a mandarle un altro SMS o a telefonarle e ti rovino. E questa volta lo faccio sul serio. Soprattutto non pensare di toccarla neppure con un dito. Ti ammazzo o ti faccio ammazzare.»

La telefonata è stata interrotta. Quella merda si sentiva forte. Credeva di condurre il gioco. Neppure ha replicato.

Sempre seduta nella Smart, ancora con il motore acceso, mi sono tolta i guanti. Ora avevo caldo peggio che in agosto a Sharm el Sheik. Mi sono tirata su i capelli e mi sono accorta di avere la nuca sudata.

Ho composto il numero di casa. Anna ha risposto al secondo squillo.

«Cosa è successo? Cosa gli hai detto?» ha chiesto concitata.

«Gli ho detto che ti deve lasciare perdere. Che non deve più osare inviarti SMS o provare a cercarti.»

«E lui?»

«Non lo so. Ha attaccato. Ma ora tu accendi il telefonino e vediamo come si comporta quel verme. Intanto vado a trovare tua nonna. Se la lascio sola il giorno di Santo Stefano mi tiene il muso per mesi.»

Mia madre mi ha accolto squittendo. Mi ha offerto una fetta di pandoro. Mi ha preparato il tè.

Io rispondevo alle sue chiacchiere con monosillabi. Lo sguardo assente quanto la mente.

«Alessia, cosa ti succede?!»

Cavolo, perfino mia madre che da quando mi ha messo al mondo non si è mai accorta di nulla, neppure quando al liceo mi spianavo il cervello di canne, aveva capito che c'era qualcosa che non andava.

«Niente, niente. Un problemino con Anna. Sai, le adolescenti... Ci siamo appena fatte una bella litigata.»

«Tu eri uguale. A quattordici anni sembravi il Che e Castro messi insieme e mi consideravi il tuo Batista da abbattere.»

La citazione pseudocolta sulla rivoluzione cubana mi ha fatto sorridere. Mi ha ricordato gli anni del liceo e dell'università. Ora giro in Smart...

È stato un istante.

Dalla borsetta è giunta l'eco di un *bip*. Era arrivato un messaggio.

Ho preso il telefonino. Ho letto. *Mamma, quello insiste. Questa volta non si è accontentato di un SMS, mi ha telefonato. Mi ha detto che devo fare la brava, accettare di incontrarlo e che se parlo di nuovo con te, mette subito tutte le mie immagini sul web. Ho paura.*

«Cosa succede? Sei pallida», ha detto mia madre.

«Nulla. Appunto, problemi con Anna. Era lei. Ora devo andare. Ti chiamo domani. Tanti auguri, mamma.»

Mia madre mi ha accompagnato alla porta. Gli anni l'hanno resa più piccola, più fragile. Ma la sua bellezza è solo un po' ingrigita, l'età si è posata sul suo viso come un sottile velo di polvere.

Sulla porta ha fatto ciò che non faceva da quando ero bambina. Mi ha abbracciato. Mi ha tenuto stretta per qualche secondo.

L'ho baciata sulla guancia e ho infilato la porta.

Sono scappata via.

Un altro istante tra le sue braccia e sarei scoppiata a piangere. Allora sì, che sarebbe stato difficile negare la verità. E ancora più difficile sarebbe stato spiegare a mia mamma della doppia vita della sua nipotina preferita.

L'orologio della Smart indicava le otto.

Sul cellulare ho composto il codice #31# per non far apparire il mio numero sul display del telefonino di Chat.

Lui ci è cascato. Ha risposto.

«Pronto.»

«Dove cazzo sei?!»

Il mio esordio con Chat non è stato dei più cordiali, naturalmente. E neppure il suo.

«Dove cazzo pare a me.»

Inutile minacciarlo di nuovo. Ho cercato un altro approccio. «Ho trovato la soluzione ai tuoi problemi. Metto insieme duemila euro e la facciamo finita. Tu con i miei soldi ti vai a scopare qualche giovane puttana e dimentichi Anna.»

La risposta è stata una risata.

«Cosa cazzo ti ridi?»

«Be', l'idea è interessante. Si può fare. Ma ora so' impegnato. T'aspetto a mezzanotte a casa mia.»

Chat mi ha dettato l'indirizzo. Aveva il tono, sicuro e divertito, di chi ha vinto la partita. Il mio era quello di chi ha ben chiaro il peso della sconfitta.

Sono andata a casa. Anna mi ha aperto la porta senza fiatare. Mi ha seguito mentre a grandi passi andavo verso la mia stanza da letto. Ha sgranato gli occhi quando mi ha visto rimuovere una tavola dal lato dell'armadio a muro e infilarci la mano per poi tirare fuori una cartella in pelle.

«Cos'è, un ripostiglio segreto?»

«Esatto.»

Ho aperto la borsa. Dentro c'erano tutti i miei gioielli. C'era anche la fede di Alessandro, il mio ex aveva pensato bene di dimenticarsela per dare prova di quanto ci tenesse. E c'era un vecchio portafogli con duemilacinquecento euro. Ne ho presi duemila e li ho messi in borsetta.

«Cosa ci fai con tutti questi soldi?» ha chiesto sorpresa Anna.

«Sono per il buttafuori. Così forse la smetterà di torturarti.»

«Sei proprio un'idiota. Quello incassa i nostri euro e fra una settimana torna alla carica. Finché avrà le mie foto e i miei videoclip siamo nelle sue mani.»

«Forse, ma almeno avremo qualche giorno in più. Prima o poi finiranno queste maledette vacanze di Natale. Prima o poi torneranno tuo padre e il mio amico avvocato. Una soluzione riusciremo pure a trovarla!» sono sbottata.

Mia figlia ha annuito. «Mi dispiace che devi buttare via tutto questo denaro», ha detto sedendosi sul letto e prendendomi una mano.

«Non importa. Avevo quasi dimenticato di averlo in casa. Ora ci guardiamo un film. Con quel bastardo ho appuntamento a mezzanotte.»

Mezzanotte

Mezzanotte non arrivava mai. Avete mai provato a guardare la TV durante le feste di Natale? Da vomitare. Solo film pieni di buoni sentimenti e della peggiore retorica d'oltreoceano.

Roba da suicidio collettivo. Facevo zapping con mia figlia che mi friggeva accanto. E io insieme a lei.

Eravamo talmente tese che non riuscivamo neppure a scambiarci qualche banalità.

«Mamma, ho paura», ha detto Anna mentre lo schermo della TV veniva invaso da una nuova ondata di pubblicità. Panettoni, creme anticellulite e giochi per bimbi.

Ma cosa c'entra la cellulite con il Natale?! Avrei azzannato il teleschermo.

«Di cosa hai paura, tesoro mio? Quello è un poveraccio. Vedrai, prenderà i soldi e se ne starà buono per un po'. Poi risolveremo la questione una volta per tutte. Ci deve pur essere un modo per fermare quell'animale.»

«Sì, forse. Ma non è questo: ho paura per te.»

Non ci avevo pensato. Non avevo ragionato sul fatto che tra meno di un'ora mi sarei trovata da sola con il buttafuori.

«Io no. Non sono io quella che vuole. Troppo vecchia per i suoi gusti. Si prenderà i soldi e tanti saluti», ho detto senza troppa convinzione.

Dopo un po' Anna si è addormentata sulle mie ginocchia.

Respirava profondamente con il dito in bocca quando è suonata la sveglia del cellulare che avevo lasciato accanto a me, a portata di mano, come fosse una pistola con il colpo in canna. Ho interrotto l'allarme al primo squillo.

Mancava mezz'ora alla mezzanotte. Mi sono alzata con cautela, spostandole la testa e sistemandola su un cuscino. Ho preso un plaid e l'ho coperta. Quando dorme Anna soffre sempre il freddo.

In punta di piedi mi sono avvicinata all'ingresso.

Ho indossato un cappotto più pesante di quello del pomeriggio, un basco nero che mi fa tanto francese e i guanti di pelle.

Alle mie spalle ho sentito un fruscio. Anna si era svegliata. Mi seguiva come un cagnolino. A ogni mio passo, un suo passo. Quasi incollata, quasi timorosa di perdere il contatto. Testa china, il corpo acerbo tremante.

Mi sono voltata, le ho accarezzato il viso.

«Non ti dico di andare a letto perché so che non ci riusciresti. Aspettami pure sveglia. Al massimo tra un'ora sarò di ritorno.»

La risposta è stata un sorriso triste.

«Mi dispiace», ha sussurrato.

Le ho preso una mano. L'ho tirata verso di me. L'ho stretta forte.

«Ti dispiace di cosa? Sono tua madre o no? Questo è compito mio. A cosa servono le madri se non a risolvere i problemi?»

Ho abbozzato un sorriso, inseguito da una smorfia amara. Ho pensato ad Alessandro in costume da bagno su qualche spiaggia esotica. Bastardo.

Chat abitava a meno di un chilometro. In un brutto condominio popolare dalle parti di piazza Vescovio.

Il cancello era aperto. Il maiale aveva detto che mi avrebbe aspettata al pianterreno della scala B. Mi è bastato entrare nel cortile interno per individuare l'ingresso.

Ho fatto un passo, due, in direzione della scala B. Improvvisamente la rabbia è evaporata. Sono stata assalita dalla paura. In borsetta avevo solo lo spray urticante che mi aveva regalato Angela per il Natale dell'anno scorso.

«Sei così bella che devi stare attenta ai brutti incontri...» mi aveva detto consegnandomi il pacchetto.

Aprendolo ero scoppiata a ridere. «Alla mia età chi vuoi che mi cerchi?!»

Ma ora quello spray mi sembrava utile. Non sufficiente però. Ho guardato per terra alla ricerca di qualcosa per difendermi nel caso che le cose si fossero messe male. Un sasso. Un bastone.

Il cortile era ben pulito, non c'era nulla che potesse venirmi in aiuto. Sulla destra ho avvistato un nastro rosso e bianco che segnalava lavori in corso. Con l'accendino ho fatto luce. Vicino al muro, tra i calcinacci, proprio sul bordo di un fossato scavato per riparare o sostituire qualche conduttura, c'era un tubo di ferro. Sembrava un raccordo per l'acqua. L'ho raccolto, soppesandolo con la mano.

Ho sorriso. Era proprio quello che cercavo. Non troppo pesante, facile da impugnare e da maneggiare.

Ho guardato i guanti, erano impolverati. Ma non era certo questo il problema.

Alla base del palazzo B si stagliava il corpaccione del buttafuori. Era seduto su un muretto, sul lato di una breve rampa di scale che conduceva alla porta di un seminterrato. Stava fumando.

Mi sono avvicinata. Chat mi ha visto. È rimasto immobile.

«Che fai? Giri armata?» ha ghignato indicando con lo sguardo il tubo che stringevo nella mano destra.

«È il minimo. Tu andresti a un incontro con un criminale pedofilo a mani nude? Ma questa la uso solo se provi a fare il bastardo», ho detto brandendo la piccola spranga senza troppa convinzione.

Il buttafuori si è fatto una risata. Ha gettato via la sigaretta.

«Tienila pure, la cosa importante sono i soldi. Ce li hai?»

Era evidente che Chat mi avrebbe considerata una pulce inoffensiva anche se mi fossi presentata con un bazooka.

«Sì, ho i soldi. Ma prima voglio vedere se hai davvero le foto e i video con mia figlia. Mica sono nata con l'anello al naso.»

Ho finito la frase e mi è scappato un mezzo sorriso. Stavo dando fondo al mio repertorio di bulletta dei tempi del liceo.

«Che te ridi?»

«Niente. È tutto così assurdo. Non mi capita spesso d'andare a pagare un ricattatore che vuole prestazioni sessuali da una minorenne.»

Chat ha fatto finta di non sentire. Si è voltato, ha sceso le scale. Ha infilato una mano nella tasca destra del giaccone e ha tirato fuori un mazzo di chiavi.

In un istante eravamo dentro il suo appartamento. Una vera schifezza. Lampadine nude e mobili dozzinali. Sorpresa, mi sono accorta che non c'era neppure la cucina.

Il buttafuori è andato verso il tavolo di plastica che troneggiava in un angolo. Sopra c'era il suo notebook. L'ha acceso dandomi le spalle. Ha aperto la cartella Immagini.

«Ecco, guarda. Così ci credi. Sborsi. E sgommi.»

«OK, ma tu intanto ti siedi sul tuo lurido divano. Non mi va di averti vicino.»

Chat si è seduto dopo un'alzata di spalle. Aveva ancora indosso il giubbotto. La pancia, ora che era risucchiato dal divano, gli batteva sulle ginocchia.

Che schifo.

Ho passato la spranga nella mano sinistra e con la destra, tremante, ho impugnato il mouse. C'era una cartella dedicata ad Anna. Ho scorso le immagini. Erano più o meno quelle che avevo visto sul suo telefonino. In reggiseno. A seno nudo.

Mi sono fermata. Non volevo andare avanti. Non ce la facevo.

«Già ti è bastato? Prova a dare un'occhiata ai video...» ha ghignato l'animale sul divano.

Ho cliccato sulle icone dei videoclip. Il respiro si è bloccato. In uno c'era Anna ripresa mentre faceva sesso con un ragazzino più o meno della sua età. Le si vedeva perfettamente il viso. In un altro era accucciata davanti a un uomo panciuto, in piedi, di cui non veniva ripresa la faccia. In un altro ancora era insieme a due uomini. Lei ben visibile, loro ben nascosti.

Un conato di vomito è salito e mi ha raggiunto la gola.

Mi sono piegata in due. Sono riuscita nell'impresa di non rigettare.

«Allora?!» ha sibilato il buttafuori.

«Uno di quelli sei tu, vero?»

«Questi sono affari miei. Ma vedo che hai intuito...»

Dio mio. Quel mascalzone bavoso era fiero delle sue imprese.

Ho stretto forte la spranga. L'ho passata nella mano destra. L'ho strizzata fino a sentire dolore alle dita. Avevo voglia di saltargli addosso e di massacrarlo.

L'animale aveva istinto animale. Si è alzato faticosamente. Aveva capito che lì, sprofondato nel divano, era vulnerabile.

«Bene, ora che hai visto, dammi i soldi.»

«E chi mi dice che poi non torni a ricattarmi, a insidiare mia figlia?»

«Nessuno. Ti devi fidare.»

Sono rimasta immobile. Lo sguardo incollato al suo sguardo. Poi ho infilato la mano nella borsetta, ho tirato fuori i duemila euro che avevo messo in una busta.

Con una zampata Chat me l'ha strappata di mano. Era vorace.

Ha aperto la busta. Ha contato i soldi.

Non ce la facevo più a restare lì. La rabbia e il senso di impotenza e di frustrazione mi facevano salire il sangue al cervello.

Mi sono voltata, ho aperto la porta e ho cominciato a salire le scale.

Avevo voglia di freddo, di correre, di gridare. Avevo bisogno assoluto di mettere quanta più distanza possibile tra me e quel bastardo.

Quando ero quasi sul piazzale del cortile, il piede sull'ultimo gradino, mi sono sentita afferrare per il braccio sinistro.

«Che fai? Te ne vai senza avermi dato un bacetto, senza avermi fatto un lavoretto? Scommetto che sei più brava della tua bambina. Anche se devo dire che, nonostante l'età, Anna se la cava più che bene.»

Mi sono girata. Ho sbuffato neanche fossi un toro, tanta era la furia che mi saliva dal petto. Non avevo più paura. Proprio no.

Il buttafuori stava salendo l'ultimo gradino. Ero più alta di lui, in quel momento. In posizione di vantaggio. Ho cercato di liberarmi dalla sua stretta. Lui stringeva più forte. Strattonava. Rischiavo di cadere verso di lui. Con tutte le mie forze ho cercato di liberarmi.

«Mi fai male», ho gridato.

«Bene, sarà più bello.»

Si è sporto verso di me come a cercare un bacio.

Lurido animale.

Nella destra ho sentito il peso del tubo di ferro. L'ho stretto ancora più forte. Il braccio ha vibrato per la tensione e lo sforzo. E poi è scattato. È scattato anche se non gliel'ho chiesto. È scattato perché era più intelligente di me, perché forse conosceva meglio di me il significato di «sopravvivenza».

Ho sentito un rumore sordo. Il ferro che si abbatteva sul testone calvo del buttafuori.

L'animale mi ha restituito uno sguardo sorpreso. Poi sul faccione si è disegnata una smorfia di dolore e di rabbia. Ha barcollato. Ha dondolato per un istante.

È caduto all'indietro.

È rotolato lungo i gradini. Il corpaccione si è fermato a testa in giù.

Ero ancora in piedi in cima alle scale. Avevo ancora il tubo in mano. Adesso era pesantissimo. L'ho guardato. Era sporco di sangue.

Mi è venuto da urlare. Ho trattenuto l'urlo e il respiro.

Ho gettato il tubo dietro a una siepe, oltre la ringhiera delle scale, quasi senza pensarci. Mi sono seduta sul primo gradino. Chat non si muoveva.

Un'ondata di terrore mi ha scosso. Ero come paralizzata.

«Devo fare qualcosa. Devo cancellare quelle foto e quei video», mi sono ordinata a mezza voce.

La porta del seminterrato era sempre aperta. La luce ancora accesa.

Mi sono alzata. Ho sceso le scale incerta, attenta a non sfiorare il corpo del buttafuori. Attentissima a non guardarlo di nuovo.

Con le mani che faticavo a tenere ferme mi sono avvicinata al PC ancora acceso. Sono andata alla cartella Immagini. Le ho cancellate tutte. Ho svuotato il cestino. Sono entrata dentro il programma di MSN. Ho cancellato tutte le chat e anche il registro dei contatti.

In dieci minuti, con le gambe che vibravano e che non riuscivo e fermare, ho spianato il computer del buttafuori. I mesi d'indagine sul PC di Anna mi venivano in aiuto. Ero quasi un'esperta. Del resto non c'era molto da cancellare, anche Chat doveva aver fatto da poco «pulizia» nel suo notebook.

Ho spento il PC.

Ho arraffato la busta con i soldi che era rimasta sul divano e l'ho infilata in borsetta.

Ho spento la luce.

Ho chiuso la porta.

Chat era ancora lì, un pagliaccio con il pancione, a testa in giù sulle scale.

Non me ne fregava niente di come stava, se era morto o moribondo. M'importava soltanto che adesso non poteva più fare del male alla mia piccola. Ora, se tornava alla carica, potevo denunciarlo alla polizia.

Mi sono guardata intorno. Non c'era nessuno. Ho dato un'ultima occhiata al buttafuori. Era sempre immobile. Doveva essere svenuto.

Ho alzato la testa. Tutte le finestre del palazzo di fronte avevano le imposte chiuse e le luci spente.

Già, non è facile sopravvivere al Natale.

A passo svelto mi sono diretta verso la macchina. Ho impugnato il cellulare, composto il numero di casa.

Anna ha risposto al primo squillo.

«Mamma!»

«Tutto a posto, bambina mia. Tutto a posto. Tra cinque minuti sono da te.»

31.
NERO

Ad Anna non ho detto niente

Ad Anna non ho detto niente. Non le ho detto che avevo telefonato a Chat per chiedergli un incontro. E non le ho detto che quello aveva minacciato pure me.

Sì, proprio così. Quel bastardo mi aveva ricordato del «nostro video». Di lui che mi masturbava. Di come anch'io potevo «finire, con un solo clic, rovinato sul web», se continuavo a rompergli i coglioni.

Il giorno di Santo Stefano avevo la pancia che mi faceva male. Ero tanto nervoso che avevo mangiato come un pazzo al pranzo con i parenti. Un rito triste e noioso che subisco da quando sono nato, precipitando immancabilmente in depressione. Ma questa volta è stato diverso. Avevo tanta adrenalina in corpo che ho perfino giocato a tombola e a sette e mezzo.

«Che bello, il mio Mattia quest'anno gioca...» ha squittito mia madre ammiccando con la zia.

Gli anni precedenti ero arrivato, mi ero seduto sul divano, avevo indossato le cuffie. E bye bye, non m'ero cacato nessuno.

Con Anna ci siamo scambiati decine di SMS. Era preoccupata. Mi aveva detto che sua madre aveva telefonato a Chat, ma non era riuscita a ottenere niente.

Io ero nel panico. Non sapevo cosa fare.

Giocavo a tombola e dimenticavo di segnare sulla cartella i numeri usciti. Avevo la testa altrove.

«Mattia, sei proprio tonto. Hai fatto tombola e neppure te ne sei accorto», ha detto a un certo punto mia cugina Alba, strappandomi ai pensieri.

«E tu cosa ne sai?»

«So leggere. Guarda...» E ha indicato la mia cartella con tutti i numeri coperti. «Eri così distratto che ci ho pensato io a spuntarli per te mentre uscivano.»

Poi, ad alta voce: «Tombola! Mattia ha fatto tombola!».

È esploso un applauso.

Già, Nero che gioca e che perfino vince è un avvenimento da ricordare per la famiglia Cortese & C.

Poco prima delle nove l'incubo è finito. Mio padre ha aperto la porta di casa con la rapidità e l'efficienza di un ubriaco. Anche lui mangiava da tre giorni e in più beveva. Vino, spumante. Whisky.

Mi sono tuffato in camera.

Ho chiamato di nuovo Chat.

Volevo chiedergli un appuntamento. Avevo deciso di affrontarlo. Questa volta però ci sarei andato armato, da quel bastardo. Mio padre aveva un coltello da caccia. Con quel coso potevo fargli male.

Dal microfono del cellulare è rimbalzata una risata. Una di quelle fragorose, da film western.

«Che cazzo hai da ridere?»

«Be', oggi mi volete vedere tutti», ha ghignato.

«Tutti chi?»

«Sono affari miei. Vediamoci verso l'una di notte. Prima ho da fare.»

«Verso l'una?! Non so se posso. È molto tardi.»

«Allora arrangiati.»

Ha attaccato.

Un istante dopo ha chiamato Anna.
«Nero, Nero, ascolta.»
Ha raccontato che sua madre aveva un appuntamento a mezzanotte con Chat. Che l'aveva chiamato e che il bastardo era pronto a mettersi in tasca duemila euro per lasciarla in pace.
«E tu ci credi che poi smetterà di ricattarti?»
«No. Ma mia madre dice che così almeno prendiamo un po' di tempo. Tra qualche giorno torna mio padre. Forse lui riuscirà a inventarsi qualcosa.»
«Balle. Quello ti vuole e non s'arrenderà. Lo conosco quell'animale. Il risultato è che avrà duemila euro in più per farsi di coca. Ci penso io. Anch'io sarò a casa sua a mezzanotte.»
Anna è restata qualche istante in silenzio.
«Ti ringrazio», ha sussurrato.
«Di cosa?»
«Be', così, nel caso, potrai aiutare mia madre se quello l'aggredisce.»
«È vero, non ci avevo pensato. Ma tu non dire nulla a tua mamma.»
«Ma cosa avevi pensato? Perché volevi andare lì se non per aiutare mia madre?» Ora Anna era ancora più allarmata.
«Niente, niente. Avevo pensato di parlarci guardandolo dritto negli occhi. Ma hai ragione, mi limiterò a fare da scorta a tua mamma.»

Il coltello di mio padre

Il coltello di mio padre era esposto nel ripiano più alto della libreria. Rodolfo Cortese me l'ha fatto vedere solo una volta qualche anno fa, tirandolo fuori dalla custodia di pelle con fare cerimonioso. Tipo iniziazione del figlio maschio.

«L'ho preso in Nepal, è l'arma tradizionale dei soldati Gurkha», mi aveva spiegato. Era un coltello grande, con la lama larga e un po' ricurva. Pesante.

Papà l'aveva subito riposto lontano dalla mia portata.

Mi sono ritrovato a pensare che con quello in mano non avrei avuto paura di Chat.

Ho aperto lentamente la porta della stanza. Mi sono affacciato in corridoio. Le luci erano spente.

Sono andato in sala camminando nell'oscurità. L'orologio a cristalli liquidi indicava le nove e venti. Cavolo, solo dopo le grandi bevute e le abbuffate i miei genitori crollano così presto. Per la prima volta in vita mia ho ringraziato il Natale.

Il problema successivo era raggiungere il ripiano più alto della libreria. C'era un solo modo. Usare la scala che si trovava nel ripostiglio.

Ho acceso la luce. Al buio rischiavo di fare disastri e di svegliare tutti.

Il miracolo si è compiuto. Ho recuperato la scala, sono salito in cima, ho preso il coltello. Sono sceso. Ho nascosto l'arma sotto il materasso. Ho rimesso la scala nel ripostiglio. Sono tornato in camera. Ho richiuso la porta. Il tutto senza svegliare i miei. Mi sentivo un supereroe dotato di poteri paranormali. Forse avevo ereditato qualcosa dal mio Batman di Facebook.

Mi sono vestito di nero. Dalle scarpe al cappello di lana. Ho indossato un giaccone, sempre nero, e nella grande tasca interna ho infilato il coltello.

Il passo successivo è stato aprire e chiudere la porta di casa senza farmi sentire. Il successo dell'operazione scala mi aveva reso più fiducioso.

In punta di piedi ho raggiunto l'ingresso. La camera dei miei è la più vicina all'uscita. Dovevo passarci davanti per forza.

Ho impugnato la maniglia trattenendo il respiro. L'ho girata. Nessun cigolio. Quel fissato di mio papà, grazie a Dio, fa lubrificare ogni serratura e ogni cardine una volta all'anno. Odia i cigolii. Pure io.

Sono uscito senza far rumore.

In strada non c'era proprio nessuno. Sembrava una di quelle notti d'agosto in cui Roma è bella e deserta. Però faceva un freddo bestia. Ho infilato i guanti e mi sono tirato lo zucchetto di lana quasi fin sopra gli occhi.

Conoscevo a memoria la strada per casa di Chat. L'avevo percorsa tante volte, quando eravamo amici. Quando credevo fosse un mio amico. Un moto di rabbia mi ha fatto accelerare il passo.

Più camminavo, più mi scaldavo. Mi sono tolto i guanti, ho sollevato il cappello. Ero sudato.

Sono arrivato nel brutto condominio di Chat qualche minuto dopo le dieci. Così diceva l'orologio del cellulare.

Il cancello che immette nel cortile era aperto. Come sempre.

Ho infilato una mano nel giaccone per sentire il coltello.

Chat era in casa. La luce del seminterrato era accesa. Mi sono appostato all'angolo del palazzo di sinistra. Quello della scala A. Il buttafuori abitava alla B. C'è una siepe bassa. Mi sono seduto dietro, appoggiando la schiena alla base del palazzo. Da quella posizione potevo vedere l'ingresso del cortile e la scala da cui si accedeva all'appartamento dell'animale.

Dopo non più di cinque minuti ho sentito delle urla. La porta dello scantinato si è aperta di botto. È uscito, a passo di carica, un tipo grande e grosso. Aveva la coda di cavallo. Mi pareva di conoscerlo... Ma chi cavolo era?

Ah, sì, l'avevo visto due o tre volte con Chat. Era uno spacciatore, o almeno Chat ci aveva comprato della roba. Come si chiamava? Ah sì, ora ricordo: Carlo, Carlo Meloni.

Chat lanciava grida dietro Meloni. Insulti. Ma si muoveva ancora più lentamente del solito. Barcollava un po'. Probabilmente era ubriaco. O forse aveva fumato e sniffato. Meloni non se l'è cacato neppure un po'. Ha messo in tasca qualcosa ed è filato via.

Chat, come un cane bastonato, è tornato in casa. Il testone basso.

Sono tornato a sedermi dietro la siepe. Non sapevo se bussare a Chat e affrontarlo o aspettare la madre di Anna.

L'animale ora era incazzato, aveva appena avuto una lite con il suo collega. Era meglio che si rincoglionisse con un altro po' di droga, prima di bussare. E poi era il caso di far calmare le acque: qualcuno si era affacciato alle finestre. Vedevo imposte aperte e luci accese.

Le grida avevano allarmato qualche pensionato insonne. E se qualcuno aveva chiamato la polizia?

Faceva un freddo terribile. Tremavo, con il culo appoggiato al pavimento ghiacciato.

Mi sono alzato e ho fatto qualche passo. Mi sono avvicinato in punta di piedi alla finestra di Chat. Ho guardato dentro. Il bastardo era disteso sul divano. Aveva gli occhi chiusi.

Dormiva, forse. Ho infilato la mano nella tasca del giubbotto per verificare se il coltello era ancora al suo posto.

Proprio non ce la facevo a bussare e ad assalire il porco.

Avevo paura.

Sono un cacasotto, aveva ragione Obelix.

Poi finalmente è arrivata Alessia Ferrero. La porta dell'appartamento di Chat si era già aperta, il buttafuori era uscito. Voleva farsi trovare pronto. Il maiale voleva incassare il malloppo. Ha acceso una sigaretta.

La madre di Anna camminava incerta. Si è fermata. Non sapeva dove andare. È ripartita. Si è fermata di nuovo. Sembrava che stesse cercando qualcosa. Si è piegata fra i calcinacci di un piccolo cantiere aperto sul lato del palazzo B.

Aveva i guanti e in mano ora teneva un bastone. No, un pezzo di ferro. Cazzo, Alessia Ferrero è sveglia. Aveva cercato e raccolto una spranga.

Chat si è mosso per andarle incontro. L'ho visto fare segno verso l'arma di Alessia. Ridere. Sono entrati insieme nell'appartamento. La porta si è chiusa.

Mi sono alzato, mi sono avvicinato al seminterrato. Mi sono appostato alla piccola finestra. Non sentivo nulla. Ma vedevo, come in un film muto, la madre di Anna che guardava alcune immagini nel PC di Chat. L'ho vista impallidire. Sbandare. Ho visto Chat ridere e poi prendere una busta. Il buttafuori aveva la faccia e l'atteggiamento da gradasso, Alessia era incerta e pallida, ma rabbiosa.

Si è avvicinata alla porta, l'ha aperta.

Sono tornato di corsa al mio nascondiglio. Mi sono acquattato di nuovo.

Alessia ha cominciato a salire le scale. Lentamente. In mano aveva ancora la spranga.

Dava le spalle all'ingresso del seminterrato. Non si è accorta che Chat era uscito.

Chat la stava seguendo. Chat le ha preso un braccio. L'ha bloccata. Ho trattenuto a stento un urlo. Sono scattato in piedi. Stavo per correre. Mi sono fermato.

All'orecchio mi giungevano brandelli di parole. Ho visto l'animale avvicinare il viso a quello della donna, sempre tenendola per il braccio, come a cercare un bacio.

Alessia ha reagito. Ha alzato la spranga. L'ha battuta forte contro la testona pelata di Chat.

Mi sono alzato per vedere meglio.

Chat è rimasto un istante immobile. Lo sguardo sorpreso e un'espressione ebete. Come nei cartoon.

Poi è crollato, precipitato a testa in giù. Il corpo enorme è rimbalzato sui gradini. Il pancione ballava saltellando lungo la breve rampa di scale.

Mi è venuta alla mente l'immagine del budino che faceva mia nonna. Lo scuotevo sul piatto e quello vibrava. Ecco, la pancia di Chat era come quel budino.

Alessia ha osservato Chat. Ha gettato via la spranga oltre una siepe. È entrata in casa.

Sono rimasto paralizzato dalla paura e dallo stupore. Perché non era scappata?

Dopo una decina di minuti la luce si è spenta, la porta si è aperta. Alessia ha sporto la testa fuori. Si è guardata intorno. Ha dato un'occhiata a Chat. Ha cominciato a salire le scale. Ha percorso il cortile e infilato il cancello. Era salva. Era libera.

Mi sono alzato, ho fatto un paio di passi nella stessa direzione. Verso l'uscita. Poi ci ho ripensato. Il richiamo di Chat era troppo forte.

Mi sono avvicinato alle scale. Non c'era nessuno nel cortile. Le finestre dei palazzi erano tutte spente.

Ho sceso un gradino per volta, al rallentatore. Ho raggiunto il corpaccione del maiale. Mi sono piegato per vedere se Chat respirava.

Cazzo, respirava.

Mi sono seduto accanto a lui. Ho sentito un rantolo.

Non mi faceva pena. Anzi. Ero scosso da un moto di rabbia. Quel bastardo era ancora vivo. Poteva ancora fare male ad Anna e a me.

Ho messo la mano nella tasca interna del giaccone. Ho tirato fuori il coltello dei Gurkha. Era ancora più pesante. L'ho sfoderato. Ho tolto i guanti e sentito la lama con le dita. Era ghiacciata e tagliente.

Un altro rantolo del ciccione mi ha scosso.

Avevo di nuovo paura. Sudavo, nonostante l'aria fredda che bruciava i polmoni. Ce l'avrei fatta a tagliargli la gola?

Dovevo farcela. Per Anna. Per me.

La lama del coltello brillava alla luce dei lampioni. La osservavo incantato, mentre tenevo lo sguardo incollato alla gola di Chat.

L'acciaio freddo mi affascinava. Dava coraggio.

32.
19 GENNAIO 2011

Due cornetti

Berti ha portato un sacchetto con due cornetti. Sono per il commissario. Sa che per Cappa sarà una giornata difficile. Molto difficile. È il caso di tentare di addolcirla facendo colazione insieme.

Cappa s'infila in ufficio. Chiude la porta. Comincia a togliersi il giubbotto, si volta verso l'appendiabiti. Libero dal giubbotto s'incammina, pensieroso, la testa china, in direzione della scrivania. Poi torna verso la parete, fruga nella tasca del giubbotto.

Con il solito pacchetto di Camel in mano, si siede alla scrivania. Non si accorge né della presenza di Berti, né tantomeno del sacchetto bianco con i cornetti adagiato al centro del tavolo.

Dalla tasca tira fuori una confezione di cartine e una caccola di hashish. Prende l'accendino, comincia a squagliare un po' di fumo sul piano della scrivania.

Berti, seduto al suo tavolo, l'osserva come se gli avessero appena sparato un colpo in fronte. Ha lo sguardo sorpreso e vitreo.

«Tommaso, che fai?!» sbotta.

Cappa sobbalza sulla poltrona, il pezzetto di fumo gli cade per terra.

«Cazzo, non mi ero accorto che c'eri», dice a mezza voce, rialzandosi dopo aver raccolto il dado di hashish.

«Come, non te ne eri accorto? Mica sono trasparente. Ma che fai? Le canne?! Un poliziotto... Alla tua età!»

«Senti, non rompermi le palle. Mi va e basta.»

Berti si alza, l'atteggiamento di chi ha sorpreso la moglie a letto con il migliore amico.

Con uno scatto raggiunge la scrivania e rastrella dal tavolo le cartine e il fumo. «Questi li tengo io.»

«Non fare il coglione. Dammeli. Sono grande abbastanza per decidere da solo.»

«Ma è illegale. E poi in questura! Ma cosa ti passa per la testa?»

«Niente.»

«Appunto.»

Cappa rinuncia a dare battaglia. Poggia la schiena sulla poltrona. Guarda l'amico dritto negli occhi. «Cosa facciamo con la Ferrero?» chiede strascinando le parole.

«La convochiamo», replica deciso Berti.

«Sì, questo lo so che dobbiamo farlo. Ma come? È la mia donna. Non so come agire.»

«Non tocca a me darti la soluzione. Se fossi al tuo posto non la convocherei in questura subito. Prima proverei a parlarle.»

«Già fatto.»

Berti sgrana gli occhi. Fa un passo verso il commissario. «Cosa ti ha detto?»

«Mi ha fatto il culo. Mi ha chiesto come sia possibile che me la scopo e che la sospetto di omicidio.»

«Be', non ha tutti i torti.»

«Vaffanculo.»

«Scommetto che te l'ha detto pure lei.»

«Già.»

«Allora è più facile. Se avete rotto, la convochiamo qui e l'accusiamo formalmente di omicidio in presenza di quello scansafatiche di De Paoli. E poi, se il magistrato crede sia il caso, la sbattiamo in galera.»

Cappa si gira all'istante tutto il film nella testa. «Impossibile.»

«Come, impossibile?»

«Voglio parlarci un'altra volta. Una volta sola ancora.»

«Va bene. Ma hai solo ventiquattr'ore di tempo. E smettila di farti le canne. La prossima volta che ti becco, ti denuncio.»

Cappa è già sulla porta. Già con il giubbotto addosso. «Ventiquattr'ore di tempo? Mi dai ventiquattr'ore? Mi minacci? Guarda che il capo sono io», dice con un mezzo sorriso carico di imbarazzo.

«Ora più che un capo sei uno stronzo mezzo affogato. Vai, che è meglio.»

Nero

Cappa abbassa la cornetta del telefono con un sorriso da bimbo ultrafelice.

Berti l'osserva sorpreso. Dal giorno prima, da quando i sospetti hanno virato decisamente su Alessia, il commissario aveva mostrato la vivacità di un mollusco.

«Cos'è successo? Hai vinto alla lotteria?»

«Quasi. Lo sai chi era al telefono?»

«Dove siamo? A un quiz televisivo? Dimmi chi era.»

«Il bullo del Peter Pan, quel Macchia che fa il gestore.»

«E allora?»

«Allora ha finalmente rintracciato il nome di Nero, il ragazzo che aveva litigato con Chat il sabato precedente all'omicidio e si era beccato un ceffone dal buttafuori...»

«Non fare il misterioso. Fuori il nome.»

«Ti ricordi quel ragazzino pallido con i capelli scuri, quello che abbiamo interrogato perché ha telefonato a

Chat due volte il giorno in cui ci ha lasciato le penne? Ecco, Nero sarebbe proprio lui: Mattia Cortese.»

«Cazzo. Questa è una pista. Un altro che aveva una buona ragione per farla pagare al buttafuori. Cosa vuoi fare?»

«Semplice. Vado dal magistrato e gli strappo un mandato di perquisizione per la casa di Nero. Può essere che troviamo qualcosa. Poi lo spremiamo a dovere.»

«Ma tu ce lo vedi, quel ragazzino che è la metà di Chat, affrontare e sprangare il buttafuori?» osserva Berti perplesso.

Cappa resta qualche istante in silenzio. Si agita impercettibilmente sulla poltrona. Sospira. «No, non ce lo vedo. Ma adesso non c'è solo Alessia nella lista dei sospetti. Ora abbiamo anche lui. E, come si fa a poker, dobbiamo andare a vedere.»

De Paoli firma il mandato senza neppure guardare cosa c'è scritto. Al PM di questa indagine importa poco o nulla. Non è con una storia così che si fa carriera o si finisce sui giornali.

Cappa piega il foglio, lo infila nella tasca della giacca. Saluta e guadagna l'uscita.

«'Derci», bisbiglia sulla porta.

Berti è in macchina ad aspettarlo. Con lui ci sono due giovani agenti di cui il commissario non ricorda i nomi. Serviranno per ispezionare la stanza e l'appartamento di Mattia.

L'Alfa parte senza puntare i piedi.

Nero abita in un bel palazzo di corso Trieste. Uno di quelli color ocra, con gli affreschi intorno al cornicione, tirati su all'inizio del Novecento.

Sono le tre di pomeriggio.

Sul citofono in ottone ci sono solo numeri. Quattro in tutto. E nessun cognome.

La gente ricca non mette il nome sui citofoni. Riservatezza.

Berti prova con il numero uno.

Niente.

Passa al due.

«Chi è?» fa una vocina stridula, forse di una signora anziana.

«Cerco la famiglia Cortese», risponde Berti.

«Suoni al numero quattro. L'attico», replica la donna. Anche attraverso il citofono sente filtrare un soffio di invidia.

Quando escono dall'ascensore e sbarcano sul pianerottolo del quarto piano, Cappa, Berti e i due agenti si trovano davanti una domestica con un grembiulino bianco di sentinella di fronte alla porta.

Il commissario tira un lungo respiro. Proprio non la sopporta la gente che costringe le colf a mascherarsi da colf.

«Sono il commissario Cappa e questi sono i miei collaboratori. Cerchiamo Mattia. È in casa?»

«Sì, ora lo chiamo. C'è anche la signora...»

«Meglio. Ma non vogliamo attendere fuori. Abbiamo un mandato.»

«Mandato?»

«Non si preoccupi. Avverta la signora.»

Passano cinque interminabili minuti. Berti comincia a scalpitare.

«'Sti ricchi so' proprio stronzi», sbotta inciampando nel romanesco.

«Non sai parlare romano e poi calmati.»

La signora Cortese appare sulla porta con un sorriso da regina importunata da un questuante. Algido e sprezzante tra due labbra gonfie come gommoni. È alta e snella. Siliconata e modellata dalla testa al culo.

«Cosa posso fare per voi?» esordisce fredda.

«Abbiamo un mandato di perquisizione. Suo figlio è implicato in un omicidio», scatta diretto Cappa.

«Posso vederlo? Vorrei leggerlo a mio marito. Sa, è un avvocato...»

«Sì, lo conosciamo.»

La donna prende il foglio e con l'altra mano impugna il cellulare. «Amore, sono io. Sì, senti, Rodolfo... Qui ci sono dei poliziotti, dicono che il nostro piccolo è implicato in un omicidio. Ti rendi conto? C'è anche un commissario. Come ha detto che si chiama?» chiede rivolto a Cappa.

«Tommaso Cappa», risponde paziente il commissario.

«Ah, sì. Lo conosci già? Cappa. Che strano nome. Vabbè, mi ha dato un foglio che dice che è un mandato di perquisizione. Posso leggertelo?»

La siliconata declama per intero il documento. Poi annuisce. «OK, Rodolfo. Ti aspetto. Ti prego, fai il prima possibile. Sì, intanto li faccio entrare. Ma sei sicuro che proprio non si può evitare? No? Va bene. Ma corri. Ti prego, corri.»

Mattia è nella sua stanza. Disteso sul letto con le cuffie dell'iPod piantate nelle orecchie.

«Ciao, Nero», attacca Cappa, la voce calma e cortese.

Il ragazzino si toglie le cuffie, resta sul letto. Sorride impercettibilmente.

«Ciao. Ci avete messo tanto. Ero sicuro che prima o poi sareste tornati a rompere.»

«E perché eri sicuro?»

«Per via della litigata che ho fatto con Chat la settimana prima della sua morte. Ho letto qualche romanzo giallo e so che chi ha avuto screzi con il morto, prima o poi, finisce sotto torchio.»

«Cavolo che intuito! Allora sei uno sveglio. E perché

non ce l'hai detto tu, quando ti abbiamo interrogato, che avevi fatto a botte con il buttafuori?» sibila Berti.

«Perché sono affari miei. E poi non ho fatto a botte. Quella merda mi ha dato una sberla e mi ha buttato a terra.»

«E perché?»

«Questi sono cazzi miei.»

Berti fa un passo verso il ragazzo, sta per scattare con un ceffone. Cappa lo ferma con lo sguardo.

«Mattia, non dire queste cose!» starnazza la madre.

«Signora, non si preoccupi, non siamo a una lezione di bon ton. Lei, se vuole essere presente, si sieda su quella sedia. Ma le chiedo di restare in silenzio», fa il commissario indicandole il lato della stanza dove c'è la scrivania di Nero.

«Allora, Mattia, perché hai litigato con Chat? L'ultima volta in questura ho imparato che sai parlare, se ti va.»

«Oggi non mi va.»

«Ne sei proprio sicuro? Posso portarti nel mio ufficio e poi tenerti dentro per un po'. Anche se sei minorenne non è una passeggiata. Credo che per te sia meglio dire tutto, raccontarci per intero la storia.»

Nero abbassa la testa. La frangia scura segue il movimento e torna a coprire gli occhi scuri e brillanti. Cappa l'ha imparato, la frangia è la corazza di Mattia.

Il commissario si siede sul letto.

«Ragazzi, cominciate a dare un'occhiata in giro. Guardate con attenzione, da qualche parte potreste trovare qualche grammo di hashish.»

I due agenti e Berti avviano la ricerca. Cassetti aperti. Armadi con i vestiti che finiscono per terra. Libri sulle mensole aperti uno a uno e rimessi sugli scaffali alla rinfusa.

«Dio che disordine», esclama la siliconata.

Cappa non distoglie lo sguardo da Nero. Osserva gli occhi e le espressioni del ragazzo. Una perquisizione è un po' come quel gioco che si fa da bambini: acqua, fuochino, fuoco. Più ti avvicini alla cosa che non devi trovare, più l'indagato si agita.

Accade così anche con Nero. Appena Berti s'avvicina al cassetto della scrivania, Mattia si volta impercettibilmente, osservando con la coda dell'occhio le mosse del vicecommissario. Scansa nervosamente la frangia quando il poliziotto apre il cassetto e comincia a rovistarci dentro.

«Cosa c'è che non va?» chiede il commissario.

«Niente», risponde Nero, riportando la frangia sugli occhi.

«E questo cos'è?» domanda Berti tenendo in mano uno Zippo con incise due iniziali. L.M.

«È... è... un ac-cen-di-no», balbetta il ragazzo.

«Già. Con le iniziali di Luca Mancini», dice calmo il commissario.

Silenzio. Gli agenti sono immobili, osservano Nero. Nella stanza si sentono solo i sospiri della signora Cortese che si agita sulla sedia come uno shaker.

«Allora, Mattia, cosa dobbiamo fare? Ci facciamo un giro in questura? O preferisci dirci come hai avuto questo accendino?» incalza Cappa, il tono da padre paziente che vuole evitare grane al figlio.

Nero alza la testa. Pianta gli occhi scuri sul commissario. Tira un lungo respiro.

«L'ho preso a Chat. L'aveva in mano il giorno che mi ha picchiato e gli è caduto quando ho reagito dandogli un calcio sul braccio. Nel casino che è scoppiato subito dopo, spintoni e urla degli altri ragazzi che cercavano di entrare nel Peter Pan, lui non se n'è accorto. E io sono fuggito con il mio trofeo.»

«Già, e poi la settimana dopo sei andato a regolare i conti dandogli una bella sprangata sulla testa», attacca Berti.

«È andata così, Mattia?» incalza Cappa.

«No, io non so neppure dove abitava Chat.»
«E tu cosa ne sai che è stato ammazzato a casa sua?»
Per un attimo Nero ruota lo sguardo verso la madre. È imbarazzato. Impacciato. «L'ho letto sui giornali, l'ho visto in TV.»
«Cazzate», grida Berti.
«Giuro che è vero.»
«Mattia, la tua storia non fila. Nascondi qualcosa. L'hai ucciso perché ti ha minacciato? Perché volevi il fumo e non avevi i soldi e ne è nata una lite?»
«No.»
«Allora parla. Mi hai stancato con tutti questi silenzi e queste mezze verità.»
Cappa ha abbandonato il tono cortese.
«C'è... C'è che odiavo Chat. Ma non l'ho ucciso io e non so chi sia stato.»
«Perché lo odiavi?»
«Dava fastidio ad Anna, una ragazza del quartiere. C'era andato a letto e la perseguitava.»
Ora è Cappa a impallidire. «Come fa questa Anna di cognome?» chiede il commissario con un filo di voce.
«A voi cosa ve ne frega?»
«A noi frega eccome. Dicci come si chiama», interviene Berti.
«Ferrero. Anna Ferrero.»

Cappa si sente improvvisamente pesantissimo, teme che il letto non possa sostenere il suo peso. Dà un'occhiata all'amico. È una richiesta di aiuto, tocca a Berti proseguire con Nero.
«E a te cosa importava di Anna?»
«Mi piace. Da qualche tempo ci sto insieme. E visto che quella merda la torturava, ho pensato di difenderla. Ma, giuro, non ho ucciso Chat. Ci ho solo litigato e l'ho seguito per controllare che non desse fastidio ad Anna.

Ma non sono mai andato a casa sua e non l'ho aggredito. Ripeto, non so neppure dove abita.»

«Questa stronzata valla a raccontare ai tuoi amici», ringhia Berti.

Nero, sul suo letto, ora è floscio come una camera d'aria bucata. Immobile. Di nuovo la frangia sugli occhi e il mento a sfiorare il petto.

«Signora, suo marito non è ancora arrivato. Forse è il caso che lo solleciti. Dobbiamo portare suo figlio in questura per un interrogatorio formale. Credo sia meglio per voi chiamare un avvocato.»

La siliconata non risponde. Ha la bocca aperta, la mascella rifatta sembra aver collassato.

«Signora, ha capito?»

«Sì, sì. Ora telefono a Rodolfo.»

Mattia appare ancora più piccolo, pallido e sottile nel sedile posteriore dell'Alfa, seduto fra i due agenti in divisa.

Nessuno parla.

Cappa è tetro.

Berti l'osserva, ma evita domande di fronte a Nero e ai colleghi.

Arrivati in questura, i due agenti prendono in custodia il ragazzino per portarlo nella stanza degli interrogatori.

Cappa resta seduto sul sedile della macchina. Silenzioso. Berti non si muove. Attende che il suo amico sputi il rospo. Cinque, dieci minuti. Niente.

«Vuoi dirmi cos'hai? Dovresti essere felice, finalmente c'è un indiziato che potrebbe scagionare la tua Alessia.»

«C'è che questa storia non mi convince. Quel ragazzino è troppo fragile per pianificare un omicidio. E poi è troppo gracile, ce lo vedi a fronteggiare un omone come Chat?»

«No. Ma può averlo preso alle spalle. Può averlo colpito con il tubo di ferro mentre il buttafuori scendeva le scale e non lo guardava. Il suo movente è forte, è solido: la difesa della ragazza.»

«Forse. Ma, ripeto, non mi convince. È vero, Nero ha una cotta per Anna e si fa pestare davanti alla discoteca per provare a dissuadere Chat dall'importunarla. Poi si mette a fare il bodyguard e l'investigatore privato per tentare di difendere la fidanzatina. Ma è troppo piccolo, troppo mite per ammazzare qualcuno.»

«Però l'odio e la voglia di vendetta trasformano le pulci in tori. E Nero di ragioni ne ha da vendere. Chat si è portato a letto Anna e la perseguitava. In più lui è stato pestato da quella bestia.»

«Forse. Ma l'istinto mi dice che non è così. Lo sai, sarei il primo a essere felice di poter scagionare Alessia. Ma dentro allo stomaco, qui alla base dei polmoni, c'è un brutto animaletto che mi gira dentro e mi sussurra che non è stato Nero. E proprio non ce la faccio a sbattere in riformatorio un ragazzino innocente. Poi c'è dell'altro...»

«Cosa?»

«Be', Paolo, tu staresti insieme a una che sospetti sia un'assassina? Potresti amarla?»

«No, temo di no. Parla con Alessia. Poi tireremo le somme.»

33.
ALESSIA

Domande

Da più di venti giorni non dormo. Non ho chiuso occhio la prima notte, dopo aver lasciato il buttafuori a testa in giù sulle scale di casa sua. Non ci sono riuscita neppure dopo aver ingurgitato due pasticche di Xanax ed essermi fatta la doccia tre, quattro, cinque volte. Sempre con maggiore disperazione e con una rabbia sorda che montava nel petto. Come per cancellare quegli istanti a contatto con il grassone.

Acqua buttata.

Acqua inutile.

Non sono riuscita a dormire neppure la notte successiva, dopo aver visto in TV il notiziario con l'annuncio dell'assassinio e le immagini del brutto condominio dove Chat ha trovato la morte.

Dico «assassinio» e un terrore feroce mi scuote.

Non riesco a dormire neanche adesso. Ormai che sono passati tanti giorni.

Non è il senso di colpa. È la paura di perdere Anna, di finire in galera.

E poi c'è Cappa, con il suo odore sul mio corpo e il suo sorriso.

Infinite volte mi sono chiesta perché abbia accettato di

vederlo e gli abbia permesso di entrarmi dentro in così poco tempo.

Tra noi non è solo sesso. Di Cappa mi piace tutto. Il suo smarrimento. Il suo disperato bisogno di tenerezza. La sua ironia. Il suo essere un bambino di quarant'anni. Un cazzone dolcissimo e affascinante. Irritante. Stracchino, appunto.

Un cazzone sorprendente e dolce che ora minaccia di sbattermi in prigione.

Mi tuffo sotto la doccia. Al buio. Voglio togliermi il suo odore di dosso. Voglio liberare ogni poro. Stropiccio con la spugna, raschiandomi la pelle. Mi sciacquo. Ricomincio.

Il getto d'acqua è talmente forte da fermarmi il respiro.

Mi sento svenire. Lascio andare la fronte contro il cristallo del box. Le mani aperte sul vetro, come se fossi in gabbia.

Chiudo l'acqua, apro lo sportello del box. Il vapore ha trasformato il bagno in una nottata di nebbia senza luna.

A tentoni raggiungo l'interruttore della luce. L'accendo. Mi copro gli occhi, accecata dal bagliore della lampadina. Indosso l'accappatoio e barcollando raggiungo il letto.

Anna dorme. Beata lei.

Quando ha saputo della morte di Chat, mi ha lanciato uno sguardo strano.

«È meglio così», ha sospirato tornando a seguire le immagini del telegiornale.

Non mi ha chiesto nulla.

Si è rannicchiata sul divano dov'ero seduta. È salita sulle mie ginocchia. Mi ha stretta forte. A lungo. Proprio come faceva quand'era piccola.

Tremavo.

Tremava.

Mi tolgo l'accappatoio e mi infilo nuda sotto il piumone. Ho un freddo boia. Rabbrividisco come quella sera.

Tengo gli occhi chiusi e mi riappare il viso di Cappa. Mi prenderei a schiaffi, cazzo. Quello stronzo prima mi ha scopato, poi mi ha fatto innamorare. Adesso si permette di tirare fuori il Grande Segreto, l'aborto di Anna, e di chiedermi se sono stata io a uccidere Chat.

Bastardo.

Eppure non ce l'ho con lui. Non riesco a odiarlo.

Abbracciata al cuscino, sono assalita dalle solite domande.

Eserciti di domande che mi assediano, mi tolgono il fiato.

Forse mi sono portata a letto Cappa perché avevo paura. Perché stando vicino al mio carnefice ho pensato di poterlo controllare. Prevenire le sue azioni o trovarne l'antidoto.

Forse volevo disarmare il mio cacciatore per impedirgli di nuocere a me e ad Anna.

Forse ancora una volta ho agito per puro istinto di sopravvivenza.

Forse, invece, volevo sfidare il commissario.

O forse sono andata a letto con lui perché volevo distruggermi. Punirmi.

Da qualche parte ho letto che pagare il proprio debito con la coscienza è liberatorio. Fa stare meglio.

Forse.

«Forse. Forse. Forse. Basta. Non ho risposte. Non lo so. Non lo sooooo!»

Il grido mi sale dal petto. Urlo da sola.

Sono impazzita.

Forse.

Dalla borsetta buttata sul pavimento dell'ingresso mi arriva il suono del cellulare.

«Ma chi cavolo è che chiama a quest'ora?» esplodo.
Mi alzo solo perché temo che la suoneria possa svegliare Anna. Fuori dal letto fa ancora più freddo.
Raggiungo la borsetta e scovo il cellulare quando ha ormai smesso di suonare.
«Chiamata persa», certifica il display.
Spingo il tasto verde. Lo sapevo, è Cappa.
Come ipnotizzata, tenendo il telefonino davanti agli occhi, leggendo e rileggendo il nome, torno in camera da letto.
Non so cosa fare.
Fuggire?
E Anna?
Affrontare il commissario? Confessare tutto?
Provare a chiedere pietà, fargli capire che se quello è morto è perché ho reagito alla sua aggressione? Cazzo, quello voleva violentarmi dopo essersi scopato mia figlia, una bambina!
Arrendermi e finire in galera?
Sono stufa di fronteggiare frotte di forse ed eserciti di domande.
Non ne posso più.
Sono stanca.
Sento il bip di un SMS. È di Cappa. Lo leggo: *Sto venendo da te. Devo parlarti.*

Vaffanculo, Cappa

Cappa arriva meno di dieci minuti dopo. L'attendo dietro la porta d'ingresso. Appena sento un leggero *toc toc*, apro e lo faccio entrare tenendo l'indice alzato davanti alla bocca.
«Zitto, Anna dorme», gli soffio dentro l'orecchio.
Poveraccio, il mio commissario ha una faccia terribile. Ma così stropicciato ha un non so che di affascinante.

Annuisce debolmente e mi guarda implorante, come a chiedermi dove deve andare a parcheggiarsi.

Lo precedo in cucina, il posto più lontano dalla camera di mia figlia.

Cappa s'accascia senza attendere il mio invito su una delle tre sedie sistemate intorno al tavolo circolare. Le spalle al lavandino e ai fornelli. Indossa il solito giubbotto. Sembra un condannato di fronte a un plotone d'esecuzione. Dopo l'esecuzione.

Mi viene da ridere.

«Come stai?» bisbiglia.

Mi siedo di fronte a lui. Faccio passare non so quanto tempo per cercare una risposta. Non so se amare o temere quell'uomo.

«Sto di merda, grazie.» Il buonumore è svanito.

«Mi fai un caffè?»

«A quest'ora?»

«Non credo che sia il caso di imbastire una conversazione sui pericoli della caffeina e dell'insonnia», risponde graffiando.

Mi alzo e prendo la moka. Un istante dopo è sul fornello.

Cappa è nervoso. Agita una gamba sotto il tavolo. Si tormenta le mani, ha lo sguardo perso. Si sarà fatto una canna?

Restiamo in silenzio fino a quando la moka non comincia a borbottare.

«È pronto.»

Il commissario neppure risponde. Non dice grazie quando gli metto un tazzone di caffè fumante sotto il naso. Gli porgo la zuccheriera, la rifiuta scuotendo la testa.

La tazza resta sul tavolo. Gli occhi di Cappa invece si sono mossi. Ora sono rivolti verso di me. Ci leggo una tristezza profonda. Un tormento lacerante. Mi viene voglia di abbracciarlo. Di alzarmi, di fargli poggiare la testa sulla mia pancia, di accarezzarlo come una mamma che fa le coccole.

«Voglio essere sincero con te. Sincero come non dovrei essere, visto il mio ruolo. Ma ho già fatto tante di quelle cazzate, che una in più...»

Cavolo, Cappa è partito. La resa dei conti è cominciata.

Resto muta. A muovere tocca ancora a lui, non a me. Io non ne posso più.

«Non ci sono prove che tu abbia ammazzato Luca Mancini. Nessun testimone. Nessuna impronta nell'appartamento. E in fondo il tuo alibi, anche se fragile, regge: Anna può testimoniare che eri a casa con lei al momento della morte del buttafuori. Ti dico di più. Ti rivelo una cosa che non dovrei dirti per nessuna ragione al mondo: proprio oggi abbiamo fermato un ragazzino che può essere sospettato dell'omicidio.» Cappa parla lentamente. Gli occhi allagati dalla tristezza. «Ma non credo che sia stato lui. Ci ho provato e riprovato, ma proprio non riesco a pensare che possa essere stato quel ragazzo. Non è convincente. Non è plausibile.»

«Convincente? Plausibile?! Invece ti risulta convincente e plausibile pensare che l'assassina sia io...» sibilo, scattando in una risata aspra.

«Non fare così. Ti amo, lo sai. E sai quanto mi faccia stare male parlare ora con te di questa tragedia. Ma tu sei l'unica ad avere un vero movente. Però la situazione non è brutta come può sembrare.»

«Non è brutta? Cos'è? Sei arrivato qui fatto e fumato?!»

«No, sono lucidissimo. La situazione non è così brutta perché, in base alla perizia del medico legale, non si può parlare di omicidio volontario. Luca Mancini non è morto per il colpo sulla testa, ma per la frattura di una vertebra e una ferita sul cranio provocata dalla caduta. Insomma, chi ha sferrato il colpo di spranga probabilmente non voleva ammazzare e può, al massimo, essere accusato di omicidio preterintenzionale. Ti dico di più. Se trovi un giudice che si intenerisce alla tua storia, se puoi provare che ti ha aggredita, se ti ha aggredita, può anche accettare l'ipotesi dell'eccesso colposo di legittima difesa. In questi casi, visto che sei incensurata, che hai la custodia di una minorenne, non passeresti più di qualche giorno in galera con una condanna non superiore a tre anni.»

Cappa si ferma. Alza la testa e mi guarda dritto negli occhi. Scandisce le parole: «Ma può anche andare male e puoi dover passare qualche mese o un anno in prigione. Non ti posso assicurare nulla. Nulla».

Nella stanza ora c'è solo silenzio. E il ticchettio dell'orologio alla parete. Cappa finalmente tace. Il caffè è ormai freddo.

Abbasso la testa. Adesso non riesco più a reggere il suo sguardo.

Ora mi sento colpevole. La coscienza finalmente bussa impaziente. Per la prima volta mi dispiace per Chat. Poco, pochissimo, ma un po' mi dispiace.

Sto ancora zitta. Disperatamente zitta.

«Comunque, Alessia, veniamo al punto. Io non posso e non voglio chiudere l'inchiesta con l'arresto di quel ragazzino. Non me la sento di sbattere in galera un minorenne che considero innocente. E tu, sei vuoi, puoi negare ogni accusa. Te l'ho detto, non abbiamo né testimoni né prove. Abbiamo soltanto indizi. Però molti processi indiziari finiscono con una sentenza di condanna.»

Scatto in piedi. Sentirgli pronunciare la parola «condanna» è come ricevere un ceffone. Sentire il mio uomo snocciolare termini giuridici e di procedura penale mi irrita a morte.

Mi incazzo.

Faccio il giro del tavolo con due passi rapidi e mi chino ringhiando sul suo viso.

«Insomma, commissario, cosa cazzo sei venuto a dirmi?!» gli soffio in faccia.

Cappa mi prende una mano. La stringe. Si alza. Gli occhi incollati ai miei. Mi abbraccia. All'istante mi squaglio. Peggio di un ghiacciolo al mare in pieno agosto.

Mi tremano le gambe.

Mi lascio abbracciare.

«Sono venuto a dirti», sussurra dolcemente, «che puoi decidere di confessare, oppure di negare tutto con la speranza di cavartela. E non escludo che se sarai abbastanza forte, se saprai reggere lo stress del processo, tu possa farcela. Comunque io, domani, ti voglio in questura. E domani il magistrato ti incriminerà per omicidio preterintenzionale o per eccesso colposo di legittima difesa. Dipende da te. Dalla versione che darai e da quanto sarai convincente.»

Le gambe mi cedono. Il commissario fa finalmente il suo lavoro. Adesso è prima di tutto il mio carnefice.

L'uomo che mi ama, che io amo, è sullo sfondo. Distante. Sfocato.

Sono io, ora, a stringere forte le mie braccia sulla sua schiena. Poggio il viso sul suo petto.

«Tu cosa mi consigli? Non so decidere da sola», bisbiglio.

Mi accorgo di avere gli occhi affogati dalle lacrime.

«Mi dispiace. Non ti darò consigli. La risposta tocca alla tua coscienza. Io però non sono venuto qui solo per informarti che domani procederò. Sono qui perché ho una richiesta da farti.»

«Avanti», dico con il tono di voce più freddo, più aspro, che riesco a trovare.

«Voglio sapere se davvero sei stata tu.»

«E perché?» chiedo staccandomi dal suo corpo.

«Perché per me è importante saperlo.»

«Varrebbe come confessione?»

«No. Resterebbe una cosa tra te e me.»

«Perché allora lo vuoi sapere?»

«Perché ti amo. E perché non può esserci un'ombra così grande tra noi. Quest'ombra mi impedirebbe di restare con te. Di pensare a un futuro con te. Mi impedirebbe di continuare ad amarti.»

Scoppio a ridere. È una risata isterica. Cappa fa il melodrammatico, mi dice di confessare per amore, e io mi comporto come una pazza schizoide.

Che tristezza.

Cappa fa un passo verso di me. Mi porge le mani cercando le mie. Scuote dolcemente la testa. Abbozza un sorriso che vorrebbe essere rassicurante, invece sa di disperazione.

«Ti prego, Alessia!»

Un brivido freddo mi attraversa la schiena. Anzi, una frustata più che un brivido. Penso ad Anna, a cosa sarà della nostra vita.

Paura. Soltanto paura sento nel cuore. Altro che amore.

Cazzate.

C'è Anna da difendere. C'è la mia esistenza da salvare.

Apro la porta della cucina. Mi incammino verso l'ingresso.

Cappa mi segue come un condannato a pochi passi dalla sedia elettrica. Quieto, disperato, rassegnato.

«Commissario, quella è la porta. La ringrazio d'essere passato a trovarmi. Ci vediamo domani in questura. Sa dirmi a che ora?» domando tagliente, sottovoce.

Cappa è pallido. Sulla faccia ha l'espressione di chi ha appena preso una mazzata ed è ancora steso a terra. Tramortito.

«Ci vediamo alle dodici», bisbiglia.

«Arrivederla.»

Il commissario è già oltre la porta. Il dito sul pulsante dell'ascensore. La testa china. Si volta.

«Pensaci Alessia. Io ti amo.»

«Vaffanculo, Cappa.»

34.
NERO

La prigione non mi fa paura

La prigione non mi fa paura. E non mi fanno paura né Cappa né il suo tirapiedi che gioca a fare il cattivo.

Però mi dispiace per la mamma di Anna. Da quello che ho capito è nei guai pure Alessia Ferrero.

Anna mi ha detto che Cappa non la lasciava in pace. Io ho già provato ad aiutarla.

Una settimana fa ho chiamato la polizia da una cabina telefonica. Mica è stato facile. Ormai di cabine telefoniche non ce n'è più traccia. Sono dovuto andare alla stazione Termini in piena notte.

Ho fatto la vocina da scemo e ho spifferato il nome di Carlo Meloni, quello che ho visto uscire da casa del buttafuori la notte di Santo Stefano.

Meloni è o non è una merda come Chat? Non merita un po' di galera, quella bestia che gioca a fare l'ultrà? Secondo me sì. Certificato.

Però Cappa non se l'è bevuta. Se no perché venivano a prendermi a casa? Perché mi interrogavano in questura?

Ora che ci penso, mi è dispiaciuto per mia madre. Un altro po', quando ha visto gli agenti che mi portavano via, le scoppiavano le labbra. Le tremavano per il pianto. Pensa che disastro. Schizzi di silicone dappertutto.

Invece me ne frega meno per mio padre. A quel pallone gonfiato una lezione non guasta. Il famoso avvocato Rodolfo Cortese con il figlio in riformatorio. Fico! Forse abbasserà la cresta.

Ma io so come stanno davvero le cose. So che non è stata Alessia a uccidere Chat.

Penso alla morte di quel bastardo e mi viene quasi da ridere. O da piangere. Non so. Però di sicuro ha fatto la fine che meritava. È morto con il pancione in su come una balena spiaggiata.

Ma proprio non riesco a gioire per la morte. Per nessuna morte. Neppure per quella di Luca Mancini, il porco.

Quella notte, dopo che la madre di Anna se n'era andata, l'animale era immobile sulle scale. Mi ero messo a sedere su un gradino ad ascoltare il suo respiro. Volevo capire se Chat era ancora vivo.

E quello, cazzo, era vivo.

Allora ho tirato fuori il coltello di mio padre.

L'ho tirato fuori per farla finita. Per impedirgli di fare altro male ad Anna e a me.

Volevo tagliargli la gola. Sì, la gola, come nei film. E proprio ai film pensavo per capire come dovevo fare.

L'operazione non sembrava semplice. Che effetto farà? Come penetrerà la lama? Eppoi, dovrà davvero penetrare? E il sangue? Schizzerà il sangue?

A queste cose pensavo mentre stringevo forte il coltello e mi abbassavo sul maiale. E i maiali si scannano.

Però mi tremava la mano. Il tremore non si fermava anche se tenevo il coltello con tutte e due le mani.

E quello intanto rantolava. Piccole scosse facevano sussultare il pancione.

Dio, che schifo.

Poi ho sentito un lungo respiro uscire dalla bocca di

Chat. Un altro rantolo. Come un borbottio. Un nuovo sussulto.

Poi niente.

Per almeno cinque minuti sono rimasto pietrificato a osservare il petto del buttafuori. Era finalmente fermo. Fermissimo.

Chat era morto.

Non sapevo se festeggiare. Ho sorriso da solo. Mi sono sentito subito meglio.

Avevo smesso di sudare. Ho rimesso il coltello nel fodero e poi nella tasca del giaccone.

Mi sono alzato. Ero più leggero. Quel bastardo era morto e io non l'avevo dovuto uccidere.

Sono corso in strada.

E ho corso e corso ancora.

Quando non ho più avuto fiato mi sono fermato. Ho tirato fuori il cellulare.

Ho scritto un SMS: *Tutto a posto Anna. Il tuo coglione totale è sano e salvo a casa.*

35.
20 GENNAIO 2011

In questura

Alessia si è messa il tailleur del primo interrogatorio. I capelli ben pettinati e racchiusi in una coda di cavallo alta, un filo di rossetto, le unghie laccate di smalto blu. Passo d'angelo.

«Cazzo», si lascia sfuggire Berti incrociandola in corridoio.

Alessia si gira. Si ferma. Sorride.

«Diceva?»

«Niente, niente. L'aspettavamo, signora Ferrero.» Il vicecommissario sa ancora meglio, adesso, perché Cappa è andato in tilt peggio di un flipper. «Prego, l'accompagno dal magistrato, il dottor De Paoli.»

Alessia segue Berti. Sembra allegra. Sorride agli agenti che incrocia. Cammina leggera lungo il corridoio.

«Buongiorno commissario», dice, la voce squillante, appena incontra Cappa.

Il suo amante è seduto su una poltroncina di fronte al magistrato. È spento come un fiammifero spento.

«Buo... buongiorno. Le presento il dottor De Paoli. È il titolare dell'inchiesta», dice alzandosi lentamente in piedi e porgendole la mano.

"È proprio spietata. Si è messa perfino in tiro."

Alessia fa due passi avanti. Si avvicina alla scrivania,

con la sua espressione seducente e cordiale. Il magistrato, per una volta reattivo, si alza con una rapidità imprevista. Gira intorno al tavolo e le va incontro.

«Buongiorno signora Ferrero. Prego, si accomodi.»

Alessia invece resta immobile. Non tanto. Il tempo d'un respiro. Come se tentennasse, come se la corazza di ostentata sicurezza cominciasse a creparsi. Si volta verso Cappa. Sorride. De Paoli è incantato.

Cappa ha la testa china. Non si accorge di nulla.

«Signora Ferrero...» attacca De Paoli.

«Signor giudice, permette?» lo interrompe Alessia.

Il magistrato si appoggia allo schienale della poltrona. Sorpreso. Il sì, il no, il «non so», il «mi dica» con cui avrebbe dovuto rispondere, sono andati in cortocircuito sulle labbra sottili.

«Permette cosa?» fa Berti, perplesso, venendo in soccorso a De Paoli.

Cappa finalmente si scuote. È rigido sulla poltroncina, proteso verso Alessia che si è seduta sulla sedia accanto. Berti, osservando il commissario, capisce finalmente e per intero il senso della frase «pendere dalle labbra». Da piccolo, quando la sentiva gli veniva da ridere, immaginando una persona appesa alle labbra di un'altra, come un funambolo al trapezio.

«Be', vorrei che mi permetteste di arrivare subito al dunque. Non vorrei cambiare idea...»

«Cambiare idea?» borbotta il giudice.

«Lasci perdere. Non è questo il punto. È che so tutto. So che sono accusata dell'omicidio di Luca Mancini. Ebbene, sono venuta a dire la verità.»

Cappa scatta in piedi. «Forse è meglio che interrompiamo, dottor De Paoli. Probabilmente è meglio che la signora Ferrero torni qui assistita da un legale di sua fiducia.»

Sul viso di Alessia transitano, come fotogrammi di un film, riconoscenza, amore, tenerezza, felicità. Sì, perfino la felicità.

Alessia si solleva leggermente dalla poltroncina, si protende verso Cappa, con un braccio lo raggiunge e gli accarezza la mano. «Commissario, no. La ringrazio, ma non voglio il mio avvocato.»

«Allora, prego. Berti, metta a verbale che la signora ha rifiutato l'assistenza di un legale», interviene spazientito De Paoli.

E Alessia racconta tutto. Di come ha scoperto che era stato il buttafuori ad accompagnare Anna al consultorio. Del modo in cui l'aveva agganciato. Della sua incursione al Blumare di Fregene. Della minaccia con le foto osé, del lurido ricatto del buttafuori per avere di nuovo Anna. Di quella brutta notte di Santo Stefano quando Chat ha tentato di violentarla nello scantinato.

De Paoli tace. Berti si gode la scena manco fosse al cinema sgranocchiando popcorn.

Cappa è pallido. Batte le palpebre.

Alessia è radiosa.

Si alza leggera. Si piega verso il commissario, gli sfiora l'orecchio con le labbra.

Poi, rivolta alla piccola platea, domanda: «Cos'altro debbo confessare per avere una sigaretta?».

Finito di stampare nel mese di maggio 2011
presso il Nuovo Istituto Italiano d'Arti Grafiche Bergamo